Anna Karenina (अन्ना करेनिना)

Leo Tolstoy

PAGES PLANET PUBLISHING

Published by

PAGES PLANET PUBLISHING

Email: pagesplanetpublishing@gmail.com

For details or inquiries, please reach out to the publisher at the email above.

First published by Pages Planet Publishing in 2024

उन्नीसवीं सदी के उच्चवर्गीय रूसी समाज में एक दिलकश अदाओं वाली कुलीन सुंदरी आन्ना केरेनिना अपने से बीस साल बड़े सीनियर स्टेट्समैन अलेक्सेई अलेक्ज़ेंड्रोविच केरेनिन से विवाह तो रचा लेती है, लेकिन उसके जज़्बात और बेचैनी उसे इस बंधन से निकलने को मजबूर कर देते हैं। वह एक युवा और अमीर सैन्य अधिकारी काउंट ब्रोंस्की के प्रेमपाश में बँध जाती है और अपने नीरस वैवाहिक जीवन से बाहर निकलना चाहती है। केरेनिन अलग होने से इंकार कर देता है और आन्ना अभिशप्त ज़िंदगी जीने को विवश हो जाती है। कठोर सामाजिक नियमों, क़ानूनों और ऑर्थोडॉक्स चर्च के बीच फँसी आन्ना को अपराधबोध की भावना और अकेलापन घेर लेता है। अपनी लालसाओं और रूसी रस्म-रिवाजों के बीच संघर्ष कर रहे पात्रों के साथ टॉलस्टॉय की यह रचना उस काल के सामंतवादी रूसी समाज की पड़ताल करती है। इन पात्रों को बड़े सूक्ष्म विवरण के साथ गढ़ा गया है। इस पुस्तक की आज भी सर्वत्र प्रशंसा की जाती है। टॉलस्टॉय ने इसे अपना पहला सच्चा उपन्यास माना था। फ़िल्मों, ओपेरा, बैले और टीवी-रेडियो नाटकों में भी इसका रूपांतरण हो चुका है। यह उपन्यास आज भी पाठकों, दर्शकों और श्रोताओं को पहले जितना ही लुभाता है।

आन्ना करेनिना : (अध्याय 1-भाग 1)

सभी सुखी परिवार एक जैसे हैं और हर दुःखी परिवार अपने ढंग से दुःखी है। ओब्लोन्स्की के घर में सब कुछ गड़बड़ हो गया था। पत्नी को यह पता चल गया था कि बच्चों की भूतपूर्व शिक्षिका, फ्रांसीसी महिला के साथ पति के अनुचित सम्बन्ध थे। उसने पति से कह दिया कि वह उसके साथ एक ही घर में नहीं रह सकती। तीन दिन से यह किस्सा चल रहा था और स्वयं दम्पति, परिवार के सभी सदस्य और घर के बाकी सभी लोग भी बड़े दुःखी थे। सभी यह महसूस करते थे कि उनके एकसाथ रहने में कोई तुक नहीं है कि किसी सराय में संयोग से इकठे हो जानेवाले लोगों में भी ओब्लोन्स्की परिवार और उसके घर के सभी लोगों की तुलना में अधिक निकटता होती है। पत्नी अपने कमरों से बाहर नहीं निकली थी और पति तीन दिन से घर पर नहीं था। परेशान-से बच्चे सारे घर में दौड़ते रहते थे, अंग्रेज शिक्षिका का गृह-प्रबन्धिका से झगड़ा हो गया था और उसने अपनी सहेली को भी दूसरी जगह ठीक कर देने का पत्र लिख दिया था। बावर्ची तो पिछले दिन के दोपहर के खाने के वक़्त ही चला गया था और रसोई के काम-काज में सहायता करनेवाली नौकरानी तथा कोचवान ने हिसाब चुकता कर देने को कह दिया था।

झगड़े के तीसरे दिन प्रिंस स्तेपान अर्काद्येविच ओब्लोन्स्की, जिसे ऊँची सोसाइटी में स्तीवा के नाम से पुकारा जाता था, अपने हर दिन उठने के वक़्त यानी सुबह के आठ बजे पत्नी के कमरे में नहीं, बल्कि अपने अध्ययन-कक्ष में बढ़िया चमड़े के सोफे पर जागा। उसने अपने गदराए और अच्छी तरह से पाले-पोसे गए शरीर से सोने के स्प्रिंगों पर करवट ली और मानो फिर से देर तक सोने का इरादा रखते हुए तकिए को ज़ोर से अपने साथ चिपका लिया और उस पर गाल टिका दिया। लेकिन वह अचानक उछला, उठकर सोफे पर बैठ गया और उसने आँखें खोल लीं।

'हाँ, हाँ, कैसे था वह ?' स्वप्न को याद करते हुए वह सोचने लगा। 'हाँ, कैसे था ? हाँ ! अलाबिन ने दार्मश्ताद में दोपहर का भोज आयोजित किया था। नहीं, दार्मश्ताद में नहीं, बल्कि किसी अमरीकी शहर में। हाँ, सपने में दार्मश्ताद अमरीका में ही था। हाँ, अलाबिन ने शीशे की मेज़ों पर दोपहर के भोज की व्यवस्था की थी और हाँ, मेज़ें गाती थीं-II mio tesoro (मेरी जान-इतालवी), नहीं, II mio tesoro नहीं, इससे कुछ बढ़कर। कुछ छोटी-छोटी सुराहियाँ थीं और वे भी नारियाँ थीं, वह याद कर रहा था।

ओब्लोन्स्की की आँखें खुशी से चमक उठीं और वह मुस्कुराते हुए विचारों में खो गया। 'हाँ, अच्छा था, बहुत अच्छा था। वहाँ तो और भी बहुत कुछ बढ़िया था, जिसे न तो शब्दों में बयान किया जा सकता है और अब जाग जाने पर विचारों के रूप में भी स्पष्ट अभिव्यक्ति नहीं दी जा सकती है।' बनात के मोटे पर्दे की बगल के कमरे में आ जानेवाली प्रकाश-रेखा की ओर ध्यान जाने पर उसने प्रफुल्ल मन से सोफ़े से पैर नीचे उतारे और पत्नी के हाथों सिले तथा बढ़िया, सुनहरे चमड़े से मढ़े जूते खोजने लगा (जो पत्नी ने पिछले वर्ष उसके जन्मदिन पर उपहारस्वरूप दिए थे) और अपनी नौ साल की पुरानी आदत के मुताबिक़ उठे बिना ही उस जगह की तरफ़ हाथ बढ़ाया, जहाँ सोने के कमरे में उसका ड्रेसिंग गाउन लटका रहता था। इसी वक़्त उसे अचानक यह याद आया कि कैसे और किस कारण वह पत्नी के सोने के कमरे में नहीं, बल्कि अपने अध्ययन-कक्ष में सोया रहा है। उसके चेहरे पर से मुस्कान गायब हो गई और माथे पर बल पड़ गए।

'ओह, ओह ! आह !' जो कुछ हुआ था उसे याद करके वह दुःखी मन से कराह उठा। उसके मानस-पट पर पत्नी के साथ हुए झगड़े की सभी तफ़सीलें, अपनी स्थिति की सारी लाचारी फिर से उभर उठी और सबसे अधिक यातना तो उसे अपने अपराध के कारण अनुभव हुई।

'हाँ। वह मुझे माफ़ नहीं करेगी और कर भी नहीं सकती। सबसे बुरी बात तो यह है कि इस सारी चीज़ के लिए मैं ही दोषी हूँ, मेरा ही कसूर है, लेकिन फिर भी मैं कसूरवार नहीं हूँ। यही तो सारा ड्रामा है, वह सोच रहा था। 'ओह, ओह !' अपने लिए इस झगड़े के सबसे दुःखद प्रभावों को याद करते हुए वह हताशा से कहता रहा।

उसके लिए सबसे अप्रिय तो वह पहला क्षण था, जब वह पत्नी के लिए बड़ी-सी नासपाती हाथ में थामे बहुत खुश, बहुत ही रंग में थिएटर से घर लौटा था और पत्नी दीवानखाने में नहीं मिली थी। बड़ी हैरानी की बात थी कि वह अध्ययन-कक्ष में भी नहीं थी। आखिर सोने के कमरे में दिखाई दी थी और उसके हाथ में मुसीबत का मारा हुआ वह रुक्का था, जिसने सारा पर्दाफ़ाश कर दिया था।

वही डॉली, जो हमेशा काम-काज में उलझी और दौड़-धूप करती रहती थी और जिसे वह कम समझ रखनेवाली औरत मानता था, हाथ में रुक्का थामे निश्चल बैठी थी और चेहरे पर भय, हताशा और क्रोध का भाव लिए उसकी तरफ़ देख रही थी।

'यह क्या है ? यह ?' रुक्के की तरफ़ इशारा करते हुए उसने पूछा था।

यह याद आने पर, जैसाकि अक्सर होता है, ओब्लोन्स्की को इस घटना से इतनी यातना नहीं हो रही थी, जितनी उस जवाब से, जो उसने उस वक़्त पत्नी को दिया था।

उस क्षण उसके साथ वही हुआ था, जो लोगों के साथ तब होता है, जब उन्हें कोई बहुत ही शर्मनाक काम करते हुए अचानक पकड़ लिया जाता है। वह अपने चेहरे को उस स्थिति के अनुरूप, जिसमें अपराध का भंडाफोड़ हो जाने पर उसने अपने को पत्नी के सामने पाया था. तैयार नहीं कर सका था। बुरा मानने, इनकार करने, अपनी सफ़ाई देने, माफ़ी माँगने, यहाँ तक कि उदासीन रहने के बजाय-यह सभी कुछ उससे बेहतर होता, जो उसने किया-उसका चेहरा अनचाहे ही (शरीर-विज्ञान को पसन्द करनेवाले ओब्लोन्स्की ने इसे 'मस्तिष्क की सहज प्रतिक्रिया' माना), बिल्कुल अचानक ही अपनी सामान्य, उदारतापूर्ण और इसलिए मूर्खतापूर्ण मुस्कान के साथ खिल उठा।

इस मूर्खतापूर्ण मुस्कान के लिए वह अपने को क्षमा नहीं कर सकता था। यह मुस्कान देखकर डॉली ऐसे सिहरी मानो उसे बड़ी शारीरिक पीड़ा हुई हो और अपने गर्म मिजाज के मुताबिक़ कटु शब्दों की बौछार करके कमरे से बाहर चली गई। तब से वह अपने पति की सूरत नहीं देखना चाहती थी।

'यह मूर्खतापूर्ण मुस्कान ही इस सारी मुसीबत के लिए जिम्मेदार है,' ओब्लोन्स्की सोच रहा था।

'तो क्या किया जाए ? क्या किया जाए ?' हताश मन से वह अपने से यह पूछ रहा था और उसे कोई जवाब नहीं मिल रहा था।

अन्ना करेनिना : (अध्याय 2-भाग 1)

ओब्लोन्स्की खुद अपने प्रति ईमानदार आदमी था। वह अपने आपको इस बात का धोखा नहीं दे सकता था कि उसे अपनी करतूत का अफ़सोस है। वह अब इस बात के लिए पश्चात्ताप नहीं कर सकता था कि वह, चौंतीस साल का सुन्दर और रसिक प्रवृत्ति का व्यक्ति, पाँच जीवित और भगवान को प्यारे हो गए दो बच्चों की माँ और उससे केवल एक साल छोटी अपनी बीवी को प्यार नहीं करता था। उसे सिर्फ इस बात का अफ़सोस था कि बीवी से अपने इस गुनाह को ज्यादा अच्छी तरह नहीं छिपा पाया था। किन्तु वह अपनी स्थिति की सारी विकटता को अनुभव करता था और उसे पत्नी, बच्चों और खुद अपने पर तरस आ रहा था। यदि उसे ऐसी सम्भावना की चेतना होती कि इस समाचार का पत्नी पर इतना गहरा असर होगा, तो शायद उसने अपने गुनाहों को उससे अधिक अच्छी तरह छिपा लिया होता। ज़ाहिर था कि इस सवाल पर उसने कभी सोच-विचार नहीं किया था, लेकिन उसे धुंधला-सा आभास अवश्य था कि पत्नी बहुत पहले से ही उसकी गैरवफ़ादारी का अनुमान लगाती थी और उसकी तरफ़ से आँखें मूंदे हुए थी। उसे तो ऐसा भी लगा कि दुबली-पतली हो जाने और बुढ़ा चुकनेवाली इस नारी को, जो सुन्दर भी नहीं रही थी, बड़ी साधारण थी और जिसमें कोई खास गुण नहीं था और जो केवल परिवार की दयालु माँ ही थी, न्याय भावना के अनुसार उदार भी होना चाहिए। लेकिन स्थिति इसके बिल्कुल प्रतिकूल सिद्ध हुई।

'आह, बड़ी भयानक स्थिति है ! ओह, ओह ! बड़ी भयानक ! ओब्लोन्स्की मन-ही-मन दोहरा रहा था और उसे कोई रास्ता नहीं सूझ रहा था। इसके पहले सब कुछ कितना अच्छा था, कितने मजे में हम सब जी रहे थे ! वह बच्चों में मस्त थी, उनके साथ खुश रहती थी। मैं उसके मामलों में कोई दखल नहीं देता था, जैसे चाहती थी, वैसे ही बच्चों और घर-गिरस्ती में उलझी रहती थी। बेशक यह अच्छा नहीं है कि 'वह' हमारे घर में बच्चों की शिक्षिका थी। बिल्कुल अच्छी बात नहीं है ! बच्चों की शिक्षिका से इश्क लड़ाने में कुछ ओछापन, कुछ घटियापन है। लेकिन क्या खूब थी वह शिक्षिका ! (M-lle Roland की मुस्कान और काली, शरारत-भरी आँखें उसकी स्मृति में सजीव हो उठीं।) लेकिन जब तक वह हमारे यहाँ रही, मैंने इस तरह की कोई हरकत नहीं की। सबसे बुरी बात तो यह है कि अब तो वह...इस मुसीबत को तो जैसे जान-बूझकर आना ही था ! हाय, हाय, हाय ! क्या किया जाए, क्या किया जाए ?'

ज़िन्दगी सबसे पेचीदा और हल न हो सकनेवाले सवालों का जो जवाब देती है, इसका उसके सिवा कोई जवाब नहीं था। वह जवाब यही था-अपनी हर दिन की ज़िन्दगी चलाते जाओ, यानी अपने को भूल जाओ। लेकिन चूंकि ऐसा करना सम्भव नहीं था, कम-से-कम रात होने तक तो ऐसा नहीं हो सकता था, सुराही रूपी औरतों के गानों की दुनिया में भी नहीं लौटा जा सकता था, इसलिए जीवन के स्वप्न से ही मस्त रहना ज़रूरी था।

'जो होगा, सो देखा जाएगा,' ओब्लोन्स्की ने अपने आपसे कहा, उठकर आसमानी रंग के रेशमी अस्तरवाला भूरा ड्रेसिंग गाउन पहना, फुन्दोंवाली डोरी को गाँठ लगाई, मज़बूत फेफड़ों से ज़ोरदार साँस ली और उन टाँगों से, जो उसके स्थूल शरीर का भार आसानी से वहन करती थीं, आदत के मुताबिक उत्साहपूर्वक, पंजों को फैलाकर डग भरता हुआ खिड़की के करीब गया और भारी पर्दा ऊपर उठाकर ज़ोर से घंटी बजाई। घंटी बजते ही उसका पुराना दोस्त और नौकर मात्वेई मालिक की पोशाक, घुटनों तक के बूट और एक तार लिए हुए भीतर आया। उसके पीछे-पीछे हजामत का सामान लिए हुए नाई भी पहुंच गया।

"दफ़्तर के कोई कागज़-पत्र हैं ?" ओब्लोन्स्की ने तार लेकर दर्पण के पास बैठते हुए पूछा।

"मेज पर रखे हैं।" मात्वेई ने जवाब दिया। सहानुभूति के साथ प्रश्नसूचक दृष्टि से मालिक की तरफ़ देखा और तनिक रुकने के बाद चालाकी-भरी मुस्कान चेहरे पर लाकर इतना और कह दिया : "घोड़ागाड़ी के मालिक का आदमी आया था।"

ओब्लोन्स्की ने कोई जवाब नहीं दिया और केवल दर्पण में मात्वेई पर नजर डाली। दर्पण में मिलनेवाली उनकी नजरों से स्पष्ट था कि वे एक-दूसरे को खूब अच्छी तरह समझते हैं। ओब्लोन्स्की की नज़र मानो पूछ रही थी- 'किसलिए तुम मुझसे यह कह रहे हो ? क्या तुम नहीं जानते कि क्या हो रहा है?'

मात्वेई ने अपनी जाकेट की जेबों में हाथ डाल लिए, पाँव को ज़रा दूर खिसका लिया और चुपचाप, खुशमिज़ाजी से तथा कुछ-कुछ मुस्कुराते हुए अपने मालिक की तरफ़ देखा।

"मैंने उससे अगले इतवार को आने के लिए और यह भी कह दिया है कि तब तक आपको और अपने को बेकार परेशान न करे," उसने सम्भवतः पहले से सोचा हुआ वाक्य कह दिया।

ओब्लोन्स्की समझ गया कि मात्वेई मज़ाक करना और अपनी तरफ़ ध्यान आकर्षित करना चाहता है। उसने तार खोला और जैसाकि हमेशा होता है, शब्दों के गलत हिज्जों को अनुमान से ठीक करते हुए पढ़ा और उसका चेहरा खिल उठा।

"मात्वेई, बहन आन्ना अर्काद्येला कल यहाँ पहुँच रही है," क्षण-भर को नाई का नर्म और गदगदा हाथ रोकते हुए, जो घुंघराले गलमुच्छों के बीच की गुलाबी जगह साफ़ कर रहा था, उसने कहा।

"शुक्र है भगवान का," मात्वेई ने कहा। इन शब्दों से उसने यह स्पष्ट कर दिया कि अपने मालिक की भाँति वह भी आन्ना आर्कायेना के आने का महत्त्व समझता है, यानी ओब्लोन्स्की की प्यारी बहन आन्ना पति-पत्नी की सुलह कराने में सहायक हो सकती है। "अकेली आ रही हैं या पति के साथ " मात्वेई ने पूछा।

ओब्लोन्स्की कोई जवाब नहीं दे सका, क्योंकि नाई ऊपरवाले होंठ पर कुछ कर रहा था। इसलिए उसने एक उँगली ऊपर उठा दी। मात्वेई ने दर्पण में ही सिर झुका दिया।

"अकेली ही आ रही हैं। तो क्या उनके लिए ऊपरवाले कमरे में प्रबन्ध कर दिया जाए ?" "दार्या अलेक्सान्द्रोना को बता दो। जहाँ वे कहें, वहीं प्रबन्ध कर देना।"

"दार्या अलेक्सान्द्रोना को ?" मात्वेई ने मानो सन्देह प्रकट करते हुए इन शब्दों को दोहराया।

"हाँ, उन्हें बता दो। लो, यह तार ले जाकर दे दो और वे जो कहें, मुझे बताना।"

'टोहना चाहते हैं,' मात्वेई समझ गया, लेकिन जवाब में सिर्फ इतना ही कहा : "जो हुक्म।"

ओब्लोन्स्की हाथ-मुँह धोकर बाल सँवार चुका था और कपड़े पहनने ही वाला था, जब मात्वेई अपने चरमराते जूतों से धीरे-धीरे डग भरता और हाथ में तार लिए हुए कमरे में वापस आया। नाई जा चुका था।

"दार्या अलेक्सान्द्रोना ने आपसे यह कहने का आदेश दिया है कि वे जा रही हैं। वे यानी आप जैसा चाहें, वैसा करें," उसने केवल आँखों में हँसते हुए कहा और जेबों में हाथ डाले तथा सिर को एक ओर को झुकाए हुए अपने मालिक पर नज़र टिका दी।

ओब्लोन्स्की चुप रहा। कुछ देर बाद उसके सुन्दर चेहरे पर दयालुतापूर्ण और कुछ-कुछ दयनीय मुस्कान दिखाई दी।

"देखा, मात्वेई ?" उसने सिर हिलाते हुए कहा।

"कोई बात नहीं, हुज़ूर, सब ठीक-ठाक हो जाएगा।" मात्वेई ने कहा। "ठीक-ठाक हो जाएगा ?" "ज़रूर सब ठीक-ठाक हो जाएगा, हुज़ूर।"

"तुम ऐसा मानते हो ? यह वहाँ कौन है ?" ओब्लोन्स्की ने दरवाजे के बाहर किसी नारी के फ्रॉक की सरसराहट सुनकर पूछा।

"यह मैं हूँ, मालिक," दृढ़ और मधुर नारी स्वर में उत्तर मिला तथा दरवाजे के पीछे से बच्चों की आया मात्र्योना फ़िलिमोनोना का कठोर तथा चेचकरू चेहरा सामने आया।

"क्या बात है, मात्र्योना ?" दरवाज़े पर उसके पास जाकर ओब्लोन्स्की ने पूछा।

इस चीज़ के बावजूद कि ओब्लोन्स्की पूरी तरह से अपनी पत्नी के सामने दोषी था और खुद भी ऐसा महसूस करता था, फिर भी घर के सभी लोग, यहाँ तक कि दार्या अलेक्सान्द्रोना की सबसे बड़ी मित्र यानी बच्चों की आया मात्र्योना भी ओब्लोन्स्की के पक्ष में थी।

"क्या बात है ?" उसने उदासी से पूछा।

"मालिक, आप उनके पास जाइए, अपने क़ुसूर के लिए फिर से क्षमा माँग लीजिए। शायद भगवान मदद करेंगे। बहुत दुःखी हैं वे, देखकर जी को कुछ होता है और फिर घर में भी सब कुछ गड़बड़ हो गया है। मालिक, बच्चों पर रहम करना चाहिए। माफ़ी माँग लें, हुज़ूर। और कोई चारा भी तो नहीं। जो करता है, वही भरता है..."

"लेकिन वे तो मुझसे मिलेंगी नहीं..."

"आप अपना ज़ोर लगा लीजिए। भगवान दयालु हैं, भगवान का नाम लीजिए, मालिक, भगवान का नाम लीजिए।"

"अच्छी बात है, अब तुम जाओ," ओब्लोन्स्की ने अचानक अरुणाभ होते हुए कहा। "तो लाओ, पहनाओ कपड़े," उसने मात्वेई को सम्बोधित किया और एक झटके से ड्रेसिंग गाउन उतार फेंका।

मात्वेई किसी अदृश्य चीज़ को फूंक मारकर उड़ाते हुए पहले से ही तैयार की गई कमीज़ को स्पष्ट प्रसन्नता के साथ अपने मालिक के बड़े स्वस्थ शरीर पर पहनाने लगा।

अन्ना करेनिना : (अध्याय 3-भाग 1)

कपड़े पहनने के बाद ओब्लोन्स्की ने अपने ऊपर इत्र छिड़का, कमीज़ की आस्तीनें ठीक की, अभ्यस्त ढंग से सिगरेटों, बटुए, दियासलाई की डिबिया और दोहरी जंजीर तथा मुहरोंवाली घड़ी को विभिन्न जेबों में डाला। इसके बाद उसने रूमाल को झटककर झाड़ा, खुद को साफ-सुथरा, इत्र से महकता तथा बड़ी मुसीबत के बावजूद स्वस्थ तथा प्रसन्नचित्त अनुभव करते हुए और टाँगों को तनिक डोलाते हुए खाने के कमरे में चला गया। वहाँ कॉफ़ी और कॉफ़ी के करीब ही खत और दफ़्तर के कागज़ात उसकी राह देख रहे थे।

ओब्लोन्स्की ने खत पढ़े। उनमें से एक बहुत ही अप्रिय था। यह पत्र उस सौदागर का था, जो बीवी की जागीर पर जंगल खरीदनेवाला था। इस जंगल को बेचना ज़रूरी था, लेकिन अब बीवी के साथ सुलह होने तक ऐसा करने का सवाल ही नहीं पैदा होता था। इसमें सबसे अप्रिय बात तो यह थी कि पैसों का मामला बीवी के साथ सुलह करने के किस्से के साथ जुड़ गया था। और यह ख्याल कि पैसों के सवाल को ध्यान में रखते हुए, कि जंगल को बेचने के लिए ही वह बीवी से सुलह करना चाहेगा, यह ख्याल उसे अपमानजनक लग रहा था।

खत पढ़ने के बाद ओब्लोन्स्की ने दफ़्तर के कागजात अपने नजदीक खींच लिए। उसने जल्दी-जल्दी दो मामलों की फ़ाइलों को उलटा-पलटा, बड़ी-सी पेंसिल से कुछ निशान लगाए और फ़ाइलों को दूर हटाकर कॉफ़ी पीने लगा। कॉफ़ी पीते हुए उसने सुबह का, अभी कुछ-कुछ गीला अख़बार भी खोल लिया और उसे पढ़ने लगा।

ओब्लोन्स्की उदार विचारोंवाला, सो भी अति उदार विचारोंवाला नहीं, बल्कि ऐसे झुकाव का अखबार मँगवाता और पढ़ता था, जो बहुमत के विचारों को अभिव्यक्त करता था। इस चीज़ के बावजूद कि न तो विज्ञान, न कला और न राजनीति में ही उसकी कोई खास दिलचस्पी थी, वह इन सब विषयों के बारे में दृढ़तापूर्वक वही दृष्टिकोण रखता था, जो बहुमत और उसके अखबार के थे। इन दृष्टिकोणों को वह तभी बदलता था, जब बहुमत ऐसा करता था, या यह कहना अधिक सही होगा कि वह उन्हें नहीं बदलता था, बल्कि अनजाने और अपने आप ही परिवर्तन हो जाता था।

ओब्लोन्स्की न तो विचारधारात्मक झुकाव और न दृष्टिकोण ही चुनता था। ये झुकाव और दृष्टिकोण उसे अपने आप उसी तरह मिलते थे, जैसे प्रचलित फैशन का टोप और फ्राककोट। वह इनके रूप चुनता नहीं था, बल्कि जो दूसरे पहनते थे, वही ले लेता था। जाने-माने समाज में रहने के कारण और हमेशा परिपक्व आयु में विकसित हो जानेवाली चिन्तन शक्ति की अपेक्षाओं की पूर्ति के लिए भी उसका कोई दृष्टिकोण रखना उतना ही ज़रूरी था, जितना कि उसके पास टोप का होना। अगर वह उदारतावादी प्रवृत्ति को रूढ़िवादी धारा से बेहतर मानता था, जिसका उसके सामाजिक क्षेत्र में बहुत से लोग अनुकरण करते थे, तो इसका कारण यह नहीं था कि उसे उदारतावादी प्रवृत्ति अधिक समझ-बूझवाली लगती थी, बल्कि इसलिए कि यह प्रवृत्ति उसके जीवन-ढंग के अधिक अनुरूप थी। उदारपन्थी पार्टी यह कहती थी कि रूस में सब कुछ बहुत बुरा है, और सचमुच ओब्लोन्स्की के सिर पर कर्ज़ का बहुत भारी बोझ था और पैसों की ज़बरदस्त तंगी थी। उदारपन्थी पार्टी का कहना था कि शादी की संस्था बीते जमाने की कहानी बन चुकी है और उसे नया रूप दिया जाना चाहिए। और सचमुच पारिवारिक जीवन से ओब्लोन्स्की को कोई बहुत खुशी नहीं मिलती थी। वह उसे झूठ बोलने और ढोंग करने को विवश करता था और उसे इन चीजों से नफ़रत थी। उदारपन्थी पार्टी कहती थी या यों कहना बेहतर होगा कि उसका ऐसा आशय था कि धर्म आबादी के बर्बर भाग के लिए ही लगाम है और सचमुच छोटी-सी प्रार्थना के समय खड़े रहने पर भी ओब्लोन्स्की की टाँगों में दर्द होने लगता था और वह किसी तरह भी यह नहीं समझ पाता था कि दूसरी दुनिया के बारे में इतने भयानक और भारी-भरकम शब्द किसलिए कहे जाते हैं: जबकि इस दुनिया में ही बड़े मजे की जिन्दगी

बिताई जा सकती थी। साथ ही खुशी-भरा मज़ाक़ पसन्द करनेवाले ओब्लोन्स्की को किसी भोले-भोले आदमी को कभी यह कहकर परेशान करने में लुत्फ़ आता था कि अगर नसल का ही अभिमान करना है, तो रयूरिक पर ही बात समाप्त न करके अपने सबसे पहले पूर्वज यानी बन्दर से भी इनकार नहीं करना चाहिए। इस तरह उदारतावादी प्रवृत्ति ओब्लोन्स्की की आदत-सी बन गई थी और वह अपने अखबार को वैसे ही प्यार करता था जैसे दोपहर के खाने के बाद सिगार को, जो उसके दिमाग में हल्की-सी धुन्ध पैदा करता था। उसने अग्रलेख पढ़ा, जिसमें यह स्पष्ट किया गया था कि हमारे दिनों में बिल्कुल बेमतलब ही यह शोर मचाया जा रहा है मानो उग्रवाद सभी रूढ़िवादी तत्त्वों को हड़प जाने का खतरा पेश करता है और यह कि सरकार को क्रान्तिकारी सर्प को कुचलने के लिए अवश्य ही कदम उठाने चाहिए। इसके विपरीत, 'हमारे मतानुसार ख़तरा तो काल्पनिक क्रान्तिकारी सर्प से नहीं, बल्कि रूढ़िवादिता के कट्टरपन से है, जो प्रगति के मार्ग में बाधा बनता है, आदि। उसने दूसरा, वित्तसम्बन्धी लेख भी पढ़ा, जिसमें बैंथम और मिल का उल्लेख था तथा मन्त्रालय पर छींटाकशी की गई थी। बात को जल्दी से समझ जाने की अपनी क्षमता के अनुसार वह हर छींटाकशी का महत्त्व और यह समझता था कि वह किसकी तरफ़ से, किस पर और किस सन्दर्भ में की गई है और इससे उसे कुछ खुशी हासिल होती थी। लेकिन आज इस खुशी में मात्र्योना फ़िलिमोनोना की सलाहों और इस बात की स्मृति की कटुता घुल गई थी कि घर में सभी कुछ गड़बड़ हुआ पड़ा है। उसने यह भी पढ़ा कि प्राप्त समाचार के अनुसार काउंट बेस्त विसबादेन के लिए रवाना हो गया है। अखबार में यह विज्ञापन भी था कि 'यूरिक-कुछ इतिहासज्ञों के दृष्टिकोण के अनुसार वार्यागों (स्कैंडिनेवियनों) का वह प्रिंस, जो अपने दो भाइयों और सेना के साथ 9वीं शताब्दी में रूस के उत्तर में आया; रूसी प्रिंसों की वंशावली का आरम्भकर्ता था। सफ़ेद बालों से मुक्ति पाई जा सकती है, कि एक हल्की घोड़ा-गाड़ी बिकाऊ है, कि एक जवान नारी वर की तलाश में है। लेकिन इन समाचारों से उसे हर दिन की तरह आज हल्का और व्यंग्यपूर्ण आनन्द नहीं मिला।

अखबार, कॉफ़ी का दूसरा प्याला और मक्खन के साथ बढ़िया डबलरोटी खत्म करने के बाद वह उठा, उसने अपनी वास्कट पर गिर गए रोटी के कण झाड़े, चौड़ा सीना सीधा किया और प्रफुल्लता से मुस्कुराया। उसकी मुस्कान का कारण यह नहीं था कि दिल में कोई खास खुशी थी, नहीं, नाश्ते के अच्छी तरह हज़म होने से ही यह प्रफुल्ल मुस्कान झलक उठी थी।

किन्तु इस खुशी-भरी मुस्कान ने उसे सभी चीजों की याद दिला दी और वह सोच में डूब गया।

दरवाजे के पार दो बच्चों की आवाजें सुनाई दीं। ओब्लोन्स्की ने छोटे बेटे ग्रीशा और बड़ी बेटी तान्या की आवाजें पहचान लीं। वे कोई चीज़ ले जा रहे थे, जो गिर गई थी।

"मैंने कहा था कि मुसाफ़िरों को छत पर नहीं बिठाना चाहिए," लड़की अंग्रेज़ी में चिल्ला रही थी, "अब उठाओ इन्हें !"

'सब कुछ गड़बड़ हो गया,' ओब्लोन्स्की ने सोचा. 'बच्चे अकेले भागते फिर रहे हैं। दरवाजे के पास जाकर उसने उन्हें पुकारा। उन्होंने उस-डिब्बे को फेंक दिया, जिसे रेलगाड़ी बना रखा था और पिता के पास आए।

लड़की, जो अपने पिता की सबसे अधिक लाड़ली थी, बेधड़क भागती हुई कमरे में चली गई, उसने हँसते हुए पिता के गले में बाँहें डाल दी, गर्दन से लटक गई और उसे पिता की गलमुच्छों से आनेवाली इत्र की सुगन्ध से सदा की भाँति खुशी हुई। आखिर गर्दन झुकाने के कारण लाल और स्नेह से चमकते हुए पिता के चेहरे को चूमने के बाद उसने गले से बाँहें हटाईं और वापस भाग जाना चाहा। लेकिन पिता ने उसे रोक लिया।

"माँ कैसी हैं ?" बेटी की चिकनी और नाजुक गर्दन पर हाथ फेरते हुए उसने पूछा। "नमस्ते," उसने मुस्कुराते हुए बेटे के अभिवादन का जवाब दिया।

उसे इस बात की चेतना थी कि वह बेटे को बेटी से कम प्यार करता है, फिर भी हमेशा अपने को एक जैसा ज़ाहिर करने की कोशिश करता था। लेकिन लड़का यह महसूस करता था और इसलिए वह पिता की उत्साहहीन मुस्कान के जवाब में मुस्कुराया नहीं।

"माँ ? वे जाग गई हैं।" बेटी ने जवाब दिया। ओब्लोन्स्की ने गहरी साँस ली। इसका मतलब है कि फिर सारी रात नहीं सोई,' उसने सोचा। "वे खुश तो हैं न "।

लड़की जानती थी कि पिता और माँ के बीच झगड़ा हुआ है, कि माँ खुश नहीं हो सकतीं और पिताजी को यह मालूम होना चाहिए, कि ऐसे हल्के-फुल्के ढंग से इस बारे में पूछते हुए वे ढोंग कर रहे हैं। वह पिता के कारण शर्म से लाल हो गई।

ओब्लोन्स्की फ़ौरन यह समझ गया और बेटी की तरह खुद भी शर्म से लाल हो गया।

"मालूम नहीं," उसने जवाब दिया। "माँ ने आज पढ़ने को मना कर दिया है और मिस गूल के साथ नानी के यहाँ घूमने-फिरने के लिए जाने को कहा है।"

"तो जाओ, मेरी प्यारी बिटिया तान्या। हाँ, ज़रा रुको," पिता ने फिर भी उसे रोकते और उसके छोटे-से कोमल हाथ को सहलाते हुए कहा।

ओब्लोन्स्की ने आतिशदान की कार्निस पर से मिठाइयों का डिब्बा उठाया, जो उसने पिछले दिन वहाँ रखा था, और चाकलेट तथा क्रीमवाली उसकी मनपसन्द दो मिठाइयाँ उसे दीं।

"यह ग्रीशा के लिए है ?" बेटी ने चाकलेटवाली मिठाई की तरफ़ संकेत करते हुए पूछा।

"हाँ, हाँ।" और एक बार फिर से उसके नाजुक-से कन्धे को सहलाकर, बालों तथा गर्दन को चूमकर उसे जाने दिया।

"बग्घी तैयार है," मात्वेई ने कहा। "हाँ, एक औरत मिलने के लिए आई है।" उसने इतना और जोड़ दिया।

"बहुत देर से है यहाँ ?" ओब्लोन्स्की ने पूछा। "आध घंटे से।" "तुमसे कितनी बार कहा है कि फ़ौरन मुझे इसकी खबर दिया करो!"

"आपको कम-से-कम कॉफ़ी तो पी लेने देना चाहिए." मात्वेई ने ऐसे मैत्रीपूर्ण और गँवारू अन्दाज़ में जवाब दिया कि उस पर बिगड़ा नहीं जा सकता था।

"तो बुलाओ जल्दी से," परेशानी से माथे पर बल डालते हुए ओब्लोन्स्की ने कहा।

यह औरत छोटे कप्तान कालिनिन की पत्नी थी और एक बिल्कुल असम्भव तथा बेतुकी बात के लिए प्रार्थना कर रही थी। लेकिन ओब्लोन्स्की ने अपने सामान्य ढंग से उसे बिठाया, टोके बिना उसकी पूरी बात सुनी, विस्तारपूर्वक यह सलाह दी कि किससे और कैसे अपनी बात कहे। इतना ही नहीं, उसने बड़े उत्साह और अच्छे ढंग से अपनी बड़ी-बड़ी, फैली-फैली, मगर साफ़ लिखावट में उसे उस आदमी के नाम पर एक रुक्का भी लिख दिया, जो उसकी मदद कर सकता था। इससे फुरसत पाकर ओब्लोन्स्की ने अपना टोप लिया और यह याद करने के लिए रुका कि कुछ भूल तो नहीं गया। हाँ, वह कुछ भी नहीं भूला था, उसके सिवा जो भूलना चाहता था यानी पत्नी के सिवा।

'अरे, हाँ !' उसका सिर झुक गया और चेहरे पर दुःख का भाव उभर आया। 'जाऊँ या न जाऊँ ?' उसने अपने आपसे पूछा। उसकी आत्मा की आवाज़ ने उससे कहा कि जाने की ज़रूरत नहीं, कि ढोंग के सिवा यह और कुछ नहीं हो सकता, कि उनके आपसी सम्बन्धों को फिर से ठीक करना, उन्हें सुधारना सम्भव नहीं। कारण कि उसकी बीवी को फिर से आकर्षक और प्यार की प्यास जगानेवाली और खुद को बूढ़ा तथा प्यार करने के अयोग्य बनाना मुमकिन नहीं। अब ढोंग और झूठ के सिवा कुछ नहीं हो सकता था और इन दोनों चीज़ों से उसे नफ़रत थी।

'लेकिन फिर भी कभी तो ऐसा करना ही होगा। आखिर मामले को ऐसे ही तो नहीं छोड़ा जा सकता,' अपने में साहस पैदा करने के लिए उसने कहा। सीना तानकर उसने सिगरेट निकाली, जलाई, दो कश खींचे, सीप की राखदानी में उसे फेंका, तेज़ क़दमों से उदास-से दीवानखाने को लाँघा और पत्नी के सोने के कमरे का दरवाज़ा खोला।

अन्ना करेनिना : (अध्याय 4-भाग 1)

ब्लाउज़ पहने और गुद्दी पर अपने विरले बालों (जो कभी घने और सुन्दर थे) की चोटियों में सुइयाँ लगाए तथा बहुत ही दुबलाए-फंसे चेहरे पर असाधारण रूप से बड़ी दिखती आँखोंवाली डॉली कमरे में इधर-उधर बिखरी चीज़ों के बीच कपड़ों की खुली हुई खानेदार अलमारी के सामने खड़ी थी और उसमें से कुछ निकाल रही थी। पति के क़दमों की आहट पाकर उसने दरवाज़े की तरफ़ देखते हुए काम बन्द कर दिया और अपने चेहरे पर व्यर्थ ही कठोरता तथा तिरस्कार का भाव लाने का यत्न किया। वह अनुभव कर रही थी कि पति और कुछ ही क्षण बाद उसके साथ होनेवाली भेंट से घबराती है।

अभी-अभी वह वही करने की कोशिश कर रही थी, जिसके लिए पिछले तीन दिनों में दसियों बार प्रयास कर चुकी थी यानी अपनी और बच्चों की वे चीजें अलग कर ले, जो अपने साथ माँ के घर ले जाएगी। इस बार भी वह ऐसा इरादा नहीं बना पाई। पहले की भाँति इस बार भी उसने अपने आपसे यही कहा कि यह सब ऐसे ही नहीं रह सकता कि उसे कुछ-न-कुछ तो करना चाहिए, उसे दंड देना, कलंकित करना चाहिए, उसने उसे जो पीड़ा दी है, उसका कुछ तो बदला लेना चाहिए। वह अभी भी खुद से यह कह रही थी कि उसे छोड़कर चली जाएगी, लेकिन दिल में महसूस कर रही थी कि ऐसा करना असम्भव है। ऐसा इसलिए असम्भव था कि वह उसे अपना पति मानना और उसे प्यार करना नहीं छोड़ सकती थी। इसके अलावा वह यह भी अनुभव करती थी कि अगर यहाँ, अपने घर में ही वह बड़ी मुश्किल से अपने पाँच बच्चों की देख-भाल कर पाती है, तो वहाँ, जहाँ वह उन्हें लेकर जाएगी, उनका और भी बुरा हाल होगा। इन तीन दिनों के दौरान ही छोटा बेटा इसलिए बीमार हो गया था कि उसे खराब हो चुका शोरबा खिला दिया गया था और बाकी बच्चों को पिछले दिन खाना ही नहीं मिला था। वह अनुभव करती थी कि जाना सम्भव नहीं है, फिर भी अपने को धोखा देती हुई चीजें छाँट रही थी और यह ढोंग कर रही थी कि यहाँ से चली जाएगी।

पति को देखकर उसने अलमारी के खाने में हाथ डाल दिया मानो कुछ ढूँढ रही हो और उसकी तरफ़ तभी मुड़ी, जब वह उसके बिल्कुल करीब आ गया। किन्तु उसका चेहरा, जिस पर वह कठोरता और दृढ़ निर्णय का भाव लाना चाहती थी, अनिश्चय और व्यथा की झलक दे रहा था।

"डॉली !" ओब्लोन्स्की ने धीमी और सहमी-सी आवाज में कहा। उसने अपना सिर कन्धों के बीच फँसा लिया था और वह अपने को दयनीय तथा विनम्र ज़ाहिर करना चाहता था, लेकिन फिर भी उसके चेहरे पर ताज़गी और तन्दुरुस्ती चमक रही थी।

डॉली ने ताज़गी और तन्दुरुस्ती से चमकते हुए उसके व्यक्तित्व को सिर से पाँव तक उड़ती नज़र से निहारा। 'हाँ, वह सुखी और प्रसन्न है। उसने सोचा। लेकिन मैं ?...और उसकी वह दयालुता, जिसके लिए सभी उसे इतना चाहते हैं और उसकी इतनी प्रशंसा करते हैं, मुझे फूटी आँखों नहीं सुहाती,' उसने मन-ही-मन सोचा। उसके होंठ भिंच गए और पीले तथा उत्तेजित चेहरे के दाएँ गाल की एक मांसपेशी फड़कने लगी।

"क्या चाहिए आपको ?" उसने जल्दी-जल्दी, परायी और घुटी-सी आवाज़ में पूछा।

"डॉली !" उसने पुनः काँपती-सी आवाज़ में उत्तर दिया। "आन्ना आज आ जाएगी।"

"तो मुझे इससे क्या ? मैं उससे नहीं मिल सकती !" वह चिल्ला उठी।

"फिर भी मिलना ही चाहिए, डॉली..."

"जाइए, जाइए, जाइए यहाँ से !" पति की ओर देखे बिना वह ऐसे चीखी, मानो यह चीख शारीरिक पीड़ा का परिणाम हो।

ओब्लोन्स्की जब पली के बारे में सोचता था, तो शान्त रह सकता था, मात्वेई के शब्दों के मुताबिक यह आशा कर सकता था कि 'सब ठीक-ठाक हो जाएगा', चैन से अखबार पढ़ और कॉफ़ी पी सकता था। लेकिन जब उसने उसका बहुत ही व्यथित और पीड़ायुक्त चेहरा देखा, भाग्य और हताशा के सामने पुटने टेकती-सी उसकी यह आवाज़ सुनी, तो उसके लिए साँस लेना कठिन हो गया, गले में फाँस-सी अनुभव हुई और आँखों में आँसू चमक उठे।

"हे भगवान, यह क्या कर डाला मैंने ! डॉली ! भगवान के लिए !...आखिर सोचो तो..." वह अपनी बात जारी न रख सका, सिसकियों से उसका गला रुंध गया।

डॉली ने फटाक से अलमारी बन्द कर दी और पति की तरफ़ देखा।

"डॉली, मैं कह ही क्या सकता हूँ? बस, इतना ही-माफ़ कर दो, मुझे माफ़ कर दो...ध्यान करो, क्या हमारे जीवन के नौ वर्ष कुछ क्षणों का प्रायश्चित्त नहीं कर सकते..."

पत्नी ने आँखें झुका लीं और पति आगे क्या कहेगा, यह सुनने की प्रतीक्षा करने लगी। वह तो मन-ही-मन मानो उससे अनुरोध कर रही थी कि वह किसी प्रकार उसे यह यक़ीन दिला दे कि उसने उसके साथ बेवफ़ाई नहीं की है।

"क्षणिक भटकाव..." ओब्लोन्स्की ने कहा और अपनी बात आगे बढ़ानी चाही। किन्तु यह शब्द सुनकर मानो शारीरिक पीड़ा से डॉली के होंठ फिर भिंच गए और दाएँ गाल की मांसपेशी फिर से फड़क उठी।

"जाइए, जाइए यहाँ से !" वह और भी जोर से चिल्ला उठी, "और अपने भटकाव तथा गन्दी हरकतों के बारे में मुझसे कुछ नहीं कहिए !"

डॉली ने जाना चाहा, लेकिन लड़खड़ा गई और सहारा लेने के लिए उसने कुर्सी की टेक थाम ली। ओब्लोन्स्की का चेहरा फैल गया, होंठ फूल गए और आँखों में आँसू छलछला आए।

"डॉली !" उसने अब सिसकते हुए कहा। "भगवान के लिए बच्चों का खयाल करो, उनका कोई क़सूर नहीं है। मैं कसूरवार हूँ, तुम मुझे सज़ा दो, कहो कि मैं अपने अपराध का प्रायश्चित्त करूँ। जैसे भी इसका प्रायश्चित्त हो सकता हो, मैं उसके लिए तैयार हूँ ! मैं अपराधी हूँ, अपने अपराध को व्यक्त करने के लिए मेरे पास शब्द नहीं हैं। लेकिन, क्षमा कर दो, डॉली !"

वह बैठ गई। पति को उसकी भारी और ऊँची साँस की आवाज़ सुनाई दे रही थी और उसे उस पर इतना तरस आया कि बयान से बाहर। डॉली ने कई बार बात शुरू करनी चाही, मगर नहीं कर पाई। ओब्लोन्स्की इन्तज़ार करता रहा।

"तुम्हें बच्चों के साथ खेलने-कूदने के लिए उनका ध्यान आता है, लेकिन मुझे हर वक़्त उनका ध्यान रहता है और मैं जानती हूँ कि वे अब कहीं के नहीं रहे," उसने कहा। यह सम्भवतः उन वाक्यों में से एक था, जिसे पिछले तीन दिनों में उसने अपने आपसे कई बार कहा था।

डॉली ने उसे 'तुम्हें कहा था, जो अपनत्व का द्योतक था, और इसलिए उसने कृतज्ञता से उसकी ओर देखा तथा उसका हाथ थामने के लिए उसकी तरफ़ बढ़ा। लेकिन वह नफ़रत से दूर हट गई।

"मुझे बच्चों का ध्यान है और इसलिए उन्हें बचाने को सब कुछ करूँगी। लेकिन मैं खुद यह नहीं जानती कि उन्हें पिता से दूर ले जाकर या व्यभिचारी पिता, हाँ, व्यभिचारी पिता के साथ छोड़कर मैं उनकी रक्षा कर सकूँगी...कहिए कि जो कुछ हुआ है, जो हुआ है, उसके बाद भी क्या हम साथ रह सकते हैं ? क्या यह सम्भव है ? कहिए, क्या यह सम्भव है ?" वह यह दोहराती और अपनी आवाज़ ऊँची करती गई। "इसके बाद कि मेरा पति, मेरे बच्चों का बाप अपने बच्चों की शिक्षिका के साथ इश्क़-मुहब्बत के रिश्ते-नाते जोड़े..."

"लेकिन क्या किया जाए ? क्या किया जाए ?" उसने दयनीय आवाज़ में कहा। वह खुद नहीं समझ रहा था कि क्या कह रहा है और अपना सिर अधिकाधिक नीचे झुकाता जा रहा था।

"मैं आपसे घृणा करती हूँ, नफ़रत करती हूँ !" अधिकाधिक गुस्से में आती हुई वह चिल्ला उठी। "आपके आँसू-सिर्फ पानी हैं ! आपने मुझे कभी प्यार नहीं किया, आपके पास न दिल है और न शराफ़त ! मेरी नज़र में आप कमीने, दुष्ट और पराये हैं। हाँ, बिल्कुल पराये !" अपने लिए भयानक इस 'पराये' शब्द को उसने गुस्से से और बड़ी पीड़ा के साथ कहा।

ओब्लोन्स्की ने पत्नी की तरफ़ देखा और उसके चेहरे पर झलकनेवाले क्रोध से भयभीत और आश्चर्यचकित रह गया। वह यह नहीं समझ पा रहा था कि उसके दयाभाव से उसे झल्लाहट महसूस हो रही थी। उसकी दया में वह अपने प्रति अफ़सोस, मगर प्यार नहीं अनुभव कर रही थी।

'नहीं, वह मुझसे नफ़रत करती है। वह मुझे माफ़ नहीं करेगी,' ओब्लोन्स्की ने सोचा।

"यह भयानक बात है! बड़ी भयानक बात है।" वह कह उठा।

इसी वक़्त दूसरे कमरे में सम्भवतः गिर जानेवाला बच्चा ज़ोर से रो पड़ा। दार्या अलेक्सान्द्रोला ने ध्यान से यह आवाज़ सुनी और उसके चेहरे पर अचानक नर्मी आ गई। शायद उसे संभलने में, यह जानने में कि वह कहाँ है और उसे क्या करना चाहिए, कुछ क्षण लग गए और फिर झटपट उठकर दरवाजे की तरफ़ लपकी।

'मेरे बच्चे को तो वह प्यार करती है,' उसने बच्चे के रो उठने पर पत्नी के चेहरे के भाव-परिवर्तन को देखकर सोचा। मेरे बच्चे को। तो फिर मुझसे कैसे नफ़रत कर सकती है वह ?'

"डॉली. एक शब्द और..." पत्नी के पीछे-पीछे जाते हुए उसने कहा।

"अगर आप मेरे पीछे-पीछे आएँगे, तो मैं लोगों को, बच्चों को पुकार लूँगी ! अच्छा होगा कि वे सब यह जान जाएँ कि आप नीच हैं। मैं आज जा रही हूँ और आप यहाँ अपनी प्रेमिका के साथ रह सकते हैं !" और वह दरवाजे को फटाक से बन्द करके बाहर चली गई।

ओब्लोन्स्की ने गहरी साँस ली, चेहरा पोंछा और धीरे-धीरे दरवाजे की तरफ़ बढ़ने लगा। 'मात्वेई कहता है कि सब कुछ ठीक-ठाक हो जाएगा। लेकिन कैसे ? मुझे तो इसकी सम्भावना ही दिखाई नहीं देती। ओह, ओह, कैसा गजब हो गया है ! कितने ओछे ढंग से वह चिल्ला रही थी, उसकी चीख और 'नीच' तथा 'प्रेमिका' शब्दों को याद करते हुए उसने अपने आपसे कहा-'हो सकता है कि नौकरानियों ने सुन लिया हो ! बड़ा ओछापन है यह, बड़ा ओछापन है। ओब्लोन्स्की कुछ क्षण तक अकेला खड़ा रहा, उसने आँखें पोंछी, गहरी साँस ली और तनकर कमरे से बाहर निकल गया।

शुक्रवार का दिन था और खाने के कमरे में जर्मन घड़ीसाज़ घड़ी को चाबी दे रहा था। ओब्लोन्स्की को वक्त के बहुत ही पाबन्द इस गंजे घड़ीसाज़ के बारे में अपना यह मज़ाक याद आ गया कि घड़ी को चाबी देने के लिए खुद

इस जर्मन में भी जीवन-भर के लिए चाबी भरी हुई है, और वह मुस्कुरा दिया। ओब्लोन्स्की को अच्छे मज़ाक़ पसन्द थे। हो सकता है कि सब कुछ ठीक-ठाक हो जाएगा! अच्छा शब्द है यह-'ठीक-ठाक', उसने सोचा। 'किसी को बताना चाहिए।'

"मात्वेई ।" उसने आवाज़ दी। "तो तुम मारीया के साथ मिलकर आन्ना अर्कायेना के लिए मेहमानखाने में सब प्रबन्ध कर दो।" उसने मात्वेई के सामने आने पर कहा।

"जो हुक्म।" ओब्लोन्स्की ने फ़र का कोट पहना और ड्योढ़ी में आ गया। "खाना खाने तो आएँगे न ?" मात्वेई ने उसे विदा करते हुए पूछा।

"मालूम नहीं। हाँ, खर्च के लिए ये पैसे ले लो," बटुए से दस रूबल का नोट निकालकर देते हुए उसने कहा। "काफ़ी रहेंगे न ?"

"काफ़ी रहेंगे या नहीं, मगर लगता है कि इन्हीं में काम चलाना पड़ेगा।" मात्वेई ने गाड़ी का दरवाज़ा बन्द करते और ड्योढ़ी में वापस जाते हुए कहा।

इसी बीच बच्चे को शान्त करके और बग्घी की आवाज़ से यह समझकर कि पति चला गया है, डॉली अपने सोने के कमरे में लौट आई। उसके लिए घर की चिन्ताओं से बचने की, जो उसे बाहर निकलते ही घेर लेती थीं, यही एक जगह थी। इस थोड़ी-सी देर में ही, जब वह बच्चों के कमरे में गई, अंग्रेज़ शिक्षिका तथा मात्र्योना फ़िलिमोनोना ने उससे कुछ ऐसी बातें पूछ लीं, जिन्हें टालना सम्भव नहीं था और जिनका सिर्फ वही जवाब दे सकती थी-बच्चों को सैर के वक्त क्या पहनाया जाए? उन्हें दूध दिया जाए या नहीं ? क्या कोई दूसरा बावर्ची बुला लिया जाए ?

"ओह, मुझे परेशान नहीं करें, परेशान नहीं करें!" उसने जवाब दिया और सोने के कमरे में लौटकर वहीं बैठ गई, जहाँ बैठकर उसने पति से बातें की थीं। उसने अपने उन कमज़ोर हाथों को, जिनकी हड़ीली उँगलियों से अंगूठियाँ निकल-निकल जाती थीं, एक-दूसरे के साथ सटा लिया और पति के साथ हुई अपनी सारी बातचीत पर विचार करने लगी। 'चला गया ! तो 'उसका' उसने क्या किया ? उसने सोचा। 'क्या वह अभी भी 'उससे मिलता है ? मैंने यह क्यों नहीं पूछा उससे ? नहीं, नहीं, सुलह नहीं करनी चाहिए। अगर हम एक ही घर में रह भी गए, तो भी पराये रहेंगे। हमेशा के लिए पराये !' उसने विशेष अर्थ के साथ अपने लिए इस भयानक शब्द को फिर से दोहराया। और कितना प्यार करती थी, हे भगवान, कितना प्यार करती थी मैं उसे!...कितना प्यार करती थी ! क्या मैं अब उसे प्यार नहीं करती ? क्या पहले से भी ज्यादा प्यार नहीं करती हूँ मैं उसे ? सबसे भयानक बात यह है...' उसने कहना शुरू किया, लेकिन अपनी बात को समाप्त नहीं कर पाई, क्योंकि मात्र्योना फ़िलिमोनोना ने दरवाज़े में से सिर भीतर घुसेड़ लिया था।

"अब मेरे भाई को बुलवा भेजने का हुक्म दीजिए," उसने कहा। "वह खाना तैयार कर देगा। नहीं तो कल की तरह बच्चे आज भी शाम के छः बजे तक भूखे रहेंगे।"

"अच्छी बात है, मैं अभी बाहर आकर सब कुछ तय कर दूंगी। ताज़ा दूध के लिए तो किसी को भेज दिया न ?"

और डॉली दिन-भर की घरेलू चिन्ताओं में खो गई और वक्ती तौर पर उसने अपने दुःख को उसमें डुबो दिया।

अन्ना करेनिना : (अध्याय 5-भाग 1)

जन्मजात योग्यता की बदौलत ओब्लोन्स्की स्कूल की पढ़ाई में अच्छा था, लेकिन काहिल और शरारती होने के कारण पिछड़े हुओं में रह गया। फिर भी अपनी सदा की रंगरलियोंवाली ज़िन्दगी, छोटे रुतबे और बुज़ुर्ग न होने के बावजूद मास्को के एक दफ़्तर में संचालक के प्रतिष्ठित पद पर काम करता था और अच्छा वेतन पाता था। यह नौकरी उसे अपने बहनोई यानी आन्ना के पति अलेक्सेई अलेक्सान्द्रोविच कारेनिन की सहायता से मिली थी। कारेनिन उस मन्त्रालय में, जिसके अधीन यह दफ़्तर था, बहुत ही महत्त्वपूर्ण स्थान पर नियुक्त था। अगर कारेनिन अपने साले को यह जगह न भी दिलवाता, तो भी स्तीवा ओब्लोन्स्की सैकड़ों अन्य लोगों, भाइयों, बहनों, सगे-सम्बन्धियों, दूर के रिश्ते के चाचाओं-मामाओं और बुआओं-मौसियों की मदद से यही या छः हज़ार वार्षिक आयवाली ऐसी कोई दूसरी नौकरी पा लेता। इतना वेतन तो उसे चाहिए ही था, क्योंकि बीवी की काफ़ी सम्पत्ति के बावजूद उसकी माली हालत ख़ासी पतली थी।

मास्को और पीटर्सबर्ग के आधे लोग ओब्लोन्स्की के रिश्तेदार या यार-दोस्त थे। उसका उन लोगों के बीच जन्म हुआ था, जो इस पृथ्वी के बड़े लोग थे या बन गए थे। सरकारी लोगों का एक-तिहाई भाग यानी बुज़ुर्ग उसे पिता के दोस्त थे और उसे बचपन से जानते थे। दूसरे तिहाई के लोग उसके यार-दोस्त थे और तीसरी तिहाईवाले अच्छे परिचित। इसलिए ज़ाहिर है कि नौकरियों, ठेकों और कंसेशनों आदि के रूप में दौलत बाँटनेवाले सभी लोग उसके दोस्त थे और अपने आदमी की अवहेलना नहीं कर सकते थे। ओब्लोन्स्की को अच्छी जगह हासिल करने के लिए खास कोशिश करने की ज़रूरत नहीं थी। उसे तो सिर्फ़ इनकार और ईर्ष्या नहीं करनी चाहिए थी, झगड़ना और बुरा नहीं मानना चाहिए था और वह अपनी स्वाभाविक उदारता के फलस्वरूप कभी ऐसा करता भी नहीं था। अगर उससे यह कहा जाता कि जिस नौकरी की उसे ज़रूरत है, वह उसे नहीं मिलेगी, तो उसे यह बात हास्यास्पद लगती। खासतौर पर इसलिए कि वह किसी असाधारण चीज़ की माँग नहीं कर रहा था। वह तो उतना ही चाहता था, जितना कि उसके हमउम्र पा रहे थे और ऐसी नौकरी के फ़र्ज़ भी वह दूसरों की तरह ही निभा सकता था।

ओब्लोन्स्की को जाननेवाले सभी लोग उसे उसके दयालु, हँसोड़ स्वभाव और सन्देहहीन ईमानदारी के लिए प्यार ही नहीं करते थे, बल्कि उसमें, उसके बाहरी सुन्दर और मधुर व्यक्तित्व, चमकती आँखों, काली भौंहों, गोरे-चिट्टे और गालों पर खिले गुलाबोंवाले चेहरे में कुछ ऐसा भी था, जो उससे मिलनेवाले लोगों पर मैत्रीपूर्ण तथा सुखद प्रभाव डालता था। अहा ! स्तीवा ! ओब्लोन्स्की ! यह रहा वह !' उससे मुलाकात होने पर लगभग हमेशा ही खुशीभरी मुस्कान के साथ लोग कहते। अगर कभी ऐसा हो भी जाता कि उसके साथ बातचीत करने के बाद ऐसा प्रतीत होता कि कोई खास खुशी की बात नहीं हुई, तो भी अगले दिन या उसके अगले दिन उससे भेंट होने पर फिर सभी उसी भाँति खुश होते।

मास्को के एक कार्यालय में तीन सालों से संचालक के पद पर काम करते हुए ओब्लोन्स्की ने प्यार के अतिरिक्त अपने सहयोगियों, अपने अधीन काम कारनेवालों और अपने से बड़े अधिकारियों अर्थात उन सभी का आदर भी प्राप्त कर लिया था, जिनका उससे वास्ता पड़ता था। दफ़्तर में सभी का आदर प्राप्त करने में जिन गुणों ने उसकी सहायता की थी, उनमें सबसे पहला तो लोगों के प्रति अत्यधिक विनयशीलता थी, जो अपनी त्रुटियों की चेतना का परिणाम थी। दूसरा गुण था-उसकी उदारता की भावना। यह वह उदारता नहीं थी, जिसके बारे में वह अखबारों में पढ़ता था, बल्कि वह, जो उसके खून में थी और जिसके फलस्वरूप वह अमीर-गरीब और छोटे-बड़े यानी सभी लोगों के साथ समान व्यवहार करता था। तीसरा और मुख्य गुण था-उस काम के प्रति, जिसे वह करता था, पूर्ण अनासक्ति का भाव । इसके परिणामस्वरूप वह उसमें कभी डूबता-खोता नहीं था और इसलिए गलतियाँ भी नहीं करता था।

ओब्लोन्स्की के दफ्तर पहुँचने पर दरबान ने उसका सादर स्वागत किया और वह थैला लिए हुए अपने छोटे-से कमरे में गया, उसने वर्दी पहनी और दफ्तर में दाखिल हुआ। मुंशी और दूसरे सभी कर्मचारी उठकर खड़े हो गए और सभी ने खुशमिज़ाजी तथा आदर से सिर झुकाया। ओब्लोन्स्की सदा की भाँति जल्दी-जल्दी कदम बढ़ाता अपनी जगह पर चला गया और सदस्यों से हाथ मिलाकर बैठ गया। जितना मुनासिब था, उसने हँसी-मज़ाक़ किया और बातचीत की तथा काम शुरू कर दिया। ओब्लोन्स्की आज़ादी, सादगी और औपचारिकता की उस हद को बहुत अच्छी तरह जानता था, जो दफ्तर के काम को दिलचस्प ढंग से चलाने के लिए ज़रूरी होती है। जैसाकि अन्य सभी लोग भी ओब्लोन्स्की की उपस्थिति में करते थे, सेक्रेटरी भी खुशमिज़ाजी और आदर से, कागजात लिए हुए उसके पास आया और बेतकल्लुफ़ तथा खुले अन्दाज़ में, जिसकी ओब्लोन्स्की ने ही परम्परा डाली थी, बात करने लगा।

"आखिर तो हमने पेंज़ा गुबेर्निया के दफ्तर से ज़रूरी सूचना हासिल कर ली है। देखना चाहेंगे न..."

"आखिर तो हासिल कर ली ?" कागज़ पर उँगली रखते हुए ओब्लोन्स्की कह उठा। "तो महानुभावो..." और कार्रवाई शुरू हो गई।

'काश, इन्हें मालूम होता कि आध घंटा पहले इनका अध्यक्ष कैसा कसूरवार लड़का-सा बना हुआ था !' उसने रिपोर्ट सुनते हुए एक ओर सिर झुकाकर तथा चेहरे पर गम्भीरता का भाव लाते हुए मन-ही-मन सोचा। और रिपोर्ट पढ़े जाने के वक़्त उसकी आँखें हँस रही थीं। दिन के दो बजे तक ऐसी कार्रवाई चलती थी और इसके बाद कुछ खाने-पीने के लिए अन्तराल होता था। अभी दो नहीं बजे थे कि दफ्तर के बड़े हॉल के शीशे के दरवाजे अचानक खुले और कोई भीतर आया। सभी सदस्यों ने इस मनबहलाव की सम्भावना से खुश होते हुए दरवाज़े की तरफ़ मुड़कर देखा, जिसके सामने ज़ार का छविचित्र लगा था। लेकिन दरवाजे के करीब खड़े चौकीदार ने आगन्तुक को फ़ौरन बाहर करते हुए शीशे का दरवाजा बन्द कर दिया।

जब रिपोर्ट पढ़ी जा चुकी, ओब्लोन्स्की उठकर खड़ा हआ, उसने अंगड़ाई ली, अपने जमाने की उदारतावादी प्रवृत्ति के अनुरूप दफ्तर में ही सिगरेट निकाली और अपने कमरे में चला गया। उसके दो साथी, अर्से से यहीं काम करनेवाला निकीतिन और कैमरजंकर ग्रिनेविच भी उसके साथ बाहर आ गए।

"नाश्ते-पानी के बाद इस मामले को खत्म कर लेंगे," ओब्लोन्स्की ने कहा। "जरूर कर लेंगे !" निकीतिन ने पुष्टि की।

"यह फ़ोमीन बड़ा धूर्त होगा," ग्रिनेविच ने विचाराधीन मामले से सम्बन्धित एक व्यक्ति के बारे में कहा।

ग्रिनेविच के इन शब्दों को सुनकर ओब्लोन्स्की के माथे पर बल पड़ गए। इस तरह उसने यह ज़ाहिर कर दिया कि वक्त से पहले कोई नतीजा निकालना अच्छी बात नहीं है और जवाब में खुद कुछ नहीं कहा।

"कौन भीतर आया था ?" उसने चौकीदार से पूछा।

"कोई अजनबी था, हुज़ूर। मेरा मुँह दूसरी तरफ़ होते ही पूछे बिना घुस गया। आपके बारे में पूछा रहा था। मैंने कहा कि जब सदस्य बाहर आएँगे, तब..."

"कहाँ है वह ?"

"अभी-अभी डयोढ़ी में चला गया है, नहीं तो लगातार यहीं पर इधर-उधर टहल रहा था। वह रहा," चौकीदार ने मज़बूत और चौड़े-चकले कन्धों तथा घुंघराली दाढ़ीवाले व्यक्ति की तरफ़ इशारा करके कहा। वह व्यक्ति भेड़ की

खाल की टोपी उतारे बिना ही पत्थर के जीने की घिसी हुई पैड़ियों पर जल्दी-जल्दी और फुर्ती से ऊपर चढ़ रहा था। थैला हाथ में लिए नीचे उतरते हुए एक दुबले-पतले कर्मचारी ने रुककर ऊपर भागे जाते इस व्यक्ति की टाँगों को भर्त्सनापूर्वक देखा और फिर ओब्लोन्स्की पर प्रश्नसूचक दृष्टि डाली।

ओब्लोन्स्की जीने के सिर पर खड़ा था। वर्दी के सुनहरी पट्टीवाले कालर के ऊपर खुशमिज़ाजी से खिला हुआ उसका चेहरा सीढ़ियाँ चढ़ते आदमी को पहचानकर और भी अधिक खिल उठा। "वही है ! आखिर तो लेविन आ गया !" नज़दीक आते लेविन को गौर से देखते हुए उसने मैत्री और तनिक व्यंग्यपूर्ण मुस्कान के साथ कहा। "इस गड़बड़झाले में मुझे ढूँढ़ते हुए तुम्हें नफ़रत नहीं महसूस हुई?" हाथ मिलाकर ही सन्तुष्ट न होते हुए उसने अपने दोस्त को चूमा। "बहुत देर हो गई क्या तुम्हें यहाँ आए ?"

"मैं अभी आया हूँ और तुमसे मिलने को बहुत ही उत्सुक था," लेविन ने शरमाते, साथ ही झल्लाते और बेचैनी से इधर-उधर नज़र दौड़ाते हुए जवाब दिया।

"तो आओ, मेरे कमरे में चलें !" अपने दोस्त की आत्मसम्मानी और खीजभरी संकोचशीलता से परिचित ओब्लोन्स्की ने कहा। और उसका हाथ थामकर अपने पीछे-पीछे ऐसे ले चला मानो उसे खतरों के बीच से बचाकर ले जा रहा हो।

अपने लगभग सभी परिचितों के साथ ओब्लोन्स्की की 'तुम' के स्तर पर बेतकल्लुफ़ी थी। इन परिचितों में साठ साल के बूढ़े, बीस साला छोकरे, अभिनेता, मन्त्री, व्यापारी और ज़ार के जनरल-एडजुटेंट भी थे। इस तरह 'तुम' के स्तर पर उससे घनिष्ठता रखनेवाले सामाजिक सीढ़ी के दो सिरों पर खड़े थे और उन्हें यह जानकर बहुत हैरानी होती कि ओब्लोन्स्की के माध्यम से उनके बीच कोई तार जुड़ा हुआ है। वह जिन लोगों के साथ शेम्पेन पीता था, और शेम्पेन वह बहुतों के साथ पीता था, उन सभी को 'तुम' कहता था। इसलिए अपने अधीन काम करनेवालों की उपस्थिति में जब 'तुम' की श्रेणी में आनेवाले इन 'लज्जाजनक यार-दोस्तों' से, जैसे वह मज़ाक में ऐसे अधिकतर लोगों को कहता था, उसकी भेंट होती तो अपनी नीतिकुशलता के अनुसार अपने मातहतों के लिए इस प्रभाव की अप्रियता को कम करने में समर्थ रहता था। लेविन 'लज्जाजनक यार-दोस्तों' में से नहीं था, लेकिन ओब्लोन्स्की अपनी नीतिकुशलता से लेविन के मन का भाव भाँप गया। उसने महसूस किया कि लेविन समझता है कि मैं अपने मातहतों के सामने उसके साथ अपनी निकटता नहीं जाहिर करना चाहूँगा और इसलिए जल्दी से उसे अपने कमरे में ले गया।

लेविन और ओब्लोन्स्की लगभग हमउम्र थे और उनके बीच केवल शेम्पेन की वजह से ही 'तुम' के स्तर पर सम्बन्ध नहीं थे। लेविन उसका साथी और चढ़ती जवानी के दिनों का दोस्त था। स्वभावों और रुचियों के अन्तर के बावजूद वे एक-दूसरे को वैसे ही प्यार करते थे, जैसा चढ़ती जवानी के दिनों में मिल जानेवाले लोगों के बीच हो जाता है। किन्तु इसके बावजूद, जैसाकि विभिन्न किस्म की गतिविधियाँ चुननेवाले लोगों के साथ अक्सर होता है, इनमें से हरेक चाहे दूसरे के कार्य पर सोच-विचार कर उसकी सफ़ाई पेश करता था, फिर भी दिल में उसे तिरस्कार की दृष्टि से देखता था। प्रत्येक को ऐसा प्रतीत होता था कि जो जीवन वह बिता रहा है, वही वास्तविक है और उसके मित्र का जीवन छलना है। लेविन से मुलाकात होते ही ओब्लोन्स्की के चेहरे पर हल्की व्यंग्यपूर्ण मुस्कान आए बिना नहीं रहती थी। लेविन बार-बार गाँव से आता था, जहाँ वह कुछ करता था, लेकिन क्या करता था, ओब्लोन्स्की ढंग से नहीं समझ सका और न ही वह इस मामले में कोई गहरी दिलचस्पी लेता था। लेविन हमेशा ही उत्तेजित, हड़बड़ाया, कुछ घबराया और इस घबराहट के कारण झल्लाया हुआ और जीवन के बारे में नया तथा अप्रत्याशित दृष्टिकोण लेकर मास्को आता। ओब्लोन्स्की इस पर हँसता और उसे यह अच्छा लगता। ठीक इसी भाँति लेविन अपने मित्र के शहरी जीवन और उसके काम को, जिसे फ़िज़ूल की चीज़ मानता था, मन-ही-मन तिरस्कार की दृष्टि

से देखता और इसका मज़ाक उड़ाता। लेकिन फ़र्क़ यह था कि ओब्लोन्स्की वह करते हुए, जो सभी करते हैं, आत्मविश्वास और खुशमिज़ाजी से हँसता, जबकि लेविन आत्मविश्वास के बिना और कभी-कभी झल्लाते हुए।

"हम बहुत दिनों से तुम्हारी राह देख रहे थे," ओब्लोन्स्की ने अपने कमरे में दाखिल होते और लेविन का हाथ छोड़ते तथा इस तरह मानो यह ज़ाहिर करते हुए कहा कि अब खतरा खत्म हो गया। "बहुत, बहुत खुशी हुई तुम्हारे आने से," वह कहता गया। "तो तुम कैसे हो? क्या हाल है तुम्हारा ? कब आए हो ?"

ओब्लोन्स्की के दो साथियों के अपरिचित चेहरों और खासतौर पर बाँके-छैले ग्रिनेविच के हाथ को गौर से देखता हुआ लेविन खामोश रहा। ग्रिनेविच के हाथों की ऐसी गोरी और लम्बी उँगलियाँ थीं, उनके सिरों पर ऐसे लम्बे, पीले और मुड़े हुए नाखून थे, कमीज़ के कफ़ों में ऐसे चमकते और बड़े-बड़े कफ़-लिंक लगे हुए थे कि सम्भवतः इन हाथों ने ही उसका सारा ध्यान अपनी तरफ़ खींच लिया था और वे उसे स्वतन्त्रता से सोचने नहीं दे रहे थे। ओब्लोन्स्की ने फ़ौरन यह ताड़ लिया और मुस्कुराया।

"अरे हाँ, मैं आपका परिचय तो करा दूं।" उसने कहा। "मेरे साथी फ़िलीप इवानोविच निकीतिन और मिखाइल स्तनिस्लावोविच ग्रिनेविच ।" इसके बाद लेविन की ओर इशारा करते हुए बोला, "जेम्सत्वो-परिषद का कार्यकर्ता, इस प्रणाली का एक नया व्यक्ति, मेरा कसरती दोस्त कोन्स्तान्तीन मीत्रियेविच लेविन, जो एक हाथ से एक सौ किलोग्राम वज़न उठा लेता है, पशुपालक और शिकारी है तथा सेर्गेई इवानोविच कोज्निशेव का छोटा भाई।"

"आपसे मिलकर बहुत खुशी हुई," बूढ़े निकीतिन ने कहा।

"मुझे आपके भाई सेर्गेई इवानोविच से परिचित होने का सौभाग्य प्राप्त है," लम्बे नाखूनोंवाला पतला-सा हाथ लेविन की तरफ़ बढ़ाते हुए ग्रिनेविच ने कहा।

लेविन के माथे पर बल पड़ गए, उसने रूखाई से हाथ मिलाया और इसी क्षण ओब्लोन्स्की की तरफ़ देखा। यह सही है कि सारे रूस में लेखक के नाते प्रसिद्ध अपने भाई के लिए उसके दिल में बड़ी इज़्ज़त थी, फिर भी जब उसे कोन्स्तान्तीन लेविन के रूप में नहीं, बल्कि विख्यात कोनिशेव के भाई के रूप में सम्बोधित किया जाता था, तो उसे बहुत बुरा लगता था।

"नहीं, मैं अब जेम्सत्वो-परिषद का कार्यकर्ता नहीं रहा। मेरा सबसे झगड़ा हो गया और अब मैं परिषद की बैठकों में नहीं जाता," उसने ओब्लोन्स्की को सम्बोधित करते हुए कहा।

"इतनी जल्दी ही!" ओब्लोन्स्की ने मुस्कुराकर कहा। "लेकिन कैसे ? क्या हुआ?"

"यह लम्बी कहानी है। फिर कभी सुनाऊँगा," लेविन ने कहा, लेकिन उसी वक़्त सुनाने लगा। "थोड़े में, मुझे यह यकीन हो गया कि जेम्सत्वो-परिषद न तो कुछ करती है और न कर ही सकती है," उसने ऐसे कहना शुरू किया मानो किसी ने इसी वक़्त उसे नाराज़ कर दिया हो। "एक तरफ़ तो यह खिलौना है, संसद में होने का खेल खेला जाता है। लेकिन मैं न तो इतना जवान हूँ और न इतना बूढ़ा ही कि खिलौनों से खेलूँ। दूसरी तरफ़ (वह हकलाया) यह ज़िले के coterie (गिरोह-फ्रांसीसी) के लिए पैसा निचोड़ने का साधन है। पहले संरक्षण-संस्थाएँ और अदालतें थीं और अब ये परिषदें रिश्वत के रूप में नहीं, बल्कि अनुचित वेतन के रूप में पैसा पाती हैं," उसने ऐसे जोश में कहा मानो उपस्थित लोगों में से कोई उसके मत का खंडन कर रहा हो।

"अरे ! मैं देख रहा हूँ कि तुम फिर से एक नए, रूढ़िवादी रंग में सामने आए हो," ओब्लोन्स्की ने कहा। "खैर, इसकी हम बाद में चर्चा करेंगे।"

"हाँ, बाद में। लेकिन मेरे लिए तुमसे मिलना ज़रूरी था," लेविन ने ग्रिनेविच के हाथ की ओर घृणा से देखते हुए कहा।

ओब्लोन्स्की के चेहरे पर हल्की मुस्कान दिखाई दी।

"तुमने तो कहा था कि अब कभी तुम यूरोपीय पोशाक नहीं पहनोगे ?" लेविन के नए, सम्भवतः फ्रांसीसी दर्जी के हाथ से सिले सूट को ध्यान से देखते हुए ओब्लोन्स्की ने कहा। "तो मैं देख रहा हूँ कि यह भी एक नया रंग है।"

लेविन अचानक शरमा गया। लेकिन ऐसे नहीं, जैसे बालिग ज़रा-सा शरमाते हैं और उन्हें इसका एहसास भी नहीं होता। वह तो लड़कों की तरह शरमाया, जो यह अनुभव करते हैं कि अपने शर्मीलेपन के कारण वे हास्यास्पद प्रतीत होते हैं और इसलिए और भी ज्यादा शरमाते तथा लाल होते जाते हैं और लगभग आँसुओं की अवस्था तक पहुँच जाते हैं। लेविन के बुद्धिमत्ता और साहसपूर्ण चेहरे को बालकों जैसी स्थिति में देखना इतना अजीब लग रहा था कि ओब्लोन्स्की ने नज़र दूसरी तरफ़ कर ली।

"तो कहाँ मिलेंगे हम ? मुझे तो तुमसे बहुत ही ज़रूरी बात करनी है," लेविन ने कहा।

ओब्लोन्स्की मानो सोचने लगा।

"तो ऐसा करते हैं-गरिन के पास नाश्ता-पानी करने चलते हैं और वहीं बातचीत कर लेंगे। मुझे तीन बजे तक फुर्सत है।"

"नहीं," कुछ सोचकर लेविन ने जवाब दिया, "मुझे अभी कहीं और जाना है।"

"तो हम शाम का खाना एकसाथ खा लेंगे।"

"शाम का खाना ? देखो न, मुझे कुछ खास तो कहना नहीं, सिर्फ दो शब्द कहने हैं, कुछ पूछना है और बाकी बातें हम बाद में कर लेंगे।"

"तो अभी कह दो वे दो शब्द और बाक़ी बातचीत खाने के वक्त कर लेंगे।"

"दो शब्द ये हैं," लेविन ने कहा, "वैसे, कोई खास बात नहीं है।"

उसके चेहरे पर सहसा झल्लाहट झलक उठी। यह अपने शर्मीलेपन पर काबू पाने की उसकी कोशिश का परिणाम थी।

"श्रेर्बात्स्की परिवारवालों का क्या हालचाल है ? सब कुछ पहले की तरह ही है ?" उसने पूछा।

ओब्लोन्स्की को बहुत अर्से से यह मालूम था कि लेविन उसकी साली कीटी को प्यार करता है। इसलिए अब वह तनिक मुस्कुराया और उसकी आँखें खुशमिज़ाजी से चमक उठीं।

"तुमने कहा 'दो शब्द,' लेकिन मैं दो शब्दों में जवाब नहीं दे सकता, क्योंकि...एक मिनट के लिए माफ़ करना।"

बेतकल्लुफ़ी और साथ ही आदर का भाव तथा दफ़्तरी मामलों के बारे में संचालक की तुलना में अपनी जानकारी की श्रेष्ठता की चेतना के साथ, जो सभी सेक्रेटरियों का सामान्य लक्षण है, ओब्लोन्स्की का सेक्रेटरी कागजात लिए हुए क़रीब आया और सवाल पूछने का बहाना करते हुए कोई कठिनाई स्पष्ट करने लगा। ओब्लोन्स्की ने अन्त तक उसकी बात सुने बिना ही स्नेहपूर्वक अपना हाथ सेक्रेटरी की आस्तीन पर रख दिया।

"नहीं, आप वैसा ही करें, जैसाकि मैंने कहा था," मुस्कुराकर अपनी टिप्पणी को नर्म बनाते और संक्षेप में इस मामले के बारे में अपने विचार स्पष्ट करते हुए उसके कागजात अपने सामने से हटा दिए और कहा, "वैसे ही कीजिए, जाखार निकीतिच ! कृपया वैसे ही कीजिए।"

सिटपिटाया हुआ सेक्रेटरी बाहर चला गया। सेक्रेटरी के साथ ओब्लोन्स्की की बातचीत के दौरान अपनी झेंप से पूरी तरह मुक्त हो चुका लेविन कुर्सी पर दोनों कोहनियाँ टिकाए खड़ा था और उसके चेहरे पर व्यंग्पूर्ण एकाग्रता का भाव था।

"समझ में नहीं आता, कुछ समझ में नहीं आता," उसने कहा।

"क्या समझ में नहीं आता ?" पहले की तरह ही खुशमिज़ाजी से मुस्कुराते और सिगरेट निकालते हुए आब्लान्स्की ने पूछा। वह लेविन के मुंह से कोई अजीब और अटपटी बात सुनने की उम्मीद कर रहा था।

"समझ में नहीं आता कि आप लोग क्या करते हैं," लेविन ने कन्धे झटककर कहा। "कैसे तुम यह सब संजीदगी से कर सकते हो?"

"क्यों नहीं कर सकता ?"

"इसलिए कि करने को कुछ है ही नहीं।"

"तुम ऐसा समझते हो, लेकिन हमारा तो काम के कारण बुरा हाल है।"

"कागजी काम के कारण। हाँ, तुममें तो इसकी विशेष योग्यता है," लेविन ने इतना और जोड़ दिया।

"मतलब यह है कि तुम्हारे खयाल में मुझमें कुछ कमी है ?"

"शायद, और है भी," लेविन ने कहा। "फिर भी मैं तुम्हारी ऐसी प्रतिष्ठा पर मुग्ध हूँ और गर्व करता हूँ कि मेरा दोस्त इतना बड़ा आदमी है। लेकिन तुमने मेरे सवाल का जवाब नहीं दिया," ओब्लोन्स्की से यत्नपूर्वक नज़र मिलाते हुए उसने कहा।

"खैर. कोई बात नहीं, कोई बात नहीं। थोड़ा सब्र करो और फिर तुम्हें भी इसी रास्ते पर आना पड़ेगा। तुम तो ऐसा कहोगे ही, क्योंकि तुम्हारे पास कराज़ीन्स्की उयेज़्द में लगभग आठ हज़ार एकड़ जमीन है, ऐसी मजबूत मांसपेशियाँ और बारह साल की लड़की जैसी ताज़गी है। फिर भी तुम हमारे पास आओगे। हाँ, और रहा तुम्हारे सवाल का जवाब। परिवर्तन वहाँ कोई नहीं हुआ, मगर अफ़सोस की बात है कि तुम इतने समय से नहीं आए।"

"क्या बात है ?" लेविन ने घबराकर पूछा।

"बात तो कुछ नहीं," ओब्लोन्स्की ने जवाब दिया। "हम बाद में बातचीत करेंगे। हाँ, तुम आए किसलिए हो ?"

"ओह, इसकी भी बाद में चर्चा करेंगे," फिर शर्म से बुरी तरह लाल होते हुए लेविन ने उत्तर दिया।

"अच्छी बात है। समझ गया," ओब्लोन्स्की ने कहा। "वैसे तो मैंने तुम्हें घर पर बुला लिया होता, लेकिन मेरी बीवी की तबीयत अच्छी नहीं है। अच्छा सुनो-अगर तुम उनसे मिलना चाहते हो, तो सम्भवतः वे लोग चार से पाँच बजे तक चिड़ियाघरवाले बाग में मिलेंगे। कीटी वहाँ स्केटिंग करती है। तुम वहाँ चले जाओ, बाद में मैं भी वहीं आ जाऊँगा और हम कहीं एक साथ खाना खा लेंगे।"

"अच्छी बात है, तो नमस्ते।"

"लेकिन तुम याद रखना। मैं तुम्हें जानता हूँ, तुम भूल जाओगे या अचानक गाँव चले जाओगे !" ओब्लोन्स्की ने हँसते हुए चिल्लाकर कहा।

"नहीं, ऐसा नहीं होगा।"

लेविन ओब्लोन्स्की के साथियों को नमस्ते किए बिना ही बाहर चला गया। केवल दरवाजे तक पहुँचने पर ही उसे यह याद आया कि ऐसा करना भूल गया है।

"बड़ा उत्साही श्रीमान लगता है यह," लेविन के जाने पर ग्रिनेबिच ने कहा।

"हाँ, दोस्त," ओब्लोन्स्की ने सिर हिलाते हुए कहा। "ऐसे को कहते हैं खुशकिस्मत ! लगभग आठ हज़ार एकड़ जमीन है कराज़ीन्स्की जिले में, अभी सब कुछ आगे है और कितनी ताज़गी है। कोई हम जैसा थोड़े ही है !"

"आप क्यों शिकवा-शिकायत करते हैं, स्तेपान अर्कॉद्येविच ?"

"बड़ी मुश्किल का सामना है, बुरा हाल है," ओब्लोन्स्की ने गहरी साँस लेकर कहा।

अन्ना करेनिना : (अध्याय 6-भाग 1)

ओब्लोन्स्की ने लेविन से जब यह पूछा कि वह किसलिए आया है, तो लेविन शर्म से लाल हो गया और उसे अपने पर इसलिए गुस्सा आया कि ऐसे शरमा गया। कारण कि वह उसे यह जवाब तो नहीं दे सकता था : 'मैं तुम्हारी साली के सामने अपने साथ विवाह का प्रस्ताव रखने आया हूँ,' यद्यपि वह आया तो सिर्फ इसीलिए था।

लेविन और श्रेबार्त्स्की परिवार मास्को के पुराने कलीन परिवार थे और उनके बीच हमेशा घनिष्ठ और मैत्रीपूर्ण सम्बन्ध रहे थे। लेविन के विद्यार्थी-जीवन के समय में ये सम्बन्ध और भी दृढ़ हो गए थे। उसने डॉली और कीटी के भाई, नौजवान प्रिंस श्रेबार्त्स्की के साथ ही विश्वविद्यालय में दाखिला पाने की तैयारी की और वे दोनों एकसाथ ही दाखिल हुए। उस वक्त लेविन श्रेबार्त्स्की परिवार में अक्सर आता था और उसे इस परिवार से प्यार हो गया। बेशक यह कितना ही अजीब क्यों न लगे, फिर भी कोन्स्तान्तीन लेविन इस घर, इस पूरे परिवार को, खासतौर पर श्रेबार्त्स्की परिवार के आधे भाग यानी नारियों को प्यार करता था। लेविन को अपनी माँ की याद तक नहीं थी और उसकी एकमात्र बहन उससे बड़ी थी। इस तरह श्रेबार्त्स्की परिवार में उसे पहली बार पुराने, सुशिक्षित और भले लोगों का वह वातावरण देखने को मिला, जिससे माता-पिता की मृत्यु हो जाने के कारण वह बंचित रहा था। इस परिवार के सभी लोग, विशेषकर नारियाँ उसे किसी रहस्यपूर्ण और काव्यमय आवरण में लिपटी-सी प्रतीत होती थीं। उसे इनमें न सिर्फ कोई कमी ही नहीं महसूस होती थी, बल्कि इस काव्यमय आवरण की बदौलत वह उनमें उच्चतम भावनाओं और सभी तरह की पूर्णता की कल्पना करता था। किसलिए ये तीनों लड़कियाँ एक दिन फ्रांसीसी और दूसरे दिन अंग्रेजी में बातचीत करती थीं, किसलिए वे नियत समय पर बारी-बारी से पियानो बजाती थीं, जिसकी ध्वनियाँ ऊपर भाई के कमरे में, जहाँ लड़के पढ़ते थे, सुनाई देती थीं, किसलिए फ्रांसीसी साहित्य, संगीत, चित्रकारी और नृत्य के शिक्षक यहाँ आते थे, किसलिए तीनों सुन्दरियाँ साटिन के लबादे पहने, डॉली लम्बा, नताली अधलम्बा और कीटी बहुत छोटा, जिससे लम्बी लाल जुर्राबों में कसी हुई उसकी टाँगें साफ़ दिखाई देती थीं, m-lle Linon के साथ बग्घी में बैठकर त्वेरस्कोई बुलवार जाती थीं, किसलिए टोप पर सुनहरा तुर्रा लगाए नौकर के साथ वे त्वेरस्कोई बुलवार में टहलती थीं-यह सब कुछ और इस रहस्यपूर्ण संसार में होनेवाली अन्य बहुत-सी चीजें भी वह नहीं समझता था, लेकिन इतना जानता था कि वहाँ जो कुछ भी होता था, अद्भुत था और यहाँ होनेवाली चीज़ों की रहस्यपूर्णता को प्यार करता था।

अपने विद्यार्थी जीवन में उसे सबसे बड़ी बहन यानी डॉली से लगभग प्यार हो चला था लेकिन उसकी जल्द ही ओब्लोन्स्की से शादी कर दी गई। इसके बाद वह दूसरी बहन की ओर खिंचने लगा। वह मानो यह महसूस करता था कि उसे इन तीनों में से किसी एक बहन को प्यार करना चाहिए, लेकिन किससे, इतना समझ नहीं पा रहा था। नताली भी ज्यों ही ऊँचे समाज में लोगों के सामने आई, त्यों ही कूटनीतिज़ ल्वोव के साथ उसकी शादी ही गई। लेविन ने जब विश्वविद्यालय की पढ़ाई समाप्त की, तो कीटी बालिका ही थी। नौजवान श्रेबार्त्स्की जहाज़ी बेड़े में चला गया, बाल्टिक सागर में डूब गया और ओब्लोन्स्की के साथ लेविन की दोस्ती के बावजूद श्रेबार्त्स्की परिवार में उसका आना-जाना कम हो गया। लेकिन इस साल के जाड़े के आरम्भ में लेविन जब एक साल गाँव में बिताकर मास्को आया और श्रेबार्त्स्की परिवार में गया, तो यह बात उसकी समझ में आ गई कि तीनों बहनों में से किसके साथ उसके भाग्य में प्यार करना बदा था।

ऐसा प्रतीत हो सकता है कि बत्तीस साल के, अच्छे घराने के और धनी लेविन के लिए प्रिंसेस श्रेबार्त्स्काया के सामने अपने साथ विवाह करने के प्रस्ताव से और अधिक आसान बात क्या हो सकती है। सम्भवतः उसे तत्काल अच्छा वर-पक्ष मान लिया जाएगा। किन्तु लेविन कीटी को प्यार करता था और इसलिए उसे लगता था कि वह हर

दृष्टि से इतनी पूर्ण है, धरती की हर चीज़ से इतनी ऊपर है और वह खुद इतना तुच्छ तथा सामान्य है कि अन्य लोग और स्वयं कीटी भी उसे अपने योग्य मान ले, उसकी कल्पना तक नहीं की जा सकती।

स्वप्न की भाँति मास्को में दो महीने बिताकर और लगभग हर दिन ऊँचे समाज में कीटी से मिलकर, जहाँ वह केवल उसी से मिलने के उद्देश्य से जाता था, लेविन ने अचानक यह फैसला कर लिया कि ऐसा होना असम्भव है और गाँव चला गया।

कीटी के साथ उसके विवाह के असम्भव होने का लेविन का विश्वास इस बात पर आधारित था कि उसके रिश्तेदारों की नजरों में वह बहुत ही प्यारी कीटी के लिए बढ़िया और उपयुक्त वर नहीं है और खुद कीटी उससे प्यार कर नहीं सकती। रिश्तेदारों की नज़र में वह कोई ढंग का और निश्चित काम नहीं कर रहा था और ऊँचे समाज में कोई स्थान भी नहीं रखता था, जबकि बत्तीस साल की उम्रवाले उसके साथियों में से इस वक्त कोई कर्नल और ज़ार का एड-डी-कैम्प, कोई प्रोफ़ेसर, कोई बैंक या रेलवे कम्पनी का डायरेक्टर या ओब्लोन्स्की की तरह किसी सरकारी दफ्तर का अध्यक्ष था। लेकिन वह खुद (वह अच्छी तरह से जानता था कि दूसरों को कैसा प्रतीत होता होगा) ज़मींदार था, जो गउएँ पालता था, कुनालों का शिकार करता था, खेतीबारी से सम्बन्धित इमारतें बनवाने के काम में लगा था। दूसरे शब्दों में किसी काम-काज का आदमी नहीं था और वही कुछ करता था, जो ऊँचे समाज की दृष्टि में, किसी भी चीज़ के योग्य न होनेवाले लोग करते हैं। ऐसी प्यारी और रहस्यमयी कीटी उस जैसे बदसूरत आदमी को. जैसा कि वह अपने को मानता था, और मुख्यतः तो ऐसे साधारण तथा किसी भी तरह से कोई विशेष महत्त्व न रखनेवाले आदमी को खुद तो प्यार कर नहीं सकती थी। इसके अलावा कीटी के प्रति उसका पहले का रवैया, जो उसके भाई के साथ दोस्ती के परिणामस्वरूप वयस्क का बच्चे के प्रति रवैया था, उसे प्यार के रास्ते में नई बाधा प्रतीत हुआ। उसका खयाल था कि उस जैसे असुन्दर और भले आदमी को दोस्त की तरह तो प्यार किया जा सकता था, लेकिन जैसे वह कीटी को प्यार करता था, वैसा ही प्यार पाने के लिए आदमी को बहुत ही खूबसूरत, और मुख्यतः तो कोई खास हस्ती होना चाहिए।

उसने यह सुना था कि औरतें अक्सर असुन्दर और सीधे-सादे लोगों को प्यार करती हैं, लेकिन वह इस पर यकीन नहीं करता था। कारण कि वह अपने ही मापदंड से इसका निर्णय करता था। वह खुद भी तो सिर्फ सुन्दर, रहस्यमयी और कोई खास बात रखनेवाली औरतों को ही प्यार कर सकता था।

लेकिन दो महीने तक गाँव में अकेले रहने के बाद उसे यह विश्वास हो गया कि वह वैसा ही प्यार नहीं, जैसा उसने चढ़ती जवानी के दिनों में अनुभव किया था, कि यह भावना उसे पल-भर को चैन नहीं लेने देती, कि वह इस प्रश्न को हल किए बिना ज़िन्दा नहीं रह सकता कि कीटी उसकी बीवी बनेगी या नहीं, कि उसकी हताशा उसकी कल्पना का परिणाम है, कि उसे इनकार कर दिया जाएगा, उसके पास इसका कोई प्रमाण नहीं है। इसलिए अब वह विवाह का प्रस्ताव करने का पक्का इरादा बनाकर मास्को आया था और अगर उसका प्रस्ताव मान लिया गया, तो वह शादी कर लेगा। या फिर...वह यह सोच नहीं पाता था कि अगर उसे इनकार कर दिया गया, तो उसके साथ क्या बीतेगी !

अन्ना करेनिना : (अध्याय 7-भाग 1)

सुबह की गाड़ी से मास्को पहुँचकर लेविन अपने बड़े भाई कोज्निशेव के यहाँ ठहरा। इन दोनों की माँ एक, पर पिता अलग-अलग था। कपड़े बदलकर वह इस इरादे से भाई के कमरे में गया कि उसे अपने आने का कारण बताए और उसकी सलाह ले, लेकिन भाई अकेला नहीं था। उसके पास दर्शनशास्त्र का एक प्रसिद्ध प्रोफ़ेसर बैठा था। प्रोफेसर विशेष रूप से इसलिए खार्कोव से आया था कि उस गलतफ़हमी को दूर कर सके, जो दर्शन-सम्बन्धी एक बहुत ही महत्त्वपूर्ण प्रश्न पर उनके बीच पैदा हो गई थी। प्रोफेसर भौतिकवादियों के विरुद्ध पत्र-पत्रिकाओं में बहुत जोरदार बहस चला रहा था और सर्गेई कोज्निशेव इस वाद-विवाद में बड़ी दिलचस्पी ले रहा था। प्रोफ़ेसर का अन्तिम लेख पढ़कर उसने एक खत में अपनी आपत्तियाँ लिख भेजीं। कोज्निशेव ने भौतिकवादियों को बहुत बड़ी रियायतें देने के लिए प्रोफ़ेसर की भर्त्सना की थी। इसलिए प्रोफेसर मामले पर विचार-विमर्श करने के लिए तुरन्त यहाँ आ पहुंचा था। बातचीत उस समय के प्रचलित प्रश्न पर हो रही थी कि मानव की मनोवैज्ञानिक और शारीरिक गतिविधियों के बीच कोई सीमा है और वह सीमा कहाँ है। कोज्निशेव ने अपनी सामान्य, उत्साहहीन और स्नेही मुस्कान के साथ भाई का स्वागत किया और प्रोफ़ेसर से उसका परिचय कराकर बातचीत जारी रखी।

नाटे, कम चौड़े माथे, पीले चेहरेवाले और चश्माधारी प्रोफ़ेसर ने अभिवादन का उत्तर देने के लिए क्षण-भर को अपने विषय की चर्चा बन्द की और फिर लेविन की तरफ़ कोई ध्यान दिए बिना उसे जारी रखा। लेविन बैठकर प्रोफ़ेसर के जाने का इन्तज़ार करने लगा, लेकिन जल्द ही खुद उसे भी बातचीत के विषय में दिलचस्पी महसूस होने लगी।

लेविन ने पत्र-पत्रिकाओं में वे लेख देखे थे, जिनकी चर्चा चल रही थी। उसने उनमें दिलचस्पी ली थी और वह उन्हें प्रकृतिविज्ञान के, जिसके मूलभूत नियमों से वह विश्वविद्यालय में परिचित हो चुका था, विकास के रूप में पढ़ता था। लेकिन उसने पशु के रूप में मानव के उद्भव, उसकी सहज प्रतिक्रिया, जीवविज्ञान और समाजविज्ञान से निकाले गए निष्कर्षों को खुद अपने लिए जीवन और मृत्यु के महत्त्व से सम्बन्धित उन प्रश्नों के साथ कभी नहीं जोड़ा था, जो अधिकाधिक बार उसके दिमाग में आने लगे थे।

प्रोफ़ेसर के साथ अपने भाई की बातचीत सुनते हुए उसने इस चीज़ की ओर ध्यान दिया कि वे वैज्ञानिक प्रश्नों को निजी प्रश्नों से जोड़ देते हैं। कई बार वे इन प्रश्नों के लगभग निकट तक पहुँचे, लेकिन ज्यों ही वे उस चीज़ के निकट पहुँचते थे, जो उसे मुख्यतम प्रतीत होती थी. झटपट उससे दूर हट जाते और फिर से सूक्ष्म भेदों, शर्तों, उद्धरणों, संकेतों, अधिकारी नामों के उल्लेखों के क्षेत्र में गहरे उतर जाते और वह मुश्किल से समझ पाता कि वे किस बात की चर्चा कर रहे हैं।

"मैं ऐसा नहीं मान सकता," कोज्निशेव ने अभिव्यक्ति की अपनी सामान्य स्पष्टता और अचूकता तथा उच्चारण की सुन्दरता के साथ कहा, "मैं किसी हाल में भी कैस के साथ सहमत नहीं हो सकता कि बाहरी जगत के बारे में मेरी सारी धारणा प्रभावों का फल होती है। मुझे अस्तित्व की मुख्य धारणा इन्द्रियानुभव से प्राप्त नहीं होती, क्योंकि इस धारणा को प्रेषित करने के लिए कोई विशेष इन्द्रिय नहीं है।"

"यह ठीक है, लेकिन वूर्स्ट, क्नाउस्ट और प्रीपासोव आपको इसका यह जवाब देते हैं कि अस्तित्व की आपकी चेतना सभी इन्द्रियानुभवों से संचित रूप से जन्म लेती है, कि अस्तित्व की यह चेतना इन्द्रियानुभवों का परिणाम है। वूर्स्ट तो साफ़ ही कहते हैं कि अगर इन्द्रियानुभव नहीं है, तो अस्तित्व की धारणा भी नहीं हो सकती।"

"मैं इसके उलट यह कहूँगा," कोज्निशेव ने कहना शुरू किया...

लेकिन यहीं पर लेविन को फिर से ऐसा प्रतीत हुआ कि वे मुख्य बात तक आकर फिर उससे दूर हट रहे हैं और इसलिए उसने प्रोफेसर से यह सवाल पूछने का फैसला किया।

"तो ऐसा मानना चाहिए कि अगर मेरी ज्ञानेन्द्रियाँ नष्ट हो गई हैं, अगर मेरा शरीर निर्जीव हो गया है, तो किसी तरह का कोई अस्तित्व सम्भव नहीं हो सकता ?"

प्रोफ़ेसर ने हताशा से, मानो इस बाधा के कारण बौद्धिक पीड़ा अनुभव करते हुए इस अजीब प्रश्नकर्ता की तरफ़ देखा, जो दर्शनशास्त्री के बजाय बजरे खींचनेवाला अधिक प्रतीत होता था। इसके बाद प्रोफ़ेसर ने कोज़्निशेव की ओर नज़र घुमाई मानो पूछ रहा हो-क्या जवाब दे कोई ऐसे सवाल का ? लेकिन कोज़्निशेव, जो प्रोफ़ेसर की तरह बहुत ज़ोर देकर तथा एकपक्षीय बात नहीं कर रहा था और जिसके दिमाग में प्रोफ़ेसर को जवाब देने तथा साथ ही उस सीधे-सादे और स्वाभाविक दृष्टिकोण को समझने के लिए, जिससे यह प्रश्न किया गया था, स्थान रह गया था, मुस्कुराया और बोला-

"इस सवाल को हल करने का अभी हमें हक़ नहीं है..."

"हमारे पास आवश्यक तथ्य नहीं हैं," प्रोफ़ेसर ने पुष्टि की और अपनी दलीलों की चर्चा जारी रखी। "नहीं," उसने कहा, "मैं इस बात की ओर संकेत करता हूँ कि अगर, जैसा कि प्रीपासोव साफ़ कहते हैं, अनुभूति ही हमारे इन्द्रियानुभव का आधार है, तो हमें इन दोनों धारणाओं के बीच बहुत ही स्पष्ट भेद करना चाहिए।"

लेविन अब और अधिक नहीं सुन रहा था तथा प्रोफेसर के जाने की राह देख रहा था।

अन्ना करेनिना : (अध्याय 8-भाग 1)

प्रोफ़ेसर के चले जाने पर कोज़्निशेव ने भाई को सम्बोधित करते हुए कहा : "मुझे बहुत खुशी है कि तुम आए हो। क्या बहुत दिनों के लिए ? खेतीबारी का क्या हाल है ?"

लेविन जानता था कि खेतीबारी में बड़े भाई की बहुत कम दिलचस्पी है और उसने सिर्फ उसका लिहाज़ करते हुए उससे इसके बारे में पूछा है। इसलिए उसने केवल गेहूँ की बिक्री और पैसों की ही चर्चा की।

लेविन बड़े भाई से अपने शादी करने के इरादे की चर्चा करना और उसकी सलाह भी लेना चाहता था। उसने तो इसका पक्का फ़ैसला भी कर लिया था। लेकिन जब वह भाई से मिला, प्रोफ़ेसर के साथ उसकी बातचीत सुनी, जब उसे अनजाने ही उस सरपरस्ती के अन्दाज़ में बोलते सुना, जिसमें उसने खेतीबारी के बारे में पूछताछ की (माँ की जागीर साझी थी और लेविन दोनों भागों में देख-भाल करता था), तो लेविन ने महसूस किया कि किसी कारणवश वह भाई के साथ अपने शादी करने के इरादे की चर्चा नहीं कर सकता। उसे अनुभव हुआ कि उसका भाई इस मामले को वैसे ही नहीं देखता है, जैसे कि वह चाहता था।

"तो तुम्हारे यहाँ ज़ेम्सत्वो का क्या हाल है ?" कोज़्निशेव ने पूछा। वह ज़ेम्सत्वो में बड़ी रुचि लेता था और उसे बड़ा महत्त्व देता था।

"मुझे कुछ मालूम नहीं..."

"यह कैसे हो सकता है ? तुम तो उसके संचालन-मंडल के सदस्य हो ?"

"नहीं, मैं सदस्य नहीं हूँ। संचालन-मंडल से अलग हो चुका हूँ," लेविन ने जवाब दिया। "मैं अब उसकी सभाओं में नहीं जाता हूँ।"

"अफ़सोस की बात है !" कोज़्निशेवव ने माथे पर बल डालते हुए कहा।

लेविन अपनी सफ़ाई देते हुए यह बताने लगा कि उसके उयेज़्द में होनेवाली सभाओं में क्या होता था।

"हमेशा ऐसा ही होता है !" कोज़्निशेव ने लेविन को बीच में ही टोकते हए कहा। "हम रूसी हमेशा ऐसा ही करते हैं। हो सकता है, यह हमारा एक अच्छा लक्षण है कि हम अपनी त्रुटियों को देख पाने की क्षमता रखते हैं। लेकिन हम इसमें अति कर देते हैं। हम व्यंग्यों से ही सन्तुष्ट हो जाते हैं, जो हमेशा हमारी ज़बान पर तैयार रहते हैं। मैं तुमसे सिर्फ इतना कहूँगा कि हमारी ज़ेम्सत्वो-परिषदों जैसे अधिकार यूरोप के किसी अन्य जनगण, जैसे कि जर्मनों और अंग्रेज़ों को दे दिए जाते, तो वे इन्हें आज़ादी में बदल डालते। लेकिन हम इनका सिर्फ मज़ाक़ ही उड़ाते हैं।"

"मगर क्या किया जाए ?" लेविन ने अपराधी की तरह कहा। "यह मेरा आखिरी तजरबा था। मैंने जी-जान से कोशिश की, लेकिन सफल नहीं हो सका। इसके योग्य नहीं हूँ।"

"योग्य नहीं हो," कोज़्निशेव ने कहा। "इस मामले को जैसे देखना चाहिए. वैसे देखते नहीं हो।"

"हो सकता है," लेविन ने उदासी से जवाब दिया।

"जानते हो, भाई निकोलाई फिर यहाँ है।"

निकोलाई लेविन का सगा, बड़ा भाई और सेर्गेई इवानोविच कोज़्निशेव का एक ही माँ की कोख से जन्मा भाई था। वह तबाहहाल आदमी था, जिसने सभी तरह की अटपटी और बुरी संगत में पड़कर अपनी सम्पत्ति का बहुत बड़ा हिस्सा उड़ा दिया था और भाइयों से झगड़ा कर चुका था।

"यह तुम क्या कह रहे हो ?" लेविन घबराकर चिल्ला उठा। "तुमको कैसे मालूम है ?"

"प्रोकोफ़ी ने उसे सड़क पर देखा है।"

"यहाँ, मास्को में ? कहाँ है वह ? तुम्हें मालूम है ?" लेविन कुर्सी से ऐसे उठ खड़ा हुआ मानो इसी वक्त उसके पास जाना चाहता हो।

"मुझे दुःख है कि मैंने तुमसे यह कह दिया," छोटे भाई की उत्तेजना पर सिर हिलाते हुए कोज़्निशेव ने कहा। "मैंने यह जानने के लिए एक नौकर को भेजा कि वह कहाँ रहता है और उसकी वह हुंडी भी भेजी, जो उसने त्रूबिन को दी थी और जिसका मैंने भुगतान किया है। उसने मुझे जो जवाब भेजा, वह यह है।"

इतना कहकर कोज़्निशेव ने पेपर-वेट के नीचे से एक रुक्का निकालकर उसकी तरफ बढ़ा दिया। लेविन ने अजीब और अपने लिए प्यारी लिखावट में लिखा हुआ यह रुक्का पढ़ा :

'बड़ी नम्रता से अनुरोध करता हूँ कि मुझे चैन से रहने दें। अपने मेहरबान भाइयों से मैं सिर्फ यही अनुरोध करता हूँ। निकोलाई लेविन।'

लेविन ने यह पढ़ा और सिर झुकाए तथा हाथ में रुक्का लिए कोज़्निशेव के सामने खड़ा रहा।

उसकी आत्मा में इस बदकिस्मत भाई को फ़िलहाल भूल जाने की इच्छा और इस बात की चेतना के बीच संघर्ष हो रहा था कि ऐसा करना बुरा होगा।

"वह सम्भवतः मेरा अपमान करना चाहता है," कोज़्निशेव ने अपनी बात जारी रखी। "लेकिन वह मेरा अपमान नहीं कर सकता। मैं दिल से उसकी मदद करना चाहता हूँ, लेकिन जानता हूँ कि ऐसा नहीं किया जा सकता।"

"यह ठीक है, यह ठीक है," लेविन ने दोहराया। "उसके प्रति तुम्हारे रवैए को मैं समझता हूँ और उसकी प्रशंसा करता हूँ, लेकिन मैं उससे मिलने जाऊँगा।"

"अगर तुम चाहते हो, तो जा सकते हो, मगर मैं ऐसी सलाह नहीं दूंगा," कोज़्निशेव ने कहा। "मेरा मतलब यह है कि अपने बारे में तो मुझे कोई डर नहीं है। वह मेरा और तुम्हारा झगड़ा नहीं करवा सकता। पर तुम्हारे लिए ही मैं यह कहता हूँ कि तुम उसके पास न जाओ। उसकी मदद मुमकिन नहीं। फिर भी जैसा तुम ठीक समझो, वैसा करो।"

"शायद मदद नहीं की जा सकती, लेकिन मैं खासतौर पर इस वक्त यह महसूस करता हूँ-हाँ, यह दूसरी बात है-ऐसा महसूस करता हूँ कि मुझे चैन नहीं मिल सकेगा।"

"यह मेरी समझ के बाहर की बात है," कोज़्निशेव ने कहा। "इतना मैं ज़रूर समझता हूँ," उसने इतना और जोड़ दिया, "यह नम्रता का पाठ है। भाई निकोलाई जैसा अब बन गया है, उसके बाद तो मैं वैसे ही उस चीज़ को दूसरी, अधिक कृपालु नज़र से देखने लग गया हूँ, जिसे कमीनापन कहते हैं...तुम्हें मालूम है कि उसने क्या किया है..."

"ओह, यह बड़ी भयानक बात है, बड़ी भयानक बात है।" लेविन ने कहा।

कोज्निशेव के नौकर से भाई का पता लेकर लेविन उसी वक्त उसके पास जाने को तैयार हो गया। किन्तु कुछ विचार करने के बाद उसने इसे शाम तक स्थगित कर दिया। मुख्यतः तो उसने इसलिए ऐसा किया कि उसका मानसिक चैन बना रहे। इस मामले को तय करना ज़रूरी था, जिसके लिए वह मास्को आया था। लेविन अपने भाई के यहाँ से ओब्लोन्स्की के दफ्तर में गया और श्रेबार्त्स्की परिवार के बारे में जानकारी पाकर वहाँ पहुँचा, जहाँ, जैसाकि उसे बताया गया था, कीटी से उसकी मुलाकात हो सकती थी।

अन्ना करेनिना : (अध्याय 9-भाग 1)

दिन के चार बजे लेविन धकड़ते दिल से चिड़ियाघर के बाग के सामने बग्घी से उतरा और सँकरे रास्ते से बर्फ ढके टीलों और स्केटिंग-रिंक की तरफ़ चल दिया। उसे यकीन था कि कीटी उसे वहाँ मिल जाएगी, क्योंकि दरवाजे के पास उसने श्रेबात्स्की परिवार की बग्घी देख ली थी।

पालेवाला ठंडा और उजला दिन था। दरवाजे के पास बग्घियों, स्लेजों, कोचवानों और जेनदामों की कतारें थीं। प्रवेश-द्वार के करीब और नक्काशीदार सजावटवाले छोटे-छोटे रूसी घरों के बीच झाड़े-बुहारे रास्तों पर धूप में चमकते टोपोंवाले साफ़-सुथरे लोगों की भीड़ थी। बाग के पुराने, घुँघराले भोज वृक्ष, जो धर्फ के भार से अपनी सारी टहनियाँ झुकाए हुए थे, ऐसे प्रतीत होते थे मानो वे नए समारोही परिधान पहनकर सज-धज गए हों।

लेविन सँकरे रास्ते से स्केटिंग-रिंक की तरफ़ जा रहा था और अपने आपसे कह रहा था : 'उत्तेजित नहीं होना चाहिए, शान्त रहना चाहिए। क्या परेशानी है तुझे, क्या हुआ है तुझे ? शान्त रह, बुद्धू लेविन अपने दिल को समझा रहा था। जितना अधिक वह अपने को शान्त करने की कोशिश करता था, उसके लिए साँस लेना उतना ही अधिक मुश्किल होता जा रहा था। रास्ते में एक परिचित मिल गया और उसने लेविन को पुकारा भी, किन्तु लेविन उसे पहचान तक नहीं पाया। वह उन टीलों के पास पहुँचा, जिन पर नीचे आती और ऊपर जाती स्लेजों की जंजीरें खनखना रही थीं, नीचे फिसलती स्लेजों का शोर और ठहाके गूंज रहे थे। कुछ क़दम और चलने पर उसे स्केटिंग-रिंक दिखाई दिया और स्केटिंग करनेवालों में उसने फ़ौरन 'उसे' पहचान लिया।

लेविन के हृदय को जिस भय और खुशी ने जकड़ लिया था, उसी से उसने यह जान लिया कि कीटी यहाँ है। वह स्केटिंग-रिंक के सामनेवाले सिरे पर खड़ी हुई एक महिला से बातचीत कर रही थी। कहा जा सकता है कि न तो उसकी पोशाक और न ही मुद्रा में कोई विशेष बात थी, फिर भी लेविन के लिए इस भीड़ में उसे जान लेना उतना ही आसान था, जितना बिच्छूबूटी की झाड़ियों में गुलाब को। वह हर चीज़ को आलोकित कर रही थी। वह ऐसी मुस्कान थी, जो अपने इर्द-गिर्द की हर चीज़ को लौ प्रदान कर रही थी। 'क्या यह सम्भव है कि मैं वहाँ, बर्फ पर उसके निकट जा सकता हूँ? वह सोच रहा था। कीटी जहाँ खड़ी थी, लेविन को वह जगह ऐसी पावन लगी, जहाँ कदम नहीं रखा जा सकता। ऐसा भी क्षण आया, जब वह वहाँ से लगभग चला ही गया होता। इतनी घबराहट अनुभव हुई उसे। उसे अपने आपको वश में करना और यह समझाना पड़ा कि सभी तरह के लोग उसके पास आ-जा रहे हैं, कि वह खुद भी स्केटिंग करने के लिए वहाँ जा सकता है। लेविन नीचे उतर आया था, देर तक उसकी ओर देखने से ऐसे ही नज़र बचा रहा था, जैसे कोई सूरज से नज़र बचाता है, लेकिन वह उसकी ओर देखे बिना ही उसे सूरज की तरह देख रहा था।

सप्ताह के इस दिन और इस समय स्केटिंग-रिंक पर एक ही तरह के तथा आपसी जान-पहचान वाले लोग जमा होते थे। यहाँ स्केटिंग के फ़न के माहिर भी थे, जो अपनी कला की छटा दिखा रहे थे, कुर्सियों का सहारा लेकर अटपटी और डरी-सहमी चेष्टाएँ करते हुए नौसिखुआ भी थे, लड़के और बूढ़े लोग भी थे, जो स्वास्थ्य के लिए स्केटिंग करते थे। लेविन को ये सभी बड़े भाग्यशाली प्रतीत हुए, क्योंकि वे वहाँ, उसके करीब थे। स्केटिंग करनेवाले सभी लोग मानो किसी भी तरह की दिलचस्पी के बिना उसके बराबर होते थे, उससे आगे निकलते थे, यहाँ तक कि उससे बात भी करते थे और उसकी तरफ़ कोई ध्यान दिए बिना ही बढ़िया बर्फ और अच्छे मौसम का लाभ उठाते हुए मौज मना रहे थे।

कीटी का चचेरा भाई निकोलाई श्रेबात्स्की ऊँची जाकेट और तंग पतलून पहने तथा टाँगों पर स्केट्स चढ़ाए बेंच पर बैठा था। लेविन को देखकर वह चिल्लाया :

"अरे, रूस के सबसे बढ़िया स्केटर ! कब आए? बर्फ़ बहुत बढ़िया है, झटपट स्केट्स पहन लो।"

"मेरे पास तो स्केट्स हैं ही नहीं," लेविन ने कीटी की उपस्थिति में ऐसी दिलेरी और बेतकल्लुफ़ी से हैरान होते तथा क्षण-भर को भी उसे नज़र से ओझल न करते, बेशक उसकी तरफ़ न देखते हुए, कहा। उसे लग रहा था कि सूरज उसके निकट आ रहा है। कीटी एक कोने में थी और ऊँचे बूटों में अपने छोटे-छोटे पैरों से गति को धीमी करती, सम्भवतः घबराती हुई उसकी तरफ़ स्केटिंग करती आ रही थी। रूसी पोशाक पहने, बहुत ज़ोर से बाँहें हिलाता और झुकता हुआ एक लड़का उससे आगे निकल गया। कीटी तनिक डगमगाती हुई स्केटिंग कर रही थी। उसने डोरी के साथ लटकते फ़र के छोटे से मफ़ से अपने हाथ बाहर निकालकर ऐसे तैयार कर रखे थे कि गिरने पर उनका सहारा ले सके और लेविन की तरफ़ देखते हुए, जिसे उसने पहचान लिया था, उसका अभिवादन करने के लिए और अपने भय पर मुस्कुराई। मोड़ खत्म हो जाने पर उसने पाँव की लोच के साथ अपने को ठेला और स्केटिंग करती हुई सीधी अपने चचेरे भाई श्रेर्बात्स्की के पास आई तथा उसकी आस्तीन थामकर उसने मुस्कुराते हुए लेविन को सिर झुकाया। लेविन उसकी जैसी कल्पना करता था, वह उससे कहीं अधिक सुन्दर थी।

लेविन जब कीटी के बारे में सोचता था, तो वह सारी-की-सारी मानो जीती-जागती उसकी मन की आँखों के सामने सजीव हो उठती थी। बाल-सुलभ स्पष्टता और दयालुता के भाव के साथ उसका चेहरा और तरुणी के सुघड़ कन्धों पर टिका हुआ सुनहरे बालोंवाला छोटा सा सिर-इस लालित्य को तो वह विशेष रूप से देख पाता था। उसके नाज़ुक शरीर की सुन्दरता और उसके साथ उसके चेहरे का बाल-सुलभ भाव उसे विशेष आकर्षण प्रदान करते थे जो उसके हृदय पर अंकित होकर रह गया था। लेकिन जो चीज़ उसे हमेशा अप्रत्याशित ही चकित करती, वह थी उसकी विनम्र, शान्त और निश्छल आँखों का भाव तथा खासतौर पर वह मुस्कान, जो लेविन को किसी जादुई दुनिया में ले जाती थी, जहाँ वह अपने को अत्यधिक स्नेहशील और नर्मदिल अनुभव करता था। छुटपन में ही उसे कभी-कभार ऐसी अनुभूति होने की याद थी।

"बहुत समय से मास्को में हैं क्या आप?" लेविन से हाथ मिलाते हुए कीटी ने पूछा। "धन्यवाद." उसने इतना और जोड़ दिया, जब लेविन ने मफ़ से गिर जानेवाला उसका रूमाल उठाकर उसे दिया।

"मैं ? नहीं, बहुत समय से नहीं, मैं कल...मेरा मतलब आज...आया हूँ," लेविन ने अचानक घबराहट के कारण उसका प्रश्न न समझते हुए उत्तर दिया। "मैं आपके यहाँ जाना चाहता था," उसने कहा और इसी वक्त यह याद करके कि किस इरादे से वह कीटी को ढूँढ़ रहा था, परेशान हो उठा और उसके चेहरे पर सुर्खी दौड़ गई। "मुझे मालूम नहीं था कि आप स्केटिंग करती हैं और सो भी इतनी अच्छी तरह।"

कीटी ने बहुत ध्यान से लेविन की तरफ़ देखा मानो उसकी परेशानी का कारण समझना चाहती हो।

"आपकी प्रशंसा सचमुच बहुत महत्त्व रखती है। यहाँ लोगों से ऐसा सुनने को मिलता है कि स्केटिंग में आपका जवाब ही नहीं है," कीटी ने मफ़ पर गिर पड़े पाले को काला दस्ताना पहने छोटे हाथ से झाड़ते हुए कहा।

"हाँ, मैं कभी तो बड़े जोश के साथ स्केटिंग करता था। मैं इसमें पूर्णता पाना चाहता था।"

"लगता है कि आप सभी कुछ जोश के साथ करते हैं," कीटी ने मुस्कुराते हुए कहा। "मैं यह देखने को बहुत उत्सुक हूँ कि आप कैसे स्केटिंग करते हैं। स्केट्स पहन लीजिए और आइए, हम साथ-साथ स्केटिंग करें।"

'साथ-साथ स्केटिंग करें ! क्या यह सम्भव है ?' कीटी की ओर देखते हुए लेविन ने सोचा।

"अभी पहन लेता हूँ," उसने कहा।

और वह स्केट्स पहनने चला गया।

"बहुत दिनों से यहाँ नहीं आए, हुज़ूर," पाँव थामे और एड़ी का पेच कसते हुए स्केट्स पहनानेवाले ने कहा। "आपके बाद तो बड़े लोगों में से कोई भी तो ऐसा नहीं आया, जिसे आप जैसा कमाल हासिल हो। ऐसे ठीक रहेगा न ?" उसने पेटी कसते हुए पूछा।

"ठीक है, ठीक है, कृपया जल्दी कीजिए," लेविन ने चेहरे पर बरबस झलक उठने की बेचैन सुखद मुस्कान पर बड़ी मुश्किल से काबू पाते हुए कहा। 'हाँ, यह है ज़िन्दगी,' वह सोच रहा था, 'यह है खुशकिस्मती ! साथ-साथ, यही कहा है उसने-आइए, साथ-साथ स्केटिंग करें। तो क्या अब उससे अपने दिल की बात कह दूँ ? लेकिन मैं इसी कारण यह कहते हुए डरता हूँ कि इस वक़्त मैं सुखी हूँ, बेशक आशा के आधार पर ही सुखी हूँ...मगर बाद में ?...फिर भी कहना तो चाहिए। कहना तो चाहिए ही ! बस, काफ़ी हो चुकी यह भीरुता!'

लेविन स्केट्स पहनकर अपने पैरों पर खड़ा हुआ, उसने ओवरकोट उतारा और घर के क़रीबवाली खुरदरी बर्फ पर भागने के बाद जमी हुई चिकनी बर्फ़ पर पहुँच गया और ऐसे सहजता से स्केटिंग करने लगा मानो इच्छाशक्ति से ही अपनी गति को घटा, बढ़ा और निर्देशित कर रहा हो। वह घबराता हुआ-सा कीटी के पास पहुँचा, लेकिन उसकी मुस्कान ने उसे फिर शान्त कर दिया।

कीटी ने उसे अपना हाथ थमा दिया और वे रफ़्तार बढ़ाते हुए साथ-साथ चल दिए। स्केटिंग की रफ़्तार जितनी बढ़ती जाती थी, कीटी उतने ही अधिक ज़ोर से उसके हाथ को थामती जाती थी।

"आपके साथ मैं कहीं अधिक जल्दी स्केटिंग करना सीख जाती। न जाने क्यों, मैं आप पर भरोसा करती हूँ," कीटी ने लेविन से कहा।

"और जब आप मेरा सहारा लेती हैं, तो मैं अपने पर भरोसा करने लगता हूँ." लेविन ने कहा, लेकिन उसी क्षण अपने ही शब्दों से भयभीत हो उठा और उसके चेहरे पर लाली दौड़ गई। और सचमुच जैसे ही उसने ये शब्द कहे कि अचानक मानो सूरज बादलों की ओट में हो गया हो, कीटी के चेहरे पर से मैत्री-भाव गायब हो गया। लेविन उसके चेहरे के इस परिचित परिवर्तन को पहचान गया, जो कीटी के सोच में डूबने का द्योतक था। कीटी के चिकने मस्तक पर एक झुर्री-सी उभर आई।

"आप किसी बात से परेशान हैं क्या ? खैर, वैसे मुझे यह पूछने का अधिकार नहीं है," लेविन ने जल्दी से कहा।

"ऐसा क्यों सोचते हैं आप ?...नहीं...मुझे कोई परेशानी नहीं है," उसने रुखाई से जवाब दिया और साथ ही इतना और जोड़ दिया : "m-lle Linon से नहीं मिले आप ?"

"अभी तक तो नहीं।"

"आइए उनके पास, वे आपको इतना अधिक प्यार करती हैं।"

"यह क्या हुआ ? मैंने उसे नाराज़ कर दिया। हे भगवान, मेरी मदद करो !" लेविन ने सोचा और बेंच पर बैठी हुई विरले, सफ़ेद घुंघराले बालोंवाली फ्रांसीसी बुढ़िया के पास भाग गया। बुढ़िया ने मुस्कुराते और अपने नकली दाँतों की झलक दिखाते हुए एक पुराने दोस्त की तरह उसका स्वागत किया। "हाँ, वह बड़ी हो रही है," नजरों से कीटी की तरफ़ इशारा करते हुए उसने कहा, "और मैं बुढ़ा रही हूँ। Tiny bear (छोटा भालू) बड़ा हो चुका है," फ्रांसीसी बुढ़िया ने हँसते हुए अपनी बात जारी रखी और उसने लेविन को तीन तरुणियों के बारे में उसका मज़ाक़ याद

दिलाया। लेविन ने कभी उन्हें एक अंग्रेज़ी क़िस्से के मुताबिक तीन भालुओं की संज्ञा दी थी। "याद है, आपने कभी तो ऐसा कहा था ?"

लेविन को यह मज़ाक कतई याद नहीं था, मगर फ्रांसीसी बुढ़िया दस सालों से इसे याद करके हँसती रहती थी और उसे यह मज़ाक़ बेहद पसन्द था।

"तो जाइए, जाकर स्केटिंग कीजिए। हमारी कीटी भी अच्छी स्केटिंग करने लगी है, ठीक है न ?"

लेविन जब फिर से कीटी के पास गया, तो उसके चेहरे पर कठोरता नहीं रही थी, आँखें सदा की भाँति निश्छल और स्नेहिल थीं। लेकिन लेविन को ऐसा प्रतीत हुआ कि उसकी स्नेहशीलता में विशेष, सोद्देश्य शान्ति का रंग है। उसका मन उदास हो गया। अपनी बूढ़ी शिक्षिका, उसकी अजीब-अजीब बातों की चर्चा करने के बाद कीटी ने लेविन से उसके जीवन के बारे में पूछ-ताछ की।

"क्या जाड़े में देहात में आपका मन उदास नहीं होता ?" कीटी ने पूछा।

"नहीं, उदास नहीं होता। मैं बहुत व्यस्त रहता हूँ," उसने यह महसूस करते हुए कि वह उसे अपने इस शान्त अन्दाज़ के अधीन कर रही है, जवाब दिया। वह जानता था कि इस अन्दाज़ के प्रभाव से मुक्त नहीं हो पाएगा, जैसाकि जाड़े के आरम्भ में हुआ था।

"बहुत दिनों के लिए आए हैं क्या आप ?" कीटी ने उससे पूछा।

"मालूम नहीं," उसने ये सोचे बिना ही कि क्या कह रहा है, जवाब दिया। उसके दिमाग में यह खयाल आया कि अगर वह उसके इस मैत्रीपूर्ण शान्त अन्दाज़ के प्रभाव में आ गया, तो कुछ भी तय किए बिना फिर वैसे ही लौटा जाएगा। इसलिए उसने जाने का निर्णय कर लिया।

"जानते कैसे नहीं ?"

"नहीं जानता। यह आप पर निर्भर करता है," उसने कहा और उसी क्षण अपने इन शब्दों से भयभीत हो उठा। कीटी ने उसके शब्द नहीं सुने या उन्हें सुनना नहीं चाहा, लेकिन उसने मानो ठोकर-सी खाई और दो बार बर्फ पर पाँव मारकर जल्दी-जल्दी उससे दूर हट गई। वह स्केटिंग करती हुई m-lle Linon के पास गई, उससे कुछ कहा और उस घर की तरफ़ चली गई, जहाँ महिलाएँ स्केट्स उतारती थीं।

'हे भगवान, यह मैंने क्या कर डाला ! हे भगवान ! मेरी मदद करो, मुझे राह दिखाओ,' लेविन ने भगवान को याद किया और साथ ही ज़ोरदार गतिविधि की आवश्यकता अनुभव करते हुए वह तेज़ी से दौड़ने लगा और उसने छोटे-बड़े कई चक्कर लगाए।

इसी समय नए स्केटरों में सबसे श्रेष्ठ एक नौजवान स्केट्स पहने और मुँह में सिगरेट दबाए कॉफ़ी के कमरे से बाहर निकला और दौड़ लगाकर पैड़ियों पर स्केट्स से ज़ोर की आवाज़ पैदा करता और उछलता हुआ नीचे की तरफ़ चल दिया। वह तो जैसे नीचे की ओर उड़ा जा रहा था और हाथ की ढीला-ढाला स्थिति को बदले बिना ही बर्फ पर पहुँचकर स्केटिंग करने लगा।

"अहा, यह तो नई चीज़ है !" लेविन ने कहा और इस नई चीज़ को इसी वक़्त खुद करने के लिए ऊपर भाग गया।

"कहीं गर्दन नहीं तोड़ लीजिएगा, इसके लिए अभ्यास ज़रूरी है !" निकोलाई श्रेबार्त्स्की ने पुकारकर कहा।

लेविन पैड़ियों पर चढ़ा, जितना सम्भव हुआ ऊपर से दौड़ता हुआ नीचे आया और इस अनभ्यस्त गतिविधि में हाथों से अपना सन्तुलन बनाए रहा। आखिरी पैड़ी पर वह फिसला, उसने हाथ से बर्फ को तनिक छुआ, ज़ोर लगाकर सँभला और हँसता हुआ आगे स्केटिंग करता चला गया।

'कितना भला, कैसा प्यारा आदमी है!' कीटी ने इसी वक़्त m-lle Linon के साथ घर से बाहर निकलते और प्यारे भाई की तरह हल्की, स्नेहपूर्ण मुस्कान के साथ उसकी तरफ़ देखते हुए मन में सोचा। 'क्या सचमुच मैं अपराधी हूँ, क्या सचमुच मैंने कोई बुरी बात की है ? लोग कहते हैं-यह चंचलता है। मैं जानती हूँ कि मैं उसको प्यार नहीं करती हूँ! लेकिन उसके साथ होने पर मुझे खुशी हासिल होती है और वह इतना भला है। लेकिन उसने यह क्यों कहा ?....' वह सोच रही थी।

कीटी और उसकी माँ को जाते देखकर, जो पैड़ियों पर बेटी से मिल गई थीं, तेज़ स्केटिंग के कारण लाल हुआ लेविन रुका और क्षण-भर को कुछ सोचता रहा। इसके बाद उसने स्केट्स उतारे और दरवाजे पर माँ-बेटी के पास पहुँच गया।

''आपको देखकर बहुत खुशी हुई," माँ ने कहा। "हमेशा की तरह हम बृहस्पतिवार को मेहमानों का स्वागत करते हैं।"

"इसका मतलब है कि आज ?"

"आपके आने से बहुत खुशी होगी," बूढ़ी प्रिंसेस ने रुखाई से कहा।

कीटी को माँ का यह रूखापन अखरा और वह इस बुरे प्रभाव को दूर करने की अपनी इच्छा पर काबू न पा सकी। वह मुड़ी और मुस्कुराकर बोली :

"नमस्ते।"

इसी वक़्त ओब्लोन्स्की सिर पर टेढ़ा-तिरछा टोप रखे, चेहरे पर और आँखों में चमक लिए बहुत खुश-खुश तथा विजेता-सा बाग में आया। लेकिन सास के करीब पहुँचने पर उसने उदास और अपराधी का सा चेहरा बनाकर डॉली के स्वास्थ्य के बारे में उनके प्रश्नों के उत्तर दिए। सास के साथ धीमे-धीमे और उदासी से बातचीत करने के बाद उसने छाती सीधी की और लेविन का हाथ थाम लिया।

"तो हम चल रहे हैं न ?" उसने पूछा। "मैं लगातार तुम्हारे बारे में ही सोचता रहा हूँ और मुझे बहुत खुशी है कि तुम आ गए हो," ओब्लोन्स्की ने लेविन की आँखों में झाँकते हुए विशेष अर्थपूर्ण भाव के साथ कहा।

"चल रहे हैं, चल रहे हैं," अपने को सौभाग्यशाली अनुभव करते हुए लेविन ने जवाब दिया। वह अभी तक 'नमस्ते' कहनेवाली आवाज़ को सुन रहा था और उस मुस्कान को देख रहा था, जिसे होंठों पर लाकर यह शब्द कहा गया था।

" 'इंग्लैंड' में या 'हर्मीताज' में ?"

"मेरे लिए सब बराबर है।"

"तो 'इंग्लैंड' में," ओब्लोन्स्की ने कहा। उसने 'इंग्लैंड' इसलिए चुना था कि 'हर्मीताज' की तुलना में वह 'इंग्लैंड' होटल का अधिक ऋणी था और इस कारण वह इस होटल से कन्नी काटना अच्छा नहीं समझता था। "तुम्हारी बग्घी तो है न ? बहुत अच्छी बात है, क्योंकि मैंने तो अपनी बग्घी छोड़ दी है।"

दोनों दोस्त रास्ते-भर खामोश रहे। लेविन यह सोचता रहा कि कीटी के चेहरे के भाव-परिवर्तन का क्या अर्थ हो सकता है। कभी वह अपने को विश्वास दिलाता कि उम्मीद कर सकता है, तो कभी हताश हो उठता और साफ़ तौर पर यह देखता कि आशा करना पागलपन है। फिर भी वह अपने को बिल्कुल दूसरा, उससे भिन्न व्यक्ति अनुभव कर रहा था, जैसा कि कीटी की मुस्कान और 'नमस्ते' शब्द से पहले महसूस करता था।

ओब्लोन्स्की रास्ते में मन-ही-मन खाने की सूची तैयार कर रहा था।

"तुम्हें तो ट्यूर्बो पसन्द है न ?" होटल के निकट पहुँचने पर उसने लेविन से पूछा।

"क्या ?" लेविन ने पूछा। "ट्यूर्बो ? हाँ, बहुत ही पसन्द है मुझे ट्यूर्बो।"

अन्ना करेनिना : (अध्याय 10-भाग 10)

लेविन जब ओब्लोन्स्की के साथ होटल में दाखिल हुआ, तो ओब्लोन्स्की के भावों की एक विशेषता की ओर उसका ध्यान जाए बिना न रह सका। उसे उसके चेहरे पर और समूचे व्यक्तित्व में एक तरह की संयत कान्ति की झलक मिली। ओब्लोन्स्की ने ओवरकोट उतारा, सिर पर टेढ़ा-सा टोप रखे हुए भोजनालय में गया और फ्रॉककोट पहने तथा हाथों में नेपकिन लिए चारों ओर से घेर लेनेवाले तातार बैरों को कुछ आदेश देने लगा। सभी जगहों की तरह यहाँ भी उसकी जान-पहचान के लोग मौजूद थे, जो उसे देखकर बहुत खुश हुए। ऐसे परिचित लोगों को दाएँ-बाएँ सिर झुकाता हुआ वह रेस्त्राँ की कैंटीन में पहुँचा, जहाँ उसने वोदका का जाम पिया और मछली खाई तथा रिबनों और लेसों से सजी-बजी घुंघराले बालोंवाली फ्रांसीसी महिला से, जो काउंटर पर बैठी थी, कोई ऐसी बात कही कि वह भी ठठाकर हँस दी। लेविन ने सिर्फ इसीलिए वोदका नहीं पी कि, जैसा उसे प्रतीत हुआ, पराये बालोंवाली और पाउडर तथा शृंगार के दूसरे प्रसाधनों से रँगी-चुनी यह फ्रांसीसी महिला बड़ी अपमानजनक लगी थी। वह गन्दी जगह की तरह झटपट उससे दूर हट गया। उसकी आत्मा कीटी की याद में डूबी हुई थी और उसकी आँखों में उल्लास और सौभाग्य की चमक थी।

"यहाँ आ जाइए, हुज़ूर, कृपया इस जगह। यहाँ आप चैन से बैठ सकेंगे, सरकार," ओब्लोन्स्की से बहुत ही ज़्यादा चिपक गए पके बालों तथा इतने चौड़े चूतड़वाले बूढ़े तातार बैरे ने कहा, जिसके फ्रॉककोट के पल्ले दाएं-बाएँ उठे हुए थे। "इधर आइए, हुज़ूर," उसने ओब्लोन्स्की के प्रति आदर भाव जताने के लिए उसके मेहमान के आगे-पीछे घूमते हुए लेविन से कहा।

बैरे ने काँसे के दीवारी लैम्प के नीचे पहले से ही मेज़पोश से ढकी गोल मेज़ पर फ़ौरन एक नया मेज़पोश बिछा दिया, बैठने के लिए मखमली कुर्सियाँ बढ़ा दीं और हाथों में नेपकिन तथा भोजन-सूची लिए हुए ओब्लोन्स्की के सामने खड़ा होकर ऑर्डर का इन्तज़ार करने लगा।

"अगर हुज़ूर अलग कक्ष चाहते हैं, तो वह भी जल्दी ही खाली हो जाएगा। प्रिंस गोलीसिन अपनी महिला के साथ अभी वहाँ से जानेवाले हैं। ताज़ा ओयेस्टर आए हुए हैं।"

"ओह, ओयेस्टर !"

ओब्लोन्स्की सोच में पड़ गया।

"तो क्या हम अपनी भोजन की योजना न बदल दें, लेविन ?" भोजन-सूची पर उँगली रखे हुए उसने कहा। और उसके चेहरे पर गहरी सोच का भाव झलक उठा। "अच्छे हैं न ओयेस्टर ? देखो, गड़बड़ नहीं करना !"

"हुज़ूर, फ़्लेंसबर्ग के हैं, ओस्टेंड के तो हमारे यहाँ हैं ही नहीं।"

"फ़्लेंसबर्ग के तो फ़्लेंसबर्ग के, लेकिन ताज़ा हैं या नहीं ?"

"कल आए हैं, सरकार।"

"तो क्या खयाल है, ओयेस्टरों से ही क्यों न शुरू किया जाए और बाद में सारी योजना ही बदल ली जाए ? बताओ ?"

"मेरे लिए सब बराबर है। मुझे अगर पत्तागोभी का शोरबा और दलिया मिल जाता, तो सबसे अच्छा रहता। लेकिन यहाँ तो वह मिलेगा नहीं।"

"अ ला रूस दलिया चाहते हैं क्या, सरकार ?" तातार ने बच्चे के ऊपर झुकी हुई आया की तरह लेविन के ऊपर झुकते हुए पूछा।

"नहीं, मज़ाक को हटाओ, तुम जो कुछ चुन लोगे, वही अच्छा रहेगा। मैं स्केटिंग करके आया हूँ और मुझे बड़ी भूख लगी है। ऐसा मत समझना," ओब्लोन्स्की के चेहरे पर कुछ प्रसन्नता का भाव देखकर उसने इतना और जोड़ दिया, "कि मैं तुम्हारी पसन्द को बढ़िया नहीं मानता। मैं खुशी से पेट भरकर खाऊँगा।"

'मैं उम्मीद करता हूँ, कोई माने या न माने, यह भी हमारे जीवन का एक सुख है," ओब्लोन्स्की ने कहा। "तो तुम, भाई मेरे, हमारे लिए बीस या ये कम रहेंगे, तीस ओयेस्टर और सब्जीवाला शोरबा ले आओ..."

"प्रेन्तान्येर," तातार ने झटपट शोरबे का फ्रांसीसी नाम लिया। लेकिन ओब्लोन्स्की स्पष्टतः बैरे को खानों के फ्रांसीसी नाम लेने की खुशी प्रदान नहीं करना चाहता था।

"सब्जियों के साथ, जानते हो न ? उसके बाद गाढ़ी चटनी के साथ ट्यूबों, उसके बाद...रोस्टबीफ़। देखना, अच्छा होना चाहिए। और हाँ, शायद मुर्गा भी और डिब्बाबन्द फल।"

तातार ने ओब्लोन्स्की की इस बात को ध्यान में रखते हुए कि उसे फ्रांसीसी भाषा की भोजन-सूची के अनुसार नाम लेना पसन्द नहीं है, उसके पीछे-पीछे फ्रांसीसी में दोहराने की खुशी ज़रूर हासिल कर ली, "सुप प्रेन्तान्येर, ट्यूबो सोस बोमार्शे, पुलार्द आ लेस्त्रागोन, मासेदुआन दे फ्रूई..." इसके फ़ौरन बाद मानो स्प्रिंगों से गतिशील होते हुए उसने जिल्दबन्द भोजन-सूची रखकर शराबों की सूची उठा ली और उसे ओब्लोन्स्की के सामने रख दिया।

"पिएँगे क्या ?" "कुछ भी, लेकिन थोड़ी-सी। शेम्पेन मँगवा लो," लेविन ने कहा।

"क्या ? शुरू में ही ? हाँ, वैसे यह ठीक ही होगा। तुम्हें तो सफ़ेद लेबलवाली पसन्द है न ?"

"काशे ब्लान," तातार बैरे ने शेम्पेन का फ्रांसीसी नाम लिया।

"तो इसी लेबल की बोतल ओयेस्टरों के साथ ले आओ, बाक़ी बाद में देखा जाएगा।"

"जो हुक्म। खाने के साथ शराब कौन-सी पसन्द करेंगे ?"

"न्यूई ले आओ। नहीं, क्लासिकल शाब्ली बेहतर रहेगी।"

"जो हुक्म । पनीर वही, जो आप हमेशा पसन्द करते हैं ?"

"हाँ, पार्मेज़ान । या शायद तुम्हें कोई दूसरा पसन्द है ?"

"नहीं, मेरे लिए सब बराबर है," अपनी मुस्कान को छिपा पाने में असमर्थ लेविन ने कहा।

और फ्रॉककोट के लहराते छोरोंवाला तातार बैरा भाग गया तथा पाँच मिनट बाद खुली सीपियोंवाले ओयेस्टरों की तश्तरी और उँगलियों के बीच बोतल लिए हुए आ गया।

ओब्लोन्स्की ने कलफ़ लगे नेपकिन को मोड़ा, उसे अपनी जाकेट के नीचे खोंसा और इत्मीनान के साथ टिकाकर ओयेस्टर खाने लगा।

"सचमुच बुरे नहीं हैं," चाँदी के काँटे से सीपियों में से लसलसे ओयेस्टर निकालते और एक के बाद एक को निगलते हुए उसने कहा। "बुरे नहीं हैं," अपनी नम और चमकती आँखों से कभी लेविन, तो कभी तातार बैरे की तरफ़ देखते हुए उसने दोहराया।

लेविन ओयेस्टर खा रहा था, यद्यपि पनीर के साथ रोटी उसे अधिक अच्छी लगती। लेकिन वह मुग्ध होकर ओब्लोन्स्की की तरफ़ देख रहा था। यहाँ तक कि तातार बैरे ने भी बोतल का कार्क खोलकर चौड़े मुँहवाले पतले जामों में शराब ढालते हुए खुशी की स्पष्ट मुस्कान के साथ, अपनी सफ़ेद टाई ठीक करके ओब्लोन्स्की को गौर से देखा।

तुम्हें ओयेस्टर बहुत पसन्द नहीं था ?" ओब्लोन्स्की ने अपना जाम पीते हुए कहा। "या तुम किसी चिन्ता में डूबे हुए हो ? क्यों ?"

ओब्लोन्स्की चाहता था कि लेविन रंग में आए। लेविन रंग में न हो, ऐसा नहीं था, लेकिन वह अपने को कुछ घुटा-घुटा-सा महसूस कर रहा था। उसकी आत्मा में जो कुछ था, उसके कारण उसे इस रेस्त्रों के कक्षों के बीच, जहाँ महिलाओं के साथ बैठे लोग खा-पी रहे थे, लोगों की हलचल और उनका आना-जाना, काँसे की सजावटी चीज़ों-लैम्पों, दर्पणों और तातार बैरों की उपस्थिति-यह सब कुछ बेहूदा लग रहा था। उसकी आत्मा जिस प्यार से सराबोर थी, उसे डर था कि कहीं उस पर कोई धब्बा न लग जाए।

"मैं ? हाँ, मैं चिन्ता में डूबा हुआ हूँ। लेकिन इसके अलावा मुझे इन सब चीज़ों से परेशानी होती है," उसने कहा।

"तुम तो कल्पना भी नहीं कर सकते कि मुझ, देहात के रहनेवाले आदमी के लिए, यह सब कितना बेहूदा लगता है, तुम्हारे उस महाशय के नाखूनों की तरह, जिसे मैंने तुम्हारे यहाँ देखा था..."

"हाँ, मैंने ध्यान दिया था कि बेचारे ग्रिनेविच के नाखूनों में तुम बहुत दिलचस्पी ले रहे थे," ओब्लोन्स्की ने हँसते हुए कहा।

"यह मेरे बस की बात नहीं है," लेविन ने जवाब दिया। "तुम मेरे भीतर घुसने, देहात में रहनेवाले एक आदमी के दृष्टिकोण से इसे देखने की कोशिश करो। हम गाँव में अपने हाथों को ऐसे रखने की कोशिश करते हैं कि उनसे काम करने में आसानी रहे। इसके लिए नाखून काटते और कभी-कभी आस्तीनें भी ऊपर चढ़ा लेते हैं। और यहाँ लोग जान-बूझकर अपने नाखूनों को जिस हद तक मुमकिन हो, ज़्यादा-से-ज़्यादा बढ़ाते चले जाते हैं। इसके अलावा तश्तरियों जैसे बड़े-बड़े कफ़लिंक लगा लेते हैं, ताकि हाथों से कुछ भी नहीं किया जा सके।"

ओब्लोन्स्की मज़ा लेता हुआ मुस्कुराया।

"यह इस बात का लक्षण है कि उसे घटिया किस्म की मेहनत करने की ज़रूरत नहीं है। वह दिमागी काम करता है..."

"हो सकता है। लेकिन मुझे तो फिर भी यह बड़ा बेहूदा लगता है। ठीक वैसे ही, जैसे इस वक़्त यह हमारा खाना खाने का ढंग। हम गाँववाले जल्दी-जल्दी खाना खत्म करने की कोशिश करते हैं ताकि उसके बाद अपने काम में जुट सकें। मगर हम-तुम इस कोशिश में हैं कि ज़्यादा-से-ज़्यादा देर तक हमारा खाना चलता रहे और इसलिए ओयेस्टर खा रहे हैं..."

"सो तो ज़ाहिर है" ओब्लोन्स्की ने बात को आगे बढ़ाया। यही तो उद्देश्य है पढ़ने-लिखने का-हर चीज़ से मज़ा हासिल किया जाए।"

"अगर यही उद्देश्य है, तो मैं जंगली रहना पसन्द करूँगा।"

"तुम तो जंगली हो ही। तुम सभी लेविन जंगली हो।"

लेविन ने गहरी साँस ली। उसे अपने निकोलाई भाई की याद आ गई, उसकी आत्मा ने उसे धिक्कारा और उसे दुःख हुआ। उसने नाक-भौंह सिकोड़ी। लेकिन ओब्लोन्स्की ने एक ऐसे विषय की चर्चा शुरू कर दी, जिससे लेविन का ध्यान फ़ौरन दूसरी तरफ़ चला गया।

"तो क्या आज रात को हमारे लोगों यानी श्रेबार्त्स्की परिवारवालों के यहाँ जाओगे ?" उसने आँखों में अर्थपूर्ण चमक लिए, ओयेस्टरों की खुरदरी खाली सीपियों को दूर हटाते और पनीर की ओर हाथ बढ़ाते हुए पूछा।

"हाँ, ज़रूर जाऊँगा," लेविन ने जवाब दिया। "बेशक मुझे ऐसा प्रतीत हुआ कि प्रिंसेस ने मुझे मन मारकर बुलाया है।"

"यह तुम क्या कह रहे हो ! बिल्कुल बेतुकी बात है ! यह तो उनका ऐसा अन्दाज़ ही है...तो भाई, शोरबा ले आओ !...यह तो उनका grande dame (महत्त्वपूर्ण महिला-फ्रांसीसी) का अन्दाज़ है," ओब्लोन्स्की ने कहा। "मैं भी आऊँगा, लेकिन मुझे रिहर्सल के लिए काउंटेस बानिना के यहाँ जाना है। तुम्हारे जंगली होने के बारे में भला कैसे शक हो सकता है ? तुम इसकी क्या सफ़ाई दोगे कि अचानक मास्को से गायब हो गए ? श्रेबार्त्स्की परिवारवाले मुझसे लगातार तुम्हारे बारे में पूछते रहे, जैसे मुझे मालूम होना ही चाहिए। लेकिन मैं तुम्हारे बारे में सिर्फ इतना ही जानता हूँ कि हमेशा वह करते हो, जो दूसरा कोई नहीं करता।"

"हाँ," लेविन ने धीरे-धीरे और बेचैन होते हुए कहा। "तुम्हारा कहना ठीक है, मैं जंगली हूँ। लेकिन मेरा जंगलीपन इसमें नहीं है कि मैं चला गया था, बल्कि इसमें कि मैं अब आ गया हूँ। अब मैं इसलिए आया हूँ कि..."

"ओह, कितने खुशकिस्मत हो तुम !" लेविन की आँखों में झाँकते हुए ओब्लोन्स्की ने उसकी बात पूरी की।

"किसलिए खुशकिस्मत हूँ मैं ?"

"घोड़े की तेज़ी पहचानता हूँ उसके खास निशानों से, जवान प्रेमियों को पहचानता हूँ उनके नयन-बाणों से," ओब्लोन्स्की ने यह पंक्ति सुना दी। "तुम्हारे लिए तो अभी सब कुछ आगे है।"

"और तुम्हारे लिए क्या सब कुछ पीछे रह गया है ?"

"नहीं, बेशक पीछे तो नहीं रह गया, मगर तुम्हारे सामने भविष्य है और मेरे सामने वर्तमान और वह भी धुंधला-सा।"

"क्यों, क्या मामला है ?"

"मामला कुछ अच्छा नहीं है। पर खैर, मैं अपनी चर्चा नहीं करना चाहता और इसके अलावा सब कुछ समझाया भी तो नहीं जा सकता," ओब्लोन्स्की ने कहा। "तो तुम किसलिए मास्को आए हो ?...अरे, यह ले जाओ !" उसने तातार बैरे को आवाज़ दी।

"भाँप नहीं सकते क्या ?" आँखों की गहराई में चमक लिए और ओब्लोन्स्की के चेहरे पर उन्हें जमाए हुए लेविन ने जवाब दिया।

"भाँप तो रहा हूँ, मगर इसकी चर्चा शुरू नहीं कर सकता। तुम इसी से जान सकते हो कि मैं सही अनुमान लगा रहा हूँ या नहीं," ओब्लोन्स्की ने तनिक मुस्कुराते और लेविन की ओर देखते हुए कहा।

"तो तुम्हारी क्या राय है इसके बारे में ?" लेविन ने काँपती आवाज़ में यह महसूस करते हुए कहा कि उसके चेहरे की सभी मांसपेशियाँ सिहर रही हैं। "तुम्हारा क्या खयाल है ?"

ओब्लोन्स्की ने लेविन पर नज़र जमाए हुए अपना शराब का गिलास धीरे-धीरे खत्म कर दिया।

"मेरा खयाल ?" ओब्लोन्स्की ने यह प्रश्न दोहराया। "मैं इससे अधिक और किसी चीज़ की कामना नहीं कर सकता। मेरी दृष्टि में तो यही सबसे अच्छा हो सकता है।"

"लेकिन तुम कहीं भूल तो नहीं कर रहे हो ? इतना तो जानते हो कि हम किस बात की चर्चा कर रहे हैं ?" लेविन ने अपने मित्र की आँखों में आँखें डालकर पूछा। "तुम्हारे विचार में यह सम्भव है ?"

"मेरे विचार में तो सम्भव है। सम्भव क्यों नहीं ?"

"तुम बिल्कुल ठीक-ठीक ऐसा समझते हो कि यह सम्भव है ? नहीं, तुम जो सोचते हो, सब कुछ कह दो ! लेकिन अगर, अगर मुझे इनकार ही सुनना पड़ेगा...मुझे तो इसका यकीन भी है कि..."

"तुम ऐसा क्यों सोचते हो ?" लेविन की घबराहट पर मुस्कुराते हुए ओब्लोन्स्की ने पूछा।

"कभी-कभी मुझे ऐसा लगता है। यह मेरे और उसके लिए भी भयानक बात होगी।"

"खैर, लड़की के लिए तो यह कोई भयानक बात नहीं होगी। हर लड़की इस बात पर गर्व करती है कि उससे विवाह का प्रस्ताव किया गया है।"

"हाँ, आमतौर पर लड़कियों के बारे में ऐसा सही है, लेकिन उसके बारे में नहीं।"

ओब्लोन्स्की मुस्कुराया। लेविन की इस भावना को वह बहुत अच्छी तरह जानता था। जानता था कि लेविन के लिए दुनिया की सारी लड़कियाँ दो किस्मों में बँटी हुई हैं। एक किस्म तो वह है, जिसमें 'उसे' छोड़कर दुनिया की सारी लड़कियाँ शामिल हैं। इन लड़कियों में सभी मानवीय दुर्बलताएँ हैं और वे बहुत ही सामान्य लड़कियाँ हैं। दूसरी किस्म में वह अकेली ही है, उसमें किसी तरह की कोई दुर्बलता नहीं और वह मानव की हर चीज़ से ऊपर है।

"यह क्या कर रहे हो, चटनी ले लो," लेविन का हाथ थामते हुए, जो चटनी को परे हटा रहा था, ओब्लोन्स्की ने कहा।

लेविन ने चुपचाप चटनी ले ली, लेकिन ओब्लोन्स्की को खाना जारी नहीं रखने दिया।

"नहीं, तुम रुको, ज़रा रुको," वह बोला। "तुम इतना समझ लो कि मेरे लिए यह ज़िन्दगी और मौत का सवाल है। मैंने कभी और किसी से भी इसकी चर्चा नहीं की। और अन्य किसी के साथ मैं इसकी वैसे ही चर्चा कर भी नहीं सकता, जैसे तुम्हारे साथ। यों हम एक-दूसरे से बिल्कुल भिन्न हैं-हमारी रुचियाँ भिन्न हैं, दृष्टिकोण अलग-अलग

हैं, कुछ भी तो एक जैसा नहीं। लेकिन मैं जानता हूँ कि तुम मुझे प्यार करते और समझते हो। इसलिए मैं तुम्हें बेहद प्यार करता हूँ। लेकिन भगवान के लिए मुझसे बिल्कुल साफ़-साफ़ बात करना।"

"मैं जैसा समझता हूँ, तुमसे वैसा ही कह रहा हूँ," ओब्लोन्स्की ने मुस्कुराते हुए कहा। "मैं तुमसे इतना और भी कहूँगा-मेरी पत्नी अदभुत नारी है..." पत्नी के साथ अपने सम्बन्धों की याद आने पर ओब्लोन्स्की ने गहरी साँस ली और क्षण-भर चुप रहने के बाद अपनी बात आगे बढ़ाई। "उसमें चीज़ों को पहले से ही देखने, उन्हें भाँप लेने का गुण है। वह लोगों को आर-पार देख लेती है। लेकिन इतना ही नहीं, भविष्य में जो होनेवाला है, खासतौर पर शादी-ब्याह के मामले में, वह उसे भी पहले से ही जान जाती है। मिसाल के तौर पर उसने भविष्यवाणी की थी कि शाखोव्स्काया की ब्रेनतेल्न के साथ शादी होगी। कोई इसे मानने को ही तैयार नहीं था, लेकिन ऐसा ही हुआ। और मेरी बीवी तुम्हारे हक़ में है।"

"क्या मतलब तुम्हारा ?"

"मेरा मतलब यह कि वह न सिर्फ तुम्हें चाहती है, बल्कि यह भी कहती है कि कीटी ज़रूर तुम्हारी बीवी बनेगी।"

यह शब्द सुनकर लेविन के चेहरे पर ऐसी मुस्कान की चमक आ गई, जो स्नेहावेग के आँसुओं के निकट होती है।

"ऐसा कहती है वह !" लेविन कह उठा। "मैं हमेशा कहता रहा हूँ कि वह, तम्हारी बीवी तो बस, कमाल की औरत है। लेकिन हटाओ, हटाओ, अब यह चर्चा," अपनी जगह से उठते हुए उसने कहा।

"अच्छी बात है, मगर तुम बैठो तो।"

किन्तु लेविन बैठ नहीं सका। उसने दृढ़ क़दमों से दो बार इस छोटे-से कमरे में चक्कर लगाया, आँखों को झपकाया, ताकि आँसू नज़र न आएँ और इसके बाद ही अपनी जगह पर आकर बैठा।

"तुम इतना समझो," उसने कहा, "यह प्यार नहीं है। मैं प्यार कर चुका हूँ, किन्तु यह वह नहीं है। यह मेरी अपनी भावना नहीं, बल्कि कोई बाहरी शक्ति मुझ पर हावी हो गई है। मैं पूरी तरह यह मानकर यहाँ से चला गया था कि ऐसा नहीं हो सकता। मेरा मतलब समझते हो न, कि यह ऐसा सुख है, जो धरती पर नहीं होता। मैं अपने मन से जूझता रहा और इस नतीजे पर पहुँचा कि इसके बिना जीवन सम्भव नहीं है। और इस मामले को तय करना चाहिए..."

"तो तुम चले क्यों गए थे?"

"ओह, ज़रा रुको ! ओह, कितने विचार उमड़े आ रहे हैं मन में ! कितने सवाल पूछने हैं ! सुनो, तुम तो कल्पना भी नहीं कर सकते कि तुमने जो कुछ कहा है, वह कहकर मुझ पर कितना बड़ा एहसान किया है। मैं इतना खुश हूँ कि सचमुच घृणित हो रहा हूँ, सब कुछ भूल गया हूँ। मुझे आज ही पता चला कि मेरा भाई निकोलाई...जानते हो, वह मास्को में है...मैं उसके बारे में भूल ही गया। मुझे लगता है कि वह भी सुखी है। यह तो मानो पागलपन है। लेकिन एक बात बड़ी भयानक है...तुमने शादी की है, तुम इस भावना को जानते हो...भयानक बात यह है कि हम, जो जवानी की दहलीज़ पार कर चुके हैं, हमारा अपना अतीत है...प्यार का नहीं, गुनाहों का अतीत...अचानक हम पवित्र और निर्दोष प्राणी के निकट आते हैं। बड़ी घृणा होती है इस कारण और इसलिए अपने को उसके अयोग्य अनुभव किए बिना नहीं रह सकते।"

"हटाओ, तुमने तो बहुत गुनाह नहीं किए हैं।"

"आह, फिर भी," लेविन ने जवाब दिया, "फिर भी, 'अपने जीवन की पुस्तक घृणा से पढ़ते हुए मैं काँपता हूँ, अपने को कोसता हूँ, बहत पछताता हूँ... यह बात है।"

"क्या किया जाए, ऐसा ही है इस दुनिया का दस्तूर," ओब्लोन्स्की ने कहा।

"उस प्रार्थना की भाँति, जिसे मैं हमेशा बहुत पसन्द करता रहा हूँ, एक ही बात से अपने को तसल्ली देता हूँ कि प्रभु मेरी करनी के आधार पर नहीं, बल्कि अपने दयाभाव से मुझे क्षमा करें। वह भी मुझे केवल ऐसे ही क्षमा कर सकती है।"

अन्ना करेनिना : (अध्याय 11-भाग 1)

लेविन ने शराब का अपना जाम खत्म कर लिया और दोनों कुछ देर तक खामोश रहे।

"मुझे तुमसे एक और बात कहना ज़रूरी है। तुम व्रोन्स्की को जानते हो ?" ओब्लोन्स्की ने लेविन से पूछा।

"नहीं, नहीं जानता। तुम यह क्यों पूछा रहे हो ?"

"एक और बोतल ले आओ," ओब्लोन्स्की ने तातार बैरे से कहा, जो जाम भरता हुआ ऐसे वक़्त उनके इर्द-गिर्द मँडरा रहा था, जब उसे वहाँ नहीं होना चाहिए था।

"क्या ज़रूरत है मुझे व्रोन्स्की को जानने की ?"

"क्या ज़रूरत है तुम्हें व्रोन्स्की को जानने की ! यह ज़रूरत है कि वह तुम्हारा प्रतिद्वन्द्वी है।"

"कौन है यह व्रोन्स्की ?" लेविन ने सवाल किया और उसके चेहरे का बाल-सुलभ खुशी का भाव, जिसे कुछ ही क्षण पहले ओब्लोन्स्की मुग्ध होकर देख रहा था, अचानक झल्लाहट और कटुता में बदल गया।

"व्रोन्स्की-यह काउंट किरिल्ल इवानोविच व्रोन्स्की का बेटा और पीटर्सबर्ग के शानदार कुलीन युवाजन का एक बढ़िया उदाहरण है। मैं जब त्वेर में काम कर रहा था, तब वह नए फ़ौजी भर्ती करने के लिए वहाँ आया था और तभी मेरा उससे परिचय हुआ था। बहुत ही धनी और बड़ा सुन्दर व्यक्ति है, बड़े-बड़े लोगों से सम्पर्क हैं उसके, ज़ार का एड-डी. कैम्प और साथ ही बड़ा मधुर तथा दयाल जवान है। सिर्फ इतना ही नहीं, उसमें और भी बहुत कुछ है। जैसाकि मुझे यहाँ मालूम हुआ है, वह पढ़ा-लिखा और समझदार भी है। यह आदमी बहुत तरक्की करेगा।"

लेविन के माथे पर बल पड़ गए और वह खामोश रहा।

"हाँ, तो वह तुम्हारे जाने के फ़ौरन बाद ही यहाँ प्रकट हुआ और जहाँ तक मैं समझ सकता हूँ कीटी पर लट्टू है। तुम तो जानते ही हो कि कीटी की माँ..."

"माफ़ी चाहता हूँ, लेकिन मेरे पल्ले तो कुछ भी नहीं पड़ रहा है," लेविन ने उदासी से माथे पर बल डालकर कहा। इसी वक़्त उसे अपने भाई निकोलाई की याद आ गई, यह ध्यान आया कि वह कितना नीच है, जो उसके बारे में भूल गया।

"तुम ज़रा सुनो, मेरी बात को समझो तो," ओब्लोन्स्की ने मुस्कुराते और उसका हाथ छूते हुए कहा। "मैं जो कुछ जानता हूँ, मैंने तुम्हें वही बताया है और दोहराता हूँ कि इस मुश्किल तथा नाज़ुक मामले में जहाँ तक अनुमान लगाना सम्भव है, मुझे यही लगता है कि तुम्हारी सफलता की सम्भावना अधिक है।"

लेविन ने पीछे हटकर कुर्सी की टेक का सहारा ले लिया। उसके चेहरे का रंग उड़ा हुआ था।

"लेकिन मैं तुम्हें यह सलाह दूँगा कि जितनी जल्दी हो सके. इस मामले को निपटा डालो," लेविन का जाम भरते हुए ओब्लोन्स्की ने अपनी बात जारी रखी।

"नहीं, शुक्रिया, मैं और नहीं पी सकता," लेविन ने अपना जाम पीछे हटाते हुए कहा। "मुझे चढ़ जाएगी...तो यह बताओ कि तुम्हारा कैसा हालचाल है ?" शायद बातचीत का विषय बदलने की इच्छा से उसने कहा।

"दो शब्द और कहूँगा-कुछ भी हो, मैं तुम्हें इस मामले को जल्दी से तय करने की सलाह दूँगा। लेकिन आज तुम्हें ऐसा करने का परामर्श नहीं दूँगा," ओब्लोन्स्की ने कहा। "कल सुबह वहाँ जाना, रीति-रिवाज के मुताबिक ढंग से विवाह का प्रस्ताव करना और कामना करता हूँ कि भगवान तुम्हें सफलता प्रदान करें..."

"तुम मेरे यहाँ शिकार के लिए आने की कहते रहते हो? तो वसन्त में आ जाओ," लेविन बोला।

लेविन अब जी-जान से पूछता रहा था कि उसने ओब्लोन्स्की से यह बात शुरू की। पीटर्सबर्ग के किसी अफ़सर के साथ मुकाबले की चर्चा और ओब्लोन्स्की के अनुमानों तथा मशविरों से उसकी 'विशेष' भावना दूषित-सी हो गई थी। ओब्लोन्स्की मुस्कुराया। लेविन की आत्मा की इस समय क्या दशा थी, उससे यह छिपा नहीं था। "आ जाऊँगा कभी न कभी," उसने जवाब दिया। "हाँ, भाई, औरत ही वह धुरी है, जिसके इर्द-गिर्द सब कुछ घूमता है। मेरा हाल भी बुरा है, बहुत बुरा है। सो भी औरतों की वजह से। तुम मुझसे लाग-लपेट के बिना बात करो," उसने सिगार निकाला और दूसरे हाथ से जाम थामते हुए कहना जारी रखा, "तुम मुझे सलाह दो।"

"किस बारे में ?"

"इस बारे में-मान लो कि तुम शादीशुदा हो, अपनी बीवी को प्यार करते हो, लेकिन किसी दूसरी औरत पर तुम्हारा दिल आ गया..."

"माफ़ी चाहता हूँ, लेकिन यह चीज़ तो मेरी समझ के बिल्कुल बाहर है। वैसे ही...जैसे, मैं यह नहीं समझ सकता कि अभी-अभी पेट भरकर खाने के बाद मैं नानबाई की दुकान के करीब से गुज़रूँ और उसके यहाँ से केक चुरा लूँ।"

ओब्लोन्स्की की आँखें सामान्य से कहीं अधिक चमक रही थीं।

"क्यों नहीं ! केक कभी-कभी इतना महकदार होता है कि आदमी अपने को काबू में नहीं रख पाता।

Himmlisch ist's, wenn ich bezwungen

Meine irdrshe Begier,

Aber doch wenn's nicht gelungen,

Hatt ich auch recht h iibsch Plasisir!"

(अच्छा है यदि भाव, भावना

वश में कर आवेश लिए,

अगर न ऐसा मैं कर पाया

तो भी मैंने मज़े किए !-जर्मन)

यह कहते हुए ओब्लोन्स्की तनिक मुस्कुराया। लेविन भी मुस्कुराए बिना न रह सका।

"खैर, मज़ाक़ को हटाओ," ओब्लोन्स्की कहता गया। "तुम इस बात को समझो कि प्यारी, छोटी सी, जी-जान से चाहनेवाली, लाचार और एकाकी नारी ने तुम पर अपना सब कुछ न्योछावर कर डाला। अब जब तुमने अपना मतलब निकाल लिया-तुम मेरी बात को समझो-तो क्या उसे उसके हाल पर छोड़ दिया जाए ? मान लो कि उससे नाता तोड़ना होगा, ताकि परिवार नष्ट न हो, तो क्या उस पर तरस न खाया जाए, उसे किसी किनारे न लगाया जाए, उसके दर्द को कुछ कम न किया जाए ?"

"तुम मुझे माफ़ करना, पर तुम्हें मालूम ही है कि मेरे लिए सभी औरतें दो किस्मों में बँटी हुई हैं...नहीं, ऐसे नहीं...शायद यह कहना अधिक सही होगा कि एक तो नारियाँ हैं और दूसरी...मुझे तो पाप में गिरनेवाली अच्छी नारियाँ न तो कभी देखने को मिली हैं और न मिल ही सकेंगी। और ऐसी औरतें, जैसीकि वह घुंघराले बालोंवाली रँगी-चुनी फ्रांसीसी महिला, जो काउंटर पर बैठी है, मेरे लिए कुतियों जैसी हैं। सभी पतिताएँ ऐसी ही हैं।"

"और मरियम मगदलीनी ?"

('इंजील में वर्णित एक पतिता। ईसा मसीह ने उससे घृणा नहीं की, उसे स्नेह दिया और वह कुपथ से सुपथ पर आ गई।-अनु.)

"ओह, हटाओ ! ईसा मसीह ने उसके बारे में कभी वे अच्छे शब्द न कहे होते, यदि उन्हें यह मालूम होता कि उनका इतना अधिक दुरुपयोग किया जाएगा। इंजील के केवल यही शब्द याद हैं सबको। वैसे, मैं वह नहीं कह रहा हूँ, जो सोचता हूँ, बल्कि जो अनुभव करता हूँ। मुझे पतित नारियों से घृणा है। तुम मकड़ियों से डरते हो और मैं इन नागिनों से। संभवतः तुमने मकड़ियों का अध्ययन नहीं किया और तुम उनके रंग-ढंग से परिचित नहीं हो। ऐसी औरतों के बारे में मेरा यही हाल है।"

"तुम्हारे लिए ऐसे कहना बहुत आसान है-यह तो डिकेंस के उस पात्रवाली ही बात है, जो हर मुश्किल मसले को चालाकी से टाल देता है। किन्तु तथ्य से इनकार करना तो प्रश्न का उत्तर नहीं माना जा सकता। तुम मुझे यह बताओ कि क्या किया जाए, क्या करना चाहिए ? पत्नी बुढ़ाती जा रही है और तुममें ज़िन्दगी हिलोरें ले रही है। तुम्हें पता भी नहीं चलता और तुम यह महसूस करने लगते हो कि अपनी प्यारी बीवी को, चाहे उसकी कितनी ही इज़्ज़त क्यों न करते हो, प्यार नहीं कर सकते। इसी वक्त अचानक तुम्हारे जीवन में प्यार सामने आ जाता है और बस, तुम कहीं के नहीं रहे, मारे गए !" ओब्लोन्स्की ने उदासी-भरी हताशा के साथ कहा।

लेविन व्यंग्यपूर्वक मुस्कुराया।

"हाँ, मारे गए," ओब्लोन्स्की कहता गया। "लेकिन किया क्या जाए ?"

"केक न चुराए जाएँ।"

ओब्लोन्स्की खिलखिलाकर हँस दिया।

"ओ नैतिकता के पुजारी ! लेकिन तुम बात को समझो तो। तुम्हारे सामने दो औरतें हैं-एक केवल अपने अधिकारों की माँग करती है और ये अधिकार हैं तुम्हारा वह प्रेम, जो तुम उसे दे नहीं सकते। लेकिन दूसरी औरत तुम्हारे लिए सब कुछ कुर्बान कर देती है और किसी चीज़ की माँग नहीं करती। ऐसी हालत में तुम क्या करोगे ? क्या करना चाहिए तुम्हें ? यहाँ बड़ा भयानक ड्रामा हो जाता है।"

"अगर तुम इस मामले में मेरे दिल की बात जानना चाहते हो, तो मैं कहूँगा कि इसमें किसी तरह का ड्रामा नहीं है। इसका कारण बताता हूँ। इसलिए कि प्रेम...दोनों तरह के प्रेम, जैसा कि तुम्हें याद होगा, अफ़लातून जिनकी अपने 'सिम्पोज़ियम' में चर्चा करता है, लोगों के लिए कसौटी का काम देते हैं। कुछ लोग केवल एक प्रेम को समझते हैं और दूसरे दूसरे को। और वे लोग, जो दुनियावी प्रेम को समझते हैं, ये तो बेकार ही ड्रामे की बात करते हैं। ऐसी मुहब्बत में कोई ड्रामा-ब्रामा नहीं हो सकता। 'मज़ा देने के लिए तुम्हारा बहुत-बहुत शुक्रिया'-बस, खत्म ड्रामा। भावनात्मक प्रेम के लिए इस वजह से कोई ड्रामा नहीं हो सकता कि ऐसे प्रेम में सब कुछ स्पष्ट और निर्मल होता है...क्योंकि..."

इसी वक्त लेविन को अपने पापों और उस मानसिक संघर्ष की याद आ गई, जिसे वह अनुभव कर चुका था। उसने अचानक इतना और कह डाला:

"वैसे, शायद तुम्हारी बात ही ठीक हो। बहुत सम्भव है...किन्तु मैं नहीं जानता, बिल्कुल नहीं जानता।"

"देखा न तुमने," ओब्लोन्स्की बोला, "तुम पूरी तरह एक ही साँचे के आदमी हो। यह तुम्हारा गुण भी है और अवगुण भी। खुद तुममें दोरंगापन नहीं है और चाहते हो कि पूरे जीवन का ऐसा ही ढंग हो। मगर ऐसा तो होता नहीं। तुम सार्वजनिक कार्यालयों की गतिविधियों का इसलिए मुँह चिढ़ाते हो कि उनकी करनी हमेशा ध्येय के अनुरूप होनी चाहिए, किन्तु ऐसा होता नहीं। इसी तरह तुम चाहते हो कि व्यक्ति की गतिविधियों का भी हमेशा कोई लक्ष्य होना चाहिए, ताकि प्यार और पारिवारिक जीवन सदा एक ही हों। मगर ऐसा होता नहीं। जीवन की सारी विविधता, सारी मधुरता और सारी सुन्दरता छाया और प्रकाश का परिणाम होती है।"

लेविन ने गहरी साँस ली और कोई जवाब नहीं दिया। वह अपने ही मसलों में खोया हुआ था और ओब्लोन्स्की की बातों की ओर कोई ध्यान नहीं दे रहा था।

अचानक दोनों ने यह महसूस किया कि बेशक वे दोस्त हैं, बेशक उन्होंने साथ-साथ खाना खाया और शराब पी है, जिससे उन्हें एक-दूसरे के और अधिक निकट आ जाना चाहिए था, फिर भी हर कोई अपने में ही उलझा हुआ है और एक-दूसरे से कोई मलतब नहीं है। ओब्लोन्स्की खाने के बाद निकटता के बजाय इस अत्यधिक अलगाव को कई बार अनुभव कर चुका था और जानता था कि ऐसी हालत में उसे क्या करना चाहिए।

"बिल लाओ !" उसने बैरे को पुकारकर कहा और पास के कमरे में चला गया। वहाँ एक परिचित एड-डी. कैम्प से फ़ौरन उसकी भेंट हो गई और वह उसके साथ एक अभिनेत्री और उसके अन्नदाता के बारे में बातचीत करने लगा। एड-डी. कैम्प के साथ बातचीत करके ओब्लोन्स्की को उसी क्षण लेविन से हुई बातचीत से राहत और चैन मिला। लेविन के साथ बातचीत से वह हमेशा दिल-दिमाग पर बड़ा तनाव महसूस करता था।

तातार बैरा कुछ देर बाद छब्बीस रूबल और कुछ कोपेक का बिल लेकर आया। टिप के पैसे इसके अलावा थे। कोई और वक्त होता, तो देहात में रहनेवाले किसी भी व्यक्ति की तरह अपने हिस्से के चौदह रूबलों का बिल देखकर लेविन सन्नाटे में आ जाता। लेकिन इस वक्त उसने इसकी तरफ़ कोई ध्यान नहीं दिया, बिल चुकाया और श्रेबार्त्स्की परिवार के यहाँ जाने के लिए, जहाँ उसके भाग्य का निर्णय होनेवाला था, कपड़े बदलने को अपने घर चल दिया।

अन्ना करेनिना : (अध्याय 12-भाग 1)

प्रिंसेस कीटी श्रेर्बात्स्काया अठारह साल की थी। इस जाड़े में वह पहली बार दावतों-महफ़िलों में जाने लगी थी। ऊँचे समाज में उसे अपनी दोनों बड़ी बहनों की तुलना में तथा उसकी माँ की आशा से भी अधिक सफलता मिल रही थी। न केवल यह कि मास्को के बॉलों में नाचनेवाले लगभग सभी तरुण कीटी पर जान छिड़कते थे, बल्कि पहले ही जाड़े में विवाह का प्रस्ताव कर सकनेवाले ढंग के दो व्यक्ति-लेविन, और उसके जाने के फ़ौरन बाद काउंट व्रोन्स्की-सामने आए।

जाड़े के शुरू में लेविन के प्रकट होने, उसके अक्सर श्रेर्बात्स्की परिवार में आने और कीटी के प्रति साफ़ तौर पर प्यार करने के फलस्वरूप कीटी के भविष्य के बारे में उसके माँ-बाप के बीच पहली गम्भीर बातचीत और प्रिंस तथा प्रिंसेस में वाद-विवाद हुआ। प्रिंस लेविन के पक्ष में थे और उनका कहना था कि कीटी के लिए वे लेविन से बढ़कर और किसी की कामना नहीं कर सकते। प्रिंसेस मामले से दामन बचाकर निकल जाने की नारी-सुलभ अपनी आदत के मुताबिक़ यह कहती रहीं कि कीटी अभी बहुत छोटी उम्र की है, कि लेविन किसी तरह भी यह जाहिर नहीं करता कि इस सिलसिले में उसका कोई संजीदा इरादा है, कि कीटी उसके प्रति कोई अनुराग नहीं रखती तथा उन्होंने इसी तरह के कई दूसरे बहाने पेश किए। लेकिन प्रिंसेस ने मुख्य बात नहीं कही कि वे बेटी के लिए बेहतर वर की राह देख रही हैं, कि लेविन उसके मन को नहीं छूता, कि वे उसे समझ नहीं पातीं। जब लेविन अचानक ही चला गया, तो प्रिंसेस बहुत खुश हुई और बड़ी शान से अपने पति से बोली, "देखा, मैं ठीक कहती थी न।" जब व्रोन्स्की सामने आया, तो वे और भी ज्यादा खुश हुई और उनका यह विचार और भी अधिक पुष्ट हो गया कि कीटी को केवल अच्छा ही नहीं, बल्कि बहुत बढ़िया वर मिलना चाहिए।

माँ के मतानुसार तो व्रोन्स्की और लेविन के बीच कोई तुलना ही नहीं हो सकती थी। माँ को लेविन के अजीब और उग्र विचार, ऊँचे समाज में उसका अटपटापन, जो उनके अनुसार घमंड का नतीजा था, तथा, जैसाकि वे समझती थीं, पशुओं और किसानों से सम्बन्धित गाँव का जंगली-सा जीवन पसन्द नहीं था। उन्हें तो यह भी बहुत अच्छा नहीं लगता था कि उनकी बेटी के प्रेम में डूबा हुआ वह डेढ़ महीने तक घर में आता रहा, मानो किसी चीज़ की प्रतीक्षा करता रहा, ऐसे इधर-उधर देखता रहा मानो यह सोचकर डरता हो कि विवाह का प्रस्ताव करके वह बहुत बड़ा सम्मान प्रदान कर देगा, इतना भी नहीं समझता था कि अक्सर उस घर में आने पर, जहाँ ब्याह-शादी के लायक लड़की हो, उसे अपने मन का भाव प्रकट करना चाहिए। और फिर कुछ भी कहे-सुने बिना अचानक चला गया। 'यही गनीमत है कि वह कुछ खास आकर्षक नहीं है, कि कीटी उससे प्रेम नहीं करने लगी है,' माँ सोचती थीं।

व्रोन्स्की कीटी की माँ की सभी इच्छाओं के अनुरूप था। वह बहुत धनी था, समझदार था, खानदानी था, राज-दरबार के शानदार फ़ौजी रुतबे की ओर बढ़ रहा था तथा बड़ा मनमोहक व्यक्तित्व था उसका। उससे बेहतर किसी बात की कामना नहीं की जा सकती थी।

बॉलों में व्रोन्स्की स्पष्टतः कीटी के प्रति अपना लगाव दिखाता था, उसी के साथ नाचता था और कीटी के घर आता था। ऐसा मानना सम्भव था कि उसके इरादे की संजीदगी के बारे में कोई शक ही नहीं हो सकता। किंतु इसके बावजूद माँ इस पूरे जाड़े में बहुत बेचैन और विह्वल रहीं।

खुद प्रिंसेस की तो तीस साल पहले मौसी की मार्फत शादी हुई थी। वर, जिसके बारे में पहले से ही सब कुछ स्पष्ट था, लड़की के घर पहुँचा, उसने लड़की को देखा और उसके घरवालों ने उसे भी देखा। मौसी ने दोनों पक्षों पर पड़नेवाले आपसी प्रभाव की जानकारी प्राप्त करके उन्हें उसके बारे में बताया। प्रभाव अच्छा पड़ा था। इसके बाद एक नियत दिन वर ने लड़की के माता-पिता के सामने प्रस्ताव किया और इस प्रत्याशित प्रस्ताव को स्वीकार कर

लिया गया। सब कुछ बहुत आसानी और सीधे-सादे ढंग से हो गया। कम-से-कम प्रिंसेस को तो ऐसा ही प्रतीत हुआ। लेकिन अपनी बेटियों के मामले में उन्होंने यह अनुभव किया कि बेटी का विवाह करने का बहुत ही मामूली प्रकट होनेवाला मामला कुछ आसान और सीधा-सादा नहीं है। दोनों बड़ी बेटियों दार्या और नताल्या की शादी करने के मामले में ही कितनी तरह के डर-भय का सामना करना पड़ा था, कितने इरादे बनाए और बदले गए थे, कितना पैसा खर्च करना पड़ा था और कितनी बार पति से झगड़े हुए थे। अब सबसे छोटी बेटी के ब्याह के लायक होने पर फिर वैसे ही डर-भय, वैसे ही सन्देहों, बल्कि बड़ी बेटियों की तुलना में अधिक सन्देहों तथा पति के साथ अधिक झगड़ों का मुँह देखना पड़ा रहा था। सभी पिताओं की तरह, बूढ़े प्रिंस अपनी बेटियों की इज़्ज़त और पाकीज़गी के मामले में बहुत ही संवेदनशील थे। वे बेटियों, विशेषतः कीटी के सिलसिले में, जिसे सबसे ज्यादा प्यार करते थे, बेसमझी की हद तक भावुक थे और कदम-कदम पर पत्नी से इस बात के लिए झगड़ा करते थे कि वह बेटी की प्रतिष्ठा का पूरा ध्यान नहीं रखती। प्रिंसेस बड़ी बेटियों के वक्त से ही इस चीज़ की आदी हो चुकी थीं, लेकिन अब वह महसूस करती थीं कि प्रिंस की इतनी अधिक संवेदनशीलता सर्वथा साधार है। उन्होंने देखा कि पिछले कुछ समय में ऊँचे समाज के तौर-तरीकों में बहुत-सी चीजें बदल गई हैं, कि माँ के कर्तव्य और भी ज्यादा मुश्किल हो गए हैं। उन्होंने देखा कि कीटी की हमउम्र लड़कियाँ कुछ अपने संगठन बनाती हैं, कई तरह के कोर्सों में जाती हैं, मर्दों के साथ आजादी से मिलती-जुलती हैं, सड़कों पर अकेली सवारी करती हैं, बहुत-सी अभिवादन करते हुए घुटनों को नहीं झुकातीं और सबसे बड़ी बात तो यह है कि सभी ऐसा यकीन रखती हैं कि अपने लिए पति चुनना तो उनका अपना काम है और माँ-बाप का इससे कोई वास्ता नहीं। 'अब तो पहले की तरह लड़कियों की शादी नहीं की जाती,' ये सभी युवतियाँ ऐसे सोचती और कहती थीं और कुछ बड़े-बूढ़ों का भी यही हाल था। लेकिन अब बेटियों की शादी कैसे की जाती है, प्रिंसेस किसी से भी यह मालूम नहीं कर सकती थीं। फ्रांसीसी प्रथा, जिसके मुताबिक़ माँ-बाप बच्चों के भाग्य का निर्णय करते हैं, मान्य नहीं थी, उसकी आलोचना की जाती थी। अंग्रेजी प्रथा कि लड़कियों को पूरी आज़ादी दी जाए, यह भी अमान्य थी और रूसी समाज में असम्भव थी। सगाई की रूसी प्रथा बेहूदा मानी जाती थी और उसका सभी, खुद प्रिंसेस भी मज़ाक उड़ाती थीं। लेकिन कैसे और किस तरह लड़की की शादी की जाए, यह कोई नहीं जानता था। प्रिंसेस जिस किसी से भी इस मामले पर विचार-विनिमय करती थीं, वे सभी उसे यही जवाब देते थे: "हे भगवान, हमारे वक़्तों में इस पुरानी रीति को छोड़ना चाहिए। आखिर तो युवाजन को शादी करनी है, न कि माँ-बाप को। इसका मतलब यह है कि युवाजन जैसा चाहें, उन्हें वैसा ही करने देना चाहिए।" हाँ, ऐसी बातें तो उनके लिए कहना बहुत आसान था, जिनकी अपनी बेटियों नहीं थीं। किन्तु प्रिंसेस तो यह सोचती थीं कि निकटता होने पर बेटी को किसी से प्रेम हो सकता है और सो भी ऐसे व्यक्ति से, जो शादी न करना चाहे या फिर ऐसे व्यक्ति से, जो उसका पति बनने के योग्य न हो। प्रिंसेस को लोग चाहे कितना भी यह उपदेश क्यों न दें कि हमारे ज़माने में युवाजन को खुद अपनी किस्मत का फैसला करना चाहिए, वे इसको किसी तरह भी मानने को तैयार नहीं थीं, ठीक उसी तरह, जैसे कि कोई भी ज़माना क्यों न हो, पाँच साल के बच्चे के लिए गोलियों से भरी हुई पिस्तौल सबसे बढ़िया खिलौना नहीं हो सकती। इसलिए बड़ी बेटियों की तुलना में उन्हें कीटी की कहीं ज्यादा फ़िक्र रहती थी।

प्रिंसेस को अब इस बात का डर था कि व्रोन्स्की कीटी के प्रति प्रेम-प्रदर्शन तक ही सीमित न रह जाए। वे देख रही थीं कि बेटी तो उसे प्यार भी करने लगी है, लेकिन अपने को यह कहकर तसल्ली दे लेती थीं कि वह ईमानदार आदमी है और इसलिए कोई गलत बात नहीं करेगा। लेकिन साथ ही वे यह भी जानती थीं कि आजकल मिलने-जुलने की आज़ादी की बदौलत मर्द लड़की का दिमाग कैसे भटका सकते हैं और इस क़सूर को कितना कम महत्त्व देते हैं। पिछले हफ्ते कीटी ने माँ को मार्का नाच के वक्त व्रोन्स्की से हुई अपनी बातचीत बताई। इस बातचीत ने माँ को कुछ हद तक तो शान्त कर दिया, लेकिन वे पूरी तरह से शान्त नहीं हो सकती थीं। व्रोन्स्की ने कीटी से कहा कि वे दोनों भाई सभी बातों में माँ का हुक्म बजाने के ऐसे आदी हो गए हैं कि उससे सलाह किए बिना कभी कोई

महत्त्वपूर्ण निर्णय नहीं कर सकते। 'अब मैं एक विशेष सौभाग्य के रूप में पीटर्सबर्ग से माँ के आगमन की प्रतीक्षा कर रहा हूँ,' व्रोन्स्की ने कहा था।

कीटी ने इन शब्दों को कोई विशेष महत्त्व दिए बिना माँ के सामने इन्हें दोहराया था। लेकिन माँ ने इसे दूसरे ही ढंग से समझा। माँ को मालूम था कि बुढ़िया का हर दिन इन्तज़ार हो रहा है, जानती थीं कि बुढ़िया बेटे के चुनाव से खुश होगी और उन्हें यह बात अजीब-सी लगती थी कि व्रोन्स्की माँ को नाराज़ करने के डर से कीटी के साथ अपना भाग्य जोड़ने का प्रस्ताव नहीं करता था। फिर भी वे इस रिश्ते के हो जाने और इससे भी ज़्यादा, अपनी आशंकाओं से मुक्ति पाने को इतनी उत्सुक थीं कि वे इस बात पर विश्वास करती थीं कि व्रोन्स्की अवश्य प्रस्ताव करेगा। बेटी दार्या का बहुत अधिक दुःख होने पर भी जो अपने पति को छोड़ने का इरादा बना रही थी, छोटी बेटी के भाग्य-निर्णय से सम्बन्धित बेचैनी उनकी सारी भावनाओं पर छाई हुई थी। आज लेविन के प्रकट होने पर प्रिंसेस के लिए एक नई परेशानी बढ़ गई। उन्हें इस बात का डर था कि कीटी, जिसके मन में, जैसाकि माँ को लगता था, कभी लेविन के प्रति कुछ भावना थी, कहीं ज़रूरत से ज्यादा ईमानदारी बरतते हुए व्रोन्स्की को इनकार न कर दे, कि वैसे भी लेविन के आने से यह मामला उलझ न जाए, बस, सिरे चढ़ते-चढ़ते अटक न जाए।

"बहुत दिन हो गए क्या उसे यहाँ आए हुए ?" घर लौटने पर माँ ने बेटी से पूछा।

"आज ही आया है, maman."

"मैं एक बात कहना चाहती हूँ..." माँ ने कहना शुरू किया और उनके चेहरे पर गम्भीरता और सजीवता की झलक से कीटी ने फ़ौरन यह अनुमान लगा लिया कि माँ क्या कहेंगी।

"माँ," कीटी ने लज्जारुण होते और जल्दी से उनकी ओर मुड़ते हुए कहा, "कृपया इस बारे में कुछ भी, कुछ भी नहीं कहिए। मैं जानती हूँ, सब कुछ जानती हूँ।"

कीटी भी वही चाहती थी, जो माँ चाहती थीं। लेकिन माँ की इच्छा के पीछे छिपी भावनाओं से उसके दिल को ठेस लगती थी।

"मैं सिर्फ इतना कहना चाहती हूँ कि एक को उम्मीद बँधाकर..."

"माँ, प्यारी माँ, भगवान के लिए कुछ नहीं कहिए। बहुत भयानक लगता है इस बारे में बात करना।"

"अच्छी बात है, नहीं करूँगी, नहीं करूँगी," बेटी की आँखों में आँसू देखकर माँ ने कहा। "लेकिन सिर्फ इतना ही, मेरी लाड़ली, कि तुमने मुझसे अपनी कोई भी बात न छिपाने का वादा किया है। नहीं छिपाओगी न ?"

"कभी, और कोई भी बात नहीं छिपाऊँगी," कीटी ने पुनः लज्जारुण होते और माँ से नज़र मिलाते हुए जवाब दिया। "लेकिन अभी तो मेरे पास बताने को कुछ नहीं है। मैं...मैं...अगर मैं चाहती, मुझे मालूम नहीं कि क्या और कैसे कहूँ...मैं नहीं जानती..."

नहीं, ऐसी आँखों के साथ वह झूठ नहीं बोल सकती,' बेटी की बेचैनी और सुख पर मुस्कराते हुए माँ ने सोचा। प्रिंसेस इस बात पर मुस्कुराईं कि अब बेटी की आत्मा में जो उथल-पुथल हो रही है, उस बेचारी को वह कितनी बड़ी और महत्त्वपूर्ण प्रतीत होती है !

अन्ना करेनिना : (अध्याय 13-भाग 1)

दोपहर के खाने के बाद शाम होने तक कीटी ने कुछ वैसा ही अनुभव किया, जैसा कोई किशोर लड़ाई शुरू होने के पहले महसूस करता है। उसका दिल बहुत ज़ोर से धड़क रहा था और विचार किसी भी विषय पर टिक नहीं पा रहे थे।

वह महसूस कर रही थी कि आज की शाम, जब लेविन और ब्रोन्स्की पहली बार मिलेंगे, उसके जीवन में निर्णायक होनी चाहिए। वह लगातार उन दोनों की कल्पना कर रही थी-कभी अलग-अलग तो कभी दोनों की एकसाथ। जब वह अतीत के बारे में सोचती, तो बड़ी खुशी और स्नेह से लेविन के साथ अपने सम्बन्धों की यादों को दोहराती। बचपन की स्मृतियाँ और दिवंगत भाई के साथ लेविन की दोस्ती इन सम्बन्धों को विशेष काव्यमय माधुर्य प्रदान करतीं। अपने प्रति लेविन का प्यार. जिसके बारे में उसे पूरा विश्वास था, गौरवपूर्ण और सुखद लगता। लेविन को याद करने में उसे कोई कठिनाई अनुभव नहीं होती थी। किन्तु ब्रोन्स्की की स्मृतियों में कुछ अटपटा-सा घुल-मिल जाता था, यद्यपि वह अपने तरीके-सलीके में बहुत ही मँजा हुआ और शान्त व्यक्ति था। उसे कोई बनावट-सी प्रतीत होती-ब्रोन्स्की में नहीं, वह तो बहुत सरल और मधुर था, बल्कि खुद अपने में। दूसरी ओर लेविन के साथ वह अपने को सर्वथा सरल और स्पष्ट अनुभव करती। जब वह ब्रोन्स्की के साथ अपने भविष्य के बारे में सोचती, तो उसे उसके बहुत ही शानदार और सुखद होने की सम्भावना नज़र आती थी, लेकिन लेविन के साथ भविष्य धुंधला-सा प्रतीत होता था।

शाम के लिए जब वह कपड़े पहनने को ऊपर गई और उसने दर्पण में खुद को निहारा, तो उसे इस बात की खुशी हुई कि आज उसका एक सबसे अच्छा दिन है और वह अपने को परी तरह सँभाले हुए है। जो बात होनेवाली थी, इसके लिए उसे उसकी बहुत ही जरूरत थी। वह अपने को शान्त और गतिविधियों में घबराहट-मुक्त सुन्दरता अनुभव कर रही थी।

शाम के साढ़े सात बजे वह जैसे ही मेहमानख़ाने में आई, वैसे ही नौकर ने सूचना दी : 'कोन्स्तान्तीन मीत्रयेविच लेविन।' प्रिंसेस अभी अपने ही कमरे में थीं और प्रिंस भी बाहर नहीं आए थे। "वही बात है," कीटी ने सोचा और उसका दिल बहुत ही ज़ोर से धक-धक करने लगा। दर्पण में अपने चेहरे को बिल्कुल ज़र्द देखकर वह सन्नाटे में आ गई।

अब तो उसे अच्छी तरह मालूम था कि लेविन क्यों दूसरों से पहले आया है। वह उसे अकेली पाकर विवाह का प्रस्ताव करना चाहता है। केवल इसी वक़्त पहली बार सारा मामला एक भिन्न तथा नए रूप में उसके सामने उभरा। केवल इसी वक़्त वह यह समझ पाई कि इस प्रश्न का-वह किसके साथ सुखी होगी और किसे प्यार करती है-खुद उसी से सम्बन्ध नहीं है, बल्कि इसी क्षण उसे उस व्यक्ति का अपमान करना होगा, जिसे वह प्यार करती है। और बड़ी कठोरता से अपमान करना होगा...सो भी किसलिए? इसलिए कि वह मधुर व्यक्ति है, उसे प्यार करता है, उसके प्यार में डूबा हुआ है। लेकिन दूसरा कुछ हो ही नहीं सकता, ऐसा करना ही ज़रूरी है, ऐसा ही होना चाहिए।

'हे भगवान, क्या ख़ुद मुझे ही उसे यह कहना होगा ?' कीटी ने सोचा। लेकिन क्या कहूँगी मैं उसे ? क्या मैं उससे यह कहूँगी कि किसी दूसरे को प्यार करती हूँ ? नहीं, यह सम्भव नहीं। मैं यहाँ से चली जाती हूँ, चली जाती हूँ।'

कीटी दरवाजे के पास पहुँच चुकी थी, जब लेविन के पैरों की आहट मिली। 'नहीं. यह बेईमानी होगी ! किस बात का डर है मुझे? मैंने कुछ भी तो बुरा नहीं किया। जो कुछ होना है, सो हो जाए। सच्चाई कह दूँगी। हाँ, उसके मामले में घबराने की कोई बात नहीं। लो, वह आ गया,' लेविन की चमकती और अपने चेहरे पर जमी आँखों, उसकी हृष्ट-

पुष्ट और सहमी-सी आकृति को देखकर उसने अपने आपसे कहा। कीटी ने सीधे नज़र मिलाते हुए उसकी तरफ़ देखा मानो उससे दया करने की मिन्नत कर रही हो, और हाथ मिलाया।

"लगता है कि मैं समय से बहुत पहले आ गया हूँ," खाली मेहमानखाने में नजर दौड़ाकर लेविन ने कहा। जब उसने यह देखा कि जैसा उसने सोचा था, वैसा ही है, कि किसी भी तरह की बाधा के बिना अपनी बात कह सकता है, तो उसके चेहरे पर मुर्दनी-सी छा गई।

"नहीं, नहीं, ऐसी कोई बात नहीं है," कीटी ने कहा और मेज़ के पास बैठ गई।

"लेकिन मैं यही चाहता था कि आप मुझे अकेली ही मिल जाएँ," लेविन ने बैठे बिना और उसकी तरफ़ देखे बिना ही, ताकि उसका साहस जवाब न दे जाए, कहना शुरू किया।

"माँ अभी आ जाएँगी। वे कल बहुत थक गई थीं। कल..."

कीटी खुद यह जाने बिना कि उसके होंठ क्या कह रहे हैं, कहती जा रही थी और उसकी मिन्नत करती तथा स्नेह-स्निग्ध दृष्टि उसके चेहरे पर जमी हुई थी। लेविन ने कीटी की तरफ़ देखा। कीटी के चेहरे पर लज्जा की लाली दौड़ गई और वह खामोश हो गई।

"मैंने आपसे कहा था कि न कि मैं बहुत दिन के लिए आया हूँ या नहीं...कि यह आप पर निर्भर है ..."

यह न समझ पाते हुए कि बहुत जल्द ही सामने आनेवाले सवाल का क्या जवाब देगी, वह अपने सिर को अधिकाधिक नीचे झुकाती जाती थी।

"कि यह आप पर निर्भर है," लेविन ने इन शब्दों को दोहराया। "मैं कहना चाहता था...मैं यह कहना चाहता था...मैं इसीलिए आया हूँ...कि...आप मेरी पत्नी बन जाएँ!" खुद यह न जानते हुए कि उसने क्या कहा है, किन्तु यह महसूस करते हुए कि सबसे भयानक बात कही जा चुकी है, वह रुका और उसने कीटी की तरफ़ देखा।

कीटी उसकी ओर देखे बिना हाँफ-सी रही थी। उसे अपार हर्ष की अनुभूति हुई। उसका हृदय गद्गद हो रहा था। उसने कभी ऐसी आशा नहीं की थी कि लेविन की प्रेम-स्वीकृति का उसके मन पर इतना गहरा सुखद प्रभाव पड़ेगा। किन्तु ऐसी स्थिति तो केवल क्षण-भर रही। उसे व्रोन्स्की का ध्यान आया। उसने अपनी हल्के रंग की निर्मल आँखें लेविन की ओर उठाई और उसके हताश चेहरे पर जल्दी से नज़र डालकर यह जवाब दे दिया :

"ऐसा नहीं हो सकता...क्षमा चाहती हूँ..."

एक मिनट पहले कीटी उसके हृदय के कितने निकट थी, उसके जीवन के लिए कितना अधिक महत्त्व था उसका ! और अब वह कितनी परायी तथा उससे कितनी दूर हो गई थी !

"मुझे ऐसी ही उम्मीद थी," कीटी की ओर देखे बिना ही लेविन ने कहा।

उसने सिर झुकाया और जाना चाहा।

अन्ना करेनिना : (अध्याय 14-भाग 1)

किन्तु ठीक इसी समय प्रिंसेस बाहर आ गई। उन्होंने जब इन दोनों को अकेले और उनके चेहरों पर परेशानी देखी, तो उनके चेहरे का रंग उड़ गया। लेविन ने सिर झुकाकर अभिवादन किया और कुछ भी नहीं कहा। कीटी नज़र झुकाए खामोश रही। 'भला हो भगवान का, इसने इनकार कर दिया, माँ ने सोचा और उनके चेहरे पर वही सामान्य मुस्कान खिल उठी, जिससे वे बृहस्पतिवार को मेहमानों का स्वागत करती थीं। लेविन भी मेहमानों के आने की राह देखते हुए, ताकि चुपचाप यहाँ से खिसक सके, फिर से बैठ गया।

पाँच मिनट बाद कीटी की सहेली काउंटेस नोर्डस्टोन आ गई। पिछले जाड़े में ही उसकी शादी हुई थी।

यह दुबली-पतली, पांडुवर्णी, काली चमकती आँखोंवाली अस्वस्थ तथा चिड़चिड़ी-सी औरत थी। यह कीटी को प्यार करती थी और उसके प्रति उसका प्यार वैसा ही था जैसाकि विवाहित नारियों का हमेशा अविवाहित लड़कियों के प्रति होता है यानी वह सुख के अपने आदर्श के अनुसार उसकी शादी करवाना चाहती थी, इसलिए कीटी को व्रोन्स्की की पत्नी देखने को ही उत्सुक थी। लेविन, जिससे वह जाड़े के शुरू में इस घर में अक्सर मिलती रही थी, उसे कभी भी अच्छा नहीं लगा था। उससे मुलाकात होने पर उसकी हमेशा और यही मनपसन्द दिलचस्पी रहती थी कि उसका मज़ाक उड़ाए।

"जब वह अपनी महानता की ऊँचाई से मेरी ओर देखता है या मेरे साथ अपनी बुद्धिमत्तापूर्ण बातें बन्द कर देता है, क्योंकि मैं बुद्धू हूँ, या मेरे स्तर पर उतरने की कृपा करता है, तो मुझे बहुत अच्छा लगता है। बहुत अच्छा लगता है और इस बात की बड़ी खुशी है कि मैं उसे फूटी आँखों नहीं सुहाती हूँ," वह उसके बारे में कहती।

काउंटेस नोर्डस्टोन की बात सही थी, क्योंकि लेविन को वह सचमुच ही फूटी आँखों नहीं सुहाती थी और काउंटेस अपने जिस चिड़चिड़ेपन और हर दिन के जीवन के खुरदरेपन के प्रति उदासीनता तथा तिरस्कार की भावना पर गर्व करती थी, इन्हें अपने लिए विशेष गरिमा की बात मानती थी, लेविन इन्हें ही तुच्छ समझता था।

नोर्डस्टोन और लेविन के बीच ऊँचे समाज में अक्सर पाए जानेवाले ऐसे सम्बन्ध कायम हो गए थे, जब दो व्यक्ति बाहरी तौर पर मैत्री भाव दिखाते हुए भी एक-दूसरे से इस हद तक नफ़रत करते हैं कि एक-दूसरे के साथ गम्भीर व्यवहार भी नहीं कर सकते और नाराज़ भी नहीं हो सकते।

काउंटेस नोर्डस्टोन ने फ़ौरन लेविन पर तीर छोड़ा।

"अरे, कोन्स्तान्तीन द्मित्रियेविच ! फिर से आ गए हमारे पापभरे बैबिलोन में !" उसने लेविन से अपना छोटा-सा पीला हाथ मिलाते और जाड़े के शुरू में कभी लेविन द्वारा कहे गए ये शब्द कि मास्को दूसरा बैबिलोन है, याद दिलाते हुए कहा। "तो क्या बैबिलोन का सुधार हो गया या आप खराब हो गए ?" व्यंग्यपूर्ण मुस्कान के साथ कीटी की तरफ़ देखते हुए उसने इतना और जोड़ दिया।

"काउंटेस, मेरे लिए यह बड़ी प्रशंसा की बात है कि आप मेरे शब्दों को ऐसे याद रखती हैं," लेविन ने जवाब दिया, जो इसी बीच सँभल गया था और आदत के मुताबिक़ काउंटेस के साथ अपने हास्ययुक्त शत्रुतापूर्ण ढंग से बात करने लगा था। "हाँ, आप पर उनका बहुत ही गहरा असर होता है।"

"अजी, असर कैसे नहीं होगा ! मैं तो उन्हें लिख लेती हैं। तो कीटी, तुमने आज फिर स्केटिंग की ?..."

और काउंटेस कीटी से बातचीत करने लगी। लेविन के लिए अब जाना बेशक बहुत अटपटा था, फिर भी सारी शाम यहाँ रुककर कीटी को, जो कभी-कभी उसकी तरफ़ देखती थी और उससे नज़र बचाती थी, देखने की तुलना में यह अटपटापन करना बेहतर था। लेविन ने उठना चाहा, मगर प्रिंसेस ने यह देखकर कि लेविन चुप है, उसे सम्बोधित किया :

"बहुत दिनों के लिए आए हैं क्या आप मास्को ? मेरे खयाल में तो आप ज़ेम्सत्वो-परिषद के काम में लगे हुए हैं और इसलिए बहुत दिनों तक यहाँ नहीं रह सकते।"

"नहीं, प्रिंसेस, मैं अब ज़ेम्सत्वो-परिषद के काम में हिस्सा नहीं लेता हूँ," उसने जवाब दिया। "मैं कुछ दिनों के लिए आया हूँ।"

'कोई खास बात है आज इसके साथ,' काउंटेस नोर्डस्टोन ने लेविन के कठोर और गम्भीर चेहरे को गौर से देखते हुए सोचा। 'जाने क्यों, आज वह अपने तर्क-वितर्क के फेर में नहीं पड़ता। लेकिन मैं इसे ऐसे रहने नहीं दूँगी। कीटी के सामने इसका उल्लू बनाना मुझे बहुत अच्छा लगता है कि मैं ऐसा करके ही रहूँगी।

"कोन्स्तान्तीन द्मीत्रियेविच," काउंटेस नोर्डस्टोन बोली, "कृपया इस एक मामले पर रोशनी डालिए-आप यह सब कुछ जानते हैं-हमारे कालूगा प्रदेश के एक गाँव के किसानों और वहाँ की औरतों ने वह सभी कुछ पी डाला, जो उसके पास था और अब हमें कुछ भी नहीं देते। क्या मतलब है ऐसी हरकत का ? आप हमेशा किसानों की इतनी तारीफ़ करते रहते हैं।"

इसी वक्त एक अन्य महिला कमरे में आई और लेविन उठकर खड़ा हो गया।

"माफ़ी चाहता हूँ, काउंटेस, लेकिन सचमुच मुझे ऐसा कुछ मालूम नहीं है और इस बारे में कुछ भी नहीं कह सकता," लेविन ने कहा और महिला के पीछे-पीछे कमरे में दाखिल होनेवाले फ़ौजी अफ़सर की तरफ़ मुड़कर देखा।

'यही व्रोन्स्की होना चाहिए,' लेविन ने सोचा और इस बात का पक्का यक़ीन कर लेने के लिए उसने कीटी पर नज़र डाली। कीटी ने तो व्रोन्स्की को देख भी लिया था और अब उसने लेविन की ओर दृष्टि घुमाई। कीटी की इस एक नज़र, अपने आप ही चमक उठनेवाली उसकी आँखों से ही लेविन यह समझ गया कि वह इस व्यक्ति को प्यार करती है। वह उतनी ही अच्छी तरह यह समझ गया, जितना कि खुद कीटी द्वारा यही कह देने पर समझा होता। लेकिन किस क़िस्म का आदमी है यह ?

अब अच्छा हो या बुरा-लेविन यहाँ रुके बिना नहीं रह सकता था। उसके लिए यह जानना ज़रूरी था कि वह किस किस्म का आदमी है, जिसे कीटी प्यार करती है।

ऐसे लोग हैं, जो हर मामले में अपने से अधिक सौभाग्यशाली प्रतिद्वन्द्वी के सामने आने पर उसकी सभी अच्छाइयों की ओर से फ़ौरन आँख मूंद लेने और उसमें केवल बुराइयाँ ही देखने को तैयार होते हैं। दूसरी ओर, ऐसे भी लोग हैं, जो अपने इस भाग्यशाली प्रतिद्वन्द्वी में वे खूबियाँ ढूँढ़ने की कोशिश करते हैं, जिनकी बदौलत उसने उन्हें मात दी और टीसते हुए दिल से उसमें सिर्फ गुण ही गुण खोजते हैं। लेविन दूसरी श्रेणी के लोगों में से था। किन्तु उसे व्रोन्स्की में अच्छाई तथा आकर्षण ढूंढ़ पाने में कोई कठिनाई नहीं हुई। फ़ौरन ही उसे यह नज़र आ गया। मँझोला कद, काले बाल और तगड़ी-मज़बूत काठी, सुशील, सुन्दर तथा बहुत ही शान्त और दृढ़ चेहरा-ऐसा था व्रोन्स्की। उसके चेहरे और आकृति, छोटे-छोटे कटे काले बालों और ताज़ा बनाई गई दाढ़ी से लेकर चुस्त-दुरुस्त नई वर्दी तक हर चीज़ में सादगी के साथ-साथ नफासत भी थी। कमरे में दाखिल हो रही महिला को रास्ता देकर व्रोन्स्की प्रिंसेस और फिर कीटी के पास गया।

व्रोन्स्की जब कीटी के पास गया, तो उसकी सुन्दर आँखें विशेष स्नेह से चमक उठीं और वह तनिक प्रत्यक्ष सुखद तथा विनयी-विजयी मुस्कान (लेविन को ऐसा ही लगा) के साथ बड़े आदर तथा सावधानी से उसके ऊपर झुका और उसने अपना छोटा, किन्तु चौड़ा हाथ उसकी तरफ़ बढ़ाया।

सभी से हाथ मिलाने और कुछ शब्द कहने के बाद व्रोन्स्की अपने को टकटकी बाँध देखते हुए लेविन की तरफ़ एक बार देखे बिना ही बैठ गया।

"आइए, आपका परिचय करा दूँ," लेविन की ओर संकेत करते हुए प्रिंसेस ने कहा। "कोन्स्तान्तीन द्मीत्रियेविच लेविन, काउंट अलेक्सेई किरील्लोविच व्रोन्स्की।"

व्रोन्स्की उठा और मैत्रीपूर्ण ढंग से लेविन की आँखों में झाँकते हुए उसने उससे हाथ मिलाया।

"लगता है कि इस जाड़े में मुझे आपके साथ खाना खाना था," अपनी सरल और निश्छल मुस्कान के साथ उसने कहा, "लेकिन आप अचानक गाँव चले गए।"

"कोन्स्तान्तीन द्मीत्रियेविच शहर और हम शहरी लोगों को तिरस्कार और घृणा की दृष्टि से देखते हैं," काउंटेस नोर्डस्टोन ने चुटकी ली।

"लगता है कि मेरे शब्द आप पर इतना ज़्यादा असर डालते हैं कि आप उन्हें इतनी अच्छी तरह से याद रखती हैं," लेविन ने कहा और यह याद करके कि वह पहले भी यही कह चुका है, शर्म से लाल हो गया।

व्रोन्स्की ने लेविन, फिर काउंटेस नोर्डस्टोन की तरफ़ देखा और मुस्करा दिया।

"आप हमेशा गाँव में ही रहते हैं ?" व्रोन्स्की ने पूछा। "मेरे खयाल में जाड़े में वहाँ ऊब महसूस होती होगी।"

"अगर करने को कोई काम हो, तो ऊब महसूस नहीं होती और फिर अपने साथ भी ऊब का सवाल नहीं पैदा होता," लेविन ने उग्रता से जवाब दिया।

"मुझे गाँव अच्छा लगता है," व्रोन्स्की ने लेविन के अन्दाज़ को महसूस करते, किन्तु ऐसा दिखाते हुए मानो उसने कुछ महसूस नहीं किया, जवाब दिया।

"लेकिन काउंट, मैं यह उम्मीद करती हूँ कि हमेशा गाँव में रहने को आप कभी राज़ी न होते," काउंटेस नोर्डस्टोन ने कहा।

"मालूम नहीं, मैंने बहुत दिनों रहकर देखा नहीं। मुझे एक बार एक अजीब-सी अनुभूति हुई थी," व्रोन्स्की कहता गया। "जाड़े भर माँ के साथ नीस में रहने पर मुझे गाँव, छाल के जूतों और किसानोंवाले रूसी गाँव की जितनी याद आई, इतनी कभी और कहीं नहीं आई थी। आप जानते ही हैं, नीस तो खुद ऊब पैदा करनेवाली जगह है। वास्तव में निपल्स तथा सोरेंटो भी थोड़े समय के लिए ही अच्छे लगते हैं। वहाँ खासतौर पर रूस की, रूसी गाँव की बड़ी याद आती है। वे तो बिल्कुल ऐसे हैं कि..."

वह कीटी और लेविन को सम्बोधित करते तथा अपनी शान्त और मैत्रीपूर्ण दृष्टि कभी एक, तो कभी दूसरे की ओर घुमाता हुआ सम्भवतः वह सब कुछ कहता जाता था, जो उसके दिमाग में आ रहा था।

यह देखकर कि काउंटेस नोर्डस्टोन कुछ कहना चाहती है, वह बीच में ही चुप हो गया और बहुत ध्यान से उसकी बात सुनने लगा।

बातचीत क्षण-भर को भी बन्द नहीं हुई। इसलिए बूढ़ी प्रिंसेस को अपने तरकश में सँजोए हुए विषयों के उन दो भारी तीरों-क्लासिकल और विज्ञानों सम्बन्धी शिक्षा और अनिवार्य व्यापक सैनिक सेवा-में से किसी को नहीं चलाना पड़ा तथा काउंटेस नोर्डस्टोन को लेविन को चिढ़ाने का अवसर नहीं मिला।

लेविन आम बातचीत में हिस्सा लेना चाहता था, लेकिन ऐसा नहीं कर पा रहा था। हर क्षण अपने से यह कहते हुए मैं अब जा सकता हूँ, वह मानो किसी चीज़ की प्रतीक्षा करता हुआ गया नहीं।

घूमनेवाली मेज़ों और भूत-प्रेतों के बारे में बातचीत चल पड़ी और प्रेतविद्या में विश्वास रखनेवाली काउंटेस नोर्डस्टोन उन अजूबों की चर्चा करने लगी, जो उसने देखे थे।

"ओ, काउंटेस, भगवान के लिए अवश्य ही मुझे उनसे मिला दीजिए ! मैंने कभी और कहीं भी कुछ ऐसा असाधारण नहीं देखा, यद्यपि हर जगह उसे ढूँढ़ता रहता हूँ," व्रोन्स्की ने मुस्कुराते हुए कहा।

"अच्छी बात है, अगले शनिवार को," काउंटेस नोर्डस्टोन ने जवाब दिया। "और आप कोन्स्तान्तीन द्मित्रियेविच, क्या आप इनमें विश्वास करते हैं ?" उसने लेविन से पूछा।

"किसलिए पूछ रही हैं आप मुझसे ? आप तो जानती ही हैं कि मेरा क्या जवाब होगा।"

"मगर मैं आपका मत जानना चाहती हूँ।"

"मेरा मत तो सिर्फ यही है कि घूमनेवाली मेजें यह साबित करती हैं," लेविन ने जवाब दिया, "कि हमारे पढ़े-लिखे समाज के लोग किसानों से बेहतर नहीं हैं। किसान नज़र लगने, शाप देने और जादू-टोना करने में यकीन करते हैं और हम..."

"तो आप विश्वास नहीं करते ?"

"नहीं कर सकता, काउंटेस।"

"लेकिन अगर मैंने अपनी आँखों से देखा हो, तो "

"देहाती औरतें भी ऐसा कहती हैं कि उन्होंने घर में रहनेवाले बौने भूतों को देखा है।"

"तो आप यह समझते हैं कि मैं झूठ बोल रही हूँ ?" और वह उदासी से हँस दी।

"नहीं, यह बात नहीं है, माशा। कोन्स्तान्तीन द्मित्रियेविच तो यह कह रहे हैं कि वे विश्वास नहीं कर सकते," कीटी ने लेविन के लिए लज्जित होते हुए कहा। लेविन यह समझ गया और पहले से भी अधिक चिढ़कर उसने इसका जवाब देना चाहा, किन्तु व्रोन्स्की ने अपनी निश्छल और खुली मुस्कान से इस बातचीत को सँभाल लिया, जो सम्भवतः कट होने जा रही थी।

"आप इसकी सम्भावना को बिल्कुल स्वीकार नहीं करते ?" व्रोन्स्की ने पूछा।

"भला क्यों ? हम बिजली के अस्तित्व की सम्भावना को स्वीकार करते हैं, जिसके बारे में कुछ नहीं जानते हैं। भला ऐसी नई शक्ति क्यों नहीं हो सकती, जिससे हम अनजान हैं और जो..."

"बिजली जब खोजी गई," लेविन ने जल्दी से उसे टोका, "तो केवल एक प्राकृतिक व्यापार का पता चलाया गया था। तब यह मालूम नहीं था कि बिजली कहाँ से पैदा होती है और वह क्या पैदा करती है। उसकी व्यावहारिक

उपयोग करने की बात सोचने के पहले सदियाँ बीत गईं। इसके विपरीत, भूत-प्रेतों की बात तो यहाँ से शुरू हुई कि मेजें लोगों के लिए लिखती हैं और उनके पास आत्माएँ आती हैं, इसके बाद ही ऐसा कहा जाने लगा कि वह अनजानी शक्ति है।"

हमेशा की तरह व्रोन्स्की बहुत ध्यान से, स्पष्टतः बड़ी दिलचस्पी लेते हुए लेविन की बात सुन रहा था।

"हाँ, लेकिन भूतों-प्रेतों में विश्वास करनेवाले कहते हैं : अभी हमें इतना मालूम नहीं कि यह कौन सी शक्ति है, लेकिन ऐसी शक्ति है ज़रूर और वह इस तरह की परिस्थितियों में क्रियाशील होती है। यह पता लगाना वैज्ञानिकों का काम है कि इस शक्ति का क्या रूप है। नहीं, मेरी समझ में नहीं आता कि यह क्यों कोई नई शक्ति नहीं हो सकती अगर..."

"इसीलिए नहीं हो सकती," लेविन ने उसे टोका, "कि बिजली के मामले में जब भी हम सूखी राल को ऊन से रगड़ते हैं, तो हर बार एक खास नतीजा सामने आता है, मगर यहाँ हर बार ऐसा नहीं होता। इसलिए कहा जा सकता है, यह प्राकृतिक व्यापार नहीं है।"

सम्भवतः ऐसा अनुभव करते हुए कि मेहमानखाने की दृष्टि से यह बातचीत कुछ ज्यादा ही गम्भीर होती जा रही है, व्रोन्स्की ने कोई आपत्ति नहीं की और बातचीत का विषय बदलने के लिए उसने खुशमिज़ाजी से मुस्कुराकर महिलाओं को सम्बोधित किया।

"तो काउंटेस, आइए, हम अभी प्रेतों को बुलाने की कोशिश करें," उसने कहना शुरू किया, लेकिन लेविन जैसा समझता था, वह सब कहना चाहता था।

"मैं समझता हूँ," उसने अपनी बात जारी रखी, "कि भूतों-प्रेतों को माननेवालों की अपने करिश्मों को एक नई शक्ति के रूप में स्पष्ट करने की कोशिश एकदम नाकाम है। वे प्रत्यक्षतः आत्मिक शक्ति की बात करते हैं और उसे भौतिक तजरबे का विषय बनाना चाहते हैं।"

सभी इस बात की प्रतीक्षा कर रहे थे कि लेविन कब अपनी बात खत्म करता है और उसने यह अनुभव किया।

"और मेरे खयाल में आप भूतों-प्रेतों को बुलाने का बहुत ही बढ़िया माध्यम बन सकेंगे," काउंटेस नोर्डस्टोन ने लेविन से कहा, "आपमें कुछ खास उत्साहपूर्ण चीज़ है।"

लेविन ने मुँह खोला, कुछ कहना चाहा, लेकिन उसके चेहरे पर लाली दौड़ गई और उसने कुछ भी नहीं कहा।

"येकातेरीना अलेक्सान्द्रोव्ना, तो आइए, इसी वक़्त मेज़ों का तजरबा करें। मैं अनुरोध करता हूँ," व्रोन्स्की बोला। "प्रिंसेस, आपकी अनुमति है न ?"

और व्रोन्स्की आँखों से मेज़ को खोजता हुआ उठकर खड़ा हो गया।

कीटी मेज़ की ओर जाने के लिए उठी और लेविन के करीब से गुज़रते हुए उससे उसकी नज़रें मिलीं। उसे सच्चे दिल से लेविन के लिए अफ़सोस हो रहा था। खासतौर पर इस कारण कि उसे लेविन के उस दुःख के लिए अफ़सोस हो रहा था, जिसकी वजह वह खुद थी। 'अगर मुझे माफ़ कर सकते हैं, तो कर दीजिएगा, कीटी की नज़र कह रही थी। मैं कितनी सुखी हूँ।'

'सभी से नफ़रत है मुझे, आपसे और खुद अपने से भी,' लेविन की नज़र कह रही थी और उसने अपना टोप उठा लिया। लेकिन जाना उसके भाग्य में नहीं बदा था। बाकी लोग मेज़ के गिर्द बैठ रहे थे और लेविन जाना ही चाह रहा था कि तभी बूढ़े प्रिंस आ गए और महिलाओं का अभिवादन करने के बाद उन्होंने लेविन को सम्बोधित किया।

"अहा !" वे खुशी से कह उठे। "कब आए ? मुझे मालूम नहीं था कि तुम यहाँ हो। बहुत खुशी हुई आपके आने से।"

बूढ़े प्रिंस लेपिन को कभी 'तुम' और कभी 'आप' कहकर सम्बोधित कर रहे थे। उन्होंने उसे गले लगाया और उससे बात करते हुए व्रोन्स्की की तरफ़ कोई ध्यान नहीं दिया, जो खड़ा होकर शान्ति से इस बात का इन्तज़ार कर रहा था कि प्रिंस कब उसकी तरफ़ ध्यान देते हैं।

कीटी महसूस कर रही थी कि जो कुछ हो चुका था, उसके बाद पिता के स्नेह-प्रदर्शन से लेविन के मन पर कितनी भारी गुजर रही होगी। उसने यह भी देखा कि उसके पिता ने कैसी रुखाई से आखिर व्रोन्स्की के अभिवादन का उत्तर दिया और कैसे व्रोन्स्की मैत्रीपूर्ण असमंजस के साथ उसके पिता की ओर देखता हुआ यह समझने की कोशिश कर रहा था और समझ नहीं पा रहा था कि उसके प्रति क्यों और किस कारण ऐसी रुखाई हो सकती है। कीटी इसी वजह से लज्जारुण हो गई।

"प्रिंस, कोन्स्तान्तीन द्मित्रियेविच को हमारे पास आ जाने दीजिए।" काउंटेस नोर्ड्स्टोन ने कहा। "हम तजरबा करना चाहते हैं।"

"कैसा तजरबा ? मेज़ें घुमाने का ? देवियो और सज्जनो, क्षमा चाहता हूँ, लेकिन मेरे खयाल में तो अँगूठी का खेल खेलना कहीं ज्यादा रोचक है," बूढ़े प्रिंस ने व्रोन्स्की की ओर देखते तथा यह अनुमान लगाते हुए कहा कि ऐसा विचार उसी के दिमाग की उपज है। "अँगूठी का खेल तो फिर भी कोई माने रखता है।"

व्रोन्स्की ने हैरान होते हुए नज़र टिकाकर प्रिंस की तरफ़ देखा और तनिक मुस्कुराकर उसी क्षण काउंटेस नोर्ड्स्टोन के साथ अगले सप्ताह होनेवाले एक बड़े बॉल की चर्चा करने लगा।

"मैं आशा करता हूँ, आप वहाँ आएँगी ?" उसने कीटी से कहा।

बूढ़े प्रिंस का ज्यों ही दूसरी तरफ़ ध्यान हुआ, त्यों ही लेविन चुपके से बाहर चला गया। इस शाम की जो अन्तिम छाप वह अपने साथ ले गया, वह थी बॉल के बारे में व्रोन्स्की के सवाल के जवाब में कीटी का खुशी से मुस्कुराता हुआ चेहरा।

अन्ना करेनिना : (अध्याय 15-भाग 1)

महफ़िल खत्म हो जाने पर कीटी ने माँ को लेविन से हुई अपनी बातचीत कह सुनाई। लेविन पर चाहे उसे कितना भी तरस क्यों नहीं आ रहा था, फिर भी उसे इस ख्याल से खुशी हो रही थी कि उसने उससे शादी का प्रस्ताव किया था। उसने वही किया है, जो करना चाहिए था, इसके बारे में उसके मन में कोई सन्देह नहीं था। लेकिन उसे देर तक नींद नहीं आई। एक छाप उसे लगातार परेशान कर रही थी। यह छाप थी लेविन के चेहरे की और कैसे वह नाक-भौंह सिकोड़े हुए उसके पिता की बातें सुन रहा था तथा अपनी दयालु आँखों की बुझी-बुझी तथा उदास नज़र से उसे और व्रोन्स्की को देख रहा था ! इतनी अधिक दया आई उसे लेविन पर कि उसकी आँखें डबडबा आईं। किन्तु उसने उसी क्षण उसके बारे में सोचा, जिसने उसके दिल में लेविन की जगह ले ली थी। वह साहसपूर्ण और दृढ़, गरिमापूर्ण शान्ति तथा सभी बातों में और सभी के लिए खिला रहनेवाला चेहरा उसकी स्मृति में सजीव हो उठा। उसे अपने प्रति उस व्यक्ति का प्यार याद हो आया, जिसे वह खुद प्यार करती थी और फिर से उसका मन खुशी से भर गया तथा सुख-स्मृति लिए हुए उसने तकिए पर अपना सिर टिका दिया। 'मुझे दुःख है, बहुत दुःख है, लेकिन मैं कर ही क्या सकती थी ? मेरा कोई कसूर नहीं है, वह खुद से कह रही थी, किन्तु उसके अन्तर से दूसरी ही आवाज़ आ रही थी। उसे इस बात का अफ़सोस हो रहा था कि उसने लेविन को क्यों प्रोत्साहन दिया या इस बात का कि उसे इनकार कर दिया-वह खुद यह नहीं जानती थी। किन्तु उसकी खुशी में सन्देहों का विष मिला हुआ था। 'हे भगवान, दया करें, दया करें, दया करें, भगवान, नींद आने तक वह मन-ही-मन यह कहती रही।

इसी वक्त नीचे, प्रिंस के छोटे-से कमरे में प्यारी बेटी को लेकर अक्सर जो नाटक होता रहता था, उसी का एक दृश्य दोहराया जा रहा था।

"क्या हुआ है ? यह हुआ है !" प्रिंस बाँहों को जोरों से हिलाते-डुलाते और साथ ही गिलहरी की खाल का अपना गाउन कसते हुए चिल्ला रहे थे। "हुआ यह है कि आपमें आत्मसम्मान नहीं है, अपने गौरव की भावना नहीं है, कि आप ऐसे घटिया और कमीने ढंग से रिश्ता करने की कोशिश से बेटी की इज्जत कम कर रही हैं, उसे बर्बाद कर रही हैं।"

"भगवान के लिए दया करो, प्रिंस, मैंने क्या किया है ?" प्रिंसेस लगभग रोते हुए कह रही थीं।

कीटी की माँ बेटी के साथ अपनी बातचीत के बाद बहुत सुखी और खुश होती हुई पति को सामान्य ढंग से शुभ रात्रि कहने आईं। यद्यपि वे पति को लेविन के विवाह-प्रस्ताव और कीटी के इनकार के बारे में बताने का कोई इरादा नहीं रखतीं, तथापि उन्होंने अपना इतना संकेत ज़रूर कर दिया कि व्रोन्स्की के साथ कीटी का मामला लगभग सिरे चढ़ चुका है, कि जैसे ही उसकी माँ मास्को आएगी, वैसे ही सब कुछ तय हो जाएगा। बस, ये सब सुनते ही प्रिंस अचानक भड़क उठे और अशिष्ट शब्द कहते हुए चिल्लाने लगे:

"क्या किया है आपने ? आपने सबसे पहले तो यह किया है कि आप बेटी के लिए वर को फुसलाती हैं। सारा मास्को ऐसा कहेगा और बिल्कुल सही कहेगा। अगर आप महफ़िल जमाती हैं, तो सभी को बुलाइए, सिर्फ ऐसे चुने हुओं को नहीं, जो आपकी बेटी के लिए वर हो सकते हैं। उन सभी बाँके-छैलों (प्रिंस ने मास्को के युवाजन को ऐसी संज्ञा दी) को बुलाइए, पियानो-वादक को आमन्त्रित कीजिए और नाचने दीजिए सबको। ऐसे नहीं कीजिए, जैसे आज किया गया-वर का शिकार किया जाए। मुझे देखकर घिन आती है, नफ़रत होती है और आपने अपने मन की बात पूरी कर ली, बच्ची के दिमाग को चक्कर में डाल दिया। लेविन हज़ार गुना बेहतर आदमी है। और वह पीटर्सबर्ग का बाँका-छैला, ये सभी तो एक ही मशीन में तैयार होते हैं, सभी एक साँचे में ढलते हैं और सभी दो कौड़ी के हैं। अगर वह शाही खूनवाला शहज़ादा भी होता, तो भी मेरी बेटी को उसकी ज़रूरत नहीं है।"

"लेकिन मैंने क्या किया है ?"

"यह किया है..." प्रिंस गुस्से से चिल्लाए।

"मुझे मालूम है कि अगर मैं तुम्हारी बातों पर कान दूंगी, तो कभी बेटी की शादी नहीं कर पाऊँगी। अगर ऐसी बात है तो हमें गाँव चले जाना चाहिए।"

"यही करना बेहतर होगा।"

"लेकिन ज़रा रुको। मैं क्या किसी के आगे-पीछे घूम रही हूँ ? मैं बिल्कुल ऐसा नहीं कर रही हूँ। एक जवान, बहुत ही अच्छा जवान आदमी उसे प्यार करने लगा है और मुझे लगता है कि वह भी..."

"हाँ, आपको लगता है। वह वास्तव में ही उसे प्यार करने लगेगी, जबकि वह शादी करने के बारे में वैसा ही इरादा रखता हो, जैसाकि मैं सोचता हूँ, तब क्या होगा ? ओह ! मेरी आँखें फूट जाएँ .... आह भूत-प्रेतवाद, आह नीस, आह बॉल..." और प्रिंस पत्नी की नकल उतारते हुए हर बार घुटनों को झुकाते। "और ऐसे हम कीटी को दुर्भाग्य की ओर धकेल देंगे, उसके दिमाग में सचमुच यह चीज़ आ जाएगी..."

"लेकिन तुम ऐसा क्यों सोचते हो?"

"मैं सोचता नहीं, बल्कि जानता हूँ। इसके लिए हमारे पास आँखें हैं, औरतों के पास नहीं। मैं संजीदा इरादेवाले आदमी को देख रहा हूँ, यह आदमी लेविन है। और उस बाँके-छैले जैसे बटेर को भी देख रहा हूँ, जिसे सिर्फ रंगरलियों से ही मतलब है।"

"बस, तुम तो उल्टी-सीधी बातें भर लेते हो दिमाग में..."

"देख लेना, याद करोगी मेरी इन बातों को। लेकिन तब देर हो चुकी होगी, जैसेकि डॉली के मामले में।"

"खैर, हटाओ, हटाओ, हम इसकी चर्चा नहीं करेंगे," प्रिंसेस ने डॉली के दुर्भाग्य की याद आने पर पति को रोका।

"अच्छी बात है। शुभ रात्रि!"

और दोनों ने एक-दूसरे पर सलीब का निशान बनाकर तथा चूमकर, मगर यह महसूस करते हुए कि हर कोई अपनी जगह पर सही है, रात्रि विश्राम के लिए विदा ली।

प्रिंसेस को पहले तो इस बात का पूरा यकीन था कि आज की शाम ने कीटी की किस्मत का फ़ैसला कर दिया है और व्रोन्स्की के इरादों के बारे में शक की कोई गुँजाइश नहीं है। मगर पति के शब्दों ने उसे परेशान कर दिया। अपने कमरे में लौटकर उसने भी कीटी की तरह ही अज्ञात भविष्य से भयभीत होते हुए कई बार मन-ही-मन यह दोहराया-
'हे भगवान, दया करें, दया करें, दया करें, हे भगवान !'

अन्ना करेनिना : (अध्याय 16-भाग 1)

व्रोन्स्की का पारिवारिक जीवन से कभी वास्ता नहीं रहा था। अपनी जवानी के दिनों में उसकी माँ ऊँचे समाज में खूब चमकती रही थी और दाम्पत्य जीवन तथा विशेषकर पति की मृत्यु के बाद उसके इश्क-मुहब्बत के बहुत से किस्से हुए थे, जिन्हें ऊँचे समाज के सभी लोग जानते थे। व्रोन्स्की को अपने पिता की लगभग याद नहीं थी और शाही सैनिक स्कूल में ही उसकी शिक्षा-दीक्षा हुई थी।

सैनिक स्कूल में बहुत जवान और बढ़िया फ़ौजी अफ़सर बनकर निकलते ही वह पीटर्सबर्ग के अमीर फ़ौजी अफ़सरों के दायरे में शामिल हो गया। पीटर्सबर्ग के कुलीन-समाज की महफ़िलों में बेशक वह कभी-कभार जाता था, फिर भी उसकी इश्क-मुहब्बत की सारी दिलचस्पियाँ इस घेरे के बाहर थीं।

पीटर्सबर्ग के ऐश्वर्यपूर्ण और अश्लील जीवन के बाद मास्को में उसने पहली बार ऊँचे समाज की एक प्यारी और भोली-भाली उस लड़की की निकटता का सुख अनुभव किया, जो उससे प्यार करने लगी थी। उसके दिमाग में तो यह खयाल तक नहीं आया कि कीटी के साथ उसके सम्बन्धों में कोई बुरी बात भी हो सकती थी। बॉलों में वह मुख्यतः उसके साथ नाचता था और उनके घर जाता था। उसके साथ वह उसी तरह की बेतुकी बातें करता था, जैसीकि ऊँचे समाज में आमतौर पर की जाती हैं, किन्तु अनजाने ही उन्हें कीटी के लिए विशेष अर्थ प्रदान कर देता था। इस बात के बावजूद कि उसने कीटी से ऐसा कुछ भी नहीं कहा था, जो सभी की उपस्थिति में न कह सकता हो, वह ऐसा महसूस करता था कि कीटी उस पर अधिकाधिक निर्भर होती जा रही है। वह जितना अधिक अनुभव करता था, उसे इससे उतनी ही अधिक खुशी होती थी और कीटी के प्रति उसकी भावना अधिक कोमल होती जा रही थी। उसे यह मालूम नहीं था कि कीटी के साथ उसके व्यवहार-बर्ताव के ढंग का एक विशेष नाम है, कि यह शादी का इरादा रखे बिना जवान लड़की पर डोरे डालकर उसे फुसलाना है और यह एक ऐसी बुरी हरकत है, जो उसके जैसे बढ़िया जवान लोगों में आमतौर पर पाई जाती है। व्रोन्स्की को लगता था कि उसने ही सबसे पहले इस खुशी की खोज की है और वह अपनी इस खोज का मज़ा लेता था।

कीटी के माता-पिता के बीच आज शाम को जो बातचीत हुई थी, अगर वह उसे सुन पाता, अगर वह इस परिवार के दृष्टिकोण से इस मामले को देखता और यह जान सकता कि कीटी के साथ उसके शादी न करने पर कीटी को बड़ा दुःख होगा, तो उसे बड़ी हैरानी होती और वह इस बात पर कभी यक़ीन न कर पाता। उसे कभी इस बात का विश्वास न होता कि वह चीज़, जिससे उसे, और सबसे बढ़कर तो यह कि कीटी को इतना अधिक सुख मिलता है, वह चीज़ बुरी हो सकती है। इस बात का तो उसे और भी कम विश्वास होता कि उसको शादी करनी चाहिए।

शादी करने की बात व्रोन्स्की के दिमाग में कभी आई ही नहीं थी। उसे पारिवारिक जीवन न केवल पसन्द ही नहीं था, बल्कि परिवार, खासतौर पर कुँवारों की जिस दुनिया में वह रहता था, उसके सामान्य दृष्टिकोण के अनुसार पति को अपने लिए एकदम पराया, शत्रुतापूर्ण और इससे भी बढ़कर, हास्यास्पद मानता था। कीटी के माता-पिता के बीच हुई बातचीत की व्रोन्स्की बेशक कल्पना तक नहीं कर सकता था, फिर भी उस शाम को श्रेबार्त्स्की परिवार के यहाँ से बाहर आने पर उसने यह महसूस किया कि कीटी और उसके बीच जो गुप्त मानसिक सम्बन्ध-सूत्र विद्यमान था, उसकी आज शाम को ऐसी जोरदार पुष्टि हो गई है कि उसे कोई-न-कोई क़दम उठाना चाहिए। लेकिन कैसा क़दम उठाया जा सकता है या उठाया जाना चाहिए, वह यह सोचने में असमर्थ था।

'यही बड़ी मधुर बात है,' श्रेबार्त्स्की परिवार के यहाँ से लौटते हुए वह सोच रहा था और हमेशा की तरह निर्मलता और ताज़गी का सुखद भाव, जो कुछ हद तक इसलिए भी था कि उसने सारी शाम सिगरेट नहीं पी थी, और साथ ही अपने प्रति कीटी के प्यार का नया भाव भी उसके मन को छू रहा था। यही बड़ी मधुर बात है कि न तो मैंने न

उसने ही कुछ कहा, किन्तु नज़रों और बातों के अन्दाज़ की इस अदृश्य बातचीत से हम एक-दूसरे को ऐसे समझ जाते हैं कि पहले की तुलना में आज यह कहीं अधिक स्पष्ट हो गया कि वह मुझे प्यार करती है। और कितना माधुर्य, कितनी सरलता और सबसे बड़ी बात यह कि विश्वास है इसमें ! मैं खुद अपने को पहले से अच्छा और निर्मल अनुभव करता हूँ। मैं महसूस करता हूँ कि मेरे सीने में दिल है और मुझमें बहुत कुछ अच्छा है। वे प्यारी और प्रेम में डूबी हुई आँखें ! जब उसने कहा-और बहुत...

तो क्या बात है इसमें ? कोई खास बात नहीं। मेरे लिए यह सुखद है और उसके लिए भी।' और व्रोन्स्की यह सोचने लगा कि आज की बाक़ी शाम को कहाँ बिताए।

उसने अपनी कल्पना में उन जगहों के बारे में सोचा, जहाँ वह शाम बिता सकता था। 'क्लब चला जाए ? ताश की बाज़ी हो, इग्नातोव के साथ शेम्पेन पी जाए ? नहीं, नहीं जाऊँगा। Chateau des fleurs (पेरिसी ढंग के अश्लील मनोरंजन का स्थान), वहाँ ओब्लोन्स्की मिल जाएगा, फ्रांसीसी गाने होंगे, cancan नाच होगा। नहीं, ऊब गया हूँ इन सब चीज़ों से। श्रेबात्स्की परिवार को इसलिए प्यार करता हूँ कि खुद बेहतर हो जाता हूँ। घर चलता हूँ।' वह सीधा यूस्सो के होटल के अपने कमरे में चला गया, खाना लाने का आदेश दिया और इसके बाद कपड़े उतारकर तकिए पर सिर रखते ही सदा की भाँति गहरी और चैन की नींद सो गया।

अन्ना करेनिना : (अध्याय 17-भाग 1)

अगले दिन सुबह के ग्यारह बजे व्रोन्स्की पीटर्सबर्ग के स्टेशन पर माँ को लिवाने गया। बड़े जीने की पैड़ियों पर जिस पहले आदमी से उसकी मुलाक़ात हुई, वह ओब्लोन्स्की था, जो इसी गाड़ी से अपनी बहन के आने की राह देख रहा था।

"अरे ! हुज़ूर तुम !" ओब्लोन्स्की ने खुशी से चिल्लाते हुए कहा। "तुम किसे लिवाने आए हो?"

"मैं, माँ को," ओब्लोन्स्की से मिलनेवाले सभी लोगों की भाँति व्रोन्स्की ने मुस्कुराकर और उससे हाथ मिलाते हुए जवाब दिया। दोनों एक साथ जीने पर चढ़ने लगे। "वह आज पीटर्सबर्ग से आनेवाली है।"

"मैं रात के दो बजे तक तुम्हारा इन्तज़ार करता रहा। श्रेर्बात्स्की के यहाँ से तुम कहाँ चले गए थे ?"

"घर," व्रोन्स्की ने जवाब दिया। "सच तो यह है कि कल मुझे श्रेर्बात्स्की परिवार में इतना सुख मिला कि उसके बाद कहीं जाने को मन ही नहीं हुआ।"

"घोड़े की तेज़ी को पहचानता हूँ इसके ख़ास निशानों से, जवान प्रेमियों को पहचानता हूँ उनके नयन-बाणों से," ओब्लोन्स्की ने ये पंक्तियाँ वैसे ही सुना दीं, जैसे एक दिन पहले लेविन के सामने सुना चुका था।

व्रोन्स्की ऐसे ज़ाहिर करते हुए मुस्कुरा दिया कि वह इससे इनकार नहीं करता है, किन्तु उसी क्षण बातचीत का विषय बदल दिया।

"तुम किसको लिवाने आए हो ?" उसने पूछा।

"मैं ? मैं एक प्यारी-सी औरत को।" ओब्लोन्स्की ने कहा।

"अरे, वाह !"

"Honni soit qui maly pense ! (शर्म आए उसे, जो इसका बुरा मतलब निकाले !-फ्रांसीसी)) बहन आन्ना को।"

"ओ, कारेनिना को ?" व्रोन्स्की ने कहा।

"तुम तो शायद उसे जानते होगे ?"

"लगता है कि जानता हूँ। या नहीं...सच कहूँ, तो याद नहीं है," व्रोन्स्की ने कारेनिना का नाम सुनकर नियमनिष्ठ तथा ऊब-भरी नारी की अस्पष्ट-सी कल्पना करते हुए अनमनेपन से जवाब दिया।

"लेकिन मेरे जाने-माने बहनोई अलेक्सेई अलेक्सान्द्रोविच को तो तुम शायद जानते ही होगे। उसे तो सारी दुनिया जानती है।"

"हाँ, ख्याति और शक्ल-सूरत से तो जानता हूँ। जानता हूँ कि वह बड़ा बुद्धिमान, विद्वान और कुछ भगत किस्म का आदमी है...लेकिन तुम्हें मालूम ही है कि वह मेरी रुचि के...not in my line.(मेरी पसन्द के मुताबिक़ नहीं है।-अंग्रेज़ी)" व्रोन्स्की ने कहा।

"हाँ, वह बहुत बढ़िया आदमी है, कुछ रूढ़िवादी, मगर बढ़िया आदमी है," ओब्लोन्स्की ने कहा, "बढ़िया आदमी है।"

"बढ़िया है, तो अच्छी बात है," व्रोन्स्की ने मुस्कुराते हुए जवाब दिया। "ओ, तुम आ गए," व्रोन्स्की ने माँ के बूढ़े और लम्बे नौकर को सम्बोधित किया, जो दरवाज़े के पास खड़ा था, "यहाँ, भीतर आ जाओ।"

ओब्लोन्स्की से सभी को प्राप्त होनेवाली सामान्य खुशी के अलावा व्रोन्स्की पिछले कुछ समय से उसके प्रति इसलिए भी विशेष लगाव महसूस करने लगा था कि वह कीटी का बहनोई था।

"तो क्या इतवार को उस सुन्दरी की दावत करेंगे ?" व्रोन्स्की ने मुस्कुराते हुए ओब्लोन्स्की की बाँह-में-बाँह डालते हुए पूछा।

"ज़रूर। मैं चन्दे जमा कर लूँगा। अरे हाँ, कल मेरे दोस्त लेविन से तुम्हारी जानपहचान हुई न ?" ओब्लोन्स्की ने पूछा।

"सो तो ज़ाहिर ही है। लेकिन वह कुछ जल्दी चला गया।"

"वह बहुत भला आदमी है," ओब्लोन्स्की ने कहा। "ठीक है न ?"

"मैं कुछ कह नहीं सकता," व्रोन्स्की ने जवाब दिया, "मालूम नहीं क्यों सभी मास्कोवालों में, ज़ाहिर है उनको छोड़कर, जिनसे बात कर रहा हूँ," उसने मज़ाक़ में इतना और जोड़ दिया, "कुछ तुनकमिज़ाजी पाता हूँ। वे मानो दुलत्तियाँ चलाते हैं, झल्लाते हैं, मानो हर वक़्त कुछ महसूस करवाना चाहते हैं..."

"हाँ, यह तो है, सच, ऐसा तो है..." ओब्लोन्स्की ने खुशी से मुस्कुराते हुए कहा।

"क्या जल्द ही आ रही है गाड़ी ?" व्रोन्स्की ने एक रेलवे कर्मचारी से पूछा।

"गाड़ी पिछले स्टेशन से चल चुकी है।" कर्मचारी ने जवाब दिया।

स्टेशन पर हो रही तैयारी और हलचल, कुलियों के इधर-उधर दौड़ने, जेनदार्मों और कर्मचारियों तथा स्वागत के लिए आनेवालों की बढ़ती संख्या से गाड़ी के निकट आने का आभास मिल रहा था। ठंडी हवा में उठनेवाली भाप में फ़र के आधे कोट और नमदे के नर्म जूते पहने मज़दूर टेढ़ी-मेढ़ी रेलवे लाइनों को लाँघते दिखाई दे रहे थे। दूर की लाइनों पर इंजन की सीटी और किसी भारी चीज़ की गति की आवाज़ सुनाई दी।

"नहीं," ओब्लोन्स्की ने कहा, जो व्रोन्स्की से कीटी के सम्बन्ध में लेविन के इरादों की चर्चा करने को बहुत उत्सुक था। "नहीं, तुमने मेरे दोस्त लेविन को सही तौर पर समझा नहीं। वह बहुत चिड़चिड़ा आदमी है और यह सही है कि अप्रिय लगता है, लेकिन दूसरी ओर कभी-कभी बहुत प्रिय भी हो सकता है। बहुत ही ईमानदार, बहुत ही सच्चा आदमी है वह और उसने दिल भी सोने का पाया है। लेकिन कल तो कुछ विशेष कारण थे," ओब्लोन्स्की ने अर्थपूर्ण मुस्कान के साथ कहा। वह उस सच्ची सहानुभूति के बारे में बिल्कुल भूल गया था, जो कल उसने अपने दोस्त के प्रति अनुभव की थी और अब सिर्फ़ व्रोन्स्की के प्रति अनुभव कर रहा था। "हाँ, एक कारण था, जिसकी वजह से वह अपने को विशेषतः सौभाग्यशाली या सौभाग्यहीन अनुभव कर सकता था।"

व्रोन्स्की रुका और उसने सीधे ही पूछ लिया :

"क्या मतलब है तुम्हारा ? तो क्या उसने कल तुम्हारी belle soeur (साली-फ्रांसीसी) से विवाह का प्रस्ताव किया है ?..."

"हो सकता है," ओब्लोन्स्की ने कहा। "मुझे कल कुछ ऐसा प्रतीत हुआ। हाँ, अगर कल वह वहाँ से जल्दी चला गया और उसका मूड ख़राब था, तब तो ऐसा ही है...बहुत अर्से से वह उसे प्यार करता है और मुझे बहुत अफ़सोस है उसके लिए।"

"तो यह मामला है !...वैसे, मेरे ख़याल में तो वह बेहतर वर पाने की आशा कर सकती है," व्रोन्स्की ने कहा और सीधा तनकर फिर से आगे चल दिया। "यों मैं उसे नहीं जानता हूँ," उसने इतना और जोड़ दिया। "हाँ, यह बड़ी अटपटी स्थिति है ! इसीलिए तो अधिकतर लोग प्रेमिकाओं के फेर में रहना बेहतर समझते हैं। वहाँ असफलता यही सिद्ध करती है कि तुम्हारी जेब काफ़ी गर्म नहीं है और यहाँ-आदमी की गरिमा, उसकी इज़्ज़त तराजू पर होती है। लेकिन खैर, गाड़ी आ गई।"

सचमुच ही दूरी पर इंजन सीटी बजा रहा था। कुछ मिनट बाद प्लेटफ़ॉर्म काँप उठा और पाले द्वारा नीचे को दबा दी जानेवाली भाप छोड़ता तथा बीच के पहिये के लीवर को धीरे-धीरे तथा समगति से मोड़ता और फैलाता हुआ इंजन प्लेटफ़ॉर्म पर पहुँच गया। गर्म कपड़ों में लिपटा, पाले से ढका हुआ इंजन-ड्राइवर झुक-झुककर सलाम कर रहा था। इंजन के ईंधनवाले डिब्बे के पीछे अधिकाधिक धीमे तथा प्लेटफ़ॉर्म को ज़्यादा ज़ोर से कँपाता हुआ सामान का डिब्बा, जिसमें एक कुत्ता ज़ोर से कूँ-कूँ कर रहा था, आगे आने लगा। आख़िर को मुसाफ़िरों के डिब्बे ज़ोरदार झटके के साथ रुक गए।

चुस्त कंडक्टर सीटी बजाता हुआ धीरे-धीरे चलती गाड़ी से नीचे उतर गया और उसके पीछे-पीछे उतावले मुसाफ़िर-सीधा तना और इधर-उधर देखता हुआ गॉर्ड-सेना का अफ़सर, थैला लिए और खुशी से मुस्कुराता फुर्तीला व्यापारी, कन्धे पर बोरी डाले किसान, आदि-नीचे उतरने लगे।

ओब्लोन्स्की की बग़ल में खड़ा व्रोन्स्की डिब्बों और उनमें से बाहर आनेवाले मुसाफ़िरों को देख रहा था और माँ के बारे में बिल्कुल भूल गया था। कीटी के बारे में उसे अभी-अभी जो कुछ मालूम हुआ था, उससे वह उमंग में आ गया था और बहुत खुश था। उसकी छाती अपने आप ही तन गई थी और आँखें चमक उठी थीं। वह अपने को विजेता-सा अनुभव कर रहा था।

"काउंटेस व्रोन्स्काया इस डिब्बे में हैं," चुस्त कंडक्टर ने व्रोन्स्की के क़रीब आकर कहा।

कंडक्टर के शब्दों से व्रोन्स्की मानो नींद से जागा और उसे माँ तथा उससे होनेवाली भेंट का ध्यान आया। अपने मन की गहराई में वह माँ की इज़्ज़त और उसे प्यार भी नहीं करता था, यद्यपि वह ऐसा मानने को तैयार नहीं था। वैसे यह सही है कि जिस सामाजिक हलके में वह रहता था, उसकी धारणाओं और लालन-पालन के मुताबिक़ वह माँ के प्रति बहुत ही आज्ञाकारी और आदरपूर्ण सम्बन्धों के अतिरिक्त अन्य किसी तरह के सम्बन्धों की कल्पना नहीं कर सकता था। मन में वह उसका जितना ही कम आदर और उससे जितना कम प्यार करता था, बाहरी तौर पर ये सम्बन्ध उतनी ही अधिक आज्ञाकारिता और आदर के थे।

अन्ना करेनिना : (अध्याय 18-भाग 1)

व्रोन्स्की कंडक्टर के पीछे-पीछे डिब्बे की तरफ़ चल दिया और बाहर आती हुई एक महिला को रास्ता देने के लिए दरवाज़े के पास रुक गया। ऊँचे समाज के व्यक्ति के रूप में महिला के बाहरी रंग-ढंग पर एक नज़र डालते ही व्रोन्स्की ने यह तय कर लिया कि वह कोई कुलीन है। उसने क्षमा माँगी और डिब्बे में जाने को हुआ, किन्तु उसने उस पर एक बार फिर नज़र डाल लेने की आवश्यकता अनुभव की। इसलिए नहीं कि वह बहुत सुन्दर थी, उस लावण्य और विनम्र सजीलेपन के कारण भी नहीं, जो उसके पूरे व्यक्तित्व में झलक रहे थे, बल्कि इसलिए कि यह नारी जब उसके पास से गुज़री, तो उसके चेहरे के भाव में कुछ विशेष स्नेह और कोमलता की अनुभूति हुई। व्रोन्स्की जब मुड़ा तो महिला ने भी पीछे की तरफ़ देखा। चमकती, घनी बरौनियों के कारण काली प्रतीत होनेवाली उसकी भूरी आँखें मैत्रीपूर्ण और बहुत ध्यान से देखती हुई उसके चेहरे पर रुक गईं, मानो वह उसे पहचान रही हो, और क्षण-भर बाद ही निकट आ रही भीड़ की तरफ़ मुड़ गई। वे तो जैसे किसी को ढूँढ़ रही थीं। क्षण-भर को उसके चेहरे पर टिकनेवाली इस नज़र में व्रोन्स्की ने उस संयत सजीवता को देख लिया, जो महिला के चेहरे पर क्रीड़ा कर रही थी और चमकती आँखों तथा उसके गुलाबी होंठों को ज़रा टेढ़ा-सा करती तनिक दिखाई देनेवाली मुस्कान के बीच झलक दिखा रही थी। किसी चीज़ की अधिकता ने उसके सारे व्यक्तित्व को मानो ऐसे सराबोर कर दिया था कि वह उसकी इच्छा की अवहेलना करते हुए कभी आँखों की चमक और कभी मुस्कान में प्रकट हो रही थी। उसने आँखों की चमक की लौ को तो जान-बूझकर बुझा दिया, मगर वह उसकी इच्छा के विरुद्ध तनिक नज़र आनेवाली मुस्कान में चमकती रही।

व्रोन्स्की डिब्बे में दाखिल हुआ। काली आँखों और घुंघराले बालोंवाली उसकी बहुत ही दुबली-पतली माँ ने बेटे को गौर से देखते हुए आँखें सिकोड़ी और अपने पतले होंठों से ज़रा मुस्कुराई। सोफ़े से उठने और नौकरानी को छोटा-सा थैला पकड़ाने के बाद उसने अपना छोटा-सा और सूखा हुआ हाथ बेटे की तरफ़ बढ़ा दिया और फिर उसके सिर को अपने हाथ से उठाकर उसका मुँह चूमा।

"तार मिल गया ? ठीक-ठाक हो ? भला हो भगवान का !"

"रास्ते में कोई तकलीफ तो नहीं हुई ?" बेटे ने उसके पास बैठते और अनचाहे ही दरवाजे के बाहर नारी-स्वर को सुनते हुए पूछा। उसे मालूम था कि यह उसी महिला की आवाज़ है, जिससे दरवाजे के करीब उसकी मुलाक़ात हुई थी।

"फिर भी मैं आपसे सहमत नहीं हूँ।" महिला कह रही थी।

"पीटर्सबर्गी दृष्टि ठहरी, श्रीमतीजी।"

"पीटर्सबर्गी नहीं, केवल नारी की दृष्टि।" महिला ने जवाब दिया।

"अपना हाथ चूमने की अनुमति देने की कृपा करें।"

"नमस्ते, इवान पेत्रोविच। हाँ, और ज़रा देखिए, मेरा भाई भी यहीं कहीं होगा। उसे मेरे पास भेज दीजिएगा।" महिला ने दरवाजे के करीब से कहा और फिर डिब्बे में आ गई।

"मिल गया आपका भाई ?" व्रोन्स्की की बूढ़ी माँ ने महिला से पूछा। व्रोन्स्की को अब तो याद आ गया कि यह कोरेनिना है।

"आपका भाई यहीं है," व्रोन्स्की ने उठते हुए कहा। "माफ़ी चाहता हूँ, मैं आपको पहचान नहीं सका। हाँ, और हमारी जान-पहचान भी तो इतनी थोड़ी थी," व्रोन्स्की ने सिर झुकाकर अभिवादन करते हुए कहा, "कि आपको निश्चय ही मेरा ध्यान नहीं होगा।"

"हाँ," महिला ने जवाब दिया, "लेकिन फिर भी मैंने आपको पहचान लिया होता, क्योंकि लगता है कि आपकी माँ के साथ हम रास्ते-भर आपकी ही चर्चा करती रही हैं," महिला ने कहा और आख़िर उसने अपनी खुशी को मुस्कान के रूप में प्रकट हो जाने दिया। "लेकिन मेरा भाई अभी तक नहीं आया।"

"अल्योशा, उसे बुला लो।" बूढ़ी काउंटेस ने कहा। व्रोन्स्की ने बाहर प्लेटफ़ॉर्म पर जाकर आवाज़ दी :

"ओब्लोन्स्की ! यहाँ है वह ?" किन्तु कारेनिना ने भाई के निकट पहुँचने की प्रतीक्षा नहीं की और उसे देखने के बाद दृढ़ और चुस्त चाल से डिब्बे से बाहर चली गई। भाई ज्यों ही उसके निकट आया, त्यों ही उसने ऐसे दृढ़ और मनोरम ढंग से, जिसने व्रोन्स्की को चकित कर दिया, भाई की गर्दन में बाँह डालकर जल्दी से उसे अपनी तरफ़ खींच लिया और ज़ोर से चूमा। व्रोन्स्की उसे एकटक देख रहा था और खुद भी कारण न समझते हुए मुस्करा रहा था। लेकिन यह याद आने पर कि माँ उसकी राह देख रही है, वह फिर से डिब्बे में चला गया।

"बहुत ही प्यारी है न !" काउंटेस ने कारेनिना के बारे में कहा। "उसके पति ने उसे मेरे साथ बिठा दिया और मुझे इससे बहुत खुशी हुई। रास्ते-भर हम बातें करती रहीं। और तुम्हारे बारे में सुना है कि तुम...Vous filez le parfait amour. Tant mieux, mon cher, tant mieux."(आदर्श प्रेम के ही फेर में हो। अच्छी बात है, मेरे प्यारे, अच्छी बात है।-फ्रांसीसी)

"मुझे मालूम नहीं कि आप किस बात की ओर संकेत कर रही हैं, maman." बेटे ने रुखाई से जवाब दिया। "तो हम बाहर चलें, maman."

कारेनिना काउंटेस से विदा लेने के लिए फिर से डिब्बे में आई।

"तो काउंटेस, आपको अपना बेटा और मुझे मेरा भाई मिल गया," उसने खुशी-भरे अन्दाज़ में कहा। "मेरा किस्से-कहानियों का ख़ज़ाना भी ख़त्म हो गया, आगे और कुछ सुना भी न पाती।"

"नहीं, ऐसा नहीं कहिए," काउंटेस ने उसका हाथ अपने हाथ में लेते हुए कहा, "आपके साथ तो मैं दुनिया भर का चक्कर लगा आती और ऊब महसूस न करती। आप उन प्यारी नारियों में से हैं, जिनके साथ बात करने और चुप रहने में भी सुख मिलता है। हाँ, और अपने बेटे के बारे में परेशान नहीं हों-कभी तो उससे अलग भी होना चाहिए।"

आन्ना निश्चल और बिल्कुल सीधी खड़ी थी और उसकी आँखें मुस्कुरा रही थीं।

"आन्ना अर्कोद्येवना का आठ साल का बेटा है," काउंटेस ने बेटे को बात साफ़ करते हुए बताया, "वह उससे कभी अलग नहीं हुई और इसीलिए परेशान है कि उसे वहाँ छोड़ आई।"

"हाँ, मैं रास्ते-भर अपने बेटे और काउंटेस अपने बेटे की बातें करती रही हैं," कारेनिना ने कहा और फिर मुस्कान से-स्नेहपूर्ण मुस्कान से, जो व्रोन्स्की के लिए थी-उसका चेहरा चमक उठा।

"सम्भवतः आपको इससे बहुत ऊब महसूस हुई होगी," व्रोन्स्की ने चुहलपन की यह गेंद, जो कारेनिना ने उसकी ओर फेंकी थी, फ़ौरन रोकते हुए कहा। किन्तु वह स्पष्टतः इसी अन्दाज़ में बातचीत जारी नहीं रखना चाहता थी और इसलिए बूढ़ी काउंटेस से बोली :

"बहुत-बहुत धन्यवाद। मुझे तो पता भी नहीं चला कि कल का दिन कैसे बीत गया। नमस्ते, काउंटेस !"

"नमस्ते, मेरी प्यारी," काउंटेस ने जवाब दिया। "अपना यह प्यारा-सा मुखड़ा तो चूमने दीजिए। बड़ी-बूढ़ी के नाते साफ़-साफ़ कहती हूँ कि मुझे तो आपसे प्यार हो गया है।"

यह वाक्य चाहे औपचारिक ही था, कोरेनिना ने स्पष्टतः इस पर सच्चे दिल से विश्वास कर लिया और खुश हुई। उसके चेहरे पर लाज की लाली दौड़ गई। वह थोड़ा झुकी, अपना चेहरा काउंटेस के होंठों के निकट ले गई, फिर से सीधी हुई और उसी मुस्कान के साथ, जो होंठों और आँखों के बीच थिरक रही थी, उसने व्रोन्स्की की ओर हाथ बढ़ा दिया। व्रोन्स्की ने अपनी ओर बढ़े हुए छोटे-से हाथ से हाथ मिलाया और कोरेनिना ने जिस उत्साह, ज़ोर तथा साहस के साथ उससे हाथ मिलाया, उससे उसे एक विशेष प्रकार की खुशी हुई। वह अपने ख़ासे गदराए शरीर के बावजूद आश्चर्यचकित करनेवाली फुर्ती और हल्की चाल से बाहर चली गई।

"बड़ी प्यारी है।" बुढ़िया ने कहा।

उसका बेटा भी यही सोच रहा था। कोरेनिना की मोहिनी आकृति आँखों से ओझल होने तक वह उसी पर नज़र टिकाए रहा और मुस्कान उसके चेहरे पर ज्यों-की-त्यों बनी रही। उसने खिड़की से देखा कि कैसे वह अपने भाई के पास पहुंची, उसकी बाँह में अपनी बाँह डाली और बड़ी ज़िन्दादिली से उससे कुछ कहने लगी, जिसका स्पष्टतः व्रोन्स्की से कोई सम्बन्ध नहीं था और यह उसे बुरा लगा।

"हाँ तो, maman, आप बिल्कुल स्वस्थ हैं न ?" उसने माँ को सम्बोधित करते हुए फिर से पूछा।

"सब कुछ बहुत अच्छा है, बहुत बढ़िया है। अलेक्सान्द्र बड़ा प्यारा है और मारिया बहुत अच्छी हो गई है। बड़ी सुन्दर है वह।"

काउंटेस फिर से वह सब कुछ बताने लगी, जो उसके लिए सबसे ज़्यादा रुचिकर था। उसने पोते के नामकरण-संस्कार की, जिसके लिए विशेष रूप से पीटर्सबर्ग गई थी, तथा बड़े बेटे पर जार की ख़ास मेहरबानी की चर्चा की।

"लीजिए, लाब्रेन्ती भी आ गया," खिड़की से बाहर देखते हुए व्रोन्स्की ने कहा। "अगर चाहें, तो अब हम बाहर चल सकते हैं।"

बूढ़े बटलर ने, जो काउंटेस के साथ पीटर्सबर्ग से आया था, डिब्बे में आकर यह बताया कि सब कुछ तैयार है और काउंटेस चलने के लिए उठी।

"आइए, चलें। अब ख़ास भीड़ नहीं रही।" व्रोन्स्की ने कहा।

नौकरानी ने थैला और कुत्ता ले लिया और बटलर तथा कुली ने बाक़ी सामान उठा लिया। व्रोन्स्की ने माँ की बाँह थाम ली, लेकिन जब वे डिब्बे से बाहर निकल रहे थे, तो अचानक डरे-सहमे चेहरोंवाले कुछ लोग इनके नज़दीक से भागते हुए गुज़रे। अजीब-से रंग की छज्जेदार टोपी पहने हुए स्टेशन-मास्टर भी भागा गया। स्पष्टतः कोई असाधारण बात हो गई थी। लोग गाड़ी से हटकर पीछे को भाग रहे थे।

क्या हुआ ?...क्या हुआ ?...कहाँ ?...रेलवे लाइन पर जा गिरा !...कुचला गया !" नज़दीक से गुज़रते लोग कहते जा रहे थे।

ओब्लोन्स्की भी अपनी बहन की बाँह थामे हुए वापस लौट आया। उन दोनों के चेहरों पर भय अंकित था और भीड़ से बचने के लिए वे गाड़ी के डिब्बे के क़रीब आकर खड़े हो गए। महिलाएँ डिब्बे में चली गईं और व्रोन्स्की तथा ओब्लोन्स्की दुर्घटना का ब्यौरा जानने के लिए लोगों के पीछे-पीछे हो लिए।

चौकीदार नशे में धुत् था या बहुत ज़्यादा ठंड के कारण मुँह-सिर को लपेटे हुए था और इसलिए उसने पीछे हटती गाड़ी की आवाज़ नहीं सुनी और वह उसके नीचे आकर कुचला गया।

व्रोन्स्की और ओब्लोन्स्की के लौटने से पहले ही महिलाओं ने बटलर से ये सारी तफ़सीलें जान ली थीं।

ओब्लोन्स्की और व्रोन्स्की, दोनों ने ही बहुत बुरी तरह कुचली गई वह लाश देखी थी। ओब्लोन्स्की साफ़ तौर पर बहुत दुःखी था। उसके माथे पर बल पड़े हुए थे, मानो रोने को तैयार था।

"ओह, कैसी भयानक बात हो गई है ! ओह, आन्ना, अगर तुमने देखी होती वह लाश ! ओह, कैसी बुरी हालत है उसकी !" ओब्लोन्स्की ने कहा।

व्रोन्स्की चुप था और उसका सुन्दर चेहरा गम्भीर, किन्तु बिल्कुल शान्त था।

"ओह, अगर आपने उसे देखा होता, काउंटेस," ओब्लोन्स्की बोला, "और उसकी बीवी भी वहाँ है...उसे देखकर तो दिल को कुछ होता है...वह उसकी लाश पर जा गिरी। कहते हैं कि बहुत बड़े परिवार का वही एक अन्नदाता था। है न यह भयानक बात !"

"क्या उसकी बीवी की कुछ मदद नहीं की जा सकती ?" व्यथित फुसफुसाहट के साथ कारेनिना ने कहा।

व्रोन्स्की ने कारेनिना की तरफ़ देखा और उसी क्षण डिब्बे से बाहर चला गया। "मैं अभी आता हूँ, maman," व्रोन्स्की ने दरवाज़े पर पीछे मुड़कर कहा।

व्रोन्स्की जब कुछ मिनट बाद लौटा, तो ओब्लोन्स्की काउंटेस से नई गायिका की चर्चा कर रहा था और काउंटेस अपने बेटे की प्रतीक्षा करती हुई बेचैनी से दरवाज़े की तरफ़ देख रही थी।

"तो आइए, अब चलें।" व्रोन्स्की ने डिब्बे में लौटते हुए कहा।

सभी एकसाथ डिब्बे से बाहर निकले। व्रोन्स्की अपनी माँ के साथ आगे-आगे चल रहा था और इनके पीछे कारेनिना और उसका भाई आ रहे थे। ये स्टेशन से बाहर निकल रहे थे, जब स्टेशन-मास्टर भागता हुआ व्रोन्स्की के पास पहुँचा।

"आपने मेरे सहायक को दो सौ रूबल दिए हैं। कृपया यह बता दीजिए कि वे किसके लिए हैं ?"

"विधवा के लिए," व्रोन्स्की ने कन्धे झटकते हुए जवाब दिया। "मेरी समझ में नहीं आ रहा कि इसमें पूछने की बात ही क्या है ?"

"आपने दिए हैं ?" ओब्लोन्स्की ने पूछा और बहन का हाथ दबाकर इतना और जोड़ दिया, "बहुत नेक काम किया, बहुत नेक ! सच, बहुत भला आदमी है न यह ! नमस्ते, काउंटेस !"

और बहन की नौकरानी को ढूँढ़ते हुए ये दोनों यहीं रुक गए।

जब ये बाहर आए, तो व्रोन्स्की परिवार की बग्घी जा चुकी थी। स्टेशन से बाहर आते हुए लोग अभी भी दुर्घटना की चर्चा कर रहे थे।

"कैसी भयानक मौत हुई यह !" नज़दीक से गुज़रते हुए एक साहब ने कहा। "कहते हैं कि दो टुकड़े हो गए।"

"मेरे ख़याल में तो यह सबसे आसान मौत थी, आन की आन में काम तमाम !" दूसरे व्यक्ति ने राय ज़ाहिर की।

"ये लोग सावधानी क्यों नहीं बरतते ?" तीसरे ने कहा।

कारेनिना बग्घी में बैठ गई और ओब्लोन्स्की को यह देखकर हैरानी हुई कि आन्ना के होंठ काँप रहे हैं और बड़ी मुश्किल से वह अपने आँसुओं पर काबू पा रही है।

"क्या बात है आन्ना ?" कुछ दूर जाने पर भाई ने पूछा।

"यह बहुत बुरा शगुन है।" बहन ने जवाब दिया।

"कैसी बेकार की बातें कर रही हो !" ओब्लोन्स्की ने कहा। "तुम आ गईं, यही सबसे बड़ी बात है। तुम तो कल्पना भी नहीं कर सकतीं कि मैं तुम पर कितनी उम्मीद लगाए हूँ।"

"क्या बहुत अर्से से जानते हो तुम व्रोन्स्की को ?" आन्ना ने पूछा।

"हाँ। जानती हो, हमें आशा है कि वह कीटी से शादी कर लेगा।"

"अच्छा !" आन्ना ने धीरे से कहा। "आओ, अब तुम्हारे बारे में बातचीत करें," उसने ऐसे सिर झटककर कहा, मानो किसी फ़ालतू और उसे परेशान करनेवाली चीज़ को दूर खदेड़ना चाहती हो। "आओ, तुम्हारे मामलों का ज़िक्र करें। मुझे तुम्हारा ख़त मिला और मैं चली आई।"

"हाँ, तुम्हीं पर सारा दार-मदार है।" ओब्लोन्स्की ने कहा।

"तो तुम मुझे सब कुछ बताओ।"

और ओब्लोन्स्की सभी कुछ बताने लगा।

घर के सामने पहुँचने पर ओब्लोन्स्की ने बहन को उतारा, गहरी साँस ली, उसका हाथ दबाया और उसी बग्घी में अपने दफ़्तर चला गया।

अन्ना करेनिना : (अध्याय 19-भाग 1)

आन्ना जब कमरे में दाख़िल हुई, तो डॉली सुनहरे बालोंवाले गुदगुदे बेटे के साथ, जो अभी अपने बाप जैसा लगता था, छोटे मेहमानख़ाने में बैठी थी। डॉली उसे फ़्रांसीसी भाषा पढ़ते हुए सुन रही थी। लड़का अपनी जाकेट पर जैसे-तैसे टिके बटन को हाथ में घुमाते और तोड़ने की कोशिश करते हुए फ्रांसीसी पढ़ रहा था। माँ ने कई बार बटन से उसका हाथ हटाया, लेकिन लड़के का गुदगुदा हाथ फिर बटन पर पहुँच जाता था। माँ ने आख़िर बटन तोड़कर अपनी जेब में डाल लिया।

"ग्रीशा, अपने हाथों को बस में रखो," डॉली ने कहा और फिर से उस कम्बल को बुनने लगी, जिसे उसने बहुत समय पहले बुनना शुरू किया था और परेशानी की घड़ियों में ही बुनती थी। अब वह उँगलियों को हिलाती-डुलाती और फन्दों को गिनती हुई चिड़चिड़ेपन से ऐसा कर रही थी। यह सही है कि एक दिन पहले उसने पति को यह कहलवा दिया था कि उसकी बहन आएगी या नहीं आएगी, उसे इससे कोई मतलब नहीं, फिर भी उसके लिए सभी तैयारी करवा दी थी और वह बड़ी उद्विग्नता से ननद के आने की राह देख रही थी।

डॉली के दुःख ने उसे पूरी तरह कुचल डाला था, वह उसमें डूबी हुई थी, फिर भी वह यह नहीं भूली थी कि उसकी ननद, आन्ना, पीटर्सबर्ग के एक बहुत ही महत्त्वपूर्ण व्यक्ति की पत्नी और पीटर्सबर्ग की grand dame है। इसी कारण उसने पति से जो कहलवाया था, उसे किया नहीं, यानी यह नहीं भूली कि उसकी ननद आनेवाली है। 'आख़िर आन्ना का इसमें कोई दोष नहीं है,' डॉली सोच रही थी। 'मैं तो उसके बारे में अच्छाई के अतिरिक्त और कुछ भी नहीं जानती तथा मुझे तो उससे स्नेह और मैत्री-भाव ही मिला है।' हाँ, यह सच है कि उनके यहाँ पीटर्सबर्ग में कारेनिन परिवार के अपने हृदय पर पड़नेवाले प्रभावों के बारे में उसे जो कुछ भी याद था, उसके अनुसार तो उनका घर अच्छा नहीं लगा था, उनके परिवार के हर रंग-ढंग में कुछ बनावट थी। लेकिन मैं किस कारण उसकी अवहेलना करूँ ? बस, यही चाहती हूँ कि वह मुझे दिलासा देने की कोशिश न करे !' डॉली सोच रही थी। 'इन सभी दिलासों, उपदेशों और ईसाई धर्म की क्षमादान की बातों पर मैं हज़ारों बार विचार कर चुकी हूँ और ये सब बेकार हैं।'

इन सभी दिनों के दौरान डॉली बच्चों के साथ ही रही थी। वह अपने दुःख की किसी से भी चर्चा नहीं करना चाहती थी, लेकिन दिल में ऐसे दुःख का बोझ लिए हुए अन्य बातों की चर्चा करना उसके लिए सम्भव नहीं था। वह जानती थी कि चाहे-अनचाहे वह आन्ना से सब कुछ कह देगी। उसे कभी तो इस विचार से खुशी होती कि कैसे वह उससे यह सब कुछ कहेगी और कभी उससे, पति की बहन से, अपने अपमान की चर्चा करने की आवश्यकता और उससे उपदेश तथा तसल्ली के गढ़े-गढ़ाए वाक्य सुनने के ख़याल से खीज भी आती।

वह घड़ी पर नज़र डालते हुए किसी भी क्षण आन्ना के आने की प्रतीक्षा कर रही थी और, जैसा कि अक्सर होता है, उसी क्षण में चूक गई, जब मेहमान आई, यानी उसने घंटी की आवाज़ नहीं सुनी।

दरवाज़े पर फ़्रॉक की सरसराहट और हल्के क़दमों की आहट से उसने मुड़कर देखा और उसके व्यथित चेहरे पर अनचाहे ही खुशी के बजाय हैरानी झलक उठी। उसने उठकर ननद को गले लगाया।

"अरे, तुम आ भी गईं ?" डॉली ने उसे चूमते हुए कहा।

"डॉली, कितनी खुश हूँ मैं तुमसे मिलकर !"

"और मैं भी," तनिक मुस्कुराते और आन्ना के चेहरे के भाव से यह भाँपते हुए कि उसे मामले की जानकारी है या नहीं, डॉली ने कहा। 'जरूर जानती है,' आन्ना के चेहरे पर सहानुभूति का भाव देखकर डॉली ने सोचा। "चलो, मैं

तुम्हें तुम्हारे कमरे में पहुँचा आऊँ," डॉली ने मामले के स्पष्टीकरण के क्षण को यथासम्भव टालने का यत्न करते हुए अपनी बात जारी रखी।

"यह ग्रीशा है क्या ? हे भगवान, कितना बड़ा हो गया !" आन्ना ने कहा और उसे चूमा।

उसकी नज़र डॉली के चेहरे पर ही जमी हुई थी। वह रुकी और लज्जारुण होते हुए बोली :

"नहीं, कृपया, तुम मुझे अभी कहीं भी जाने को न कहो।"

आन्ना ने अपना दुपट्टा और टोपी उतारी और अपने सभी ओर लहराती काले बालों की लटें उसमें उलझ जाने पर सिर को इधर-उधर हिलाते-डुलाते हुए उन्हें टोपी से छुड़ाया।

"तुम तो सुख और स्वास्थ्य से चमचमा रही हो !" डॉली ने लगभग ईर्ष्या से कहा।

"मैं ? हाँ।" आन्ना ने जवाब दिया। "हे भगवान, यह तान्या है ! मेरे सेर्योझा की हमउम्र," भागकर कमरे में आनेवाली बालिका को सम्बोधित करते हुए उसने इतना और जोड़ दिया। आन्ना ने बालिका को गोद में लेकर चूमा। "बहुत अच्छी, बहुत ही प्यारी बच्ची है ! मुझे सभी बच्चे दिखाओ।"

आन्ना ने केवल उनके नाम ही नहीं लिए, बल्कि उनके जन्म के सालों, महीनों, उनके स्वभावों और इस बात का भी जिक्र किया कि उन्हें कब और कौन रोग हुआ था और डॉली उसकी ऐसी दिलचस्पी के लिए आभारी हुए बिना न रह सकी।

"तो आओ, उनके कमरे में चलें।" डॉली ने कहा। "अफ़सोस की बात है कि वास्या इस वक़्त सो रहा है।"

बच्चों से मिलने के बाद वे दोनों अकेली ही मेहमानख़ाने में आ बैठीं। उनके सामने कॉफ़ी थी। आन्ना ने ट्रे को अपनी ओर खींचा, मगर फिर परे खिसका दिया।

"डॉली," वह बोली, "उसने मुझे सब कुछ बता दिया है।"

डॉली ने रूखेपन से आन्ना की तरफ़ देखा। उसे उम्मीद थी कि अब वह सहानुभूति के ढोंग-भरे वाक्य कहेगी, लेकिन आन्ना ने ऐसा कुछ नहीं किया।

"डॉली, प्यारी डॉली !" उसने कहा, "मैं न तो उसकी ओर से तुम्हें कुछ कहना और न ही तसल्ली - देना चाहती हूँ। ऐसा करना सम्भव नहीं। लेकिन मेरी प्यारी, मुझे सच्चे दिल से तुम्हारे लिए अफ़सोस हो रहा है !"

उसकी चमकीली आँखों की घनी बरौनियों के पीछे से अचानक आँसू झलक उठे। वह अपनी भाभी के निकट हो गई और अपने छोटे से मज़बूत हाथ में उसका हाथ ले लिया। डॉली ने अपना हाथ छुड़ाया नहीं, लेकिन उसके चेहरे पर रुखाई का भाव बना रहा। वह बोली :

"मुझे तसल्ली देना बेकार है। जो कुछ हुआ है, उसके बाद सब कुछ ख़त्म हो गया, कुछ भी नहीं बचा !"

इतना कहते ही उसके चेहरे के भाव में अचानक नर्मी आ गई। आन्ना ने डॉली का मुरझाया हुआ और दुबला-पतला हाथ ऊपर उठाया, उसे चूमा और कहा :

"लेकिन किया क्या जाए, डॉली, किया क्या जाए ? ऐसी भयानक स्थिति में आदमी क्या करे ? सोचने की बात तो यही है।"

"सब कुछ ख़त्म हो चुका, इसके अलावा और कुछ भी नहीं," डॉली ने कहा। "और तुम समझो कि सबसे बुरी बात तो यह है कि मैं उसे छोड़कर जा भी नहीं सकती। बच्चे हैं, मैं उनके साथ बँधी हुई हूँ। लेकिन उनके साथ रह नहीं सकती, मैं तो उसे देखकर ही परेशान हो उठती हूँ।"

"मेरी प्यारी डॉली, उसने तो मुझे सब कुछ बताया है, लेकिन मैं तुमसे सुनना चाहती हूँ, तुम मुझे सारी बात बताओ।"

डॉली ने प्रश्नसूचक दृष्टि से आन्ना की तरफ़ देखा।

आन्ना के चेहरे पर सच्ची सहानुभूति और स्नेह दिखाई दे रहा था।

"अच्छी बात है," डॉली ने अचानक कहा। "लेकिन मैं शुरू से सारी बात कहूँगी। तुम तो जानती ही हो कि मेरी शादी कैसे हुई थी। Maman के पालन-शिक्षण की वजह से मैं भोली-भाली ही नहीं, बुद्धू भी थी। मैं कुछ नहीं जानती थी। सुनती हूँ, मैं जानती हूँ कि पति पत्नियों को शादी से पहले के अपने जीवन के बारे में बताते हैं, लेकिन स्तीवा ने..." उसने अपनी भूल सुधारी, "स्तेपान अर्कोद्येविच ने मुझे कुछ भी नहीं बताया। तुम विश्वास नहीं करोगी, लेकिन मैं अभी तक ऐसा सोचती थी कि मेरे सिवा और किसी औरत से उसका निकट सम्बन्ध नहीं रहा। मैं आठ साल तक ऐसे ही जीती रही। तुम इस बात को समझो कि मैं न सिर्फ़ बेवफ़ाई के बारे में शक तक नहीं करती थी, बल्कि इसे असम्भव मानती थी। और तुम कल्पना करो कि इस तरह के विचार रखते हुए अचानक ऐसी भयानक बात, ऐसी गन्दगी का पता चले, तो...तुम मुझे समझो। किसी को पूरी तरह से अपने सुख का विश्वास हो और अचानक..." अपनी सिसकियों पर काबू पाते हुए डॉली कहती गई, "खत मिले...उसकी प्रेमिका, मेरे बच्चों की शिक्षिका के नाम लिखा हुआ उसका ख़त मिले। नहीं, यह तो बहुत ही भयानक बात है !" उसने जल्दी से रूमाल निकाला और उससे अपना मुँह ढक लिया। "मैं क्षणिक दीवानगी को भी समझ सकती हूँ," तनिक चुप रहने के बाद वह कहती गई, "लेकिन सोच-समझकर और चालाकी से मुझे धोखा देना...सो भी किसके फेर में पड़कर ?...फिर उसके साथ-साथ मेरा पति भी बने रहना... बड़ी भयानक बात है यह ! तुम इसे नहीं समझ सकतीं..."

"ओह, समझती क्यों नहीं, समझती हूँ ! समझती हूँ, मेरी प्यारी डॉली, समझती हूँ," उसका हाथ दबाते हुए आन्ना से कहा।

"और तुम्हारे ख़याल में वह मेरी स्थिति की सारी भयानकता को समझता है ?" डॉली कहती गई। "ज़रा भी नहीं ! वह सुखी है, मज़े में है।"

"ओह, नहीं !" आन्ना ने जल्दी से उसे टोका। "वह बहुत दुःखी है, पश्चात्ताप से कुचला हुआ

वह पश्चात्ताप कर भी सकता है ?" ननद के चेहरे को बहुत गौर से देखते हुए डॉली ने उसकी बात काटी।

"हाँ, मैं उसे जानती हूँ। उसे देखकर मुझे बरबस दया आती थी। हम दोनों ही उसे जानती हैं। वह दयालु, किन्तु गर्वीला है और अब इतना तिरस्कृत है...मुख्य बात तो वह है, जिसने मेरे दिल को सबसे ज़्यादा छू लिया (यहाँ आन्ना ने उस मुख्य बात का अनुमान लगा लिया, जो डॉली के मन को छू सकती थी)...दो चीजें उसे यातना दे रही हैं कि बच्चों के सामने वह नज़र ऊपर नहीं उठा सकता और यह कि उसने तुम्हें प्यार करते हुए...हाँ, हाँ, दुनिया की हर चीज़ से ज़्यादा तुम्हें प्यार करते हुए," उसने आपत्ति करने को इच्छुक भाभी की बात जल्दी से बीच में ही काट दी, "तुम्हें ऐसी चोट पहुँचाई, तुम्हारी हत्या ही कर डाली। नहीं, नहीं, वह कभी माफ़ नहीं करेगी, वह यही रट लगाए हुए है।"

अपनी ननद के शब्द सुनती हुई सोच में डूबी-सी डॉली कहीं दूर देख रही थी।

"हाँ, मैं यह समझती हूँ कि उसकी स्थिति भयानक है," उसने कहा। "अगर वह ऐसा अनुभव करता है कि इस सारे दुर्भाग्य का कारण वही है, तो निरपराध की तुलना में अपराधी की हालत ज्यादा खराब है। लेकिन मैं उसे माफ़ कैसे करूँ, कैसे मैं उस औरत के बाद उसकी बीवी रह सकती हूँ ? मेरे लिए अब उसके साथ रहना एक यातना होगी, क्योंकि मैं उसके प्रति अपने अतीत के प्यार को प्यार करती हूँ..."

और सिसकियों से उसके शब्द अधूरे ही रह गए।

लेकिन हर बार ही, जब वह कुछ नर्म पड़ती, फिर से उसी चीज़ की चर्चा करने लगती, जिससे उसमें झल्लाहट पैदा होती थी।

"वह औरत तो जवान है, वह सुन्दर है," डॉली कहती गई। "तुम तो समझती हो न कि मेरी जवानी, मेरी सुन्दरता किसकी नज़र हो गई ? उसकी और उसके बच्चों की। मैंने उसकी सेवा की और इस सेवा में मेरा सब कुछ चला गया और ज़ाहिर है कि अब उसे अधिक ताज़ा, घटिया औरत.ज्यादा अच्छी लगती है। इन दोनों ने सम्भवतः मेरे बारे में चर्चा की होगी या फिर इससे भी बुरा यह कि ख़ामोश रहे होंगे। तुम समझती हो ?" फिर से उसकी आँखों में नफ़रत की चिंगारी जल उठी। "और इसके बाद वह फिर से मुझे कहेगा कि...और क्या मैं यक़ीन कर लूँगी उस पर ? कभी नहीं। नहीं, वह सब, वह सब कुछ ख़त्म हो चुका, जो मुझे तसल्ली देता था, जो मेरे श्रम और पीड़ा का पुरस्कार था...तुम विश्वास करोगी ? मैं अभी ग्रीशा को पढ़ा रही थी-पहले मुझे इससे खुशी मिलती थी और अब यह यातना है...किसलिए मैं यह सब करती हूँ, किसलिए इतनी मुसीबत उठाती हूँ ? क्या लेना-देना है मुझे बच्चों से ? सबसे भयानक तो यह है कि मेरी आत्मा में आमूल परिवर्तन हो गया है और उसके लिए प्यार क्या कोमलता की जगह मेरे दिल में केवल क्रोध, हाँ, क्रोध ही रह गया है। मैंने तो उसकी हत्या कर दी होती और..."

"मेरी प्यारी डॉली, मैं सब कुछ समझती हूँ, लेकिन तुम अपने को ऐसे यातना नहीं दो। तुम्हें इतनी ठेस लगी है, तुम इतनी ज़्यादा परेशान हो कि बहुत कुछ सही रूप में नहीं देख पा रही हो।"

डॉली शान्त हो गई और ये दोनों कोई दो मिनट तक खामोश रहीं।

"क्या किया जाए, तुम सोचो, मदद करो, आन्ना ! मैं तो बहुत सोच चुकी हूँ और मुझे तो कुछ भी नहीं सूझता।"

आन्ना को भी कोई रास्ता नज़र नहीं आ रहा था, मगर भाभी का हर शब्द, उसके चेहरे का हर भाव उसके मन को छू रहा था।

"मैं एक बात कहूँगी," आन्ना ने कहना शुरू किया, "मैं उसकी बहन हूँ, मैं उसका स्वभाव जानती हूँ, जानती हूँ कि वह सब कुछ, हर चीज़ को भूल सकता है (उसने माथे की ओर संकेत किया), पूरी तरह किसी चीज़ में डूब सकता है, लेकिन पूरी तरह पछता भी सकता है। अब वह विश्वास ही नहीं करता, यह समझ नहीं पाता कि जो कुछ उसने किया है, वह कैसे कर पाया।"

"नहीं, वह समझता है, तब भी समझता था !" डॉली ने उसकी बात काटी। "लेकिन मैं...तुम मुझे भूल जाती हो...क्या मुझ पर भारी नहीं गुज़र रहा है ?"

"ज़रा रुको। मैं तुम्हारे सामने स्वीकार करती हूँ कि जब उसने मुझसे यह चर्चा की थी, तो मैं तुम्हारी स्थिति की पूरी भयानकता को नहीं समझ पाई थी। तब सिर्फ वही मेरे सामने था और यह कि परिवार टूटने जा रहा है, मुझे उस पर तरस आया था, लेकिन तुम्हारे साथ बात करने पर मैं नारी के नाते दूसरी चीज़ देख रही हूँ। मैं तुम्हारी व्यथा को देख रही हूँ और कह नहीं सकती कि कितना अफ़्सोस हो रहा है मुझे तुम्हारे लिए। मेरी प्यारी डॉली, मैं तुम्हारे दुःख को

बहुत अच्छी तरह समझती हूँ, लेकिन एक बात मैं नहीं जानती-मैं नहीं जानती...नहीं जानती कि तुम्हारे दिल में उसके लिए कितना प्रेम बाक़ी है। यह केवल तुम्हें ही मालूम होगा-इतना प्रेम है या नहीं कि उसे क्षमा कर सको। अगर है, तो क्षमा कर दो !"

"नहीं," डॉली ने कहना शुरू किया, लेकिन आन्ना ने फिर से उसका हाथ चूमते हुए उसे बीच में ही टोक दिया।

"तुम्हारी तुलना में मैं सोसाइटी को ज़्यादा अच्छी तरह जानती हूँ," आन्ना ने कहा। "मैं जानती हूँ कि स्तीवा जैसे लोग इस मामले के प्रति कैसा रवैया रखते हैं। तुम कहती हो कि उसने उससे तुम्हारे बारे में बात की है। ऐसा नहीं हुआ। ऐसे लोग बेवफ़ाई करते हैं, लेकिन अपनी गिरस्ती और बीवी इनके लिए पावन रहती हैं। उनकी दृष्टि में ऐसी नारियाँ तिरस्कृत ही रहती हैं और परिवार में बाधा नहीं डालतीं। वे परिवार और ऐसी नारियों के बीच एक रेखा-सी खींचे रहते हैं। यह बात मेरी समझ में नहीं आती, लेकिन है ऐसा ही।"

"हाँ, लेकिन उसने उसे चूमा तो है..."

"डॉली, ज़रा रुको, मेरी रानी ! मैंने स्तीवा को तब भी देखा है, जब वह तुम्हारे प्रेम में दीवाना था। मुझे वह समय याद है, जब स्तीवा मेरे पास आया था और तुम्हारी चर्चा करते हुए रोता था। कैसी कविता और कितनी ऊँचाई पर थीं तुम उसके लिए ! मैं यह भी जानती हूँ कि जितना अधिक वह तुम्हारे साथ रहता गया, तुम उसके लिए और भी अधिक ऊँची होती गईं। कभी-कभी ऐसा भी होता था कि हम उस पर हँसते थे, क्योंकि वह हर शब्द के साथ 'डॉली अद्भुत नारी है' जोड़ देता था। तुम उसके लिए हमेशा आराध्य देवी थीं और अब भी हो और यह भटकाव उसके मन की..."

"लेकिन अगर यह भटकाव फिर से हुआ, तो ?"

"जहाँ तक मैं समझती हूँ, ऐसा नहीं हो सकता..."

"अच्छा, क्या तुम क्षमा कर देती ?"

"मालूम नहीं, कह नहीं सकती...नहीं, कह सकती," कुछ सोचकर आन्ना ने कहा; और सारी स्थिति को मन-ही-मन समझने और मन की तुला पर तौलने के बाद उसने इतना और जोड़ दिया, "कह सकती हूँ, कह सकती हूँ, कह सकती हूँ। हाँ, मैंने तो क्षमा कर दिया होता। मैं पहले जैसी तो न रही होती, लेकिन मैंने क्षमा कर दिया होता और ऐसे क्षमा कर दिया होता मानो कुछ हुआ ही न हो, बिल्कुल ही कुछ न हुआ हो।"

"सो तो ज़ाहिर ही है," डॉली ने झटपट बात का तार जोड़ा, मानो वही कह रही हो, जो अनेक बार सोच चुकी हो, "नहीं तो यह क्षमा करना ही न होता। अगर क्षमा किया जाए, तो पूरी तरह, पूरी तरह। चलो, मैं तुम्हें तुम्हारे कमरे में पहुँचा आऊँ," डॉली ने उठते हुए कहा और रास्ते में आन्ना को बाँहों में भरकर बोली, "कितनी खुश हूँ मैं, मेरी प्यारी, कि तुम आ गईं। मेरा मन हल्का हो गया, बहुत हल्का हो गया।"

अन्ना करेनिना : (अध्याय 20-भाग 1)

आन्ना ने यह सारा दिन घर पर यानी ओब्लोन्स्की परिवार में ही बिताया और किसी से भी नहीं मिली, यद्यपि उसके कुछ परिचित उसके आने की खबर सुनकर इसी दिन मिलने चले आए थे। आन्ना ने पूरी सुबह डॉली और बच्चों के साथ बिताई। हाँ, उसने अपने भाई को केवल यह रुक्क़ा लिख भिजवाया कि वह दोपहर का खाना ज़रूर घर पर ही खाए। 'आओ, भगवान कृपा करेंगे,' उसने लिखा था।

ओब्लोन्स्की ने घर पर ही खाना खाया। आम बातचीत होती रही, बीवी उसे 'तुम' कहते हुए बात करती रही, जैसाकि पिछले दिनों में नहीं होता था। पति-पत्नी के सम्बन्धों में पहले जैसा परायापन बना रहा, लेकिन अब अलग होने की चर्चा नहीं रही थी और इसलिए ओब्लोन्स्की को अपनी सफ़ाई पेश करने और सुलह होने की सम्भावना दिखाई देती थी।

दोपहर के खाने के फ़ौरन बाद ही कीटी आ गई। वह आन्ना को जानती थी, लेकिन बहुत कम और दिल में यह डर लिए हुए बहन के घर आई थी कि पीटर्सबर्ग के ऊँचे समाज की यह महिला, जिसकी सभी तारीफ़ करते थे, उसके साथ कैसे पेश आएगी। लेकिन वह आन्ना को पसन्द आई, कीटी ने यहाँ आते ही यह अनुभव कर लिया। स्पष्टतः आन्ना कीटी के सौन्दर्य और जवानी पर मुग्ध थी तथा कीटी को तो पता भी नहीं चला और उसने अपने को न केवल आन्ना के प्रभाव में पाया, बल्कि यह अनुभव किया कि वह उससे प्रेम करती है। यह वैसा ही प्रेम था, जैसाकि लड़कियाँ विवाहित और अपने से बड़ी उम्र की महिलाओं के प्रति अनुभव कर सकती हैं। आन्ना न तो ऊँचे समाज की महिला और न ही आठ साल के बेटे की माँ जैसी लगती थी। अपनी गतिविधि की लोचशीलता, ताज़गी और चेहरे की सजीवता के कारण, जो कभी मुस्कान, तो कभी नज़र में व्यक्त होती थी, वह बीस की युवती ही लगती, अगर उसकी आँखों में गम्भीरता और कभी-कभी उदासी का भाव न झलकता, जो कीटी को चकित करता और अपनी तरफ़ खींचता था। कीटी ने महसूस किया कि आन्ना सर्वथा सीधी-सरल है और कुछ भी नहीं छिपाती है, लेकिन उसके भीतर जटिल और कवित्वपूर्ण रुचियों की कोई दूसरी और ऐसी ऊँची दुनिया भी थी, जो उसकी पहुँच के बाहर थी।

खाने के बाद डॉली जब अपने कमरे में चली गई, तो आन्ना झटपट उठकर भाई के पास गई, जो सिगार के कश खींच रहा था।

"स्तीवा," उसने खुशमिज़ाजी से उसे आँख मारते, उस पर सलीब का निशान बनाते और आँखों से दरवाज़े की तरफ़ इशारा करते हुए कहा, "जाओ, भगवान तुम्हारी मदद करें।"

बहन का इशारा समझकर ओब्लोन्स्की ने सिगार फेंक दिया और दरवाज़े के पीछे गायब हो गया। ओब्लोन्स्की के कमरे में चले जाने पर आन्ना उसी सोफे पर फिर से जा बैठी, जहाँ वह बच्चों से घिरी हुई पहले बैठी थी। शायद इस कारण कि बच्चों ने इस बूआ के प्रति माँ का स्नेह देखा या इस कारण कि खुद उन्हें उसमें कोई विशेष आकर्षण अनुभव हुआ, दोनों बड़े बच्चे और, जैसाकि अक्सर बच्चों के साथ होता है, उनकी देखादेखी छोटे बच्चे भी लगता है खाने के पहले ही इस नई बूआ के साथ चिपक गए थे और उससे दूर हटने का नाम नहीं लेते थे। उनके बीच मानो यह खेल-सा बन गया था कि वे बूआ के ज़्याद-से-ज़्यादा नज़दीक बैठ सकें, उसे छू पाएँ, उसके छोटे-से हाथ को अपने हाथ में ले सकें, उसे चूम सकें, उसकी अंगूठियों के साथ खिलवाड़ कर सकें या कम से कम उसके फ़्रॉक की झालर को छू सकें।

"उसी तरह, सब उसी तरह बैठे, जैसे हम पहले बैठे थे," आन्ना ने अपनी जगह पर बैठते हुए कहा।

ग्रीशा ने फिर से अपना सिर उसके हाथ के नीचे रख दिया और उसके नॉक के साथ सिर सटाकर गर्व तथा खुशी से खिल उठा।

"तो बॉल कब है ?" आन्ना ने कीटी से पूछा।

"अगले हफ़्ते और सो भी बहुत शानदार। उन बॉलों में से एक, जिनमें हमेशा बड़ा मज़ा रहता है।"

"ऐसे बॉल भी हैं, जिनमें हमेशा मज़ा रहता है ?" कुछ मधुर व्यंग्य के साथ आन्ना ने कहा।

"बड़ी अजीब बात है, फिर भी ऐसे बॉल हैं। बोब्रीश्चेव के यहाँ हमेशा खुशी से छलछलाता बॉल होता है, निकीतिन के यहाँ भी, लेकिन मेज़्कोव के यहाँ नीरस मामला रहता है। आपने ऐसा महसूस नहीं किया ?"

"नहीं, मेरी प्यारी, मेरे लिए अब ऐसे बॉल नहीं रहे, जहाँ मुझे मज़ा आए," आन्ना ने कहा और कीटी को उसकी आँखों में उस विशेष दुनिया की झलक मिली, तो उसके लिए अभी तक खुली नहीं थी। "मेरे लिए ऐसे बॉल तो ज़रूर हैं, जहाँ मुझे परेशानी और ऊब अनुभव होती है..."

"आपको बॉल में ऊब कैसे अनुभव हो सकती है ?"

"क्यों मुझे ऊब अनुभव नहीं हो सकती ?" आन्ना ने पूछा।

कीटी ने ताड़ लिया कि इसका क्या जवाब होना चाहिए, आन्ना यह जानती है। "इसलिए कि आप हमेशा सबसे बढ़-चढ़कर होती हैं।"

आन्ना शर्म से लाल होना जानती थी। वह लज्जारुण हो गई और बोली :

"पहली बात तो यह है कि ऐसा कभी नहीं होता। दूसरे, अगर ऐसा होता भी, तो क्या ज़रूरत है मुझे इसकी ?"

"आप इस बॉल में जाएँगी न ?" कीटी ने पूछा।

"मेरे ख़याल में तो न जाना ठीक नहीं होगा। लो, यह ले लो," उसने तान्या से कहा, जो आन्ना की गोरी और सिरे पर पतली उँगली से आसानी से निकलनेवाली अंगूठी निकाल रही थी।

"अगर आप जाएँगी, तो मुझे बहुत खुशी होगी। मैं आपको बॉल में देखने को बहुत उत्सुक हूँ।"

"अगर जाना ही पड़ गया, तो कम-से-कम इस ख़याल से मुझे सन्तोष होगा कि आपको इससे खुशी हासिल होगी...ग्रीशा, कृपया मेरे बालों को नहीं खींचो। वे तो वैसे ही काफ़ी बिखरे हुए हैं।" आन्ना ने बाहर निकल आई उस लट को ठीक करते हुए कहा, जिससे ग्रीशा खिलवाड़ कर रहा था।

"मैं बॉल में बैंगनी रंग की पोशाक पहने हुए आपकी कल्पना करती हूँ।"

"अनिवार्य रूप से बैंगनी रंग की पोशाक में ही क्यों ?" आन्ना ने मुस्कुराते हुए पूछा। "तो बच्चो, जाओ, इधर जाओ। सुन रहे हो न ? मिस गूल चाय पीने के लिए बुला रही हैं," अपने को बच्चों से मुक्त करते और उन्हें भोजन-कक्ष में भेजते हुए उसने कहा।

"मैं जानती हूँ कि आप क्यों मुझे बॉल में आने को कह रही हैं। आप इस बॉल से बहुत-सी उम्मीदें लगाए हैं और चाहती हैं कि सभी वहाँ उपस्थित हों, सभी उसमें हिस्सा लें।"

"आपको कैसे मालूम है ? हाँ, यह सही है।"

"ओह, कितना अच्छा है आपका यह ज़माना," आन्ना कहती गई। "स्विट्ज़रलैंड के पहाड़ों जैसे इस नीले कुहासे की मुझे याद है, मैं उससे परिचित हूँ। यह कुहासा बचपन के खत्म होते-होते ही सभी कुछ को परम सुख से ढक देता है और यह सुखद तथा खुशी-भरा विराट घेरा अधिकाधिक सँकरे रास्ते में बदलता जाता है। यद्यपि यह तंग गलियारा रौशन और सुन्दर प्रतीत होता है, तथापि उसमें घुसते हुए खुशी के साथ-साथ घबराहट भी होती है। कौन नहीं गुज़रा इस गलियारे से ?"

कीटी चुपचाप मुस्कुरा दी। 'कैसे गुज़री है वह इस गलियार से ? कितनी उत्सुक हूँ मैं इसका पूरा रोमांच जानने को'- आन्ना के पति अलेक्सेई अलेक्सान्द्रोविच के गैररोमानी व्यक्तित्व को याद करते हुए कीटी ने सोचा।

"मुझे कुछ-कुछ मालूम है। स्तीवा ने मुझे बताया था और मैं आपको बधाई देती हूँ। वह मुझे बहुत पसन्द है," आन्ना कहती गई, "व्रोन्स्की से मेरी रेलवे स्टेशन पर मुलाक़ात हुई थी।"

"ओह, तो वह वहाँ गया था ?" कीटी ने शर्म से लाल होते हुए पूछा। "स्तीवा ने क्या बताया है आपसे ?"

"स्तीवा ने मुझे सब कुछ बता दिया है। मुझे तो बहुत ही खुशी होगी। मैं कल व्रोन्स्की की माँ के साथ ही गाड़ी में आई थी," आन्ना ने अपनी बात जारी रखी, "और माँ लगातार उसी की चर्चा करती रही। वह उसका चहेता बेटा है। बेशक मैं यह जानती हूँ कि माताएँ कितनी पक्षपातपूर्ण होती हैं, लेकिन..."

"उसकी माँ ने क्या बताया आपको ?"

"ओह, बहुत कुछ ! मैं जानती हूँ कि वह माँ का चहेता बेटा है, फिर भी यह साफ़ नज़र आता है कि उसमें एक सूरमा के लक्षण हैं...मिसाल के लिए, उसकी माँ ने बताया कि उसने अपनी सारी सम्पत्ति भाई को देनी चाही थी, कि उसने बचपन में ऐसा ही कोई दूसरा असाधारण कारनामा किया था, किसी औरत को डूबने से बचाया था। थोड़े में यह कि हीरो है," आन्ना ने मुस्कुराते और उन दो सौ रूबलों के बारे में याद करते हुए कहा, जो उसने स्टेशन पर दिए थे।

लेकिन इन दो सौ रूबलों का उसने ज़िक्र नहीं किया। न जाने क्यों उसे यह याद आने पर कुछ बुरा-सा महसूस हुआ। उसे अनुभव हुआ कि इस किस्से में उससे सम्बन्ध रखनेवाला भी कुछ था और सो भी ऐसा, जो नहीं होना चाहिए था।

"उसकी माँ ने मुझसे अपने यहाँ आने का बहुत अनुरोध किया था," आन्ना कहती गई, "मुझे बुढ़िया से मिलकर बहुत खुशी होगी और मैं कल उसके पास जाऊँगी। लेकिन खैर, भला हो भगवान का, स्तीवा देर तक डॉली के कमरे में ही रुका हुआ है," आन्ना ने, जैसाकि कीटी को लगा, किसी कारणवश असन्तोष से उठते और बातचीत का विषय बदलते हुए कहा।

"नहीं, मैं पहले ! नहीं, मैं !" चाय ख़त्म करके बूआ की ओर भागते हुए बच्चे चिल्ला रहे थे।

"सभी एकसाथ !" आन्ना ने कहा और हँसती हुई उनकी तरफ़ भाग चली, सबके गिर्द बाँहें डाल लीं और खुशी से किलकारियाँ भरते तथा उछलते-कूदते इन सभी बच्चों को नीचे गिरा दिया।

अन्ना करेनिना : (अध्याय 21-भाग 1)

बड़ों के चाय पीने के वक़्त डॉली अपने कमरे से बाहर निकली। ओब्लोन्स्की बाहर नहीं आया। वह शायद पत्नी के कमरे के पीछेवाले दरवाज़े से बाहर निकल गया था।

"मुझे डर है कि तुम्हें ऊपर ठंड लगेगी," डॉली ने आन्ना को सम्बोधित करते हुए कहा। "मैं तुम्हें नीचे ले आना चाहती हूँ और इस तरह हम एक-दूसरी के निकट भी हो जाएँगी।"

"ओह, कृपया तुम मेरी चिन्ता नहीं करो," आन्ना ने डॉली के चेहरे को ध्यान से देखते और यह समझने की कोशिश करते हुए कि सुलह हुई या नहीं हुई, जवाब दिया।

"यहाँ रोशनी भी ज़्यादा रहेगी," भाभी बोली। "मैं तुमसे कह रही हूँ कि मैं हर जगह और हमेशा ही जंगली चूहे की तरह बहुत गहरी नींद सोती हूँ।"

"क्या चर्चा हो रही है ?" ओब्लोन्स्की ने अपने अध्ययन-कक्ष से बाहर आते और पत्नी को सम्बोधित करते हुए पूछा।

ओब्लोन्स्की के बात करने के अन्दाज़ से कीटी और आन्ना, दोनों ही फ़ौरन समझ गईं कि सुलह हो गई है।

"मैं आन्ना को नीचे लाना चाहती हूँ, लेकिन परदों को दूसरी जगह लटकाना चाहिए। और कोई तो यह कर नहीं सकता, मुझे खुद ही करना होगा।" डॉली ने पति को जवाब दिया।

"ओह डॉली, तुम तो हर चीज़ को मुश्किल बना देती हो,'' पति ने कहा। "कहो तो, मैं यह सब कर देता हूँ.."

'हाँ, सुलह हो गई लगती है,' आन्ना ने सोचा।

"जानती हूँ, कैसे तुम सब कुछ कर दोगे," डॉली ने जवाब दिया, "मात्वेई से वह करने को कह दोगे, जो वह कर नहीं सकता, खुद चले जाओगे और वह सब कुछ गड़बड़-झाला कर देगा," डॉली जब यह कह रही थी, तो उसके होंठों के कोनों पर आदत के मुताबिक़ व्यंग्यपूर्ण मुस्कान झलक उठी।

'पूरी, पूरी सुलह हो गई,' आन्ना ने सोचा, 'शुक्र है खुदा का !' और इस बात से खुश होते हुए कि वह इस सुलह का आधार है, उसने डॉली के क़रीब जाकर उसे चूम लिया।

"क़तई ऐसी बात नहीं है। तुम मुझे और मात्वेई को इतना गया-बीता क्यों मानती हो?" ओब्लोन्स्की ने हल्की मुस्कान के साथ पत्नी को सम्बोधित करते हुए जवाब दिया।

हमेशा की तरह डॉली सारी शाम पति के मामले में हल्की चुटकियाँ लेती रही और ओब्लोन्स्की खुश तथा रंग में बना रहा, किन्तु उस हद तक ही, जिससे यह ज़ाहिर न हो कि अब माफ़ कर दिए जाने पर वह अपना क़सूर भूल गया है।

ओब्लोन्स्की परिवार में चाय की मेज़ के गिर्द चल रही शाम की बहुत ही सुखद और मनोरंजक पारिवारिक बातचीत में एक अत्यन्त साधारण घटना से बाधा पड़ गई। किन्तु न जाने क्यों, यह साधारण घटना सभी को बड़ी अजीब-सी लगी। पीटर्सबर्ग के साझे परिचितों की चर्चा करते हुए आन्ना जल्दी से उठी।

"उसका फ़ोटो मेरे एल्बम में है," वह बोली, "हाँ, और साथ ही मैं अपना सेर्योझा भी आपको दूँगी," उसने माँ की गर्वीली मुस्कान के साथ इतना और जोड़ दिया।

आन्ना आमतौर पर रात के दस बजे के क़रीब बेटे से रात-भर के लिए जुदा होती थी और खुद बॉल में जाने के पहले अक्सर उसे सोने के लिए बिस्तर पर लिटा देती थी। आज इस वक़्त मन उदास हो गया, क्योंकि वह उससे इतनी दूर थी और चाहे कोई भी बात क्यों न होती रहती, वह मन-ही-मन घुँघराले बालोंवाले अपने सेर्योझा के बारे में ही सोचने लगती। उसका मन हुआ कि बेटे का फ़ोटो देखे और उसकी चर्चा करे। इसकी सम्भावना मिलते ही वह उठी और अपनी फुर्तीली तथा दृढ़ चाल से एल्बम लाने चल दी। उसके कमरे की ओर ऊपर जानेवाला जीना घर के बड़े गर्म जीने के चबूतरे से शुरू होता था।

आन्ना जब मेहमानखाने से निकली, तो ड्योढ़ी में घंटी सुनाई दी। "यह कौन हो सकता है ?" डॉली ने कहा।

"मुझे इतनी जल्दी घर लिवा ले जाने को कोई नहीं आएगा और किसी अन्य व्यक्ति के आने का यह वक़्त नहीं है," कीटी ने राय ज़ाहिर की।

"हाँ, दफ़्तर से कोई कागज़ात लाया होगा," ओब्लोन्स्की ने कहा। आन्ना जब जीने के क़रीब से गुज़र रही थी, तो नौकर आगन्तुक के बारे में सूचना देने के लिए ऊपर को भागा आ रहा था और स्वयं आगन्तुक लैम्प के पास खड़ा था। आन्ना ने नीचे देखते ही व्रोन्स्की को पहचान लिया और उसने अपने हृदय में अचानक खुशी तथा साथ ही डर की एक अजीब-सी भावना अनुभव की। व्रोन्स्की ओवरकोट उतारे बिना ही वहाँ खड़ा था और जेब से कुछ निकाल रहा था। आन्ना जब जीने के मध्य में पहुंची, तो व्रोन्स्की ने नज़र ऊपर उठाई और आन्ना को देखकर उसके चेहरे पर शर्म और भय का सा भाव आ गया। आन्ना तनिक सिर झुकाकर आगे बढ़ गई और उसी वक़्त ओब्लोन्स्की की ऊँची आवाज़ सुनाई दी। उसने उसे भीतर आने को पुकारा था, किन्तु व्रोन्स्की ने धीमे, कोमल और शान्त स्वर में इनकार कर दिया।

आन्ना जब एल्बम लेकर लौटी, तो व्रोन्स्की जा चुका था और ओब्लोन्स्की यह बता रहा था कि वह अगले दिन किसी जानी-मानी गायिका के सम्मान में दी जानेवाली दावत के बारे में जानने के लिए आया था।

"किसी भी हालत में भीतर आने को तैयार नहीं हुआ। कैसा अजीब है वह !" ओब्लोन्स्की ने इतना और जोड़ दिया।

कीटी के चेहरे पर लाली दौड़ गई। वह सोच रही थी कि केवल वही यह समझ पाई है कि व्रोन्स्की क्यों आया था और किसलिए भीतर आने को राजी नहीं हुआ। 'वह हमारे यहाँ गया होगा, वह सोच रही थी, और मुझे वहाँ न पाकर उसे ख़याल आया होगा कि मैं यहाँ हूँ। लेकिन भीतर यह सोचकर नहीं आया होगा कि देर हो चुकी है और फिर आन्ना भी तो यहाँ है।'

सभी ने कुछ कहे बिना एक-दूसरे की तरफ़ देखा और आन्ना का एल्बम देखने लगे। इसमें कोई साधारण या अजीब बात नहीं थी कि कोई व्यक्ति रात के साढ़े नौ बजे अगले दिन की जानेवाली दावत की तफ़सील जानने के लिए दोस्त के यहाँ चला आया और भीतर आने को राजी नहीं हुआ। लेकिन सभी को यह अजीब-सा प्रतीत हुआ। आन्ना को ही यह सबसे ज़्यादा अजीब और अटपटा लगा।

अन्ना करेनिना : (अध्याय 22-भाग 1)

अपनी माँ के साथ कीटी जब फूलों से सजे और रोशनी में नहाए बड़े जीने पर पहुँची, जिसके दोनों ओर पाउडर लगाए और लाल कुरते पहने नौकर खड़े थे, तो बॉल शुरू ही हुआ था। कमरों से चलने-फिरने की मक्खी के छत्ते जैसी समलय की सरसराहट सुनाई दे रही थी। जब तक माँ-बेटी ने जीने के निकट वृक्षों के बीच दर्पण के सामने खड़े होकर अपना केश-विन्यास और पोशाकें ठीक की, हॉल से आर्केस्ट्रा की वायलिनों की सधी-स्पष्ट आवाज़ सुनाई दी और पहला वॉल्ज़ नृत्य शुरू हुआ। एक नाटा-सा गैरफ़ौजी बूढ़ा, जो दूसरे दर्पण के सामने खड़ा हुआ अपनी पकी कनपटियों को ठीक कर रहा था और इत्र से महक रहा था, सम्भवतः अपरिचित कीटी को मुग्ध होकर देखता हुआ जीने पर इनसे टकराया और एक ओर को हट गया। बिना दाढ़ी के एक तरुण, ऊँचे समाज के उन तरुणों में से एक ने, जिन्हें बूढ़े प्रिंस श्रेर्बात्स्की ने 'बाँके-छैलों' की संज्ञा दी थी, बहुत ही खुली जाकेट पहने और चलते-चलते ही अपनी सफ़ेद टाई को ठीक करते हुए इन दोनों का अभिवादन किया, पास से भागता हुआ निकला गया, लौटा और कीटी को काड्रिल नाच नाचने के लिए आमन्त्रित किया। पहला काड्रिल नाचने का वचन तो वह व्रोन्स्की को दे चुकी थी और इसलिए इस तरुण के साथ उसने दूसरा काड्रिल नाचने का वादा किया। दस्ताने के बटन बन्द करता हुआ फ़ौजी अफ़सर दरवाजे के करीब एक तरफ़ को हट गया और मूंछों पर हाथ फेरता गुलाब की तरह खिली कीटी को मुग्ध होकर देखता रहा।

इस बात के बावजूद कि बॉल के लिए पोशाक, केश-विन्यास और बाक़ी सारी तैयारी के काम में कीटी को बड़ी मेहनत करनी पड़ी थी, बहुत सूझ-बूझ से काम लेना पड़ा था, अब वह गुलाबी अस्तर और रेशम की जालीवाले अपने सजीले फ्रॉक में ऐसी स्वाभाविकता और सरलता से बॉल में जा रही थी मानो गुलाब के आकृतिवाले आभूषणों, लैसों, पोशाक की सभी छोटी-मोटी चीज़ों पर उसने और उसके घर के सभी लोगों ने ज़रा भी वक़्त न ख़र्च किया हो, मानो वह रेशम की जालीवाली इस पोशाक और लैसों में, चोटी पर गुलाब तथा दो पत्तियोंवाले केश-विन्यास में ही जन्मी हो।

हॉल में दाखिल होने के पहले बूढ़ी प्रिंसेस ने जब कीटी की पेटी का तनिक मुड़ जानेवाला फ़ीता ठीक करना चाहा, तो वह ज़रा एक तरफ़ को हट गई। वह अनुभव कर रही थी कि उसके शरीर पर हर चीज़ अपने आप ही सुन्दर और मनोरम होनी चाहिए तथा कुछ भी ठीक-ठाक करने की ज़रूरत नहीं है।

कीटी के लिए यह एक सबसे सुखद दिन था। फ्रॉक कहीं पर भी तंग नहीं था, लैस कहीं भी ढीली नहीं थी, पोशाक के सजावटी गुलाब कहीं भी मुड़े-मुड़ाए नहीं थे, टूटकर गिरे नहीं थे, वक्ररेखावाली ऊँची, एड़ी के सेंडल पाँव नहीं दबाते थे, बल्कि चैन दे रहे थे। सुनहरे बालों का घना जूड़ा छोटे-से सिर पर स्वाभाविक लग रहा था। उसके हाथ पर चढ़े लम्बे दस्ताने के तीनों बटन बन्द हो गए थे, टूटे नहीं थे और दस्ताने से उसके हाथ की बनावट में अन्तर नहीं आया था। लॉकेट का काला मखमली फ़ीता तो विशेष रूप से गर्दन की शोभा बढ़ा रहा था। बहुत ही प्यारा था यह फ़ीता और घर पर दर्पण में अपनी गर्दन को देखते हुए उसे लगा था मानो यह फ़ीता बोलता हो। बाक़ी सभी चीजों के बारे में तो सन्देह हो सकता था, लेकिन फ़ीता बहुत ही प्यारा था। यहाँ बॉल में भी इसे दर्पण में देखकर कीटी मुस्करा दी। कीटी अपने उघाड़े कन्धों और बाँहों पर संगमरमर की सी ठंडक महसूस कर रही थी। यह अनुभूति कीटी को विशेषतः बहुत प्रिय थी। आँखें चमक रही थीं और लाल होंठ अपने आकर्षण की चेतना से मुस्कराए बिना नहीं रह सकते थे। उसके हॉल में दाखिल होते ही और नृत्य के निमन्त्रण की प्रतीक्षा कर रही रेशम की जाली, फ़ीता और लैसोंवाली महिलाओं की रंग-बिरंगी भीड़ (कीटी कभी इस भीड़ में खड़ी नहीं होती थी) तक पहुँचने के पहले ही उसे वाल्ज़ नाच के लिए आमन्त्रित कर लिया गया। उसे निमन्त्रित भी किया नाच के सर्वश्रेष्ठ साथी, बॉलों में प्रमुख नायक, बॉलों के जाने-माने निदेशक, कार्यक्रम के संचालक, विवाहित, सुन्दर और सुडौल मर्द येगोर

कोर्सून्स्की ने। काउंटेस बानिना के साथ अभी-अभी वाल्ज़ नृत्य का पहला चक्र समाप्त करने के बाद उसने अपने साम्राज्य यानी नाच के लिए मैदान में आ चुके कुछ जोड़ों पर नज़र डाली, हॉल में दाखिल होती कीटी की तरफ़ देखा और उस विशेष चुस्त-फुर्तीली चाल से उसकी ओर भागकर गया, जो बॉलों के निदेशकों का ही विशेष लक्षण है, सिर झुकाकर उसका अभिवादन किया और यह पूछे बिना ही कि वह नाचना चाहती है या नहीं, उसकी पतली कमर के गिर्द डालने के लिए अपनी बाँह बढ़ा दी। कीटी ने इधर-उधर नज़र घुमाई कि अपना पंखा किसे दे और गृह-स्वामिनी ने उसकी ओर मुस्कुराकर पंखा ले लिया।

"कितनी अच्छी बात है कि आप वक़्त पर आ गईं," कीटी की कमर के गिर्द बाँह डालते हुए उसने कहा, "वरना यह भी क्या ढंग है लोगों का देर से आने का !"

कीटी ने अपना बायाँ हाथ उसके कन्धे पर रख दिया और गुलाबी सेंडलों में अपने छोटे-छोटे पाँव तख्तों के चिकने फ़र्श पर संगीत की लय के साथ तेज़ी, फुर्ती और नपी-तुली गति से थिरकने लगे।

"आपके साथ वाल्ज़ नाचते हुए तो बड़ा चैन मिलता है," वाल्ज़ के आरम्भिक क़दम उठाते हुए उसने कीटी से कहा। "कमाल है, कितना हल्का-फुल्कापन है, कितनी precision (अचूकता-फ्रांसीसी) है," उसने कीटी से भी वही कहा, जो अपने साथ नाचनेवाली सभी अच्छी परिचितों से कहा करता था।

कीटी उसकी प्रशंसा से मुस्कुरा दी और उसके कन्धे के ऊपर से हॉल में नज़र दौड़ाती रही। वह बॉल में पहली बार आनेवाली नहीं थी, जिसके लिए सभी चेहरे एक जादुई प्रभाव का रूप ले लेते हैं, वह बॉलों में इतनी अधिक जा चुकनेवाली लड़की भी नहीं थी कि बॉल के सभी चेहरों से उसका मन ऊब गया हो। वह इन दोनों के बीच की थी। वह उत्तेजित भी थी और साथ ही अपने पर इतना नियन्त्रण भी कर सकती थी कि इधर-उधर देख सके। हॉल के बाएँ कोने में उसे समाज के सबसे महत्त्वपूर्ण लोग जमा दिखाई दिए। वहाँ कोर्सून्स्की की बीवी, औचित्य की सीमा से कहीं अधिक उघाड़े अंगोंवाली बहुत सुन्दर लिदी थी, गृह-स्वामिनी थी, क्रीविन भी, जो हमेशा समाज के सबसे महत्त्वपूर्ण घेरे में रहता था, अपनी चाँद की चमक दिखा रहा था। तरुण लोग उधर देख रहे थे, किन्तु उनके निकट जाने की हिम्मत नहीं कर पा रहे थे। वहीं उसने नज़रों से स्तीवा को ढूँढ़ लिया और उसके बाद वहीं उसे काले मखमली फ्रॉक में आन्ना की सुन्दर आकृति तथा सिर दिखाई दिया। 'वह' भी वहीं था। कीटी ने उस शाम के बाद, जब उसने लेविन का प्रस्ताव ठुकराया था उसे नहीं देखा था। अपनी तेज़ नज़र से कीटी ने उसे फ़ौरन पहचान लिया और यह भी देख लिया कि वह उसकी तरफ़ देख रहा है।

"क्या ख़याल है, एक और चक्र हो जाए ? आप थकीं तो नहीं ?" कोर्सून्स्की ने थोड़ा हाँफते हुए पूछा।

"नहीं, धन्यवाद।"

"तो कहाँ पहुँचा दूँ आपको ?"

"लगता है कि कारेनिना यहीं है...उसी के पास पहुँचा दीजिए मुझे।"

"जैसा चाहें।"

और कोर्सून्स्की अपनी गति धीमी करके नाच जारी रखता तथा 'pardon, mesdames, pardon, . pardon, mesdames' (क्षमा कीजिए, श्रीमती, क्षमा करें, क्षमा करें, श्रीमती-फ्रांसीसी) कहता हुआ हॉल के बाएँ कोने की भीड़ की ओर बढ़ चला तथा लैसों, रेशम की जालीवाली पोशाकों और फ़ीतों के बीच से रास्ता बनाता और कहीं भी अटके-भटके बिना उसने अपनी नृत्य-संगिनी को ज़ोर से घुमाया कि जालीदार जुर्राबों में अपनी टाँगें झलक

उठीं तथा ऐसे पोशाक के लटकते हुए दामन ने फहरकर क्रीविन के घुटनों को ढक दिया। कोर्सून्स्की ने सिर झुकाया, सीधा हुआ और कीटी का हाथ थाम लिया ताकि उसे आन्ना के पास पहुँचा दे। गालों पर लालिमा लिए कीटी ने अपनी पोशाक का लटकता दामन क्रीविन के घुटनों से हटाया और सिर को तनिक चकराता-सा अनुभव करते हुए आन्ना को खोजने के लिए इधर-उधर नज़र दौड़ाई। आन्ना बैंगनी पोशाक में नहीं थी, जैसा कि कीटी बहुत चाहती थी। वह गले की नीची काटवाला काला मखमली फ्रॉक पहने थी, जिससे उसके मानो पुराने हाथी दाँत को काटकर बनाए गए सुघड़ और गदराए हुए कन्धे तथा उरोज, पतली, छोटी-सी कलाई और गोल हाथ नज़र आ रहे थे। सारा फ्रॉक वेनिस की लैस से सजा हुआ था। उसके काले बालों में, जिनमें किसी तरह के दूसरे बालों की मिलावट नहीं थी, पेन्सी फूलों का छोटा-सा हार सजा था और ऐसा ही एक हार सफ़ेद लैसों के बीच पेटी की काले फ़ीते की शोभा बढ़ा रहा था। उसका केश-विन्यास ऐसा नहीं था, जो नज़र में आए, मगर दूसरों का ध्यान खींचती थीं घुँघराले बालों की वे धृष्ट लटें, जो गुद्दी तथा कनपटियों पर हमेशा लहराती रहती थीं। उसकी मज़बूत और सुघड़ गर्दन में मोतियों की लड़ी थी।

कीटी हर दिन आन्ना को देखती रही थी, उसे प्यार करती थी और अनिवार्य रूप से बैंगनी पोशाक में ही उसकी कल्पना करती थी। किन्तु अब उसे काली पोशाक में देखकर उसने यह महसूस किया कि उसकी पूरी मनोरमता को वह नहीं समझती थी। कीटी ने उसे अब एकदम नए और अप्रत्याशित रूप में देखा। वह अब यह समझ गई कि आन्ना बैंगनी पोशाक में नहीं आ सकती थी और मनोरमता इसी बात में निहित थी कि वह हमेशा अपनी पोशाक से उभरकर सामने दिखाई देती थी, कि पोशाक कभी उस पर विशेष रंग नहीं जमाती थी। लैसों से मढ़ा हुआ काला फ्रॉक भी उस पर हावी नहीं हो रहा था। वह तो केवल चौखटा था और नज़र आ रही थी केवल आन्ना, सीधी-सरल, स्वाभाविक, बड़ी सजीली और साथ ही खुश तथा सजीव।

आन्ना हमेशा की भाँति तनकर सीधी खड़ी थी और कीटी जब इस भीड़ के पास पहुंची, तो आन्ना गृह-स्वामी की ओर थोड़ा सिर घुमाकर उससे बातचीत कर रही थी।

"नहीं, मैं छींटाकशी नहीं करूँगी," उसने गृह-स्वामी की किसी बात का जवाब देते हुए कहा, "यद्यपि मैं यह समझती नहीं हूँ," वह कन्धे झटककर कहती गई और इसी समय कोमल, कृपालु मुस्कान के साथ कीटी की ओर घूमी। कीटी की पोशाक पर उड़ती-सी नारी-सुलभ दृष्टि डालकर उसने सिर के हल्के से झटके से, जो बहुत प्रकट न होते हुए भी कीटी की समझ में आ गया, कीटी की पोशाक तथा सुन्दरता की प्रशंसा की। "आप तो हॉल में भी नाचती हुई दाख़िल होती हैं," आन्ना ने इतना और कह दिया।

"ये मेरी एक ऐसी सहायिका हैं, जिन पर मैं भरोसा कर सकता हूँ," आन्ना के सामने, जिसे उसने अभी तक नहीं देखा, सिर झुकाते हुए कोर्सान्स्की ने कहा। "प्रिंसेस बॉल को खुशी-भरा और बहुत बढ़िया बना देती हैं। आन्ना अर्कादियेवना, वाल्ज़ का एक चक्र हो जाए आपके साथ," बहुत झुकते हुए उसने कहा।

"आप इनसे परिचित हैं ?" गृह-स्वामी ने पूछा।

"हम किससे परिचित नहीं हैं ? मैं और मेरी बीवी तो सफ़ेद भेड़ियों जैसे हैं, हमें सभी जानते हैं," कोर्सून्स्की ने जवाब दिया। "वाल्ज़ का एक चक्र हो जाए, आन्ना अर्कादियेवना।"

"जब नाचे बिना काम चल सकता हो, तब मैं नहीं नाचती हूँ," वह बोली।

"लेकिन आज तो नाचना ही होगा," कोर्सन्स्की ने उत्तर दिया। इसी वक़्त व्रोन्स्की निकट आ गया।

"अगर आज नाचना ही होगा, तो चलिए," उसने कहा और व्रोन्स्की के अभिवादन की ओर ध्यान दिए बिना जल्दी से कोर्सून्स्की के कन्धे पर हाथ रख दिया।

'किस कारण वह इससे नाखुश है ?' कीटी ने यह देखकर सोचा कि आन्ना ने व्रोन्स्की के अभिवादन का उत्तर नहीं दिया। व्रोन्स्की कीटी के पास आ गया, उसने उसे अपने साथ पहला काड्रिल नाचने की याद दिलाई और इस बात के लिए अफ़सोस ज़ाहिर किया कि पिछले दिनों में उसे उससे मिलने का सौभाग्य प्राप्त नहीं हुआ। कीटी वाल्ज़ नाचती हुई आन्ना को मुग्ध दृष्टि से देख रही थी और व्रोन्स्की की बातें सुन रही थी। वह प्रतीक्षा में थी कि व्रोन्स्की उसे वाल्ज़ नाचने को कहेगा, किन्तु उसने ऐसा नहीं किया और कीटी ने हैरानी से उसकी तरफ़ देखा। वह शर्म से लाल हो गया और झटपट उसे वाल्ज़ नाचने को निमन्त्रित किया। किन्तु उसने कीटी की पतली कमर में बाँह डालकर पहला कदम उठाया ही था कि अचानक संगीत रुक गया। कीटी ने व्रोन्स्की के चेहरे की ओर देखा, जो उसके बहुत निकट था और बाद में लम्बे अर्से तक, कई सालों तक प्यार से भरी यही नज़र, जिससे उसने व्रोन्स्की को देखा था और जिसका उसने जवाब नहीं दिया था, यातनापूर्ण लज्जा बनकर उसका हृदय चीरती रही।

"Pardon, Pardon ! वाल्ज़, वाल्ज़ !" हॉल के दूसरे कोने से कोर्सून्स्की चिल्ला उठा और सामने आ जानेवाली किसी भी पहली जवान औरत को साथ लेकर खुद नाचने लगा।

अन्ना करेनिना : (अध्याय 23-भाग 1)

व्रोन्स्की ने कीटी के साथ वाल्ज़ के कई चक्र लगाए। वाल्ज़ के बाद कीटी अपनी माँ के पास आई और काउंटेस नोर्डस्टोन के साथ कुछ क्षण ही बात कर पाई थी कि व्रोन्स्की पहला काड्रिल नाचने के लिए उसे बुलाने आ गया। काड्रिल नाचते समय कोई महत्त्वपूर्ण बातचीत नहीं हुई। किसी सिलसिले के बिना कभी कोर्सून्स्की दम्पति की चर्चा हुई, जिन्हें व्रोन्स्की ने दिलचस्प ढंग से चालीस साला प्यारे बच्चे कहा, इसके बाद भावी सार्वजनिक थिएटर की बात चल पड़ी और सिर्फ एक बार ही ऐसा ज़िक्र आया, जिसने कीटी को उत्तेजित किया, यानी जब उसने पूछा कि लेविन यहाँ है या नहीं और यह भी कहा कि उसे वह बहुत अच्छा लगा है। कीटी ने काड्रिल से बहुत आशा भी नहीं की थी। वह धड़कते दिल से माज़ूर्का नाच शुरू होने की प्रतीक्षा कर रही थी। उसे लग रहा था कि माज़ूर्का नाच के समय सब कुछ तय हो जाएगा। काड्रिल नाचते समय व्रोन्स्की ने उसे माज़ूर्का के लिए निमन्त्रित नहीं किया, लेकिन इससे कीटी को कोई घबराहट नहीं हुई। उसे यक़ीन था कि पहले के बॉलों की भाँति वह आज भी व्रोन्स्की के साथ ही माज़ूर्का नाचेगी और इसलिए उसने पाँच लोगों को यह कहकर इनकार कर दिया कि किसी दूसरे के साथ नाचनेवाली है। अन्तिम काड्रिल नाच तक पूरा बॉल कीटी के लिए सुखद रंगों, ध्वनियों और गतियों का जादुई स्वप्न-सा था। वह सिर्फ तभी नहीं नाचती थी, जब बहुत थकान महसूस करती और आराम करना चाहती थी। ऊब पैदा करनेवाले एक तरुण के साथ, जिसे इनकार करना सम्भव नहीं था, अन्तिम काड्रिल नाचते समय कीटी के लिए व्रोन्स्की और आन्ना के vis-avis (आमने-सामने-फ्रांसीसी) होने का संयोग हुआ। बॉल में आने के समय से कीटी आन्ना के निकट नहीं हो पाई थी और अब अचानक उसने उसे फिर से एक बिल्कुल नए तथा अप्रत्याशित रूप में देखा। उसने सफलता के कारण उत्पन्न होनेवाली उत्तेजना का वही लक्षण आन्ना में देखा, जिससे वह स्वयं बहुत अच्छी तरह परिचित थी। उसने देखा कि आन्ना अपनी प्रशंसा की शराब के नशे में मस्त है। कीटी इस भावना और इसके लक्षणों को जानती थी और उन्हें आन्ना में देख पा रही थी-आँखों में सिहरती और भड़कती चमक तथा उत्तेजना और सुख की मुस्कान, अनचाहे-अनजाने ही मुड़ जानेवाले होंठ, अत्यधिक स्पष्ट सजीलापन, चाल-ढाल में विश्वास और फुर्तीलापन।

'किसकी प्रशंसा से ?' कीटी अपने आपसे पूछ रही थी। 'एक या सभी की प्रशंसा से ?' और नाच के यातनाग्रस्त अपने तरुण साथी की बातचीत में मदद किए बिना, जिसका सूत्र वह खो बैठा था और जोड़ नहीं पा रहा था, तथा बाहरी तौर पर कोर्सून्स्की के ऊँचे, खुशीभरे आदेशों का पालन करते हुए, जो कभी तो सभी को grand rond (बड़ा घेरा-फ्रांसीसी) और कभी chaine (पाँत-फ्रांसीसी) बनाने को कहता था, वह ध्यान से उन दोनों की तरफ़ देख रहा था और उसका दिल डूबता जाता था। 'नहीं, सभी लोगों की मुग्ध नज़रों से नहीं, बल्कि एक की प्रशंसा से ही वह नशे में आई है। और यह एक ? क्या यह वही है ?' हर बार जब वह आन्ना से बात करता, उसकी आँखों में खुशी की लौ जल उठती और सुखद मुस्कान से उसके लाल होंठ मुड़ जाते। आन्ना मानो पूरा जोर लगाती कि उल्लास के ये लक्षण प्रकट न हों, किन्तु वे अपने आप ही उसके चेहरे पर झलक उठते थे। "और उसका क्या हाल है ?" कीटी ने व्रोन्स्की की तरफ़ गौर से देखा और सन्नाटे में आ गई। कीटी को आन्ना के चेहरे के दर्पण में जो कुछ साफ़ तौर पर दिखाई दिया था, वही उसे व्रोन्स्की के चेहरे पर भी नज़र आया। उसका हमेशा शान्तिपूर्ण और दृढ़ अन्दाज़ और चेहरे पर लापरवाही तथा शान्ति का भाव कहाँ गया ? नहीं, अब वह हर बार ही जब उससे बात करता था, तो अपने सिर को तनिक झुका लेता था मानो उसके सामने बिछ जाना चाहता हो और उसकी नज़र में केवल अधीनता और भय का भाव था। 'मैं आपको नाराज़ नहीं करना चाहता, उसकी नज़र मानो हर बार यही कहती थी, 'किन्तु अपने को बचाना चाहता हूँ और नहीं जानता कि कैसे।' व्रोन्स्की के चेहरे पर ऐसा भाव था, जो उसने पहले कभी नहीं देखा।

उन दोनों के बीच साझे परिचितों के बारे में बातचीत हो रही थी, वे बहुत ही मामूली बातों की चर्चा कर रहे थे, किन्तु कीटी को ऐसा लग रहा था कि उनके द्वारा कहा जानेवाला हर शब्द उन दोनों तथा उसके भाग्य का भी फैसला कर रहा था। और यह अजीब बात थी कि वे बेशक इस बात की चर्चा कर रहे थे कि अपनी फ्रांसीसी भाषा के साथ इवान इवानोविच कितना हास्यास्पद है और यह कि येलेत्स्काया को अधिक अच्छा पति मिल सकता था, फिर भी ये शब्द उनके लिए कुछ विशेष महत्त्व रखते थे और वे भी कीटी की तरह ही यह अनुभव कर रहे थे। पूरा बॉल, सभी लोग, सभी कुछ उस कुहासे से ढक गया, जो कीटी की आत्मा पर छा गया था। केवल कठोर पालन-शिक्षण ने ही उसे सहारा दिया और उससे जो अपेक्षा की जाती थी, उसे करने को विवश किया, यानी वह नाचती रही, प्रश्नों के उत्तर देती रही, बातचीत करती रही, यहाँ तक कि मुस्कुराती भी रही। लेकिन माजूर्का शुरू होने के पहले, जब कुर्सियों को ढंग से रखा जाने लगा और कुछ जोड़े छोटे हॉल से बड़े हॉल में आ गए, कीटी हताश और बुरी तरह से परेशान हो उठी। वह पाँच लोगों को इनकार कर चुकी थी और अब माजूर्का नाच में शामिल नहीं हो रही थी। अब तो इस बात की आशा भी नहीं की जा सकती थी कि कोई उसे आमन्त्रित करेगा, क्योंकि ऐसी महफ़िलों में लोग उसे हाथों हाथ लेते थे और किसी के दिमाग में यह ख़याल तक भी नहीं आ सकता था कि उसे अभी तक आमन्त्रित नहीं किया गया। उसे माँ से यह कहना चाहिए था कि उसकी तबीयत अच्छी नहीं है और वह घर जाना चाहती है, लेकिन ऐसा कर पाने की शक्ति उसमें नहीं थी। वह अपने को बेजान-सी अनुभव कर रही थी।

वह छोटे से मेहमानखाने के कोने में जाकर आराम-कुर्सी में ढह पड़ी। फ्रॉक का हवाई स्कर्ट उसकी दुबली-पतली आकृति के गिर्द बादल की तरह ऊपर को उठ गया। दस्ताने के बिना एक कमज़ोर-सा, तरुणी-सुलभ कोमल हाथ, जो निर्जीव-सा नीचे लटक गया था, गुलाबी रंग के लबादे की चुनटों में डूब गया था। उसके दूसरे हाथ में पंखा था, जिससे वह हल्के-हल्के, किन्तु जल्दी-जल्दी अपने तमतमाए चेहरे को शान्ति दे रही थी। घास पर अभी-अभी बैठ और अपने रंग-बिरंगे पंखों को फैलाकर उड़ने को तैयार तितली जैसी प्रतीत होनेवाली कीटी के हृदय को भारी हताशा कचोट रही थी।

"हो सकता है कि मुझसे भूल हो रही है, मुमकिन है कि ऐसा न हुआ हो ?" और उसे फिर से वह सब कुछ याद हो आया, जो उसने देखा था।

"कीटी, यह क्या मामला है ?" कालीन पर आहट किए बिना उसके पास आकर काउंटेस नोर्ड्स्टोन ने कहा। "मेरी समझ में यह नहीं आ रहा।"

कीटी का अधर काँपा। वह जल्दी से उठकर खड़ी हो गई। "कीटी, तुम माजूर्का नहीं नाच रही हो ?"

"नहीं, नहीं," कीटी ने आँसुओं के कारण काँपती आवाज़ में जवाब दिया। "उसने मेरे सामने उसे माजूर्का नाचने को आमन्त्रित किया," नोर्ड्स्टोन ने यह जानते हुए कि कीटी समझ जाएगी कि वह किसका ज़िक्र कर रही है, कहा। "उसने पूछा, 'क्या आप कीटी श्रेर्बात्स्काया के साथ नहीं नाच रहे हैं ?"

"ओह, मेरी बला से !" कीटी ने जवाब दिया।

स्वयं कीटी के अतिरिक्त कोई भी उसकी स्थिति को नहीं समझता था, कोई भी तो यह नहीं जानता था कि कल उसने उस आदमी को, जिसे शायद वह प्यार करती थी, इसलिए इनकार कर दिया था कि किसी दूसरे पर भरोसा करती थी।

काउंटेस नोर्ड्स्टोन ने कोर्सून्स्की को ढूँढा, जिसके साथ उसे माजूर्कानाचना था, और उसे कीटी को आमन्त्रित करने को कहा।

कीटी पहले जोड़े में नाच रही थी और यह उसकी खुशकिस्मती ही कहिए कि उसे बातचीत करने की ज़रूरत नहीं पड़ रही थी, क्योंकि कोर्सून्स्की अपने प्रबन्ध-क्षेत्र में व्यवस्था करने के लिए लगातार इधर-उधर भागता रहता था। व्रोन्स्की और आन्ना उसके लगभग सामने बैठे थे। अपनी तेज़ नज़र से उसने उन्हें दूर से देखा, जोड़ों के रूप में बिल्कुल सामने आने पर निकट से देखा और जितना अधिक वह उन्हें देखती थी, उतना अधिक ही उसे यह विश्वास होता जाता था कि क़िस्मत का तारा डूब गया है। उसने देखा कि लोगों से भरे हुए इस हॉल में वे दोनों अपने को एकान्त में अनुभव कर रहे हैं। व्रोन्स्की के सदा दृढ़ और आत्मविश्वासी चेहरे पर कीटी को चकित करनेवाले खोएपन तथा अधीनता का वैसा ही भाव नज़र आया, जो दोषी होने पर समझदार कुत्ते के चेहरे पर दिखाई देता है।

आन्ना मुस्कुराती, तो वह भी मुस्कुराता। आन्ना कुछ सोचने लगती, तो व्रोन्स्की भी गम्भीर हो जाता। कोई दैवी शक्ति कीटी की आँखों को आन्ना के चेहरे की तरफ़ खींच रही थी। वह अपने साधारण काले फ्रॉक में बहुत सुन्दर लग रही थी, बाजूबन्दों से सुशोभित उसकी गदराई बाँहें भी बहुत सुन्दर थीं, मोतियों की लड़ी से सजी उसकी मज़बूत गर्दन भी बहुत सुन्दर थी, उसके बिखरे घुंघराले बाल भी बहुत सुन्दर लग रहे थे, उसके छोटे-छोटे हाथों-पैरों की हल्की-फुल्की और सजीली गतिविधि भी बहुत सुन्दर थी, अपनी सजीवता के साथ उसका प्यारा चेहरा भी बहुत सुन्दर लग रहा था, मगर उसके इस सारे सौन्दर्य में कुछ भयानक और कठोर भी था।

कीटी पहले से भी अधिक मुग्ध होकर आन्ना को निहार रही थी और अधिकाधिक व्यथित हो रही थी। कीटी अनुभव कर रही थी मानो उसे कुचल दिया गया है और उसका चेहरा यह व्यक्त कर रहा था। माजूर्का नाचते हुए व्रोन्स्की ने जब निकट आने पर कीटी को देखा, तो पहली नज़र में उसे पहचान नहीं पाया-इतनी बदल गई थी वह।

"गज़ब का बॉल है !" व्रोन्स्की ने उससे कुछ कहने के लिए कहा।

"हाँ," कीटी ने जवाब दिया।

माजूर्का नाच के दौरान कोर्सून्स्की द्वारा सोची गई नई जटिल मुद्रा को दोहराते हुए आन्ना घेरे के बीच आ गई, दो नर्तक-साथियों को उसने अपने साथ ले लिया तथा एक महिला और कीटी को अपने पास बुला लिया। कीटी उसके क़रीब जाते हुए कातर दृष्टि से उसे देख रही थी। आन्ना ने आँखें सिकोड़कर उसे देखा और उसका हाथ दबाते हुए मुस्कुरा दी। किन्तु अपनी मुस्कान के जवाब में कीटी के चेहरे पर केवल हताशा और हैरानी का भाव देखकर उसने कीटी की ओर से मुँह मोड़ लिया और खुशमिज़ाजी से दूसरी महिला के साथ बात करने लगी।

“हाँ, इसमें कुछ अजीब, शैतानी और अद्भुत चीज़ है," कीटी ने अपने आपसे कहा। आन्ना खाने के लिए नहीं रुकना चाहती थी, लेकिन गृह-स्वामी उससे बहुत अनुरोध करने लगा।

"मान भी जाइए, आन्ना अर्कार्घेवना," कोर्सन्स्की ने बिना दस्ताने के आन्ना का हाथ अपने फ्रॉक-कोट की आस्तीन के नीचे लेते हुए कहा। “कातिल्योन नाच के बारे में कितना बढ़िया विचार है मेरे दिमाग में ! Un bijou!" (बस, कमाल है !-फ्रांसीसी)

और आन्ना को अपने साथ ले जाने की कोशिश करते हुए वह थोड़ा आगे बढ़ा। गृह-स्वामी अनुमोदन करते हुए मुस्कुराया।

"नहीं, मैं नहीं रुकूँगी," आन्ना ने मुस्कुराते हुए जवाब दिया। किन्तु मुस्कान के बावजूद कोर्सून्स्की और गृह-स्वामी आन्ना के जवाब देने के दृढ़ अन्दाज़ से यह समझ गए कि वह नहीं रुकेगी।

"नहीं, मैं तो आपके यहाँ मास्को के इस एक बॉल में उससे कहीं ज्यादा नाची हूँ, जितना सारे जाड़े में पीटर्सबर्ग में," आन्ना ने अपने पास खड़े ब्रोन्स्की की ओर देखते हुए कहा। "सफ़र से पहले आराम करना जरूरी है।"

"और आप निश्चय ही कल जा रही हैं ?" ब्रोन्स्की ने पूछा।

"हाँ, ख़याल तो ऐसा ही है," आन्ना ने मानो उसके प्रश्न की साहसिकता से हैरान होते हुए जवाब दिया। किन्तु जब उसने यह कहा तो उसकी आँखों की अदम्य चमक और मुस्कान ने उसे डंक-सा मार दिया।

आन्ना खाने के लिए नहीं रुकी और घर चली गई।

अन्ना करेनिना : (अध्याय 24-भाग 1)

'हाँ, मुझमें कुछ घृणित है, कुछ ऐसा है, जो लोगों को मुझसे दूर भगाता है, श्रेर्बात्स्की परिवार के यहाँ से निकलकर भाई के घर की तरफ़ पैदल जाते हुए लेविन ने सोचा। और मैं दूसरे लोगों को रास नहीं आता। कहते हैं कि मैं आत्माभिमानी हूँ। नहीं, मुझमें आत्माभिमान भी नहीं है। अगर आत्माभिमान होता, तो मैं अपने को ऐसी परिस्थिति में न डालता। उसने व्रोन्स्की की कल्पना की, सुखी, उदार, बुद्धिमान और शान्त व्रोन्स्की की, जिसे सम्भवतः कभी ऐसी परिस्थिति का सामना नहीं करना पड़ा होगा, जैसी परिस्थिति में आज.उसने अपने को पाया था। 'हाँ, उसे व्रोन्स्की को ही चुनना चाहिए था। ऐसा ही उचित है और मुझे किसी के भी विरुद्ध और किसी भी चीज़ के लिए शिकायत करने का अधिकार नहीं है। मैं खुद ही इसके लिए दोषी हूँ। मुझे ऐसा सोचने का क्या हक़ था कि वह अपना जीवन मेरे जीवन से जोड़ना चाहेगी ? कौन हूँ मैं ? क्या हूँ मैं ? बहुत तुच्छ व्यक्ति, जिसकी किसी को और किसी चीज़ के लिए भी ज़रूरत नहीं है। उसे अपने भाई निकोलाई की याद आ गई और उसने खुश होते हुए इसी याद का सहारा ले लिया। 'क्या वह सही नहीं है कि दुनिया में सब कुछ बुरा और घृणित है ? भाई निकोलाई के बारे में तो हमारी राय शायद ही पहले और अब भी ठीक है। ज़ाहिर है कि प्रोकोफ़ी की दृष्टि से, जिसने उसे फटा फ़र-कोट पहने और शराब के नशे में धुत् देखा, वह तिरस्कृत व्यक्ति है, लेकिन मैं उसे दूसरे रूप में जानता हूँ। मैं उसकी आत्मा को पहचानता हूँ और जानता हूँ कि हम दोनों एक जैसे हैं। और मैं उसे ढूँढ़ने के लिए जाने के बजाय होटल में खाना खाने गया और फिर यहाँ चला आया।' लेविन लैम्प के क़रीब गया, भाई का पता पढ़ा, जो उसके बटुए में रखे पुर्जे पर लिखा था और उसने एक बग्घी बुला ली। भाई के घर तक के लम्बे रास्ते में लेविन ने अपने भाई निकोलाई के जीवन की उन सभी घटनाओं को अपने स्मृति-पट पर सजीव किया, जिनसे वह परिचित था। उसे याद आया कि कैसे उसका भाई विश्वविद्यालय में और विश्वविद्यालय के एक साल बाद साथियों के व्यंग्य-उपहासों के बावजूद साधु का सा जीवन बिताता रहा, बड़े उत्साह से सभी धार्मिक रीति-रिवाजों का पालन और गिरजे में जाकर पूजा-पाठ करता रहा, व्रत रखता रहा और सभी तरह के मनोरंजन-खुशियों, विशेषकर नारियों से मुँह मोड़े रहा और फिर अचानक मानो उसके भीतर कुछ फट गया, बहुत ही घटिया लोगों के साथ उसकी यारी-दोस्ती हो गई और वह बुरी तरह ऐयाशी में डूब गया। इसके बाद उसे उस लड़के का क़िस्सा याद आया, जिसे पालन-शिक्षण के लिए वह गाँव से लाया था और फिर गुस्से के दौरे में उसने उसे ऐसे पीटा था कि बच्चे के अंग-अंग के अपराध में उस पर मुक़दमा चल गया था। इसके पश्चात् उसे एक पत्तेबाज़ के साथ घटी घटना याद आई, जिसे वह जुए में काफ़ी पैसे हार गया था, उसके नाम हुंडी लिख दी थी और फिर खुद ही यह साबित करते हुए, कि पत्तेबाज़ ने उसे धोखा दिया है, उसके ख़िलाफ़ नालिश कर दी थी। (कोज़्निशेव ने यही रकम चुकाई थी।) इसके बाद उसे याद आया कि कैसे मार-पीट के लिए वह एक रात कोतवाली में रहा था। उसे याद आया, भाई कोज़्निशेव के विरुद्ध इस आधार पर लज्जाजनक मुक़दमा चलाना मानो उसने माँ की जागीर से उसे उसका हिस्सा न दिया हो। आख़िरी क़िस्सा भी उसे याद आया, जब वह पश्चिमी इलाके में सरकारी नौकरी के लिए गया था और गाँव के मुखिया को पीट डालने के जुर्म में उस पर मुक़दमा चलाया गया था...यह सब कुछ बहुत बुरा था, लेकिन लेविन को इतना बुरा प्रतीत नहीं होता था, जितना उन्हें प्रतीत होना चाहिए था, जो निकोलाई लेविन को नहीं जानते थे, उसके बारे में सारी सच्चाई को नहीं जानते थे, उसके दिल को नहीं जानते थे।

लेविन को याद था कि कैसे उस वक्त जब निकोलाई भगवान की पूजा करता था, व्रत रखता था, साधुओं के पास और गिरजों की प्रार्थनाओं में जाता था, जब वह धर्म में सहारा ढूँढता था, अपने आवेशपूर्ण स्वभाव के लिए लगाम खोजता था, न केवल यह कि किसी ने उसकी पीठ नहीं ठोंकी, बल्कि सभी ने, खुद उसने भी, उसका मज़ाक़ उड़ाया था। सब उसे चिढ़ाते थे, उसे साधु और हज़रत नूह कहते थे। और जब उसका बाँध टूटा, तब भी किसी ने उसकी मदद नहीं की, सभी ने सन्नाटे में आकर नफ़रत से मुँह फेर लिया।

लेविन महसूस कर रहा था कि अपने जीवन की सभी ऊट-पटाँग हरकतों के बावजूद उसका भाई। निकोलाई अपनी आत्मा में, आत्मा की गहराई में उन लोगों से कुछ अधिक गलत या बुरा नहीं था, जो उसको तिरस्कार की दृष्टि से देखते थे। इसके लिए वह तो दोषी नहीं था कि उग्र स्वभाव और मस्तिष्क में कुछ सूझ-बूझ लेकर पैदा हुआ था। लेकिन वह हमेशा अच्छा बनना चाहता था। 'सब कुछ कहूँगा, उसे भी सब कुछ कहने को विवश करूँगा और उसे यह स्पष्ट कर दूंगा कि मैं उसे प्यार करता हूँ और इसलिए उसे समझता हूँ,' लेविन ने रात के दस बजे के बाद पते में लिखे होटल के पास पहुँचते हुए मन-ही-मन यह तय किया।

"ऊपर बारहवाँ और तेरहवाँ कमरा," दरबान ने लेविन के प्रश्न का उत्तर दिया।

"घर पर हैं ?"

"घर पर ही होना चाहिए।"

बारह नम्बर के कमरे का दरवाज़ा अधखुला था और वहाँ से प्रकाश-रेखा में घटिया और हल्के तम्बाकू का घना धुआँ बाहर आ रहा था तथा एक अपरिचित स्वर सुनाई पड़ रहा था। किन्तु लेविन तुरन्त ही यह जान गया कि उसका भाई वहीं है-उसे उसकी खाँसी सुनाई दे गई थी।

लेविन जब दरवाज़े में दाखिल हुआ, तो अपरिचित व्यक्ति को यह कहते सुना :

"सब कुछ इस बात पर निर्भर है कि धन्धे को कितनी समझदारी और लगन से चलाया जाएगा।"

कोन्स्तान्तीन लेविन ने दरवाज़े में से झाँककर देख लिया कि बहुत ही घने बालोंवाला एक जवान आदमी, जो देहाती कोट पहने है, बोल रहा है और कालर तथा आस्तीनों के बिना ऊनी फ्रॉक पहने हुए एक जवान, चेचक-रू औरत सोफे पर बैठी है। भाई दिखाई नहीं दे रहा था। यह ख़याल आने पर लेविन का दिल टीस उठा कि उसका भाई किस तरह के अजनबी लोगों के बीच रहता है। किसी को भी उसकी आहट नहीं मिली और कोन्स्तान्तीन अपने गैलोश उतारते हुए वह सुनता रहा, जो देहाती कोट पहने व्यक्ति कह रहा था। वह किसी उद्यम की चर्चा कर रहा था।

"बेड़ा गर्क हो जाए इन विशेषाधिकारोंवाले वर्गों का," लेविन के भाई ने खाँसते हुए कहा। "माशा ! तुम हमारे लिए खाने का प्रबन्ध करो और अगर बच रही हो तो शराब भी ले आओ। नहीं तो, मँगवा लो।"

नारी उठी, पर्दे के पीछे से सामने आई और उसने लेविन को देखा।

"निकोलाई मीत्रियेविच, कोई साहब आया है," औरत ने कहा।

"किससे मिलना है ?" निकोलाई लेविन ने झल्लाए हुए स्वर में पूछा।

"यह मैं हूँ," कोन्स्तान्तीन लेविन ने रोशनी में सामने आते हुए जवाब दिया।

"कौन, मैं ?" निकोलाई ने और भी अधिक खीज से साथ पूछा। वह जल्दी से उठा, उसने किसी चीज़ के साथ ठोकर खाई और अगले क्षण लेविन के सामने दरवाज़े पर थी बहुत ही जानी-पहचानी, बड़ी-बड़ी भयभीत आँखों और अपने उजड्डपन और बीमारी से चकित करनेवाली भाई की लम्बी, दुबली-पतली और झुकी हुई आकृति।

कोन्स्तान्तीन लेविन ने अपने भाई को तीन साल पहले जैसा देखा था, वह अब उससे भी अधिक दुबला हो गया था। वह जाकेट पहने था। उसके हाथ और शरीर की बड़ी-बड़ी हड्डियाँ और भी बड़ी लग रही थीं। बाल बहुत कम

रह गए थे, पहले जैसी सीधी मूंछे होंठों पर लटक रही थीं, वही परिचित आँखें आगन्तुक को अजीब ढंग और भोलेपन में ताक रही थीं।

"अरे, कोस्त्या !" भाई को पहचानकार वह अचानक कह उठा और उसकी आँखें खुशी से चमक उठीं। किन्तु इसी क्षण उसने अपने नौजवान मेहमान की तरफ़ घूमकर देखा और लेविन के लिए अत्यधिक परिचित ढंग से सिर तथा गर्दन को ऐसे ऐंठन के साथ घुमाया मानो टाई उसे परेशान कर रही हो और उसके दुबले-पतले चेहरे पर एक अन्य भयानक, यातनापूर्ण और कठोर भाव अंकित हो गया।

"मैंने आपको और सेर्गेई इवानोविच को लिखा था कि मैं आपको नहीं जानता हूँ और जानना नहीं चाहता हूँ। तुम्हें, आपको क्या चाहिए ?"

लेविन ने जिस रूप में उसकी कल्पना की थी, वह बिल्कुल वैसा नहीं था। उसके स्वभाव का सबसे बुरा और भयानक लक्षण, जो उसके साथ मिलना-जुलना इतना कठिन बना देता था, लेविन ने तब भुला दिया था, जब उसने उसके बारे में सोचा था। किन्तु अब, जब उसने उसका चेहरा और विशेषतः ऐंठन के साथ सिर को हिलाते देखा, तो उसे यह सब कुछ याद आ गया।

“मुझे किसी काम के लिए तुमसे नहीं मिलना है," लेविन ने कातरता से उत्तर दिया। "मैं तो ऐसे ही तुमसे मिलने आ गया।"

भाई की कातरता ने स्पष्टतः निकोलाई को नर्म कर दिया। उसने होंठों को सिकोड़ा।

"ओह, तुम ऐसे ही आए हो ?" वह बोला। "तो भीतर आ जाओ, बैठो। खाना खाओगे ? माशा, तीन लोगों के लिए खाना ले आओ। नहीं, रुको। जानते हो, ये कौन हैं ?" देहाती कोट पहने महानुभाव की ओर संकेत करते हुए उसने भाई से पूछा। "ये कीएव के वक़्त से ही मेरे दोस्त, श्रीमान क्रीत्स्की हैं, बहुत बढ़िया आदमी हैं। ज़ाहिर है कि पुलिस इन्हें तंग करती है, क्योंकि ये नीच नहीं हैं।"

और उसने अपनी आदत के मुताबिक़ कमरे में उपस्थित सभी लोगों पर दृष्टि डाली। यह देखकर कि दरवाजे के पास खड़ी नारी ने जाने के लिए कदम बढ़ाया है, उसने उसे आवाज़ दी, "रुको, मैं कह चुका हूँ न।" और बातचीत के पहले जैसे अटपटे और भद्दे ढंग से, जिससे लेविन इतनी अच्छी तरह परिचित था, फिर सभी पर नज़र डालकर वह भाई को क्रीत्स्की की कहानी सुनाने लगा। उसने बताया कि कैसे क्रीत्स्की को गरीब विद्यार्थियों की मदद करने का संगठन बनाने और रविवारीय विद्यालयों का आयोजन करने के लिए विश्वविद्यालय से निकाल दिया गया, कैसे इसके बाद वह जन-विद्यालय में अध्यापक बना और वहाँ से उसकी छुट्टी कर दी गई तथा इसके बाद किसी-न-किसी चीज़ के लिए उस पर मुक़दमा चलाया गया।

"आप कीएव विश्वविद्यालय में पढ़ते रहे हैं ?" लेविन ने अटपटी ख़ामोशी को तोड़ने के लिए पूछा।

“हाँ, कीएव विश्वविद्यालय में," क्रीत्स्की ने नाक-भौंह सिकोड़कर झल्लाहट के साथ उत्तर दिया।

"और यह औरत," निकोलाई ने क्रीत्स्की को टोकते और नारी की ओर संकेत करते हुए कहा, "यह मेरी जीवन-मित्र मारीया निकोलाएव्ना है। मैं इसे चकले से लाया हूँ," उसने यह कहते हुए गर्दन को झटका दिया। “लेकिन इसे प्यार और इसका आदर करता हूँ और जो कोई भी मुझसे वास्ता रखना चाहता है," आवाज़ को ऊँची करते और त्योरी चढ़ाते हुए उसने इतना और जोड़ दिया, "उससे इसे प्यार तथा इसका आदर करने का अनुरोध करता हूँ। वह

मेरी बीवी जैसी ही है, बिल्कुल वैसी है। तो अब तुम जानते हो कि किसके साथ तुम्हारा वास्ता है। और अगर तुम यह समझते हो कि इससे तुम्हारी हेठी होती है, तो तुम्हारा भला करे खुदा और जाओ अपनी राह।"

फिर से उसने प्रश्नसूचक दृष्टि से सबकी ओर देखा। "मेरी किसलिए हेठी होगी, मेरी समझ में नहीं आ रहा।"

"तो माशा, खाना लाने को कह दो-तीन आदमियों के लिए, वोदका और शराब भी...नहीं, रुको...नहीं...जाओ।"

अन्ना करेनिना : (अध्याय 25-भाग 1)

"देखो न," निकोलाई लेविन ने यत्नपूर्वक माथे पर बल डालकर और गर्दन को झटका देते हुए कहा। सम्भवतः उसके लिए यह समझ पाना कठिन हो रहा था कि वह क्या कहे और क्या करे। "देखो न," उसने कमरे के कोने में रखी हुई रस्सियों से बँधी लोहे की छड़ों की ओर संकेत किया। "देख रहे हो न उन्हें ? यह नया धन्धा है, जिसे हम शुरू कर रहे हैं। एक उत्पादन-संघ..."

लेविन भाई की बात लगभग नहीं सुन रहा था। वह उसके तपेदिक़ से ग्रस्त चेहरे को ध्यान से देख रहा था, उसे उस पर अधिकाधिक दया आ रही थी और भाई उत्पादन-संघ के बारे में जो कुछ कह रहा था, वह उसे सुनने के लिए अपने को किसी तरह भी विवश नहीं कर पा रहा था। वह समझ रहा था कि यह उत्पादन-संघ अपने प्रति तिरस्कार-भावना से बचने का ही एक साधन है। निकोलाई कहता गया-

"तुम्हें मालूम है कि पूँजी कामगार को कुचलती है, हमारे यहाँ कामगार और किसान श्रम का सारा बोझ सहन करते हैं और उनकी स्थिति ऐसी है कि वे चाहे कितनी भी मेहनत क्यों न करें, अपनी जानवरों जैसी हालत से मुक्ति नहीं पा सकते। उत्पादन से जितना नफ़ा होता है, जिससे वे अपनी हालत सुधार सकते हैं, उन्हें कुछ फुर्सत मिल सकती है और इसके परिणामस्वरूप वे शिक्षा पा सकते हैं, वह सारा नफ़ा उनसे पूँजीपति छीन लेते हैं। इस तरह हमारे समाज का कुछ ऐसा ढाँचा बन गया है कि वे जितनी अधिक मेहनत करेंगे, व्यापारी और भूमिपति उतने ही अधिक धनी होते जाएँगे और वे हमेशा काम करनेवाले जानवर बने रहेंगे। इस व्यवस्था को बदलना चाहिए," उसने अपनी बात ख़त्म करते हुए भाई की तरफ़ प्रश्नसूचक दृष्टि से देखा।

"हाँ, सो तो ज़ाहिर ही है," लेविन ने भाई के गालों की बड़ी हड्डियों के नीचे उभर आनेवाले लाली की तरफ़ देखते हुए कहा।

"और हम धातुकर्म का धन्धा शुरू कर रहे हैं, जहाँ सारा उत्पादन और मुनाफ़ा और सबसे बढ़कर यह कि उत्पादन के उपकरण, सभी कुछ साझा होगा।"

"यह उत्पादन-संघ होगा किस जगह ?" लेविन ने पूछा।

"कज़ान गुबेर्निया के वोज्द्रेम गाँव में।"

"गाँव में किसलिए ? मुझे लगता है कि गाँव में तो वैसे ही बहुत काम है। गाँव में धातुकर्म के संघ की क्या ज़रूरत है ?"

"इसलिए कि किसान आज भी पहले जैसे ही दास हैं और उन्हें इस दासता से मुक्ति दिलाने की कोशिश ही तुम्हें और सेर्गेई इवानोविच को अच्छी नहीं लगती," निकोलाई लेविन ने भाई की आपत्ति से चिढ़कर कहा।

लेविन ने गहरी साँस ली और इसी वक्त अँधेरे और गन्दे कमरे में नज़र दौड़ाई। इस उच्छ्वास ने निकोलाई को मानो और अधिक चिढ़ा दिया।

"तुम्हारे और सेर्गेई इवानोविच के रईसोंवाले एतराज़ों को जानता हूँ मैं। जानता हूँ कि वह इस वक्त कायम बुराई की सफ़ाई पेश करने के लिए ही अपने दिमाग का पूरा ज़ोर लगाता है।"

"मैं ऐसा नहीं मानता, और फिर तुम सेर्गेई इवानोविच की किसलिए चर्चा कर रहे हो ?" लेविन ने मुस्कुराते हुए कहा।

"सेर्गेई इवानोविच की ? इसलिए कर रहा हूँ उसकी चर्चा !" सेर्गेई इवानोविच का नाम आने पर निकोलाई लेविन अचानक चिल्ला उठा। "इसलिए कर रहा हूँ उसकी चर्चा...लेकिन क्या तुक है यह बताने में ? तुम इतना बाताओ...किसलिए आए हो तुम मेरे पास ? तुम्हें यह सब कुछ घटिया लगता है, बहुत अच्छी बात है, तो जाओ भगवान के लिए।" वह कुर्सी से उठते हुए चिल्ला पड़ा। "तो जाओ, जाओ!"

"मुझे यह ज़रा भी घटिया नहीं लगता," लेविन ने कातरता से कहा। "मैं तो इसका खंडन भी नहीं कर रहा हूँ।"

इसी वक़्त मारीया निकोलाएव्ना कमरे में वापस आ गई। निकोलाई लेविन ने झल्लाकर उसकी तरफ़ देखा। वह जल्दी से उसके पास गई और कुछ फुसफुसाई।

"मेरी तबीयत अच्छी नहीं है। मैं चिड़चिड़ा हो गया हूँ," निकोलाई लेविन ने शान्त होते और हाँफते हुए कहा, "और फिर तुम मुझसे सेर्गेई इवानोविच और उसके इस लेख की बात करते हो। वह लेख तो एकदम बकवास, बड़ा झूठ और खुद अपनी आँखों में धूल झोंकनेवाला मामला है। जो आदमी खुद न्याय को नहीं जानता, वह उसके बारे में लिख ही क्या सकता है ? आपने उसका लेख पढ़ा है ?" उसने फिर से मेज़ के पास बैठते और जगह बनाने के लिए उस पर फैली आधी खाली सिगरेटों को परे हटाते हुए क्रीत्स्की से पूछा।

"मैंने नहीं पढ़ा," क्रीत्स्की ने उदासी से जवाब दिया, जो स्पष्टतः इस बातचीत में हिस्सा नहीं लेना चाहता था।

"भला क्यों ?" निकोलाई लेविन ने झुंझलाते हुए अब क्रीत्स्की से पूछा।

"इसलिए कि उस पर अपना वक़्त बर्बाद करने की ज़रूरत नहीं समझता।"

"यह भी खूब रही, आपको कैसे मालूम है कि आप अपना वक़्त बर्बाद करेंगे ? बहुतों के लिए तो यह लेख उनकी पहुँच के बाहर है, यानी उनकी समझ में नहीं आता। लेकिन मेरी बात दूसरी है। मैं तो उसके विचारों को आर-पार देख सकता हूँ और जानता हूँ कि यह लेख क्यों कमज़ोर है।"

सभी ख़ामोश हो गए। क्रीत्स्की धीरे से उठा और उसने अपनी टोपी ले ली।

"खाना नहीं खाएँगे ? अच्छी बात है, जाइए। कल फ़िटर को साथ लेकर आ जाइएगा।"

क्रीत्स्की के बाहर निकलते ही निकोलाई लेविन मुस्कुराया और आँख मारकर बोला : "यह भी किसी काम का नहीं है। मैं देख रहा हूँ..." लेकिन क्रीत्स्की ने इसी वक़्त उसे दरवाज़े पर से आवाज़ दी।

"और किस चीज़ की ज़रूरत है आपको ?" निकोलाई लेविन ने कहा और बाहर बरामदे में चला गया। मारीया निकोलाएव्ना के साथ अकेला रह जाने पर लेविन ने पूछा :

"क्या बहुत अर्से से हैं आप मेरे भाई के साथ ?"

"दूसरा साल चल रहा है। उनकी सेहत बहुत खराब हो गई है। यह बहुत ज़्यादा पीते हैं," उसने कहा।

"क्या मतलब ?" "वोद्का पीते हैं और वह उनके लिए बुरी है।"

"बहुत पीते हैं क्या ?" लेविन फुसफुसाया।

"हाँ," घबराहट से दरवाज़े की ओर देखते हुए, जहाँ निकोलाई लेविन की झलक मिल रही थी, उसने कहा।

"किस बात की चर्चा कर रहे थे तुम ?" निकोलाई लेविन ने नाक-भौंह सिकोड़ते और डरी-सी आँखें एक के बाद दूसरे की तरफ़ घुमाते हुए पूछा। "किस बात की ?"

"किसी भी बात की नहीं," कोन्स्तान्तीन ने परेशान होते हुए जवाब दिया।

"नहीं बताना चाहते, तो न बताओ। तुम्हारा इससे बात करने का कोई मतलब नहीं है। यह बाज़ारी औरत है और तुम रईस हो," उसने गर्दन को झटका देते हुए कहा।

"मैं देख रहा हूँ कि तुम सब कुछ समझ गए, तुमने सब कुछ जाँच-परख लिया है और मेरी भूलों-भटकावों के लिए तुम्हें अफ़सोस हो रहा है," अपनी आवाज़ को ऊँचा करते हुए निकोलाई लेविन ने फिर से कहना शुरू किया।

"निकोलाई, द्मीत्रियेविच, निकोलाई द्मीत्रियेविच," मारीया निकोलाएव्ना फिर से उसके निकट होते हुए फुसफुसाई।

"अच्छी बात है, अच्छी बात है...खाने का क्या हुआ ? लो, वह आ गया लेकर," उसने ट्रे लिए हुए नौकर को आते देखकर कहा। "इधर, इधर रख दो," उसने झुंझलाहट से कहा और तुरन्त वोदका का एक जाम ढालकर बेसब्री से पी गया। "चाहते हो पीना ?" इसी क्षण कुछ रंग में आते हुए उसने भाई से कहा। "बस, काफ़ी चर्चा हो चुकी सेर्गेई इवानोविच की। तुमसे मिलकर तो मुझे खुशी हुई है। कुछ भी क्यों न हो, फिर भी हम पराये नहीं हैं। लो, पियो। बताओ, तुम क्या करते हो ?" बेसब्री से रोटी का टुकड़ा चबाते और दूसरा जाम भरते हुए वह कहता गया। "कैसे चल रही है तुम्हारी ज़िन्दगी ?"

"पहले की तरह अब भी गाँव में अकेला रहता हूँ, खेतीबारी की देखभाल करता हूँ," भाई जिस बेसब्री से खा-पी रहा था, स्तब्ध होकर उसे देखते तथा अपनी दृष्टि को छिपाने की कोशिश करते हुए कोन्स्तान्तीन ने जवाब दिया।

"तुम शादी क्यों नहीं करते ?"

"ऐसा मौक़ा ही नहीं बना," कोन्स्तान्तीन ने शर्म से लाल होते हुए जवाब दिया।

"भला क्यों ? मेरा तो क़िस्सा तमाम हो चुका है ! मैंने तो अपनी ज़िन्दगी बर्बाद कर ली। मैं पहले कह चुका हूँ और अब फिर कहूँगा कि अगर मुझे उस वक़्त मेरा हिस्सा मिल जाता, जब मुझे उसकी ज़रूरत थी, तो मेरी सारी ज़िन्दगी ही दूसरी होती।"

लेविन ने झटपट बातचीत बदली।

"तुम्हें मालूम है या नहीं, कि तुम्हारा वान्या मेरे पोक्रोस्कोये गाँव में मुनीम का काम करता है ?" उसने कहा।

निकोलाई ने गर्दन को झटका दिया और विचारों में डूब गया।

"हाँ, तुम मुझे बताओ कि पोक्रोस्कोये में क्या हो रहा है ? घर अभी भी खड़ा है, भोजवृक्ष भी हैं और हमारा पढ़ाई का कमरा भी ? क्या माली फ़िलीप भी जिन्दा है ? कितनी अच्छी तरह याद है मुझे कुंज और सोफ़ा ! देखो, घर में कोई तब्दीली नहीं करना, लेकिन जल्दी से शादी कर लो और पहले की तरह ही रहने लगो। अगर तुम्हारी बीवी अच्छी होगी, तो मैं तुमसे मिलने आऊँगा।"

"तो तुम अभी मेरे पास आ जाओ," लेविन ने कहा। "कितने अच्छे ढंग से हम-तुम रहेंगे !"

"अगर मैं यह जानता कि सेर्गेई इवानोविच से वहाँ मेरी मुलाक़ात नहीं होगी, तो तुम्हारे पास आ गया होता।"

"तुम्हारी उससे वहाँ मुलाक़ात नहीं होगी। मैं उससे पूरी तरह स्वतन्त्र जीवन बिताता हूँ।"

"हाँ, लेकिन तुम चाहे कुछ भी क्यों न कहो, तुम्हें हम दोनों में से एक को चुनना होगा," भीरुता से भाई की आँखों में झाँकते हुए उसने कहा। उसकी इस भीरुता ने कोन्स्तान्तीन के हृदय को छू लिया।

"अगर इस मामले में तुम ईमानदारी से मेरी राय जानना चाहते हो, तो मैं तुमसे यही कहूँगा कि सेर्गेई इवानोविच के साथ तुम्हारे झगड़े में मैं न तुम्हारा और न उसका पक्ष लेता हूँ। तुम दोनों ही गलत हो। तुम बाहरी तौर पर अधिक गलत हो और वह भीतरी तौर पर।"

"तो, तो तुम यह समझ गए, तुम यह समझ गए !" निकोलाई खुशी से चिल्ला उठा।

"लेकिन अगर तुम जानना चाहते हो, तो सुनो कि व्यक्तिगत रूप से मैं तुम्हारे साथ अपनी दोस्ती को ज़्यादा वज़न देता हूँ, क्योंकि..."

"क्यों ? क्यों ?"

कोन्स्तान्तीन यह नहीं कह सका कि वह इसलिए इस दोस्ती को ज़्यादा वज़न देता है कि निकोलाई क़िस्मत का मारा हुआ है और उसे इस दोस्ती की ज़रूरत है। लेकिन निकोलाई समझ गया कि भाई यही कहना चाहता था और नाक-भौंह सिकोड़कर फिर से वोदका ढालने लगा।

"बस, काफ़ी पी चुके, निकोलाई द्मीत्रियेविच !" मारीया निकोलाएव्ना ने अपना गुदगुदा-सा हाथ सुराही की ओर बढ़ाते हुए कहा।

"हाथ हटा लो ! परेशान नहीं करो ! पीट डालूँगा !" वह चिल्ला उठा।

मारीया निकोलाएव्ना खुशमिज़ाजी से तनिक मुस्कुराई, जिससे निकोलाई भी मुस्कुरा दिया और उसने उसके हाथ से वोद्का की सुराही ले ली।

"तुम क्या सोचते हो कि यह कुछ नहीं समझती ?" निकोलाई ने कहा। "यह इन चीज़ों को हम सबसे कहीं ज़्यादा अच्छी तरह समझती है। सच है न कि इसमें कुछ बहुत अच्छा, बहुत प्यारा है ?"

"आप मास्को में पहले कभी नहीं आईं ?" कोन्स्तान्तीन ने कहने के लिए ही कहा।

"तुम इसे 'आप' नहीं कहो। वह इससे डरती है। इसे न्यायाधीश के अलावा, जिसने इस पर उस समय मुक़दमा चलाया था, जब वह चकला छोड़ना चाहती थी, कभी किसी ने 'आप' नहीं कहा। हे भगवान, कितना बेतुकापन है इस दुनिया में !" निकोलाई लेविन अचानक चिल्ला उठा। "ये नई संस्थाएँ, ये न्यायाधीश, जेम्स्त्वो-परिषदें-यह सब कुछ क्या बकवास है !"

और उसने नई संस्थाओं के साथ अपने टकरावों का ज़िक्र करना शुरू किया।

कोन्स्तान्तीन लेविन उसकी बातें सुन रहा था और सभी सामाजिक संस्थाओं के बेतुकेपन के जिस विचार का वह स्वयं समर्थक था और अक्सर उसे व्यक्त करता था, अब भाई के मुँह से वही कुछ सुनना उसे अच्छा नहीं लग रहा था।

"उस दुनिया में समझ पाएँगे हम यह सब कुछ," कोन्स्तान्तीन ने मज़ाक़ करते हुए कहा।

"उस दुनिया में ? ओह, वह दुनिया मुझे पसन्द नहीं है ! पसन्द नहीं है !" भाई के चेहरे पर डरी-सहमी और वहशत-भरी नज़रों को टिकाए हुए उसने कहा। "बेशक ऐसा प्रतीत होता है कि सभी तरह के घटियापन, अपने और पराये गड़बड़झाले से बच जाना अच्छा होगा, लेकिन मैं मौत से डरता हूँ, बेहद डरता हूँ मौत से।" वह काँप उठा। "कुछ पियो न ? शेम्पेन पीना पसन्द करोगे ? या फिर आओ, कहीं बाहर चलें। बंजारों के यहाँ चलें। जानते हो, बंजारे और रूसी लोकगीत मुझे बेहद पसन्द हैं।"

उसकी ज़बान लड़खड़ाने लगी और वह एक विषय से दूसरे विषय पर छलाँगें लगाने लगा। मारीया निकोलाएव्ना की मदद से कोन्स्तान्तीन ने उसे कहीं भी न जाने के लिए मनाया और पूरी तरह से नशे में धुत् बिस्तर पर लिटा दिया।

मारीया निकोलाएव्ना ने लेविन से वादा किया कि ज़रूरत होने पर उसे पत्र लिखेगी और निकोलाई लेविन को भाई के पास जाकर रहने के लिए राज़ी करने की कोशिश करेगी।

अन्ना करेनिना : (अध्याय 26-भाग 1)

कोन्स्तान्तीन लेविन अगली सुबह को मास्को से रवाना हुआ और शाम होने तक घर पहुँच गया। रास्ते में रेलगाड़ी के डिब्बे में बैठे लोगों के साथ राजनीति और नए रेल-मार्गों के बारे में उसकी बातचीत हुई और मास्को की भाँति विचारों की गड़बड़, अपने प्रति खीज और लज्जा की अस्पष्ट भावना उस पर हावी हो गई। लेकिन जब वह अपने स्टेशन पर उतरा, कुरते के उठे हुए कालरवाले अपने काने कोचवान इग्नात को पहचाना, स्टेशन की खिड़कियों से छन रही मद्धिम रोशनी में जब उसने क़ालीनवाली अपनी स्लेज और छल्लों तथा फुँदनेवाले साज़ तथा ढंग से बँधी पूँछोंवाले घोड़े देखे और फिर सामान आदि रखकर चलने की तैयारी करते समय जब इग्नात ने उसे गाँव की ख़बरें सुनाईं, ठेकेदार के आने और पावा गाय के ब्याने के बारे में बताया, तो उसे लगा कि दिमागी उलझाव कुछ-कुछ कम हो रहा है और अपने प्रति खीज तथा शर्म की भावना दूर होती जा रही है। ऐसा तो उसने इग्नात और घोड़ों को देखते ही महसूस किया, किन्तु जब उसने अपने लिए लाया गया भेड़ की खाल का कोट पहन लिया, अपने को अच्छी तरह ढक-ढकाकर स्लेज में बैठकर चल दिया तथा स्लेज में एक ओर को जुते दोन प्रदेश के तेज़, किन्तु अब मरियल घोड़े को देखते हुए, जो कभी उसकी सवारी का घोड़ा होता था, जब वह यह सोचने लगा कि गाँव पहुंचते ही उसे क्या आदेश देने होंगे, तो उसके साथ जो कुछ बीती थी, उसे बिल्कुल दूसरे ही रूप में देखने लगा। उसने अपने व्यक्तित्व को अनुभव किया और यह कि वह किसी दूसरे जैसा नहीं होना चाहता था। वह जैसा पहले था, उससे बेहतर बनने को इच्छुक था। पहले तो, इस दिन से उसने यह फैसला किया कि किसी ऐसे असाधारण सुख की आशा नहीं करेगा, जैसाकि उसे शादी से मिलना चाहिए और इसके नतीजे के तौर पर वर्तमान की अवहेलना नहीं करेगा। दूसरे, वह अपने को कभी भी तुच्छ वासनाओं का शिकार नहीं होने देगा, जिनकी याद आने से विवाह का प्रस्ताव करते समय उसे इतनी यातना अनुभव हुई थी। इसके बाद, भाई निकोलाई का ध्यान आने पर उसने मन-ही-मन यह भी फैसला किया कि अब कभी उसे नहीं भूलेगा, लगातार उसकी खैर-खबर लेता रहेगा, उससे सम्पर्क नहीं टूटने देगा और मुसीबत के वक़्त उसकी मदद करने को तैयार रहेगा। वह महसूस कर रहा था कि उसकी मदद करने का वक़्त बहुत जल्द ही आनेवाला है। फिर उसे भाई के साथ कम्युनिज़म के बारे में हुई बातचीत याद आई, जिसकी ओर उस समय उसने ख़ास ध्यान नहीं दिया था। उस बातचीत ने अब उसे सोचने को मजबूर कर दिया। आर्थिक परिस्थितियों को बदल देने की बात वह बेकार समझता था, किन्तु आम जनता की गरीबी की तुलना में अपनी समृद्धि को वह हमेशा अन्यायपूर्ण अनुभव करता रहा था और इसलिए उसने अपने दिल में यह तय किया कि यद्यपि वह पहले भी बहुत काम करता था तथा ऐश्वर्यपूर्ण जीवन नहीं बिताता था, फिर भी अपने को न्यायसंगत अनुभव करने के लिए अब पहले से भी ज्यादा काम और पहले से भी कम सुख-सुविधाओं का उपभोग करेगा। उसे यह सब कुछ करना बहुत आसान लगा और मधुर कल्पनाओं में ही उसका सारा रास्ता गुज़र गया। नए और बेहतर जीवन की उत्साहपूर्ण तथा सुखद भावनाएँ हृदय में सँजोए हुए वह रात के आठ बजने के बाद घर पहुंचा।

लेविन की गृह-प्रबन्धिका की भूमिका निभानेवाली बूढ़ी आया अगाफ़्या मिखाइलोव्ना के कमरे की खिड़कियों से घर के सामनेवाले अहाते में बर्फ पर रोशनी पड़ रही थी। वह अभी सोई नहीं थी। उसने कुज़्मा नौकर को जगाया, जो नींद में ऊँघता-सा नंगे पाँव ही बाहर भागा आया। शिकारी कुतिया लास्का भी कुज़्मा को लगभग गिराते हुए उछलकर बाहर भागी, खुशी से कूँ-कूँ करते हुए उसने लेविन के घुटनों से अपने को रगड़ा, उसकी छाती पर अपने अगले पंजे टिकाने की इच्छा रखते, किन्तु हिम्मत न कर पाते हुए ऊपर को उछली।

"जल्द ही लौट आए, मालिक !" अगाफ़्या मिखाइलोव्ना ने कहा।

"घर की बेहद याद आने लगी थी, अगाफ़्या मिखाइलोव्ना। जो सुख अपने चौबारे, वह न बलख न बुखारे," उसने जवाब दिया और अपने अध्ययन-कक्ष में चला गया।

मोमबत्ती लाई गई और कमरा धीरे-धीरे रौशन होने लगा। जानी-पहचानी चीजें-हिरन के सींग, पुस्तकों से भरे ताक्र, वायु-छिद्र सहित अँगीठी, जिसकी अर्से से मरम्मत करवाने की ज़रूरत थी, पिता का सोफ़ा, बड़ी मेज़, मेज़ पर खुली हुई पुस्तक, टूटी हुई राखदानी और उसकी अपनी लिखावटवाली कॉपी। लेविन ने जब यह सब कुछ देखा, तो घड़ी भर के लिए उसे नई ज़िन्दगी को शुरू कर पाने की सम्भावना के बारे में सन्देह हुआ, जिसकी वह रास्ते-भर कल्पना करता रहा था। उसके जीवन के इन सभी चिह्नों ने मानो उसे अपनी गिरफ्त में ले लिया और वे यह कहते प्रतीत हुए-'नहीं, तुम हमें छोड़कर नहीं जाओगे और बदलोगे भी नहीं, बल्कि जैसे थे, वैसे ही रहोगे-सन्देहों से ग्रस्त, अपने प्रति हमेशा खीज महसूस करते हुए, सुधार की व्यर्थ कोशिश करते और पतित होते तथा सुख की निरन्तर प्रतीक्षा करते हुए, जो तुम्हारी किस्मत में नहीं है और जिसे पाना तुम्हारे लिए सम्भव नहीं है।'

ऐसा कह रही थीं उसकी चीजें, लेकिन उसकी आत्मा में कोई दूसरी आवाज़ यह कह रही थी कि अतीत के सामने घुटने नहीं टेकने चाहिए और आदमी में सभी कुछ कर पाने की क्षमता है। इसी आवाज़ पर कान देते हुए वह उस कोने की तरफ़ बढ़ गया, जहाँ सोलह-सोलह सेर वज़न के दो डम्बेल रखे हुए थे और अपने में ताज़गी तथा स्फूर्ति लाने के लिए वह उनसे कसरत करने लगा। दरवाज़े पर पैरों की आहट सुनाई दी। उसने जल्दी से डम्बेल नीचे रख दिए।

कारिन्दे ने भीतर आकर यह बताना शुरू किया कि भगवान की दया से सब कुछ ठीक-ठाक है, लेकिन अनाज सुखाने के नए भट्टे में कोटू कुछ जल गया है। इस ख़बर से लेविन झल्ला उठा। अनाज सुखाने का नया भट्टा उसने खुद बनवाया था और कुछ हद तक उसके अपने दिमाग की उपज था। कारिन्दा हमेशा ही इस अनाज-सुखाऊ भट्टे के ख़िलाफ़ रहा था और अब अपने ख़याल की जीत को बुरे ढंग से छिपाते हुए उसने यह घोषणा की कि कोटू जल गया। लेविन को इस बात का पक्का यक़ीन था कि अगर कोटू जल गया है, तो सिर्फ इसलिए कि सतर्कता के वे उपाय नहीं किए गए होंगे, जिनके बारे में वह सैकड़ों बार आदेश दे चुका था। उसे बहुत बुरा लगा और उसने कारिन्दे को डाँटा-डपटा। लेकिन एक महत्त्वपूर्ण और बड़ी खुशी की बात भी हुई थी-सबसे बढ़िया, महँगी और पशुओं के मेले में खरीदी गई पावा नामक गाय ने बछड़ा जना था।

"कुज़्मा, भेड़ की खाल का मेरा कोट तो देना। और आप लालटेन लाने को बोल दीजिए," उसने कारिन्दे से कहा, "मैं जाकर उसे देखता हूँ।"

महँगी, गउओं की पशुशाला घर के बिल्कुल ही पीछे थी। अहाते को लाँघकर, जहाँ लिलक झाड़ियों के क़रीब बर्फ़ का ढेर था, वह पशुशाला तक पहुंच गया। जब उसने ठंड से अकड़े हुए दरवाज़े को खोला तो गोबर की गर्म भाप की गन्ध आई और लालटेन की रोशनी की अनभ्यस्त गउएँ हैरान होकर ताज़ा फूस पर हिलीं-डुलीं। हालैंडी नस्ल की गाय की चौड़ी और मुलायम काली-चितकबरी पीठ की झलक मिली। बेकूत साँड, जिसके होंठ में छल्ला था, लेटा हुआ था। उसने उठना चाहा, मगर फिर अपना इरादा बदल लिया और जब ये लोग उसके क़रीब से गुज़रे, तो उसने सिर्फ दो बार साँस ही छोड़ी। बहुत ही सुन्दर और दरियाई घोड़े की तरह विशालकाय पावा आनेवालों की तरफ़ पुट्ठा करके अपने बछड़े को ओट में किए हुए सूंघ रही थी।

लेविन ने बाड़े में जाकर पावा को गौर से देखा और लाल-चितकबरे बछड़े को उसकी लम्बी, लड़खड़ाती टाँगों पर खड़ा किया। पावा घबराकर रम्भाने को हुई, मगर जब लेविन ने बछड़े को उसकी तरफ़ बढ़ा दिया, तो शान्त हो गई और गहरी साँस लेकर उसे अपनी खुरदरी ज़बान से चाटने लगी। बछड़े ने थनों को ढूँढ़ते हुए अपनी थूथनी माँ के पेट के नीचे घुसेड़ दी और पूँछ हिलाई।

"हाँ, इधर रोशनी करो, फ़्योदोर, इधर लालटेन बढ़ाओ," लेविन ने बछड़े को ध्यान से देखते हुए कहा। 'माँ पर गया है। रंग बाप का पाया है। बहुत ही सुन्दर है। बड़े आकार का, चौड़े पुट्ठेवाला। वसीली फ़्योदोरोविच, है न बढ़िया ?" लेविन ने बछड़े की खुशी के प्रभाव में कोटू की बात को पूरी तरह भूलकर कारिन्दे से पूछा।

"बुरा क्यों होने लगा था ? सिम्योन ठेकेदार आपके जाने के अगले दिन ही आ गया था। उसके साथ मामला तय करना होगा, कोन्स्तान्तीन द्मीत्रियेविच," कारिन्दे ने कहा। "मैं तो मशीन के बारे में आपसे पहले ही कह चुका हूँ।"

एक इसी सवाल से अपने बड़े और जटिल धन्धे की सारी तफ़सीलें लेविन के सामने उभर आईं और वह पशुशाला से सीधा अपने दफ्तर में गया, वहाँ कारिन्दे तथा ठेकेदार के साथ बातचीत करके घर लौटा और ऊपर, मेहमानखाने में चला गया।

अन्ना करेनिना : (अध्याय 27-भाग 1)

मकान बड़ा और पुराना था और यद्यपि लेविन अकेला था, फिर भी सारे घर को गर्म करवाता था और उसने पूरे घर पर अधिकार जमा रखा था। वह जानता था कि यह मूर्खता है, कि उसकी नई योजनाओं को ध्यान में रखते हुए ऐसा करना बुरा और उनके विरुद्ध भी है, लेकिन उसके लिए यह घर एक पूरी दुनिया के समान था। यह वह दुनिया थी, जिसमें उसके माता-पिता रहे और पूरे हुए थे। उन्होंने ऐसा जीवन बिताया था, जो लेविन को पूर्णता का आदर्श प्रतीत होता था और जिसे वह अपनी पत्नी, अपने परिवार के साथ पुनर्जीवित करने का सपना देखता था।

लेविन को अपनी माँ की बहुत ही कम याद थी। माँ के बारे में उसकी धारणा पावन स्मृति के रूप में थी और उसकी कल्पना में उसकी भावी पत्नी को नारी के उसी श्रेष्ठ और पावन आदर्श का प्रतिरूप होना चाहिए था, जैसीकि उसके लिए उसकी माँ थी।

शादी के बिना वह न केवल नारी के प्रति प्यार की ही कल्पना नहीं कर सकता था, बल्कि परिवार के बाद ही उस नारी की कल्पना करता था, जो उसका परिवार बनाएगी। इसीलिए विवाह के बारे में उसकी धारणाएँ उसके अधिकांश परिचितों से भिन्न थीं, जो शादी को ज़िन्दगी की मामूली बातों में से एक मानते थे। लेविन के लिए तो यह जीवन की मुख्य बात थी, जिस पर उसका सुख-सौभाग्य निर्भर था। और अब उसे इससे इनकार करना पड़ रहा था !

जब वह छोटे मेहमानखाने में दाखिल हुआ, जहाँ हमेशा चाय पीता था, और किताब लेकर अपनी आरामकुर्सी में बैठ गया तथा अगाफ़्या मिखाइलोव्ना उसके लिए चाय ले आई और वही वाक्य, जो आमतौर पर कहती थी-'मालिक, मैं भी बैठ जाती हूँ-कहकर खिड़की के क़रीब कुर्सी पर बैठ गई, तो उसने महसूस किया कि चाहे यह कितनी ही अजीब बात क्यों न हो, लेकिन उसने सपनों से नाता नहीं तोड़ा था और यह कि वह उनके बिना ज़िन्दा नहीं रह सकता। कीटी या किसी अन्य के साथ, लेकिन ऐसा होकर ही रहेगा। वह किताब पढ़ रहा था, जो पढ़ता था, उस पर विचार करता था और बीच-बीच में अगाफ़्या मिखाइलोव्ना को सुनने के लिए, जो लगातार बोलती जा रही थी, रुक जाता था। साथ ही खेतीबारी के धन्धे और भावी पारिवारिक जीवन के असम्बद्ध चित्र भी उसकी कल्पना में उभरते आते थे। उसे अनुभव हो रहा था कि उसकी आत्मा की गहराई में कोई चीज़ जड़ जमा रही है, सन्तुलित और सशक्त हो रही है।

उसने अगाफ़्या मिखाइलोव्ना की यह बात सुनी कि कैसे प्रोखोर भगवान को भूलकर उस रकम से, जो लेविन ने उसे घोड़ा ख़रीदने को उपहारस्वरूप दी थी, लगातार पीता रहता है और उसने बीवी को पीट-पीटकर मौत के मुँह तक पहुँचा दिया है। वह सुनता हुआ किताब पढ़ता रहा और पढ़ने से मन में पैदा होनेवाले सभी विचारों को उसने एक सिलसिले में जोड़ लिया। वह ताप के सम्बन्ध में टिंडाल की किताब पढ़ रहा था। टिंडाल ने अपने प्रयोगों के परिणामों पर जो गर्व प्रकट किया था, लेविन को उसके बारे में अपनी आलोचनाएँ और यह याद आ गया कि उसके पास दार्शनिक दृष्टिकोण की कमी है। अचानक यह खुशी-भरा ख़याल उसके दिमाग में कौंध गया : 'दो साल बाद मेरे पशुओं के झुंड में दो हालैंडी गउएँ होंगी, हो सकता है कि खुद पावा भी तब तक जीती रहे, बेकूत की बारह बेटियाँ और यह तीन भी इस झुंड में शामिल हो जाएँगी-कमाल हो जाएगा ! वह फिर से किताब पढ़ने लगा।

'चलो, मान लिया कि विद्युत और ताप एक ही चीज़ है। किन्तु क्या प्रश्न को हल करने के लिए समीकरण में एक की जगह पर दूसरा परिमाण रखा जा सकता है ? नहीं। तो बात क्या बनी ? प्रकृति की सभी शक्तियों के बीच सम्बन्ध की तो सहज ज्ञान से ही अनुभूति होती है...यह बात तो विशेष रूप से सुखद है कि जब पावा की लाल-चितकबरी बछिया गाय बन जाएगी, तो इन तीनों के साथ मेरा पशु-झुंड कैसा होगा...बहुत ही बढ़िया ! पशुओं के लौटने के

समय मैं अपनी पत्नी और मेहमानों के साथ बाहर जाऊँगा...पत्नी कहेगी : 'इस बछिया को तो मैंने और कोस्त्या ने बच्चे की तरह पाला-पोसा है। कोई मेहमान पूछेगा : 'आपको भला इसमें इतनी दिलचस्पी कैसे हो सकती है ?' वह जवाब देगी : 'जो कोस्त्या को अच्छा लगता है, मुझे भी अच्छा लगता है। लेकिन 'वह' कौन होगी ?' और उसे यह याद आ गया, जो उसके साथ मास्को में हुआ था... लेकिन हो ही क्या सकता है ?...मेरा तो कोई क़सूर नहीं है। हाँ, अब सब कुछ नए ढंग से होगा। यह बकवास है कि जीवन ऐसा नहीं होने देगा, कि अतीत वर्तमान को बदलने नहीं देगा। आदमी को बेहतर, पहले से कहीं अच्छी ज़िन्दगी बिताने के लिए संघर्ष करना चाहिए...' लेविन ने अपना सिर ऊपर उठाया और विचारों में डूब गया। बूढ़ी शिकारी कुतिया लास्का, जो अभी तक मालिक के लौटने की खुशी को पूरी तरह पचा नहीं पाई थी, अहाते में इधर-उधर दौड़ने और भौंकने के बाद लौट आई, बाहर की ताज़ा हवा की गन्ध लिए और दुम हिलाती हुई लेविन के पास गई, अपना सिर उसके हाथ के नीचे घुसेड़ दिया और शिकायती अन्दाज़ में कूँ-कूँ करते हुए यह माँग करने लगी कि वह उसे सहलाए, प्यार करे।

"बस, बोल नहीं सकती," अगाफ़्या मिखाइलोव्ना ने कहा। "लेकिन कुतिया...वह भी यह समझती है कि मालिक लौट आया है और उसे ऊब महसूस हो रही है।"

"ऊब किसलिए महसूस होगी ?"

"मेरी क्या आँखें नहीं, मालिक ? अब भी अपने मालिकों को नहीं समझूँगी, तो कब समझूँगी ? बचपन से ही मालिकों के बीच बड़ी हुई हूँ। कोई बात नहीं, मालिक। अच्छी सेहत और दिल साफ़ होना चाहिए।"

लेविन इस बात से हैरान होते हुए कि कैसे उसने उसके दिल के भावों को पढ़ लिया था, उसे एकटक देख रहा था।

"तो क्या थोड़ी और चाय ले आऊँ ?" अगाफ़्या मिखाइलोव्ना ने कहा और प्याला लेकर बाहर चली गई।

लास्का अभी तक अपना सिर उसके हाथ के नीचे घुसेड़े थी। लेविन ने उसे सहला दिया और वह उसी समय अपने एक पिछले पंजे पर सिर टिकाकर लेविन के पैरों के पास गुड़ी-मुड़ी होकर लेट गई। इस बात को ज़ाहिर करने के लिए कि अब सब कुछ ठीक है, बहुत अच्छा है। उसने थोड़ा-सा अपना मुँह खोला, होंठों से चटखारा-सा भरा और अपने लसलसे होंठों को पुराने दाँतों के करीब ढंग से टिकाकर आनन्द-चैन की दुनिया में खो गई। लेविन लास्का की इस अन्तिम चेष्टा को बहुत ध्यान से देखता रहा।

मैं भी ऐसा ही चैन चाहता हूँ !' उसने अपने आपसे कहा, 'मैं भी ऐसा ही चैन चाहता हूँ ! कोई बात नहीं...सब ठीक है।'

अन्ना करेनिना : (अध्याय 28-भाग 1)

बॉल के बाद की सुबह को आन्ना ने अपने पति के नाम तार भेजकर यह सूचना दी कि वह उसी दिन मास्को से रवाना हो रही है।

"नहीं, मुझे जाना, जाना ही चाहिए," उसने अपने इरादे की तब्दीली को ऐसे अन्दाज़ में अपनी भाभी के सामने स्पष्ट किया मानो उसे ढेरों काम याद आ गए हों। "नहीं, आज ही जाना ज़्यादा अच्छा होगा !"

ओब्लोन्स्की दोपहर के खाने के लिए घर नहीं आया, लेकिन वादा किया कि शाम के सात बजे बहन को विदा करने आ जाएगा।

कीटी भी दोपहर के खाने के वक़्त नहीं आई और उसने यह रुक्का लिख भेजा कि उसके सिर में दर्द है। डॉली और आन्ना ने बच्चों तथा उनकी अंग्रेज़ शिक्षिका के साथ खाना खाया। या तो इस कारण कि बच्चों के व्यवहार में स्थिरता नहीं होती या इसलिए कि वे हर चीज़ को बहुत जल्दी भाँप जाते हैं और इसी वजह से उन्होंने यह महसूस कर लिया कि आन्ना आज वैसी ही नहीं थी, जैसीकि अपने मास्को आने के दिन थी, जब उन्हें उससे इतना अधिक प्यार हो गया था, कि अब उसे उनमें कोई दिलचस्पी नहीं है-कारण कुछ भी हो, लेकिन उन्होंने बूआ के साथ अचानक ही अपना खेल और उसके प्रति प्यार भी खत्म कर दिया। उन्हें इस बात की ज़रा भी परवाह नहीं थी कि वह जा रही है। आन्ना सारी सुबह जाने की तैयारियों में व्यस्त रही। उसने मास्को के परिचितों को रुक्के लिखे, अपना हिसाब नोट किया और सामान बाँधा। डॉली को लगा कि आन्ना मन में बहुत बेचैन है, कि वह ऐसी चिन्ताओं-परेशानियों में डूबी हुई है, जिन्हें डॉली अपने अनुभव से बहुत अच्छी तरह जानती थी, जो अकारण ही नहीं होती और जिनमें अक्सर अपने प्रति असन्तोष और खीज का भाव छिपा रहता है। दोपहर के खाने के बाद आन्ना कपड़े बदलने के लिए अपने कमरे में गई और डॉली भी उसके पीछे-पीछे वहाँ जा पहुंची।

"आज तुम कैसी अजीब-अजीब-सी हो !" डॉली ने उससे कहा।

"मैं ? तुम्हें ऐसा लगता है ? मैं अजीब-अजीब-सी नहीं हूँ, लेकिन मेरा मूड बहुत ख़राब है। मेरे साथ कभी-कभी ऐसा होता है। जी चाहता है कि खूब रोऊँ। यह निरा पागलपन है, लेकिन जल्द ही यह दूर हो जाता है," आन्ना ने जल्दी से कहा और अपने लाल हुए चेहरे को उस छोटी-सी थैली में छिपा लिया, जिसमें वह अपनी रात की टोपी और महीन रूमाल रख रही थी। उसकी आँखें विशेष रूप से चमक रही थीं और उनमें लगातार आँसू उमड़ते आ रहे थे। "ऐसे ही मैं पीटर्सबर्ग से नहीं आना चाहती थी और अब यहाँ से जाने को मन नहीं होता।"

"तुमने यहाँ आकर एक नेक काम किया है," बहुत ध्यान से आन्ना को देखते हुए डॉली ने कहा।

आन्ना ने आँसुओं से भीगी हुई आँखों से उसकी तरफ़ देखा।

"ऐसा नहीं कहो, डॉली। मैंने कुछ नहीं किया और कुछ भी नहीं कर सकती थी। मैं अक्सर यह सोचकर हैरान होती रहती हूँ कि लोगों ने मुझे बिगाड़ने की साज़िश-सी क्यों कर रखी है ? मैंने क्या किया है और कर ही क्या सकती थी ? यह तो तुम्हारे दिल में ही इतना प्यार बाक़ी था कि तुम उसे माफ़ कर सकीं..."

"भगवान ही जानता है कि तुम्हारे बिना क्या होता। तुम कितनी खुशक़िस्मत हो, आन्ना !" डॉली ने कहा। "तुम्हारी आत्मा में सब कुछ स्पष्ट और अच्छा है।"

"हर किसी की आत्मा में, जैसा कि अंग्रेज़ कहते हैं, अपने skeletons (पंजर यानी परेशानियाँ-अंग्रेज़ी) होते हैं।"

"तुम्हारी आत्मा में कैसे skeletons हो सकते हैं ? तुम्हें सब कुछ स्पष्ट है।"

"हैं, skeletons हैं," आन्ना ने अचानक कहा और आँसुओं के बाद बिल्कुल अप्रत्याशित ही उसके होंठों पर धूर्तता और उपहासपूर्ण मुस्कान झलक उठी।

"तो तुम्हारे ये skeletons मनोरंजक हैं, दुःखद नहीं," डॉली ने मुस्कुराते हुए कहा।

"नहीं, दुःखद हैं। जानती हो कि मैं कल के बजाय आज क्यों जा रही हूँ ? यह वह स्वीकारोक्ति है, जो मेरे पर बोझ बनी हुई थी। मैं उसे तुम्हारे सामने मानना चाहती हूँ," आन्ना ने कुर्सी पर सीधे बैठते और डॉली से आँखें मिलाते हुए दृढ़तापूर्वक कहा।

डॉली ने बहुत हैरान होते हुए देखा कि आन्ना शर्म से बिल्कुल लाल हो गई है, कि यह लाली उसकी गर्दन पर लहराते काले केश-कुंडलों तक जा पहुँची है।

तो सुनो," आन्ना ने कहना जारी रखा। "तुम जानती हो कि कीटी दोपहर के खाने पर क्यों नहीं आई ? वह मुझसे ईर्ष्या करती है। मैंने सब गड़बड़ कर दिया...मैं ही इसका कारण थी कि बॉल उसके लिए खुशी न होकर यातना बन गया। लेकिन यह सच है, बिल्कुल सच है कि इसके लिए मैं दोषी नहीं हूँ या थोड़ी-सी दोषी हूँ," उसने पतली-सी आवाज़ में 'थोड़ी-सी' शब्दों को खींचते हुए कहा।

"ओह, कैसे स्तीवा की तरह ही तुमने यह कहा है !" डॉली हँसते हुए कह उठी।

आन्ना को बुरा लगा।

"ओह, नहीं; ओह, नहीं ! मैं स्तीवा जैसी नहीं हूँ," वह नाक-भौंह सिकोड़ते हुए बोली। "मैं इसलिए तुमसे कह रही हूँ कि मैं एक क्षण के लिए भी स्वयं को संशय का शिकार नहीं होने देती," आन्ना ने कहा।

लेकिन वह जब ये शब्द कह रही थी, तो उसने अनुभव किया कि वे सही नहीं हैं। उसे अपने मन में न केवल संशय की ही अनुभूति हो रही थी, बल्कि ब्रोन्स्की का विचार आने पर बेचैनी भी महसूस करती थी और सिर्फ इसीलिए वक़्त से पहले यहाँ से जा रही थी कि उससे फिर भेंट न हो।

"हाँ, स्तीवा ने मुझे बताया था कि तुम उसके साथ माज़ूर्का नाच नाची थीं और यह कि वह..."

"तुम तो कल्पना भी नहीं कर सकतीं कि यह सारा क़िस्सा कितना अटपटा था। मैंने तो उन दोनों की जोड़ी मिलानी चाही और अचानक बिल्कुल उल्टा ही मामला हो गया। हो सकता है कि मैं अनचाहे ही..."

आन्ना के चेहरे पर लाली दौड़ गई और उसने अपनी बात पूरी नहीं की। "अरे, वे ऐसी बातें फ़ौरन भाँप जाते हैं !" डॉली ने कहा।

"अगर उसने संजीदगी से कुछ ऐसा इरादा ज़ाहिर करना चाहा, तब तो मुझे बहुत दुःख होगा," आन्ना ने डॉली की बात बीच में ही काट दी। "मुझे विश्वास है कि यह सब आई-गई बात हो जाएगी और कीटी मुझसे नफ़रत करना बन्द कर देगी।"

"वैसे आन्ना, तुमसे सच कहूँ, मैं तो चाहती भी नहीं कि उसके साथ कीटी की शादी हो। अगर वह यानी ब्रोन्स्की एक ही दिन में तुम्हारा प्रेम-दीवाना हो सकता है, तो मैं तो यही चाहूँगी कि यह किस्सा खत्म हो जाए।"

"आह, मेरे भगवान, यह बड़ी बेवकूफ़ी की बात होगी !" आन्ना ने कहा और उसी विचार को, जो उसके दिल-दिमाग पर छाया हुआ था, डॉली के मुँह से शब्दों में सुनकर उसके चेहरे पर फिर से खुशी की गाढ़ी लालिमा छा गई। "तो कीटी को, जिससे मुझे इतना अधिक प्यार हो गया था, अपनी दुश्मन बनाकर मैं यहाँ से जा रही हूँ। ओह, कितनी प्यारी है वह ! लेकिन तुम इस मामले को ठीक-ठाक कर दोगी न, डॉली ? कर दोगी न?"

डॉली ने बड़ी मुश्किल से अपनी मुस्कान पर काबू पाया। वह आन्ना को प्यार करती थी, लेकिन यह देखकर उसे खुशी हुई कि उसकी भी अपनी कमज़ोरियाँ हैं।

"दुश्मन ? ऐसा नहीं हो सकता।"

"कितना अधिक मैं यह चाहती हूँ कि तुम सब मुझे वैसे ही प्यार करो, जैसे मैं तुम सबको करती हूँ। और अब तो मैं तुम सबको और भी ज़्यादा चाहने लगी हूँ," उसने डबडबाई आँखों से कहा। "आह, कितनी बुद्धू हूँ मैं आज !"

आन्ना ने रूमाल से मुँह पोंछा और कपड़े पहनने लगी।

ओब्लोन्स्की ने आने में देर कर दी और रवाना होने के वक़्त ही घर पर पहुँचा। उसका चेहरा लाल और खिला हुआ था तथा उसके मुँह से सिगार तथा शराब की गन्ध आ रही थी।

आन्ना की भावुकता डॉली के मन पर भी हावी हो गई और ननद के जाने के पहले जब उसने उसे आखिरी बार गले लगाया, तो फुसफुसाई :

"मेरे ये शब्द याद रखना, आन्ना, तुमने मेरे लिए जो कुछ किया है, मैं उसे कभी नहीं भूलूंगी। और यह भी याद रखना कि मैं तुम्हें प्यार करती थी और हमेशा एक सबसे अच्छे मित्र के रूप में प्यार करती रहूँगी !"

"मेरी समझ में नहीं आ रहा कि किसलिए," आन्ना ने भावज को चूमते और अपने आँसू छिपाते हुए कहा।

"तुम जानती हो और तुमने मेरी बात समझ ली है। विदा, मेरी प्यारी रानी !"

अन्ना करेनिना : (अध्याय 29-भाग 1)

"तो सब किस्सा ख़त्म हो गया, भला हो भगवान का," तीसरी घंटी बजने पर भी डिब्बे का रास्ता रोककर खड़े हुए अपने भाई से अन्तिम बार विदा लेने पर उक्त विचार ही आन्ना के दिमाग में सबसे पहले आया। वह अपनी नौकरानी आन्नुष्का के क़रीब सोफे पर बैठ गई और मद्धिम रोशनी में डिब्बे में नज़र दौड़ाने लगी। 'शुक्र है खुदा का, कल अपने बेटे सेर्योझा और अलेक्सेई अलेक्सान्द्रोविच को देख सकूँगी और पहले की तरह मेरा अच्छा तथा अभ्यस्त जीवन आरम्भ हो जाएगा।'

आन्ना दिन-भर जिस चिन्ताकुल मानसिक स्थिति में रही थी, उसी स्थिति में उसने बड़ी खुशी और अच्छे ढंग से यात्रा के लिए सब कुछ ठीक-ठाक किया। अपने छोटे-छोटे और फुर्तीले हाथों से उसने लाल रंग का बैग खोला और बन्द किया, उसमें में छोटा तकिया निकाला, उसे घुटनों पर रख लिया और पैरों को अच्छी तरह से ढककर चैन से बैठ गई। एक बीमार महिला सोने के लिए लेट गई थी। दूसरी दो महिलाओं ने आन्ना से बातचीत शुरू कर दी और एक मोटी बुढ़िया ने अपने पैरों को अच्छी तरह से ढकते हुए गर्माहट की कमी की शिकायत की। आन्ना ने महिलाओं को जवाब में कुछ शब्द कहे और उनकी बातचीत में कोई दिलचस्पी न महसूस करते हुए आन्नुष्का से टॉर्च निकालने को कहा, उसे कुर्सी के हत्थे पर जमाया और अपने पर्स में से काग़ज़ काटने का छोटा-सा चाकू और एक अंग्रेजी उपन्यास निकाल लिया। शुरू में उसका पढ़ने में मन नहीं लग सका। पहले तो हलचल और लोगों के आने-जाने से बाधा पड़ी, इसके बाद गाड़ी के चलने पर सभी तरह की आवाज़ों को सुने बिना नहीं रहा जा सकता था, इसके पश्चात बर्फ़ ने बाधा डाली, जो बाईं ओर की खिड़की पर ज़ोर से टकराकर शीशे पर चिपकती जा रही थी, इसके बाद कपड़ों से लदा-फंदा और एक पहलू बर्फ से बुरी तरह ढका हुआ कंडक्टर पास से गुज़रा और फिर इस बातचीत ने भी किताब में उसका ध्यान नहीं लगने दिया कि इस वक़्त बाहर कितना भयानक बर्फ़ का तूफ़ान चल रहा है। बाद में बार-बार यही सब कुछ होता रहा-पहियों की वही खटखट जारी थी, खिड़की पर वही बर्फ़ थी, भाप की गर्मी से ठंड और फिर से गर्मी का द्रुत परिवर्तन होता था, मद्धिम रोशनी में वही चेहरे रह-रहकर झलकते थे, वही आवाज़ें सुनाई देती थीं और आन्ना इनकी अभ्यस्त होकर किताब को पढ़ने तथा पढ़े हुए पृष्ठों को समझने लगी। आन्नुष्का दस्ताने लगे, जिनमें से एक फटा हुआ था, चौड़े हाथों में लाल बैग को घुटनों पर टिकाए ऊँघ रही थी। आन्ना पढ़ रही थी और यह समझ रही थी कि उसे पढ़ना अच्छा नहीं लग रहा है, यानी दूसरे लोगों के जीवन की छाया को देखना-समझना अच्छा नहीं लग रहा था। स्वयं उसका बहुत मन हो रहा था जीने को। अगर उसने यह पढ़ा कि उपन्यास की नायिका बीमार की देखभाल करती थी, तो उसका भी मन हुआ दबे पाँव रोगी के कमरे में जाने को; अगर यह पढ़ा कि संसद-सदस्य ने भाषण दिया, तो उसके मन ने भी ऐसा करना चाहा; अगर यह पढ़ा कि लेडी मेरी दरिन्दों के झुंड के पीछे साहसपूर्वक घुड़सवारी करती हुई जाती है और अपनी भाभी का मुँह चिढ़ाती है, तो उसका भी यही करने को दिल मचला। लेकिन वह कुछ भी नहीं कर सकती थी और अपने छोटे-छोटे हाथों में पॉलिश किए हुए चाकू को घुमाती हुई पढ़ने की कोशिश कर रही थी।

उपन्यास का नायक अंग्रेजी ढंग का अपना सुख यानी बैरोनेट का पद और जागीर पाने को था और आन्ना ने चाहा कि वह उसके साथ उस जागीर पर जाए। तभी अचानक उसने महसूस किया कि नायक को शर्म आनी चाहिए और यह कि खुद उसे भी उसकी इस शर्म की भागीदार होना चाहिए। लेकिन नायक को किस कारण शर्म आए ? 'मुझे क्यों शर्म आए ?' उसने बुरा मानते हुए आश्चर्य से पूछा। उसने पुस्तक रख दी और कागज़ काटने के चाकू को दोनों हाथों में कसकर पकड़े हुए आरामकुर्सी की टेक पर पीठ टिका दी। शर्म की कोई बात नहीं थी। उसने मास्को की अपनी सारी स्मृतियों को मन-ही-मन दोहराया। सभी अच्छी और सुखद थीं। उसे बॉल याद आया, व्रोन्स्की और उसका प्यार में डूबा हुआ विनम्र चेहरा याद आया, उसके साथ अपने सभी सम्बन्धों का ध्यान आया-शर्म की कोई भी बात नहीं थी। लेकिन फिर भी स्मृतियों की ठीक इसी जगह पर शर्म की भावना तीव्र हो गई, मानो किसी भीतरी

आवाज़ ने इसी जगह पर, यानी जब उसने व्रोन्स्की को याद किया, उससे कहा : 'यही, यही शर्म की बात है।' 'तो क्या हुआ ?' उसने आरामकुर्सी में दूसरे ढंग से बैठते हुए दृढ़तापूर्वक अपने से यह पूछा। 'क्या मतलब है इसका ? क्या मैं इस बात से आँख नहीं मिला सकती ? क्या बात है इसमें ? क्या मेरे और इस अफ़सर-छोकरे के बीच उन सम्बन्धों के अतिरिक्त, जो अन्य सभी परिचितों के साथ हैं, क्या कोई दूसरे सम्बन्ध हैं या हो सकते हैं ?' वह तिरस्कारपूर्वक मुस्कुराई और उसने फिर से किताब हाथ में ले ली। किन्तु अब जो कुछ पढ़ती थी, वह बिल्कुल उसकी समझ में नहीं आ रहा था। उसने कागज़ काटने के चाकू को ठंडे शीशे से लगाया और फिर उसकी ठंडी और चिकनी सतह को अपने गाल से छुआया और अचानक अकारण ही हावी हो जानेवाली खुशी से हँसते-हँसते रह गई। उसने अनुभव किया कि उसके स्नायु किन्हीं घूमनेवाली खूँटियों पर तारों की भाँति अधिकाधिक ज़ोर से कसे जा रहे हैं। उसने महसूस किया कि उसकी आँखें अधिकाधिक विस्फारित होती जा रही हैं, कि हाथों और पैरों की उँगलियाँ घबराहट से ऐंठ रही हैं, कि भीतर से कोई चीज़ उसका दम घोंट रही है और इस हिलते-डुलते झुटपुटे में सभी बिम्ब तथा ध्वनियाँ असाधारण आकार और रूप धारण करके उसे चकित कर रही हैं। रह-रहकर शंका उसके मन में सिर उठाती कि गाड़ी आगे जा रही है या पीछे या वह चल ही नहीं रही है। उसके करीब आन्नुश्का है या कोई परायी औरत ? 'वहाँ, कुर्सी के हत्थे पर फ़र का कोट है या कोई जंगली जानवर ? मैं खुद तो यहाँ पर हूँ ? मैं खुद ही हूँ या यह कोई दूसरी है ? विस्मृति की इस स्थिति के सामने घुटने टेकते हुए उसे भय अनुभव हुआ। लेकिन कोई चीज़ उसे उसकी तरफ़ खींच रही थी और वह अपनी इच्छा के मुताबिक़ उसके सामने झुक भी सकती थी और उसका विरोध भी कर सकती थी। वह सँभलने के लिए उठी और उसने कम्बल तथा गर्म फ़्रॉक का केप उतार दिया। घड़ी-भर को वह सँभली और समझ गई कि लम्बा, नानकिन ओवरकोट पहने, जिसका एक बटन गायब था, भीतर आनेवाला देहाती-सा आदमी स्टोवमैन था, कि उसने थर्मामीटर को देखा था, कि हवा और बर्फ़ उसके साथ अन्दर घुस आई थीं; लेकिन इसके बाद उसकी चेतना में फिर से सब कुछ गड्ड-मड्ड हो गया था...लम्बे ओवरकोटवाला यह देहाती दीवार पर कुछ टेढ़ी-मेढ़ी आकृतियाँ बनाने लगा, बुढ़िया पूरे डिब्बे में अपनी टाँगें फैलाने लगी और उसने डिब्बे को काले बादल से भर दिया, इसके बाद भयानक चरचराहट और ठक-ठक हुई मानो कुछ चीरा-काटा जा रहा हो, इसके पश्चात लाल रोशनी से उसकी आँखें चौंधिया गईं, इसके बाद दीवार-सी सामने आ गई और सब कुछ अँधेरे में डूब गया। आन्ना को लगा कि वह किसी गहरे खड्ड में जा गिरी है। किन्तु यह सब भयावह नहीं, बल्कि सुखद था। कपड़ों से लदा-फँदा और बर्फ़ से ढका आदमी उसके कानों के क़रीब कुछ चिल्लाया। आन्ना उठी और होश में आई। वह समझ गई कि गाड़ी किसी स्टेशन के करीब पहुंच गई है और यह चिल्लानेवाला आदमी कंडक्टर था। उसने आन्नुश्का से केप, जो उसने कुछ ही देर पहले उतारा था, और शॉल देने को कहा और उन्हें पहन-ओढ़कर दरवाज़े की तरफ़ चल दी।

"बाहर जाना चाहती हैं ?" आन्नुश्का ने पूछा।

"हाँ, मैं कुछ देर खुली हवा में साँस लेना चाहती हूँ। यहाँ बहुत गर्मी है।"

और उसने दरवाज़ा खोला। बर्फ़ का तूफ़ान और झंझा उस पर टूट पड़े तथा उसके दरवाज़ा खोलने का विरोध करने लगे। आन्ना को इसमें भी मज़ा आया। उसने दरवाज़ा खोला और बाहर पायदान पर आ गई। हवा तो मानो उसी की राह देख रही थी, वह खुशी से सीटी बजाने लगी और उसने आन्ना को अपनी गिरफ्त में लेकर उड़ा ले जाना चाहा। किन्तु आन्ना ने एक हाथ से ठंडा हैंडल थाम लिया और दूसरे हाथ से फ़्रॉक को सँभाले हुए प्लेटफ़ॉर्म पर उतरकर डिब्बे की ओट में हो गई। पायदान पर हवा बहुत तेज़ थी, लेकिन प्लेटफ़ॉर्म पर डिब्बों की ओट में शान्ति थी। वह डिब्बे की ओट में खड़ी रहकर ठंडी और बर्फ़ीली हवा में बड़े आनन्द में खूब लम्बी-लम्बी साँसें लेते हुए प्लेटफ़ॉर्म तथा जगमगाते स्टेशन पर सभी ओर नज़र दौड़ाने लगी।

अन्ना करेनिना : (अध्याय 30-भाग 1)

बर्फ़ का भयानक तूफ़ान चल रहा था और रेल के डिब्बों के पहियों के बीच से तथा स्टेशन के कोने के पीछे खड़े खम्भों के गिर्द साँय-साँय कर रहा था। डिब्बे, खम्भे, लोग और अन्य जो कुछ भी नज़र आ रहा था, एक तरफ़ से बर्फ से ढका हुआ था तथा अधिकाधिक ढका चला जा रहा था। तूफ़ान क्षण-भर को शान्त हो गया, किन्तु फिर इतने ज़ोर से चलने लगा कि उसके सामने खड़े रहना असम्भव-सा प्रतीत होता था। फिर भी कुछ लोग हँसी-खुशी से आपस में बातें करते, प्लेटफ़ॉर्म के तख़्तों को चरमराते और बड़े-बड़े दरवाज़ों को लगातार खोलते तथा बन्द करते हुए इधर-उधर भाग रहे थे। किसी झुके हुए आदमी की छाया उसके पैरों के पास से निकल गई और लोहे पर हथौड़े की चोट की आवाजें सुनाई दीं। "तार इधर दो !" अँधेरे में दूसरी ओर से किसी का खीजा हुआ स्वर सुनाई दिया। "कृपया इधर आइए ! 28 नम्बर !" दूसरी ऊँची-ऊँची आवाजें सुनाई दे रही थीं और कपड़ों से लदे-फंदे तथा बर्फ से ढके विभिन्न लोग भागते दिखाई दे रहे थे। सिगरेट पीते हुए कोई दो महानुभाव आन्ना के पास से गुज़रे। आन्ना ने ताज़ा हवा के लिए फिर लम्बी साँस ली और डिब्बे का हैंडल पकड़ने के लिए फ़र के मफ़ से हाथ बाहर निकाला ही था कि फ़ौजी ओवरकोट पहने एक अन्य व्यक्ति ने उसके क़रीब आकर लालटेन के हिलते-डुलते प्रकाश को अपनी ओट में कर दिया। आन्ना ने मुड़कर देखा और फ़ौरन व्रोन्स्की का चेहरा पहचान लिया। छज्जेदार फ़ौजी टोपी पर हाथ रखकर उसने आन्ना का अभिवादन किया और पूछा कि उसे किसी चीज़ की ज़रूरत तो नहीं, कि क्या वह उसकी कोई ख़िदमत कर सकता है ? आन्ना कोई जवाब दिए बिना देर तक उसे देखती रही और व्रोन्स्की के अँधेरे में खड़े होने के बावजूद उसने उसके चेहरे और आँखों का भाव देख लिया या फिर उसे ऐसा प्रतीत हुआ। यह सम्मानपूर्ण मुग्धता का वही भाव था, जिसने एक दिन पहले उस पर इतना अधिक प्रभाव डाला था। इन पिछले दिनों में और अभी कुछ ही समय पहले आन्ना ने अनेक बार अपने आपसे यह कहा था कि उसके लिए व्रोन्स्की निरन्तर और सभी जगह मिलते रहनेवाले सैकड़ों जवान लोगों में से एक है और वह कभी उसके बारे में सोचेगी भी नहीं। लेकिन अब, उससे मिलन के पहले क्षण में उल्लासपूर्ण गर्व की भावना उसके मन पर छा गई। आन्ना के लिए उससे यह पूछने को कोई ज़रूरत नहीं थी कि वह यहाँ क्यों है। वह इतनी ही अच्छी तरह से इसका कारण जानती थी, जितना कि व्रोन्स्की के यह कहने पर जान पाती कि मैं इसलिए यहाँ हूँ, कि वहीं हो सकूँ, जहाँ आप हैं।

"मुझे मालूम नहीं था कि आप भी जा रहे हैं। किसलिए जा रहे हैं आप ?" आन्ना ने वह हाथ नीचे कर लिया, जिससे हैंडल को थामनेवाली थी। और उसके चेहरे पर अदम्य खुशी तथा सजीवता चमक उठी।

"मैं किसलिए जा रहा हूँ ?" आन्ना से नज़र मिलाते हुए उसने यह सवाल दोहराया। "आप जानती हैं, मैं इसलिए जा रहा हूँ कि वहीं हो सकूँ, जहाँ आप होंगी," उसने जवाब दिया। "मैं और कुछ कर ही नहीं सकता।"

इसी वक़्त हवा ने मानो सभी बाधाओं को दूर करके रेल के डिब्बों की छतों से बर्फ नीचे बिखरा दी, लोहे के किसी उखड़े हुए टुकड़े को हिलाया-डुलाया और सामने की ओर से इंजन की रुआंसी और उदासी से भरी हुई सी सीटी गूंज उठी। तूफ़ान की सारी मुसीबत अब उसे पहले से भी अधिक प्रिय प्रतीत हुई। व्रोन्स्की ने वही कहा था, जो उसकी आत्मा चाहती थी, किन्तु जिससे वह सोच-विचार करने पर डरती थी । आन्ना ने कोई उत्तर नहीं दिया और उसके चेहरे पर व्रोन्स्की को आन्तरिक संघर्ष की झलक दिखाई दी।

"मैंने जो कुछ कहा है, वह अगर आपको अच्छा नहीं लगा, तो माफ़ी चाहूँगा," व्रोन्स्की ने नम्रता से कहा ।

व्रोन्स्की ने आदर और सम्मानपूर्वक, किन्तु ऐसी दृढ़ता और आग्रह से ये शब्द कहे कि आन्ना देर तक कोई जवाब नहीं दे पाई।

"आपने बुरी बात कही है और अगर आप भले आदमी हैं तो मैं आपसे अनुरोध करूँगी कि आपने जो कुछ कहा है, उसे भूल जाएँ और मैं भी भूल जाऊँगी," आखिर आन्ना ने कहा।

“आपका एक भी शब्द, आपकी एक भी अदा मैं कभी नहीं भूलूँगा और भूल ही नहीं सकता..."

“बस, बस, काफ़ी है," वह अपने चेहरे पर, जिसे व्रोन्स्की बड़े प्यार से देख रहा था, व्यर्थ ही कठोरता का भाव लाते हुई चिल्लाई। ठंडे हैंडल को हाथ से पकड़कर वह पायदान पर चढ़ी और तेज़ी से भीतर चली गई। वहाँ, दरवाज़े के क़रीब खड़ी रहकर वह अपनी कल्पना में उस पर विचार करने लगी, जो हुआ था। वह उसके और अपने शब्दों को याद नहीं कर पाई, किन्तु अपने मन में उसने इतना अनुभव कर लिया कि उनकी क्षण-भर की इस बातचीत से वे दोनों बहुत निकट आ गए हैं। इस बात से उसने भय भी अनुभव किया और खुशी भी। कुछ क्षण तक यहीं खड़ी रहने के बाद वह डिब्बे में जाकर अपनी जगह पर बैठ गई। तनाव की वही हालत, जो शुरू में उसे यातना देती रही थी, न केवल फिर से लौट आई, बल्कि अधिक उग्र हो गई और ऐसी हद तक पहुँच गई कि उसे अपने भीतर किसी बहुत ही तने हुए तार से किसी भी क्षण टूट जाने का डर महसूस होने लगा। वह रात-भर सोई नहीं। किन्तु उन तनावों और सपनों में, जो उसके कल्पना-क्षितिज पर छाए हुए थे, थे, कुछ भी कटु और दुःखद नहीं था। इसके विपरीत, उनमें कुछ सुखद, गुदगुदाने और उत्तेजित करनेवाला था। सुबह होते-होते आन्ना की आँख लग गई और जब वह जागी तो दिन का उजाला हो चुका था और गाड़ी पीटर्सबर्ग के क़रीब पहुँच रही थी। उसी समय घर-गिरस्ती, पति और बेटे के क़रीब तथा उस दिन और उसके बाद के दिनों की चिन्ता ने उसे घेर लिया।

पीटर्सबर्ग में गाड़ी के रुकते ही वह बाहर निकली और जो पहला चेहरा उसके सामने आया, वह पति का था। 'हे मेरे भगवान ! उसके कान ऐसे क्यों हो गए हैं ?' पति की कठोर और रोबीली आकृति और विशेषतया गोल टोप के किनारे को टेक देनेवाली तथा उसे अब चकित करनेवाली ललरियों को देखते हुए आन्ना ने सोचा। पत्नी को देखकर वह आदत के मुताबिक़ अपने होंठों पर व्यंग्यपूर्ण मुस्कान चस्पाँ करके तथा अपनी बड़ी-बड़ी और थकी हुई आँखों को उसके चेहरे पर टिकाए हुए मिलने के लिए उसकी तरफ़ बढ़ा। पति की थकी और दृढ़ नज़र से नज़र मिलने पर उसने अपने दिल में एक अप्रिय-सी अनुभूति की टीस अनुभव की मानो वह उसे दूसरे ही रूप में देखने की आशा करती हो। अपने प्रति असन्तोष की भावना ने, जो पति से भेंट होने पर उसने महसूस की, ख़ासतौर पर उसे हैरान किया। असन्तोष की यह भावना उसमें बहुत पहले से थी, जानी-पहचानी थी, ढोंग से मिलती-जुलती थी, जो वह पति के साथ अपने सम्बन्धों में अनुभव करती थी। पहले इस भावना की ओर उसका ध्यान नहीं गया था, किन्तु अब उसे इसकी स्पष्ट और पीड़ायुक्त अनुभूति हो रही थी।

"तो, जैसाकि तुम देख रही हो, मैं तो प्यार करनेवाला पति हूँ, वैसा ही प्यार करनेवाला, जैसा कि शादी के पहले साल में होता है, तुमसे मिलने को बेक़रार हो रहा था," उसने अपनी पतली-सी आवाज़ और उस धीमे-धीमे अन्दाज़ में कहा, जिसका वह हमेशा उससे बातचीत करते हुए उपयोग करता था। यह अन्दाज़ ऐसे कल्पित व्यक्ति का उपहास करने का अन्दाज़ था, जो वास्तव में ही उससे ऐसे शब्द कह सकता था।

"सेर्योझा ठीक-ठाक है ?” आन्ना ने पूछा।

“बस, यही पुरस्कार है मेरी व्यग्रता - व्याकुलता का ?" पति ने कहा। "ठीक-ठाक है, ठीक-ठाक है..."

अन्ना करेनिना : (अध्याय 31-भाग 1)

व्रोन्स्की ने पिछली रात को सोने की कोशिश ही नहीं की। वह अपनी आरामकुर्सी में बैठे हुए कभी तो अपने सामने की ओर देखता रहता और कभी बाहर जाने तथा भीतर आनेवाले लोगों को। अगर पहले वह अपरिचित यात्रियों को अपनी दृढ़तापूर्ण शान्त मुद्रा से आश्चर्यचकित और परेशान करता रहा था, तो अब और भी अधिक घमंडी तथा आत्मतुष्ट प्रतीत होता था। लोगों को वह चीज़ों की तरह ही देखता था। जिला कचहरी में काम करनेवाला एक चिड़चिड़ा-सा नौजवान, जो उसके सामने बैठा था, उसकी ऐसी अकड़ के कारण उससे नफ़रत करने लगा। इस जवान आदमी ने व्रोन्स्की से दियासलाई लेकर सिगरेट जलाई, उससे बातचीत की, यहाँ तक कि उसे कोहनी भी मारी ताकि उसे यह महसूस करवाए कि वह कोई वस्तु नहीं, बल्कि इन्सान है, किन्तु व्रोन्स्की उसकी तरफ़ वैसे ही देखता रहा मानो वह लालटेन का खम्भा हो। युवा व्यक्ति मुँह बनाते हुए यह अनुभव करता रहा कि व्रोन्स्की द्वारा उसे मानव न मानने के कारण वह अपना मानसिक सन्तुलन खोता जा रहा है।

व्रोन्स्की किसी को और कुछ भी नहीं देख रहा था। वह अपने को मानो ज़ार महसूस कर रहा था। सो भी इसलिए नहीं कि उसे आन्ना पर अपनी छाप डाल लेने का विश्वास था, उसे यह विश्वास नहीं था, बल्कि इसलिए कि आन्ना ने उसके दिल पर जो छाप छोड़ी थी, उससे उसे सुख और गर्व की अनुभूति हो रही थी।

इस सबका क्या नतीजा होगा, वह यह नहीं जानता था और उसने इसके बारे में सोचा भी नहीं था। उसे महसूस हो रहा था कि अब तक विसर्जित और बिखरी - बिखराई उसकी सारी शक्तियाँ एक ही बिन्दु पर केन्द्रित हो गई हैं और बड़े ज़ोर से एक सुखद लक्ष्य की प्राप्ति में जुटा दी गई हैं। उसे इससे सुख मिल रहा था। वह तो सिर्फ़ इतना जानता था कि उसने आन्ना से सच्ची बात कह दी है, कि वह वहाँ जा रहा है, जहाँ वह होगी, कि उसके जीवन का सारा सुख, उसके जीवन का एकमात्र प्रयोजन अब इसी में निहित है कि उसे देखे, उसकी आवाज़ सुने। और जब वह बोलोगोए के स्टेशन पर खनिज जल पीने के लिए डिब्बे से बाहर निकला और उसने आन्ना को देखा, तो अपने आप ही उसके मुँह से निकले पहले शब्द ने उससे वही कह दिया, जो वह मन में सोचता रहा था। उसे इस बात की खुशी थी कि उसने उससे यह कह दिया था, कि अब वह यह जानती है और उसके बारे में सोचती है। व्रोन्स्की रात भर नहीं सोया। अपने डिब्बे में लौटकर वह लगातार उन रूपों को, जिनमें उसने आन्ना को देखा था, तथा उसके सभी शब्दों को याद करता रहा, और उसकी कल्पना में सम्भव भविष्य के ऐसे चित्र उभरते रहे, जिनसे बरबस दिल काँप उठता था।

रात-भर जागते रहने के बावजूद जब वह पीटर्सबर्ग के स्टेशन पर डिब्बे से बाहर निकला, तो अपने को ऐसा सजीव और ताज़ादम महसूस कर रहा था मानो ठंडे पानी से नहाकर बाहर आया हो। वह अपने डिब्बे के पास खड़ा होकर आन्ना के बाहर निकलने की राह देखने लगा। 'एक बार फिर देख लूँगा,' अनजाने ही मुस्कुराकर उसने अपने आपसे कहा, 'उसकी चाल, उसका मुखड़ा देख लूँगा। हो सकता है, वह मुझसे कुछ कहे, मुड़कर देखे, मुझ पर नज़र डाले, शायद मुस्कुरा दे।' किन्तु आन्ना को देख पाने के पहले उसे उसका पति दिखाई दिया, जिसे स्टेशन मास्टर बड़े आदर से भीड़ के बीच से निकाले लिए जा रहा था। 'अरे हाँ, पति!' व्रोन्स्की केवल अभी पहली बार स्पष्ट रूप से यह समझ पाया कि पति उससे सम्बन्ध रखनेवाला व्यक्ति है। उसे यह मालूम था कि आन्ना का पति है, किन्तु उसके अस्तित्व का उसे विश्वास नहीं था और केवल तभी उसने उसके अस्तित्व का पूरा यक़ीन किया, जब उसे सिर, कन्धों और काला पतलून पहने हुए टाँगों सहित देखा। उसे इस बात का विशेषतः तब विश्वास हुआ, जब उसने यह देखा कि कैसे पति ने निजी सम्पत्ति की तरह इत्मीनान से उसका हाथ थाम लिया था।

पीटर्सबर्गी ताज़ादम चेहरे और गम्भीर, आत्मविश्वासी आकृतिवाले कोरेनिन को देखकर, जो गोल टोप पहने था और जिसकी पीठ तनिक झुकी हुई थी, उसे उसके अस्तित्व का विश्वास हो गया और उसे उस व्यक्ति जैसी ही अप्रिय अनुभूति हुई, जो प्यास से बुरी तरह परेशान होता हुआ पानी का कोई सोता ढूँढ़ ले और उसे उस सोते में कुत्ता, भेड़ या सूअर नज़र आए, जिसने उसमें से न केवल पानी पिया हो, बल्कि उसे गन्दा भी कर दिया हो। अपने पूरे चूतड़ को हिलाते-दुलाते हुए कोरेनिन की बोझिल-सी चाल व्रोन्स्की को ख़ासतौर पर अखरी। वह यह मानता था कि केवल उसे ही आन्ना को प्यार करने का अधिकार है। किन्तु वह पहले जैसी ही थी और उसकी सूरत ने पहले की तरह ही उसमें शारीरिक सजीवता और सुख की अनुभूति पैदा करते तथा बढ़ाते हुए उसको अपने जादू में बाँध लिया। उसने दूसरे दर्जे के डिब्बे से भागकर आनेवाले अपने जर्मन नौकर को सामान लेकर जाने का हुक्म दिया और ख़ुद आन्ना के पास गया। उसने पति-पत्नी को मिलते देखा और प्रेमी की पैनी दृष्टि से उस हल्की सी झिझक को भाँपा, जिससे उसने पति के साथ बातचीत की। 'नहीं, वह उसे प्यार नहीं करती और कर भी नहीं सकती,' उसने मन-ही-मन ऐसा निर्णय कर लिया।

व्रोन्स्की जिस समय पीछे से आन्ना की ओर बढ़ रहा था, उसने उसी समय इस बात की तरफ़ सहर्ष ध्यान दिया कि आन्ना ने उसे निकट आते हुए अनुभव किया, मुड़कर देखा तथा उसे पहचानकर फिर पति से बातचीत करने लगी थी।

"आपकी रात तो अच्छी तरह से बीती ?" व्रोन्स्की ने आन्ना और उसके पति का एकसाथ झुककर अभिवादन करते और कोरेनिना को यह अभिवादन अपने लिए मानने तथा, जैसा भी वह उचित समझे, उसे पहचानने या न पहचानने की सम्भावना देते हुए पूछा।

"धन्यवाद, बहुत अच्छी बीती," आन्ना ने जवाब दिया।

आन्ना का चेहरा क्लान्त-सा प्रतीत हुआ और उस पर उस सजीवता का अभाव था, जो कभी उसकी मुस्कान, तो कभी आँखों में चमक उठती थी। किन्तु व्रोन्स्की को देखने पर क्षण-भर को उसकी आँखों में एक लौ-सी कौंधी और इस बात के बावजूद कि यह लौ फ़ौरन बुझ गई, उसे इस क्षण से अपार सुख मिला। आन्ना ने यह जानने के लिए पति की तरफ़ देखा कि वह व्रोन्स्की को जानता है या नहीं। कोरेनिन कुछ झल्लाहट के साथ व्रोन्स्की को देखते हुए अन्यमनस्कता से यह याद करने की कोशिश कर रहा था कि वह कौन है। व्रोन्स्की की शान्तचित्तता और आत्मविश्वास कोरेनिन के कठोर आत्मविश्वास के लिए बराबर की चोट था।

"काउंट व्रोन्स्की," आन्ना ने कहा।

"ओह ! मुझे लगता है कि हम परिचित हैं," कोरेनिन ने हाथ मिलाते हुए उपेक्षा भाव से कहा। "तुम गईं माँ के साथ और लौटीं बेटे के साथ," उसने एक-एक शब्द को ऐसे साफ़-साफ़ कहा मानो वे एक-एक रूबल के बराबर मूल्यवान हों। " आप शायद छुट्टी से लौट रहे होंगे ?" उसने व्रोन्स्की से कहा और जवाब का इन्तज़ार किए बिना अपने मज़ाक़िया अन्दाज़ में बीवी से बोला, "तो मास्को से रवाना होने के वक़्त बहुत आँसू बहाए गए न ?"

पत्नी से ऐसा कहते हुए उसने व्रोन्स्की को यह अनुभव करवाने का यत्न किया कि उसे उसकी ज़रूरत नहीं है और उसकी तरफ़ घूमकर उसने टोप को छुआ। लेकिन व्रोन्स्की ने आन्ना को सम्बोधित करते हुए कहा :

" आशा करता हूँ कि आपके यहाँ आने का सौभाग्य प्राप्त होगा ।" कोरेनिन ने थकी-थकी आँखों से व्रोन्स्की को घूरकर देखा।

"बड़ी खुशी होगी," उसने रुखाई से जवाब दिया, "हर सोमवार को मिलने-जुलनेवाले हमारे यहाँ आते हैं।" इसके बाद व्रोन्स्की से विदा लेकर उसने पत्नी से कहा : "कितनी अच्छी बात है कि मुझे आधे घंटे की फ़ुरसत थी और मैं स्टेशन पर आ सका तथा तुम्हें अपना प्यार दिखा सका," उसने पहले की तरह मज़ाकिया ढंग से अपनी बात जारी रखी।

"तुम तो अपने प्यार की कुछ ज़्यादा ही चर्चा कर रहे हो, ताकि मैं उसे बहुत ही मूल्यवान मानूँ," आन्ना ने उसके पीछे-पीछे आ रहे व्रोन्स्की के क़दमों की आवाज़ को अनचाहे ही सुनते हुए पति के मज़ाकिया ढंग में ही जवाब दिया। 'लेकिन मुझे क्या मतलब है इससे ?' उसने मन ही मन सोचा और पति से यह पूछने लगी कि सेर्योझा ने उसके बिना कैसे समय बिताया।

"ओ, बहुत ही अच्छे ढंग से। Mariette का कहना है कि वह बहुत ही प्यारा बच्चा बना रहा और...तुम्हें यह जानकर रंज होगा कि तुम्हारे लिए वह इतना उदास नहीं हुआ, जितना तुम्हारा पति। मेरी प्यारी, मैं एक बार फिर तुम्हें इस बात के लिए धन्यवाद देता हूँ कि तुम एक दिन पहले आ गईं। हमारा प्यारा समोवार बहुत ही खुश होगा ।" (कारेनिन प्रसिद्ध काउंटेस लीदिया इवानोव्ना को समोवार के नाम से पुकारता था, क्योंकि वह हमेशा और हर चीज़ के बारे में उत्तेजित होती और उबलती रहती थी।) "वह तुम्हारे बारे में पूछ रही थी । और अगर मैं सलाह देने की जुर्रत कर सकता हूँ, तो कहूँगा कि तुम आज ही उसके यहाँ चली जाना। तुम तो जानती ही हो कि उसका दिल हर चीज़ के लिए परेशान रहता है। अब उसे अपनी सभी चिन्ताओं के अलावा ओब्लोन्स्की दम्पति की सुलह की चिन्ता है ।"

काउंटेस लीदिया इवानोव्ना आन्ना के पति की मित्र और पीटर्सबर्ग के एक ऊँचे सामाजिक हलके की केन्द्र-बिन्दु थी । आन्ना अपने पति के कारण ही इस हलके से घनिष्ठ रूप में सम्बन्धित थी । " मैंने तो उसे पत्र लिखा था ।"

"लेकिन वह तो सभी कुछ तफ़्सील से जानना चाहती है। मेरी प्यारी, अगर बहुत नहीं थक गई हो, तो उसके यहाँ हो आना। कोन्द्राती तुम्हारे लिए बग्घी का प्रबन्ध कर देगा और मैं कमेटी में जा रहा हूँ। आज मुझे अकेले ही खाना नहीं खाना पड़ेगा," कारेनिन ने अब मज़ाक़ के बिना अपनी बात जारी रखी, "तुम तो सोच भी नहीं सकतीं कि मेरे लिए तुम ..."

और उसने देर तक प्यार से उसका हाथ दबाते हुए विशेष मुस्कान के साथ उसे बग्घी में बिठा दिया।

अन्ना करेनिना : (अध्याय 32-भाग 1)

घर पर बेटे से ही आन्ना की सबसे पहले भेंट हुई। शिक्षिका के चीखने-चिल्लाने के बावजूद वह बहुत खुशी से 'माँ ! माँ !' पुकारता हुआ सीढ़ियों से नीचे भागा आया। माँ के पास पहुँचकर वह उसके गले से लिपट गया।

"मैंने कहा था न आपसे कि माँ है !" उसने चिल्लाकर शिक्षिका से कहा । "मैं जानता था !" और पति की भाँति बेटे को देखकर आन्ना को कुछ निराशा - सी हुई। वह वास्तव में जैसा था, उसने कुछ बेहतर रूप में उसकी कल्पना की थी। वह जैसा था, उसे उसी रूप में देखकर खुश होने के लिए ज़रूरी था कि वह वास्तविकता के धरातल पर उतरे। किन्तु अपने इस रूप में भी, सुनहरे घुँघराले बालों, नीली आँखों और जुराबों में कसी हुई गदराई, सुघड़ टाँगों के साथ वह बहुत प्यारा था। आन्ना को उसकी निकटता और प्यार से लगभग शारीरिक आनन्द की अनुभूति हुई और उसकी निश्छल, विश्वासपूर्ण और प्यार-भरी दृष्टि से दृष्टि मिलने तथा उसके भोले-भाले सवाल सुनने से उसे नैतिक चैन मिला। आन्ना ने उसे वे उपहार दिए, जो डॉली के बच्चों ने भेजे थे और बेटे को यह बताया कि मास्को में तान्या नाम की एक लड़की है, कि यह तान्या पढ़ना जानती है और दूसरे बच्चों को भी पढ़ाती है।

"तो क्या मैं उससे बहुत बुरा हूँ ?" सेर्योझा ने कहा ।

"मेरे लिए तो तुम दुनिया में सबसे बढ़कर हो।"

"यह मुझे मालूम है," सेर्योझा ने मुस्कुराते हुए कहा ।

आन्ना ने कॉफ़ी का प्याला ख़त्म भी नहीं किया था कि काउंटेस लीदिया इवानोव्ना के आने की ख़बर दी गई। ऊँचा, गदराया शरीर, रोगी जैसा ज़र्द चेहरा और चिन्तनशील, सुन्दर काली आँखें - ऐसी थी काउंटेस लीदिया इवानोव्ना। आन्ना उसे चाहती थी, लेकिन आज उसने उसे मानो पहली बार उसकी सभी त्रुटियों के साथ देखा ।

"हाँ, तो मेरी दोस्त, मेल-मिलाप करवा आईं ?" काउंटेस लीदिया इवानोव्ना ने कमरे में दाख़िल होते ही पूछा ।

"हाँ, वह सब कुछ ख़त्म हो गया, लेकिन मामला कुछ ऐसा बिगड़ा हुआ नहीं था, जैसाकि हमने समझा था," आन्ना ने जवाब दिया । "कुल मिलाकर यही कहना होगा कि मेरी belle soeur (भाभी-फ्रांसीसी) बहुत जल्दबाज़ हैं।"

किन्तु कांउटेस लीदिया इवानोव्ना की यह आदत थी कि हर उस चीज़ में दिलचस्पी लेते हुए भी, जिसका उससे कोई सम्बन्ध नहीं होता था, अपनी दिलचस्पी की बात को कभी ध्यान से नहीं सुनती थी। उसने आन्ना की बात काटते हुए कहा :

"बहुत दुःख और बुराइयाँ हैं इस दुनिया में और मैं तो आज बहुत ही परेशान हूँ।"

"क्या हो गया ?" अपनी मुस्कान को रोकने की कोशिश करते हुए आन्ना ने पूछा ।

"मैं सच्चाई के लिए अपने संघर्ष में थकने लगती हूँ और कभी-कभी तो मेरी हिम्मत बिल्कुल जवाब दे जाती है। 'नन्हीं बहनों का काम' (यह लोकोपकारी, धार्मिक- देशभक्तिपूर्ण संस्था थी) ढंग से चल निकला है, किन्तु इन महानुभावों का कोई क्या करे," काउंटेस लीदिया इवानोव्ना ने भाग्य के सामने मानो व्यंग्यपूर्वक हथियार डालते हुए कहा । " उन्होंने एक विचार को ले लिया, उसे बुरी तरह बिगाड़ डाला और फिर बहुत घटिया और तुच्छ ढंग

से उसकी समीक्षा करते हैं। आपके पति समेत दो-तीन आदमी ही इस काम के पूरे महत्त्व को समझते हैं और बाक़ी तो इसको हानि ही पहुँचाते हैं। कल मुझे प्राव्दिन का पत्र मिला।"

प्राव्दिन विदेश में विख्यात पैनस्लाव था। काउंटेस लीदिया इवानोव्ना ने उसके पत्र का सार बताया।

इसके बाद काउंटेस ने गिरजों को सूत्रबद्ध करने के मार्ग में बाधा बननेवाली अन्य कटु बातों और साज़िशों का ज़िक्र किया और फिर हड़बड़ाती हुई चली गई, क्योंकि उसे किसी संगठन और स्लाव - कमेटी की बैठक में हिस्सा लेना था।

'यह सब तो पहले भी था, मगर पहले इसकी तरफ़ मेरा ध्यान क्यों नहीं गया ?' आन्ना ने अपने आपसे पूछा। 'या फिर आज वह बहुत ज़्यादा झल्लाई हुई थी ? वास्तव में कैसी हास्यास्पद बात है - उसका ध्येय भलाई करना है, वह ईसाई धर्म की अनुयायी है, लेकिन वह झल्लाती रहती है, हर कोई उसका दुश्मन है और हर कोई ईसाई धर्म और नेकी के नाम पर उसका दुश्मन है।'

काउंटेस लीदिया इवानोव्ना के बाद आन्ना की एक सहेली, जो विभाग के डायरेक्टर की बीवी थी, आ गई और उसने शहर की सब ख़बरें सुना दीं। दिन के तीन बजे वह भी खाने के वक़्त आने का वादा करके चली गई। कारेनिन मन्त्रालय में था। अकेली रह जाने पर दोपहर के खाने के पहले का वक़्त उसने बेटे के भोजन करने के समय (बेटा अलग से भोजन करता था) उसके पास बैठने, अपनी चीज़ों को ठीक-ठाक करने और अपनी मेज़ पर जमा हो गए रुक्क़ों तथा पत्रों को पढ़ने और उनके जवाब देने में लगाया।

पीटर्सबर्ग लौटते हुए रास्ते में उसे शर्म और उत्तेजना की जो अकारण अनुभूति हुई थी, वह अब बिल्कुल लुप्त हो गई। जीवन की अभ्यस्त परिस्थितियों में उसने अपने को फिर से दृढ़ और भर्त्सना - मुक्त अनुभव किया।

पिछले दिन की अपनी स्थिति को याद करके उसे हैरानी हुई। 'क्या हुआ था ? कुछ भी नहीं। व्रोन्स्की ने कोई बेहूदा बात कही थी, जिसका आसानी से अन्त कर दिया जा सकता है और मैंने उसका वैसा ही जवाब दे दिया था, जैसाकि होना चाहिए था। पति से इसकी चर्चा करने की कोई ज़रूरत नहीं और उचित भी नहीं। इसका ज़िक्र करने का मतलब उस बात को इतना महत्त्व देना होगा, जिसके लायक़ वह नहीं है।' उसे याद आया कि कैसे उसने पति से उसके अधीन काम करनेवाले एक युवा व्यक्ति की लगभग प्रेम स्वीकारोक्ति की चर्चा की थी और कैसे कारेनिन ने जवाब में यह कहा था कि ऊँचे समाज में आने-जानेवाली हर महिला के साथ ऐसी घटना घट सकती है, किन्तु वह उसकी समझ-बूझ पर पूरा भरोसा करता है और कभी भी उसे तथा अपने को ईर्ष्या में घटिया स्तर तक नीचे नहीं आने देगा। 'तो मतलब यह हुआ कि कहने में कोई तुक नहीं है ? और भला हो भगवान का, कहने को कुछ भी तो नहीं,' उसने अपने आपसे कहा।

अन्ना करेनिना : (अध्याय 33-भाग 1)

कोरेनिन दिन के चार बजे मन्त्रालय से लौटा, किन्तु, जैसाकि अक्सर होता था, पत्नी के पास नहीं जा पाया। वह प्रतीक्षा कर रहे प्रार्थियों की बातें सुनने और सेक्रेटरी द्वारा लाए गए कुछ काग़ज़ों पर हस्ताक्षर करने के लिए अपने अध्ययन कक्ष में चला गया। दोपहर के खाने के वक़्त (इनके यहाँ कोई तीन मेहमान तो हमेशा खाना खाते थे) कोरेनिन की बूढ़ी ममेरी बहन, पत्नी के साथ विभाग का डायरेक्टर और एक नौजवान, जिसकी कोरेनिन के पास काम करने की सिफ़ारिश की गई थी, आ गए। आन्ना मेहमानों से बातचीत करने के लिए मेहमानखाने में चली गई। ठीक पाँच बजे, प्योतर प्रथम के समय की दीवाल - घड़ी के पाँचवीं बार टनटनाने के पहले ही कोरेनिन सफ़ेद टाई लगाए और दो पदकों से सुशोभित फ्लॉक-कोट पहने हुए (क्योंकि भोजन करने के तुरन्त बाद ही उसे कही जाना था) मेहमानखाने में आ गया। करेनिन के जीवन का हर क्षण व्यस्त और पहले से तय होता था । उसे हर दिन जो कुछ करना होता था उसे कर पाने के लिए वह वक़्त की बड़ी पाबन्दी का ख़याल रखता था । 'न उतावली और न काहिली'–यही उसका मूलमन्त्र था। वह हॉल में गया, उसने सबका अभिवादन किया और पत्नी की ओर मुस्कुराकर झटपट बैठ गया ।

“हाँ, मेरे एकाकीपन का अन्त हो गया। तुम तो कल्पना भी नहीं कर सकतीं कि अकेले भोजन करना कितना अप्रिय (उसने अप्रिय शब्द पर ज़ोर दिया) लगता है।"

भोजन करते समय कोरेनिन ने पत्नी के साथ मास्को के मामलों के बारे में बातचीत की और उपहासपूर्ण मुस्कान के साथ ओब्लोन्स्की के बारे में पूछा। किन्तु वैसे तो पीटर्सबर्ग के सरकारी दफ़्तरों और सामाजिक मामलों के सम्बन्ध में आम बातचीत ही चलती रही। खाना ख़त्म होने के बाद उसने मेहमानों के साथ आध घंटा बिताया और फिर मुस्कुराते हुए प्यार से पत्नी का हाथ दबाकर परिषद में चला गया। इस शाम को आन्ना न तो प्रिंसेस बेत्सी त्वेरस्काया के यहाँ गई, जिसे उसके मास्को से लौटने की ख़बर मिल गई थी और जिसने उसे बुलाया था, और न ही थिएटर गई, जहाँ उस शाम के लिए उसका अलग बॉक्स था। मुख्यतः तो वह इसलिए नहीं गई कि उसने जिस पोशाक की आशा की थी, वह तैयार नहीं हुई थी। मेहमानों के जाने पर जब उसने अपने कपड़ों की तरफ़ ध्यान दिया तो बहुत परेशान हो उठी। आन्ना ने, जो कम महँगे कपड़े पहनने की कला जानती थी, मास्को जाने से पहले अपनी तीन पोशाकें दर्जिन को नए रूप में ढालने के लिए दे दी थीं। इन पोशाकों को ऐसे बदलना चाहिए था कि वे पहचानी न जा सकें और तीन दिन पहले ही उन्हें तैयार हो जाना चाहिए था। अब पता चला कि दो पोशाकें तैयार ही नहीं हुई थीं और तीसरी को वैसे नहीं बदला गया था, जैसे आना चाहती थी । दर्जिन अपनी सफ़ाई देने आई और उसने इस बात पर ज़ोर दिया कि पोशाक इसी रूप में ज़्यादा अच्छी रहेगी। आन्ना इतनी अधिक बिगड़ उठी कि बाद में इस बात का ख़याल करके उसे अपने पर शर्म आई। अपने को पूरी तरह शान्त करने के लिए वह बेटे के कमरे में चली गई और उसने सारी शाम उसी के साथ बिताई। उसने ख़ुद ही उसे सोने के लिए बिस्तर पर लिटाया, उसके ऊपर सलीब का निशान बनाया और कम्बल ओढ़ाया। वह खुश थी कि कहीं भी नहीं गई और उसने इतने अच्छे ढंग से शाम बिताई। उसका मन इतना हल्का था, इतना चैन अनुभव कर रहा था और इतने स्पष्ट रूप में वह यह महसूस कर पा रही थी कि रेलगाड़ी में सफ़र करते हुए उसे जो कुछ इतना महत्त्वपूर्ण प्रतीत हो रहा था, वह ऊँचे समाज के जीवन की एक आम तुच्छ घटना थी, कि उसके लिए किसी दूसरे या खुद अपने सामने लज्जित होने की कोई बात नहीं थी । आन्ना अंग्रेजी का कोई उपन्यास लेकर अँगीठी के सामने बैठ गई और पति के आने की राह देखने लगी। रात के ठीक साढ़े नौ बजे दरवाज़े पर घंटी बजी और कुछ क्षण बाद पति उसके कमरे में आया ।

"आख़िर तो तुम्हारा घर आना हुआ," उसकी ओर अपना हाथ बढ़ाते हुए आन्ना ने कहा । पति ने उसका हाथ चूमा और उसके क़रीब बैठ गया ।

"कुल मिलाकर मैं देख रहा हूँ कि तुम्हारी मास्को- यात्रा सफल रही," उसने पत्नी से कहा।

"हाँ, बहुत सफल रही," आन्ना ने जवाब दिया और उसे शुरू से ही सब कुछ बताने लगी- कैसे श्रीमती ब्रोन्स्काया के साथ उसने यात्रा की, मास्को पहुँची और कैसे वहाँ स्टेशन पर एक दुर्घटना हुई। इसके बाद उसने यह बताया कि कैसे पहले तो उसे अपने भाई और फिर डॉली पर दया आई।

"मैं यह मानने को तैयार नहीं हूँ कि ऐसे व्यक्ति को, चाहे वह तुम्हारा भाई ही हो, क्षमा किया जा सकता है," कारेनिन ने कहा।

आन्ना मुस्कुराई। वह समझ गई थी कि उसने यह ज़ाहिर करने को ये शब्द कहे थे कि रिश्तेदारी को ध्यान में रखते हुए भी वह ईमानदारी की बात कहे बिना नहीं रह सकता। आन्ना अपने पति के चरित्र के इस लक्षण से परिचित थी और इसे पसन्द करती थी।

"मैं खुश हूँ कि सब कुछ अच्छे ढंग से समाप्त हो गया और तुम आ गईं," वह कहता गया। "हाँ, यह तो बताओ कि उस नए प्रस्ताव के बारे में, जो मैंने परिषद में स्वीकार करवाया है, लोगों की क्या राय है ?"

आन्ना ने इस प्रस्ताव के बारे में कुछ भी नहीं सुना था और उसे इस बात से शर्म महसूस हुई कि उसने इतनी आसानी से उस चीज़ को भुला दिया, जो उसके पति के लिए इतना अधिक महत्त्व रखती थी।

"यहाँ तो उसने ख़ासी हलचल पैदा कर डाली," पति ने आत्मतुष्ट मुस्कान के साथ कहा।

आन्ना ने महसूस किया कि कारेनिन इस मामले को लेकर अपने बारे में उससे कुछ सुखद बात कहना चाहता था और उसने प्रश्न पूछ-पूछकर उसे बताने को प्रेरित किया। पति ने उसी म मुस्कान के साथ उस प्रशंसा की चर्चा की, जो इस प्रस्ताव को स्वीकार करवाने पर उसे परिषद में मिली थी।

"मुझे बहुत, बेहद खुशी हुई थी। यह इस बात का प्रमाण है कि हमारे यहाँ आख़िर तो इस मामले में तर्कसंगत और दृढ़ दृष्टिकोण बनने लगा है।"

क्रीम और डबलरोटी के साथ चाय का दूसरा प्याला ख़त्म करने के बाद कारेनिन उठा और अपने अध्ययन कक्ष की ओर चल दिया।

"तुम कहीं भी नहीं गईं ? तुम्हें तो ऊब महसूस होती रही होगी ?" पति ने कहा।

"ओह, नहीं !" आन्ना ने उसके पीछे-पीछे उठते और हॉल में से उसे अध्ययन कक्ष तक पहुँचाने के लिए उसके साथ जाते हुए कहा। "क्या पढ़ रहे हो आजकल तुम ?" आन्ना ने पूछा।

"आजकल मैं Duc de Lille, poésie des enfers (ड्यूक दे लील, 'नरक-काव्य'-फ्रांसीसी)) पढ़ रहा हूँ," पति ने जवाब दिया। "बहुत ही बढ़िया किताब है।"

आन्ना ऐसे मुस्कुरा दी, जैसे प्रिय व्यक्तियों की दुर्बलताओं पर मुस्कुराया जाता है और उसकी बाँह में अपनी बाँह डालकर उसे अध्ययन कक्ष के दरवाज़े तक पहुँचा दिया। आन्ना सोने से पहले पति की पढ़ने की आदत से, जो एकदम अनिवार्य बात हो गई थी, परिचित थी। वह जानती थी कि सरकारी नौकरी की ज़िम्मेदारियों में लगभग हर वक़्त डूबे रहने के बावजूद बौद्धिक क्षेत्र में सामने आनेवाली हर बढ़िया रचना से परिचित होना वह अपना कर्तव्य मानता था। वह यह भी जानती थी कि राजनीति, दर्शन और धर्म सम्बन्धी पुस्तकों में उसकी वास्तविक रुचि थी,

कि कला उसके स्वभाव के लिए बिल्कुल परायी चीज़ थी, लेकिन इसके बावजूद या यह कहना ज़्यादा बेहतर होगा कि इसी कारण से कोरेनिन इस क्षेत्र में हलचल पैदा कर देनेवाली किसी भी रचना को नज़र से ओझल नहीं होने देता था और ऐसी सभी चीज़ों को पढ़ना अपना कर्तव्य मानता था। वह जानती थी कि राजनीति, दर्शन और धर्म के क्षेत्रों में कोरेनिन के मन में कुछ सन्देह और संशय थे या वह कुछ खोजता रहता था, किन्तु कला और काव्य, विशेषतः संगीत के मामले में, जिसकी उसे तनिक भी समझ नहीं थी, उसके बहुत ही सुनिश्चित और दृढ़ विचार थे। उसे शेक्सपीयर, राफ़ायल और बिथोविन तथा कविता और संगीत की नई धाराओं की चर्चा करना अच्छा लगता था और इनके सम्बन्ध में उसकी बहुत ही स्पष्ट धारणाएँ बनी हुई थीं।

"तो भगवान तुम्हारा भला करें," आन्ना ने अध्ययन कक्ष के दरवाज़े के पास पहुँचकर कहा। कमरे में आरामकुर्सी के क़रीब पहले से ही शेडवाला शमादान जल रहा था और पानी की सुराही रखी हुई थी। "और मैं जाकर मास्को के लिए पत्र लिखती हूँ।"

पति ने फिर प्यार से पत्नी का हाथ दबाया और चूमा।

'फिर भी वह भला आदमी है, सच्चा, दयालु और अपने क्षेत्र में अद्भुत,' अपने कमरे में लौटकर आन्ना ने खुद से कहा मानो उसकी आलोचना और यह कहनेवाले किसी व्यक्ति के सामने उसकी सफ़ाई पेश कर रही हो कि उसे प्यार करना सम्भव नहीं। 'लेकिन उसके कान इतने अजीब ढंग से क्यों बढ़े हुए हैं ? या फिर उसने अपने बाल बहुत छोटे करवा डाले हैं ?'

रात के ठीक बारह बजे, जब आन्ना अभी भी मेज़ पर बैठी डॉली को पत्र लिख रही थी, उसे घरेलू जूतों में नपे-तुले क़दमों की आहट मिली। कोरेनिन नहा-धोकर, बाल सँवारे तथा बग़ल में किताब दबाए हुए उसके पास आया।

"बस, बस, काफ़ी वक़्त हो गया," उसने ख़ास ढंग से मुस्कुराकर कहा और सोने के कमरे में चला गया।

'क्या हक़ था उसे इस तरह से इसकी तरफ़ देखने का ?' कोरेनिन की ओर व्रोन्स्की की दृष्टि को याद करते हुए आन्ना ने सोचा।

कपड़े उतारकर वह सोने के कमरे में गई, लेकिन अब उसके चेहरे पर न केवल वह सजीवता नहीं थी, जो मास्को के दिनों में उसकी नज़र और मुस्कान में फूटी पड़ती थी, बल्कि उसके भीतर की आग भी अब या तो बुझ गई प्रतीत होती थी या कहीं दूर छिपी हुई थी।

अन्ना करेनिना : (अध्याय 34-भाग 1)

पीटर्सबर्ग से रवाना होते समय व्रोन्स्की मोस्क्वाया सड़क पर अपना बड़ा फ़्लैट अपने दोस्त और प्यारे साथी पेत्रीत्स्की को सौंप गया था।

पेत्रीत्स्की जवान लेफ़्टिनेंट था, कोई ख़ास ख़ानदानी नामवाला नहीं था और अमीर होने की बात तो दूर रही, बुरी तरह क़र्ज़ में दबा हुआ था। शाम को वह हमेशा नशे में धुत होता था और तरह-तरह के मज़ाकों तथा गन्दे क़िस्सों-घटनाओं के कारण अक्सर फ़ौजी दंड-चौकी में पहुँचाया जाता था, लेकिन यार-दोस्त और बड़े अफ़सर भी उसे चाहते थे। सुबह के ग्यारह बजे के बाद स्टेशन से अपने घर आने पर व्रोन्स्की ने दरवाजे के सामने अपनी जानी-पहचानी किराए की बग्घी देखी। घंटी बजाते समय ही उसे भीतर से मर्दों के ठहाके, एक नारी-कंठ की चपर-चपर और पेत्रीत्स्की का चिल्लाकर यह कहना सुनाई दिया : "अगर कोई बदमाश हो, तो उसे भीतर नहीं आने दिया जाए।" व्रोन्स्की ने नौकर को अपने बारे में ख़बर देने से मना कर दिया और दबे पाँव पहले कमरे में गया। पेत्रीत्स्की की दोस्त बैरोनेस शिल्तोन बैंगनी रंग की रेशमी पोशाक और अपने गुलाबी गालोंवाले प्यारे चेहरे तथा सुनहरे बालों की छटा दिखाती और कैनरी चिड़िया की तरह पेरिसी फ़्रांसीसी बोली से कमरे को गुँजाती हुई गोल मेज़ के सामने बैठी कॉफ़ी बना रही थी। पेत्रीत्स्की ओवरकोट और रिसाले का कप्तान कामेरोव्स्की पूरी वर्दी पहने (सम्भवतः दोनों ड्यूटी से लौटे थे) उसके गिर्द बैठे थे।

"हुर्रा ! व्रोन्स्की !" पेत्रीत्स्की उछलकर खड़ा हुआ और कुर्सी को ज़ोर से पीछे घसीटता हुआ चिल्लाया। "खुद मालिक ! बैरोनेस, इसे नए कॉफ़ीदान से कॉफ़ी पिलाओ। हमने तुम्हारी आने की तो कल्पना भी नहीं की थी। उम्मीद करता हूँ कि अपने कमरे की सजावट से तुम खुश हो," उसने बैरोनेस की तरफ़ इशारा करते हुए कहा । "तुम तो एक-दूसरे से परिचित हो न ?"

"बेशक परिचित हैं !" व्रोन्स्की ने खुशी से मुस्कुराते और बैरोनेस के हाथ से हाथ मिलाते हुए कहा । "वास्तव में ही पुराने दोस्त हैं ।"

"आप तो सफ़र से आ रहे हैं," बैरोनेस ने कहा, "तो मैं भाग चली। अगर मेरी वजह से कोई परेशानी हो, तो मैं इसी वक़्त चली जाती हूँ।"

"बैरोनेस, आप जहाँ भी हैं, वहीं घर पर हैं, " व्रोन्स्की ने कहा । "नमस्ते, कामेरोव्स्की," उदासीनता से कामेरोव्स्की के साथ हाथ मिलाते हुए उसने इतना और कह दिया ।

"देखा, आप कभी ऐसी प्यारी बातें नहीं कह सकते हैं," बैरोनेस ने पेत्रीत्स्की से कहा ।

"कह क्यों नहीं सकता ? खाने के बाद मैं इससे उन्नीस नहीं रहूँगा।"

"खाने के बाद तो यह कोई ख़ूबी नहीं रहती ! तो, मैं आपके लिए कॉफ़ी बनाती हूँ, आप जाकर हाथ-मुँह धो लीजिए और कपड़े बदल आइए," बैरोनेस ने फिर से बैठते और बड़े ध्यान में नए कॉफ़ीदान का हैंडल घुमाते हुए रहा। "पिएर, कॉफ़ी पीजिए," उसने पेत्रीत्स्की को सम्बोधित किया, जिसे वह सदा [उसके] पेत्रीत्स्की कुलनाम के आधार पर पिएर कहती थी। वह उसके साथ अपने सम्बन्धों की घनिष्ठता को नहीं छिपाती थी। "मैं कुछ कॉफ़ी और डालना चाहती हूँ।"

"बिगाड़ देंगी।"

"नहीं, नहीं बिगाड़ूँगी ! अरे हाँ, और आपकी बीवी ?" बैरोनेस ने व्रोन्स्की और उसके साथी की बातचीत में खलल डालते हुए अचानक पूछा। "हमने तो यहाँ आपकी शादी कर डाली है। अपनी बीवी को लाए ?"

"नहीं, बैरोनेस। मैं बंजारे की तरह बेघरबार ही पैदा हुआ हूँ और ऐसे ही मरूँगा।"

"यह और भी अच्छी बात है, बहुत अच्छी बात है। लाइए, अपना हाथ दीजिए।"

और बैरोनेस व्रोन्स्की को ऐसे ही रोके हुए तरह-तरह के मज़ाक़ों के साथ उसे अपने जीवन की नवीनतम योजनाएँ बताने और उसकी सलाह लेने लगी।

"वह मुझे किसी तरह भी तलाक़ नहीं देना चाहता। तो मैं क्या करूँ ? ('वह' उसका पति था।) मैं अब मुक़दमा शुरू करना चाहती हूँ। आपकी क्या राय है ? कामेरोव्स्की, कॉफ़ी का ध्यान कीजिए-उफन रही है, आप देख रहे हैं न कि मैं व्यस्त हूँ ! मैं मुक़दमा चलाना चाहती हूँ, क्योंकि अपनी सम्पत्ति की मुझे ज़रूरत है। आप इस बेतुकी बात को समझते हैं न, यह मानते हुए कि मैंने उसके साथ बेवफ़ाई की है," उसने तिरस्कार के साथ कहा, "वह इसके आधार पर मेरी जागीर हड़प जाना चाहता है।"

व्रोन्स्की बड़े मज़े से इस प्यारी औरत की यह चुलबुली बक-बक सुन रहा था, उसकी हाँ में हाँ मिला रहा था, मज़ाक़ के पुट के साथ कुछ सलाहें देता जाता था और उस ढंग की औरतों से बातचीत करने के अपने अभ्यस्त अन्दाज़ को फ़ौरन अपना लिया था। उसकी पीटर्सबर्गी दुनिया में सभी लोग एक-दूसरे के बिल्कुल विपरीत दो क़िस्मों में विभाजित थे। एक घटिया क़िस्म तो वह थी, जिसमें ऐसे तुच्छ, मूर्ख और सबसे बढ़कर तो यह कि वे हास्यास्पद लोग शामिल थे, जो ऐसा मानते हैं कि पति को अपनी विवाहिता पत्नी के साथ ही रहना चाहिए, कि लड़की को पाकीज़ा और औरत को शर्मलिहाज़वाली होना चाहिए, मर्द को साहसी, संयत और दृढ़ होना चाहिए, बच्चों का पालन-पोषण करना, अपनी रोज़ी-रोटी कमानी और ऋण चुकाना चाहिए तथा इसी तरह की दूसरी बेहूदा बातें करनी चाहिए। ये पुराने ढर्रे और हास्यास्पद क़िस्म के लोग थे । किन्तु एक-दूसरी बढ़िया क़िस्म भी थी, जिसमें ये सभी शामिल थे। इसके मुख्य लक्षण ये थे कि आदमी ठाट-बाट से रहे, वह सुन्दर, उदारमना, दिलेर और खुशमिज़ाज हो, किसी भी तरह की शर्म - झेंप के बिना सब तरह की मौज मनाए और बाक़ी सब चीज़ों की खिल्ली उड़ाए ।

मास्को की बिल्कुल दूसरी ही दुनिया से लाई गई छापों के कारण व्रोन्स्की शुरू में कुछ क्षण तक स्तम्भत रहा, किन्तु उसी समय, मानों पुराने जूतों में पाँव डालते ही वह अपनी प्यारी और हँसी-खुशी से भरपूर दुनिया में लौट आया।

कॉफ़ी तो तैयार ही नहीं हुई, वह सभी पर छींटे डालकर उठ गई और उसने वह काम कर दिखाया, जिसकी ज़रूरत थी, यानी उसने हँसी-मज़ाक़ और ठहाकों का मौक़ा दिया और क़ीमती क़ालीन तथा बैरोनेस की पोशाक पर धब्बे डाल दिए।

" तो अब विदा, नहीं तो आप कभी नहाए-धोएँगे नहीं और एक भले आदमी के सबसे बड़े अपराध यानी साफ़-सुथरा न होने के लिए मुझे दोषी बनना पड़ेगा। तो आप मुझे उसके गले पर छुरी रखने की सलाह देते हैं ?"

"निश्चित रूप से। सो भी ऐसे कि आपका छोटा-सा हाथ उसके होंठों के बिल्कुल निकट हो । वह आपका हाथ चूमेगा और सब कुछ बढ़िया ढंग से ख़त्म हो जाएगा," व्रोन्स्की ने जवाब दिया।

"तो आज शाम को फ्रांसीसी थिएटर में !" और वह अपनी पोशाक को सरसराती हुई गायब हो गई।

कामेरोव्स्की भी उठ खड़ा हुआ, व्रोन्स्की ने उसके जाने की प्रतीक्षा किए बिना उससे हाथ मिलाया और हाथ-मुँह धोने चला गया। जब वह ऐसा कर रहा था, पेत्रीत्स्की ने व्रोन्स्की के जाने के बाद अपनी स्थिति में हुए परिवर्तन का

संक्षिप्त वर्णन किया। उसने व्रोन्स्की को बताया कि उसके पास फूटी कौड़ी भी नहीं है। पिता ने कह दिया है कि वह पैसे नहीं देगा और कर्जे नहीं चुकाएगा। उसका दर्जी उसे जेल भिजवाना चाहता है और एक अन्य भी ऐसा ही करने की धमकी दे रहा है। रेजिमेंट के कमांडर ने ऐलान कर दिया है कि अगर ये सब किस्से ख़त्म नहीं होंगे, तो रेजिमेंट से उसकी छुट्टी कर दी जाएगी। बैरोनेस से भी वह बुरी तरह उकता गया है, खासतौर पर इसलिए कि हमेशा पैसे देने की ही बात करती रहती है। लेकिन एक और है, जिसे वह व्रोन्स्की को दिखाएगा, बहुत ही कमाल की, बहुत प्यारी, बिल्कुल पूर्वी ढंग की, "दासी रिबेका जैसी, समझे ?" बेर्कोशेव से भी कल गाली-गलौज हो गई और वह द्वन्द्व-युद्ध के लिए अपने साक्षी भेजना चाहता है, मगर ज़ाहिर है, ऐसा कुछ भी नहीं होगा। कुल मिलाकर यह कि सब कुछ बहुत बढ़िया है, खूब मज़े की चल रही है उसकी ज़िन्दगी। दोस्त को अपनी परिस्थितियों की तफ़सीलों की गहराई में डूबने का मौक़ा न देते हुए पेत्रीत्स्की उसे तरह-तरह की दिलचस्प खबरें सुनाने लगा। अपने घर के इतने जाने-पहचाने वातावरण में, जहाँ वह तीन साल बिता चुका था, पेत्रीत्स्की के इतने सुपरिचित किस्से सुनकर व्रोन्स्की को पीटर्सबर्ग के अभ्यस्त और मस्ती-भरे जीवन में लौटने की अनुभूति होने लगी।

"यह असम्भव है !" वह वाश-बेसिन के पैडल से पाँव हटाकर, जहाँ वह अपनी लाल और मज़बूत गर्दन धो रहा था, चिल्ला उठा। "यह असम्भव है !" वह यह ख़बर सुनकर चिल्ला उठा कि लोरा फ़ेर्तिनगोफ़ को छोड़कर मिलेयेव के साथ रहने लगी है। "और फ़ेर्तिनगोफ़ वैसा ही बुद्धू तथा खुश है ? और बुजुलूकोव का क्या हाल है ?"

"अहा, बुजुलूकोव के साथ क्या बढ़िया क़िस्सा हुआ-बस, मज़ा ही आ गया !" पेत्रीत्स्की चिल्ला उठा। "बॉलों का तो वह दीवाना है और दरबारी बॉलों में तो वह ज़रूर ही जाता है। सो वह नया शिरस्त्राण पहनकर बड़े बॉल में चला गया। तुमने देखे हैं नए शिरस्त्राण ? बहुत अच्छे हैं, बड़े हल्के हैं। तो वह खड़ा था...नहीं, तुम मेरी बात सुनो।"

"हाँ, मैं सुन रहा हूँ," मोटे तौलिए से हाथ-मुँह पोंछते हुए व्रोन्स्की ने जवाब दिया।

"ग्रैंड डचेस किसी राजदूत के साथ उसके पास से गुज़री और उसकी बदक़िस्मती से उनके बीच नए शिरस्त्राणों की चर्चा चल पड़ी। ग्रैंड डचेस ने राजदूत को यह नया शिरस्त्राण दिखाना चाहा.... देखा कि हमारा यह सूरमा खड़ा है। (पेत्रीत्स्की ने मुद्रा बनाकर दिखाई कि कैसे वह शिरस्त्राण पहने खड़ा था।) ग्रैंड डचेस ने उससे शिरस्त्राण दिखाने का अनुरोध किया, लेकिन उसने ऐसा नहीं किया । यह क्या मामला है ? सभी उसे आँखों और सिरों से शिरस्त्राण देने के इशारे करें, माथे पर बल डालें । दे दो। उसने नहीं दिया। बुत बना खड़ा रहा था। तुम कल्पना करो तो... तब उसने... कौन था वह... उसने शिरस्त्राण लेना चाहा... फिर भी नहीं दिया !... उसने झपट लिया और ग्रैंड डचेस को दे दिया । "यह है नया शिरस्त्राण," ग्रैंड डचेस ने कहा । उसने शिरस्त्राण को उल्टा किया और अब तुम कल्पना करो, उसमें से धम की आवाज़ करते हुए एक नासपाती और टॉफ़ियाँ, दो पौंड टॉफ़ियाँ नीचे जा गिरीं !... हमारे इस यार ने चुपके से शिरस्त्राण में यह सब कुछ भर लिया था !"

व्रोन्स्की हँसते-हँसते लोट-पोट हो गया। बाद में किसी दूसरी बात की चर्चा करते हुए भी शिरस्त्राणवाली घटना को याद करके वह अपने सुन्दर और मज़बूत दाँतों की चमक दिखाता हुआ देर तक ज़िन्दादिली से ठहाके लगाकर लोट-पोट होता रहा।

सारी ख़बरें सुनने के बाद नौकर की मदद से व्रोन्स्की ने अपनी वर्दी पहनी और अपने आने की रिपोर्ट देने चला गया। इसके बाद उसका अपने भाई और बेत्सी तथा कुछ दूसरे लोगों के यहाँ जाने का इरादा था, ताकि उस सामाजिक हलके में आने-जाने के लिए ज़मीन तैयार करे, जहाँ कारेनिना से उसकी भेंट हो सके। जैसाकि पीटर्सबर्ग में हमेशा होता था, वह रात को काफ़ी देर से घर लौटा।

अन्ना करेनिना : (अध्याय 1-भाग 2)

जाड़े के अन्त में यह तय करने के लिए कि कीटी की सेहत का क्या हाल है और उसके गिरते स्वास्थ्य को ठीक करने की खातिर क्या किया जाए, श्रेबार्त्स्की परिवार में डॉक्टरों को मशविरे के लिए बुलाया गया। कीटी बीमार रहती थी और वसन्त के निकट आने पर उसकी सेहत और भी ज़्यादा ख़राब हो गई थी। परिवार के डॉक्टर ने उसे कॉर्ड लिवर ऑयल पिलाया, उसके बाद आयरन खिलाया और इसके पश्चात चाँदी का घोल पीने को दिया, किन्तु किसी भी दवाई से कोई लाभ नहीं हुआ। चूँकि उसने वसन्त में विदेश जाने की सलाह दी, इसलिए एक जाने-माने डॉक्टर से सलाह लेने का निर्णय किया गया। इस प्रसिद्ध डॉक्टर ने, जो अभी जवान और ख़ासा खूबसूरत मर्द था, रोगी का पूरी तरह मुआयना करना चाहा। वह तो मानो विशेष आनन्द के साथ इस बात पर जोर देता था कि लड़की की लाज-शर्म बीते ज़माने की असभ्यता का अवशेष है और इससे अधिक स्वाभाविक कुछ नहीं हो सकता कि वह मर्द, जो अभी खुद भी बूढ़ा नहीं हुआ, जवान नंगी लड़की के शरीर को जाँचे-परखे। वह इसलिए इसे स्वाभाविक मानता था कि हर दिन ही ऐसा करता था और ऐसा करते हुए न तो कुछ महसूस करता था और, जैसाकि उसे प्रतीत होता था, न कोई बुरा विचार ही उसके मन में आता था। इसलिए लड़की के लजाने-शरमाने को वह न केवल जहालत का अवशेष, बल्कि अपना अपमान भी मानता था।

इस डॉक्टर की इच्छा के सामने झुकना ज़रूरी था। कारण कि यद्यपि सभी डॉक्टरों ने एक ही विद्यालय में, एक ही जैसी किताबों से पढ़ाई की थी, वे एक जैसी ही विद्या जानते थे और यद्यपि कुछ ऐसा भी कहते थे कि यह किसी काम का डॉक्टर नहीं है तथापि प्रिंसेस श्रेबार्त्स्काया के घर और उसकी जान-पहचान के लोगों में ऐसा माना जाता था कि यह विख्यात डॉक्टर कोई खास चीज़ जानता है और सिर्फ़ वही कीटी को बचा सकता है। परेशान और शर्म से बेहाल हुई कीटी की अच्छी तरह से जाँच करने और उसकी पसलियों पर उँगलियाँ बजाने तथा खूब अच्छी तरह से हाथ धोने के बाद प्रसिद्ध डॉक्टर मेहमानखाने में खड़ा हुआ प्रिंस से बातचीत कर रहा था। प्रिंस डॉक्टर की बातें सुनते हुए तनिक खाँसते थे और नाक-भौंह सिकोड़ रहे थे। वे काफ़ी ज़िन्दगी देख चुके थे, ख़ासे समझदार और स्वस्थ व्यक्ति थे, चिकित्साशास्त्र में विश्वास नहीं करते थे और मन-ही-मन इस सारे तमाशे पर झल्ला रहे थे। ख़ासतौर पर इसलिए कि वे अकेले ही तो कीटी की बीमारी के कारण को अच्छी तरह से जानते थे। 'बातूनी कहीं का,' बेटी की बीमारी के लक्षणों के बारे में उसकी बक-बक को सुनते हुए वे मन-ही-मन इस प्रसिद्ध डॉक्टर की तुलना खाली हाथ लौटने, किन्तु बढ़-चढ़कर बातें बनानेवाले शिकारी के साथ कर रहे थे। दूसरी तरफ़ डॉक्टर भी बड़ी मुश्किल से इस बूढ़े कुलीन के प्रति अपनी तिरस्कार भावना पर क़ाबू पा रहा था और कठिनाई से ही उनकी समझ के नीचे स्तर पर बातचीत कर रहा था। वह अच्छी तरह से जानता था कि बूढ़े से बात करने में कोई तुक नहीं और घर में माँ ही सब कुछ हैं। वह उन्हीं के सामने अपने क़ीमती मोती बिखेरना चाहता था। इसी समय प्रिंसेस परिवार के डॉक्टर के साथ मेहमानख़ाने में आईं। प्रिंस इस बात को छिपाने की कोशिश करते हुए कि उन्हें यह सारा तमाशा कितना हास्यास्पद लग रहा है, परे हट गए। प्रिंसेस बहुत परेशान थीं और समझ नहीं पा रही थीं कि क्या करें। वे अपने को कीटी के सामने दोषी अनुभव करती थीं।

"तो डॉक्टर कीजिए हमारी क़िस्मत का फ़ैसला,"प्रिंसेस ने कहा । "मुझे सब कुछ बताइए।"कोई उम्मीद है या नहीं ?' उन्होंने कहना चाहा, किन्तु उनके होंठ काँप गए और वे यह सवाल नहीं पूछ पाईं।

"हाँ, तो डॉक्टर ?"

"प्रिंसेस, मैं ज़रा अपने सहयोगी के साथ बात कर लूँ और तब आपकी सेवा में अपनी राय पेश करूँगा।"

"तो हम आपको अकेले छोड़ दें ?"

"जैसा ठीक समझें ।"

प्रिंसेस निःश्वास छोड़कर बाहर चली गई।

जब दोनों डॉक्टर ही कमरे में रह गए, तो परिवार का डॉक्टर अपना यह मत बताने लगा कि तपेदिक की शुरुआत है, लेकिन... इत्यादि। प्रसिद्ध डॉक्टर ने उसकी बात सुनते हुए बीच में ही अपनी सोने की बड़ी-सी घड़ी पर नज़र डाली ।

"हाँ," प्रसिद्ध डॉक्टर ने कहा । "लेकिन..."

परिवार का डॉक्टर आदरपूर्वक बीच में ही चुप हो गया ।

"जैसाकि आप जानते हैं, तपेदिक की शुरुआत को हम निश्चित तो कर नहीं सकते, कैविटी के प्रकट होने तक कुछ भी स्पष्ट नहीं हो सकता। किन्तु हम ऐसा सन्देह कर सकते हैं। इसके लिए आधार भी हैं - भूख की कमी, चिड़चिड़ापन दूर किया जाए, तो हमारे सामने सवाल यह है - तपेदिक की प्रक्रिया के आरम्भ का सन्देह होने पर भूख को बढ़ाने के लिए क्या किया जाए ?"

"किन्तु, जैसाकि आप जानते हैं, इसके पीछे हमेशा नैतिक और मानसिक कारण छिपे रहते हैं, "परिवार के डॉक्टर ने हल्की सी मुस्कान के साथ इतना तो कह ही दिया ।

"हाँ, सो तो है ही," नामी डॉक्टर ने फिर से अपनी घड़ी पर नज़र डालकर जवाब दिया । "माफ़ी चाहता हूँ, लेकिन क्या याउज़ा पुल बन गया या अभी तक बड़ा चक्कर काटकर जाना पड़ता है ?" उसने पूछा। "अच्छा, बन गया ! तब तो मैं बीस मिनट में पहुँच सकता हूँ। हाँ, हम कह रहे थे कि हमारे सामने सवाल यह है- भूख बढ़ाई जाए और चिड़चिड़ापन दूर किया जाए। ये दोनों चीजें, एक-दूसरी से सम्बन्धित हैं और हमें दोनों की ओर ध्यान देना चाहिए।"

"किन्तु विदेश जाने के बारे में आपकी क्या राय है ?"परिवार के डॉक्टर ने पूछा ।

"मैं विदेश जाने का बड़ा विरोधी हूँ । आप इस बात पर ध्यान दें कि अगर तपेदिक की प्रक्रिया का आरम्भ ही है, जो हम निश्चित नहीं कर सकते, तो विदेश यात्रा से कोई लाभ नहीं होगा। ऐसे इलाज की ज़रूरत है, जिससे भूख बढ़े और हानि किसी तरह की न हो।"

नामी डॉक्टर ने सोडेन खनिज जल से इलाज करने की योजना बताई। ऐसे इलाज का सुझाव देने का सम्भवतः मुख्य कारण यही था कि इससे किसी तरह की हानि नहीं होगी ।

परिवार का डॉक्टर बहुत ध्यान और बड़े आदर से उसकी बात सुन रहा था।

"किन्तु विदेश यात्रा के पक्ष में मैं यह कहना चाहूँगा कि उससे अभ्यस्त जीवन में कुछ परिवर्तन होगा, यादों को ताज़ा करनेवाला वातावरण नहीं रहेगा। इसके अलावा उसकी माँ ऐसा चाहती भी हैं, "उसने कहा ।

"समझा ! अगर ऐसा है, तो जाएँ, लेकिन ये जर्मन नीम-हकीम नुक़सान ही पहुँचाएँगे...ज़रूरत इस बात की हैं कि वे मेरी बातों पर कान दें।"

उसने फिर से घड़ी पर नज़र डाली।

"ओह ! जाने का वक़्त हो गया..."और दरवाज़े की तरफ़ चल दिया।

नामी डॉक्टर ने प्रिंसेस से कहा (शायद शिष्टतावश ऐसा करना ज़रूरी था कि उसके लिए रोगी को फिर से देखना ज़रूरी है।

"क्या मतलब ! फिर से देखना ज़रूरी है ?" प्रिंसेस घबराकर चिल्लाई।

"नहीं, नहीं, मेरा मतलब यह है कि कुछ तफ़सीलें जानना ज़रूरी है।"

"कृपया पधारिए।"

और माँ डॉक्टर को मेहमानख़ाने में कीटी के पास ले चलीं। दुबलाई और दहकते गालों तथा आँखों में उस शर्म के कारण, जो उसे सहन करनी पड़ी थी, विशेष प्रकार की चमक लिए कीटी कमरे के मध्य में खड़ी थी। डॉक्टर के कमरे में दाख़िल होने पर वह बिल्कुल लाल हो गई और उसकी आँखें छलछला आईं। उसे अपनी सारी बीमारी और उसका इलाज एक बेवकूफ़ी, यहाँ तक कि हास्यास्पद भी लग रहा था। उसे अपना इलाज टूटे हुए फूलदान के टुकड़ों को जोड़ने के समान बेहूदा प्रतीत हो रहा था। उसके दिल के टुकड़े हो गए थे। तो क्या वे दवाई की गोलियों और पाउडरों से उसका इलाज करना चाहते हैं ? लेकिन वह माँ के दिल को ठेस नहीं लगा सकती थी, ख़ासतौर पर जबकि माँ अपने को दोषी अनुभव करती थीं।

"प्रिंसेस, ज़रा बैठ जाने की कृपा करें,"नामी डॉक्टर ने कहा ।

डॉक्टर मुस्कुराता हुआ उसके सामने बैठ गया, उसने नब्ज़ हाथ में ले ली और फिर से ऊब भरे सवाल पूछने लगा । कीटी ने उत्तर दिए और अचानक नाराज़ होकर खड़ी हो गई ।

"क्षमा चाहती हूँ, डॉक्टर, किन्तु इस सबसे कोई लाभ नहीं होगा। आप मुझसे वही बात तीसरी बार पूछ रहे हैं।"

नामी डॉक्टर ने बुरा नहीं माना।

"यह चिड़चिड़ापन बीमारी के कारण है," कीटी के बाहर चली जाने पर उसने माँ से कहा। "वैसे, मैं अपना काम पूरा कर चुका हूँ..."

डॉक्टर ने एक असाधारण सूझ-बूझ वाली नारी के रूप में माँ के सामने बेटी की हालत को वैज्ञानिक ढंग से स्पष्ट किया और अन्त में यह बताया कि कैसे वह खनिज जल पिया जाए, जिसे पीने की कोई आवश्यकता नहीं थी। यह पूछे जाने पर कि विदेश जाएँ या नहीं, डॉक्टर ऐसे गहरी सोच डूब गया मानो कोई मुश्किल सवाल हल कर रहा हो । आख़िर उसने अपना यह फ़ैसला सुनाया- जाएँ, किन्तु नीम-हकीमों पर विश्वास न करें और हर बात के लिए उसकी सलाह लें।

डॉक्टर के जाने के बाद मानो खुशी-सी छा गई। बेटी के पास लौटने पर माँ खुश-खुश - सी दिखाई दीं और बेटी ने भी यह ढोंग किया कि वह अच्छे मूड में है। कीटी को अक्सर, लगभग हर समय ही अब ढोंग करना पड़ता था।

"सच कहती हूँ कि मैं भली-चंगी हूँ, maman. किन्तु यदि आप चाहती हैं, तो हम विदेश चल सकती हैं," कीटी ने कहा और यह दिखाने की कोशिश करते हुए कि निकट भविष्य में होनेवाली यात्रा में उसकी दिलचस्पी है, उसकी तैयारी की चर्चा करने लगी।

अन्ना करेनिना : (अध्याय 2-भाग 2)

डॉक्टर के जाने के फ़ौरन बाद डॉली आ गई। उसे मालूम था कि इस दिन डॉक्टरों से सलाह-मशविरा किया जाएगा और इस चीज़ के बावजूद कि उसने कुछ ही दिन पहले प्रसूति से मुक्ति पाई थी (जाड़े के अन्त में उसने एक और बेटी को जन्म दिया था), और इस बात की भी परवाह न करते हुए कि खुद उसे भी कुछ कम परेशानियाँ और चिन्ताएँ नहीं थीं, वह अपनी दूधपीती बच्ची और दूसरी बीमार बालिका को छोड़कर कीटी के भाग्य निर्णय के बारे में जानने का, जो आज तय हो रहा था, यहाँ आई थी।

"तो क्या कहा डॉक्टरों ने ?" उसने टोपी उतारे बिना ही मेहमानखाने में दाखिल होते हुए पूछा। "आप सभी खुश नज़र आ रहे हैं। सब कुछ ठीक-ठाक है न ?"

नामी डॉक्टर ने जो कुछ कहा था, उन्होंने उसे वह बताने की कोशिश की। किन्तु, यद्यपि डॉक्टर बहुत सुन्दर ढंग से और देर तक अपनी बात कहता रहा था, वे किसी तरह भी डॉली को यह न बता सकीं कि उसने क्या कहा था। दिलचस्प बात सिर्फ़ इतनी ही थी कि विदेश जाने का निर्णय कर लिया गया था।

डॉली ने अनचाहे ही गहरी साँस ली। उसकी सबसे अच्छी मित्र, उसकी बहन विदेश जा रही थी। और डॉली का अपना जीवन सुखी नहीं था। सुलह के बाद ओब्लोन्स्की के साथ उसके सम्बन्ध अपमानजनक हो गए थे। आन्ना ने जो सन्धि करवाई थी, वह बहुत पक्की साबित नहीं हुई और पारिवारिक मेल-मिलाप में उसी जगह फिर से दरार पड़ गई थी। ख़ास बात तो नहीं हुई थी, किन्तु ओब्लोन्स्की घर पर लगभग कभी नहीं रहता था, घर में पैसे भी लगभग कभी नहीं होते थे, पति की बेवफ़ाई के सन्देह डॉली को निरन्तर यातना देते रहते थे और डॉली ईर्ष्या भाव की पीड़ा से डरती हुई इन सन्देहों को अपने से दूर भगाती रहती थी। ईर्ष्या का जो पहला विस्फ़ोट वह सहन कर चुकी थी, अब उसकी पुनरावृत्ति नहीं हो सकती थी और बेवफ़ाई की जानकारी होने पर भी अब उस पर वैसा ही असर न होता, जैसा पहली बार हुआ था। ऐसी जानकारी होने पर उसका केवल अभ्यस्त पारिवारिक जीवन की गड़बड़ा जाता और वह उसे तथा इस दुर्बलता के लिए अपने से और भी अधिक घृणा करती हुई अपने को धोखा देने देती। इस परेशानी के अलावा बड़े कुनबे की चिन्ताएँ उसे निरन्तर घेरे रहती थीं -कभी तो बच्ची को दूध पिलाने में कठिनाई होती, फिर आया चली गई और फिर कभी कोई बच्चा बीमार हो जाता, जैसा आज था।

"तुम्हारे बच्चों का क्या हालचाल है ?"माँ ने पूछा।

"ओह, maman, आपकी अपनी परेशानियाँ ही बहुत हैं। लिली बीमार हो गई है और मुझे डर है कि उसे लाल बुख़ार है। मैं कीटी के बारे में जानने को अभी चली आई, नहीं तो भगवान न करें, अगर उसे लाल बुखार होगा, तो मेरा घर से निकलना ही नहीं हो सकेगा।"

बूढ़े प्रिंस भी डॉक्टर के जाने के बाद अपने कमरे से बाहर निकल आए और डॉली से अपने गाल पर चुम्बन पाने तथा उससे बातचीत करने के बाद पत्नी से बोले :

"तो क्या जाने का फ़ैसला कर लिया ? मेरे बारे में क्या विचार है ?"

"मैं समझती हूँ कि तुम्हें यहीं रहना चाहिए, अलेक्सान्द्र"बीवी ने जवाब दिया। "जैसा ठीक समझें।"

"Maman, पापा भी क्यों न चलें हमारे साथ ?" कीटी ने कहा। "ये भी खुश रहेंगे और हम भी।"

बूढ़े प्रिंस उठे और उन्होंने कीटी के बाल सहलाए। कीटी ने मुँह ऊपर को किया और यत्नपूर्वक मुस्कुराकर पापा की तरफ़ देखा। कीटी को हमेशा ऐसा लगता था कि यद्यपि पापा उससे बहुत कम बात करते थे, वही उसे परिवार में सबसे ज़्यादा अच्छी तरह समझते थे। सबसे छोटी होने के नाते वह पापा की लाड़ली थी और कीटी को ऐसा प्रतीत होता था कि उसके प्रति पापा के प्यार ने उन्हें सूक्ष्मदर्शी बना दिया है। उसे एकटक देखती हुई पापा की नीली और दयालु आँखों से जब उसकी आँखें मिलीं तो उसे लगा कि पापा उसे आर-पार देख रहे हैं और उसकी आत्मा की हर बेचैनी को समझते हैं। कीटी लज्जारुण होते हुए इस आशा से पापा की ओर झुकी कि वे उसे चूमेंगे, किन्तु उन्होंने केवल उसके बाल थपथपा दिए और बोले :

"ये मूर्खतापूर्ण पराये बाल ! अपनी बिटिया के बाल सहलाने के बजाय किन्हीं मृत बुढ़ियाओं के बालों कोही सहला पाता हूँ। हाँ, तो डॉली," उन्होंने बड़ी बेटी को सम्बोधित किया, "तुम्हारा वह तुरुप का इक्का क्या तीर मार रहा है ?"

"ठीक है, पापा," डॉली ने यह समझते हुए कि उसके पति की चर्चा हो रही है, जवाब दिया। "हमेशा बाहर ही रहता है, मैं तो उसे लगभग घर में नहीं देख पाती," वह व्यंग्यपूर्ण मुस्कान के साथ इतना और कहे बिना न रह सकी।

"तो क्या वह अभी तक जंगल बेचने के लिए गाँव नहीं गया ?"

"नहीं, सोच रहा है जाने की।"

"अच्छा !" प्रिंस ने कहा। "तो क्या मुझे भी जाने की तैयारी करनी चाहिए ? मैं हुक्म बजाने को तैयार हूँ," उन्होंने बैठते हुए अपनी बीवी से कहा। "और कीटी, तुम ऐसा करो," वे छोटी बेटी से बोले, "किसी एक शुभ दिन तुम आँख खोलते ही अपने आपसे कहना - मैं बिल्कुल स्वस्थ और ख़ूब मज़े में हूँ और फिर से पापा के साथ तड़के ही जाड़े पाले में सैर को जाया करूँगी। क्या ख़याल है ?"

पापा ने जो कुछ कहा था, वह यों तो बहुत सीधा-सादा प्रतीत होता था, किन्तु ये शब्द सुनकर कीटी एक अपराधी की तरह बेचैन और परेशान हो उठी। "हाँ, पापा सब कुछ जानते, सब कुछ समझते हैं और इन शब्दों द्वारा मुझसे यह कह रहे हैं कि बेशक तुम्हें शर्मिन्दगी का सामना करना पड़ रहा है, फिर भी तुम्हें उससे निजात पानी चाहिए।"वह उन्हें जवाब देने की हिम्मत नहीं बटोर पाई। उसने कुछ कहना शुरू किया, लेकिन अचानक रो पड़ी और कमरे से बाहर भाग गई।

"यह नतीजा होता है तुम्हारे मज़ाक़ों का !" प्रिंसेस पति पर बरस पड़ीं। "तुम हमेशा ..."उन्होंने पति को डाँट पिलानी शुरू कर दी।

प्रिंस देर तक पत्नी की डाँट सुनते हुए चुप रहे, किन्तु उनके तेवर चढ़ते चले गए।

"वह इतनी ज़्यादा दुःखी है, इतनी ज़्यादा दुःखी है, बेचारी, लेकिन तुम यह महसूस नहीं करते कि उसे असली वजह की तरफ़ ज़रा-सा इशारा करने पर भी कितनी ठेस लगती है। आह ! कितना धोखा खा जाते हैं हम लोगों के बारे में !" प्रिंसेस ने कहा और उनका अन्दाज़ बदलने से डॉली तथा प्रिंस समझ गए कि अब वे व्रोन्स्की की चर्चा कर रही हैं। "मेरी समझ में नहीं आता कि ऐसे दुष्ट और बुरे लोगों के खिलाफ़ कोई क़ानून-क़ायदे क्यों नहीं हैं ?"

"आह, यह तुम क्या कह रही हो !" प्रिंस ने दुःखी होते और मानो बाहर जाने की इच्छा ज़ाहिर करते हुए कहा। लेकिन वे दरवाज़े के पास जाकर रुक गए। "क़ानून तो हैं और अब अगर तुमने मुझे ज़बान खोलने को मजबूर कर ही दिया है, तो सुनो कि इस सबके लिए तुम, और केवल तुम ही दोषी हो। ऐसे छैल-छबीलों के विरुद्ध क़ानून सदा

थे, और हैं ! हाँ, अगर वैसा न होता, जैसाकि नहीं होना चाहिए था, तो मैं, बूढ़ा होते हुए भी, उस शैतान को द्वन्द्व-युद्ध की चुनौती देता। और अब इसका इलाज करवाइए, इन ढोंगी नीम-हकीमों के फेर में पड़िए !"

प्रिंस सम्भवतः और भी बहुत कुछ कहना चाहते थे, किन्तु प्रिंसेस ने जैसे ही उनका बात कहने का यह अन्दाज़ देखा, वैसे ही, जैसेकि हमेशा सभी गम्भीर मामलों में होता था, फ़ौरन झुक गईं और पश्चात्ताप करने लगीं।

"अलेक्सान्द्र, अलेक्सान्द्र," पति की ओर बढ़ती हुई प्रिंसेस फुसफुसाईं और रो पड़ीं।

पत्नी के रो पड़ते ही प्रिंस चुप हो गए। वे पत्नी के पास जाकर बोले:

"बस, बस करो ! मैं जानता हूँ कि तुम्हारे मन पर भी भारी गुज़र रही है। किया क्या जाए ? कोई बड़ी मुसीबत नहीं है। भगवान दयालु हैं..."खुद यह न समझते हुए कि वे क्या कह रहे हैं तथा हाथ पर पत्नी के आँसू भीगे चुम्बन को अनुभव करके और धन्यवाद देकर वे कमरे से बाहर चले गए।

कीटी जैसे ही आँखों में आँसू भरे हुए कमरे से निकली, डॉली ने स्वयं माँ और पारिवारिक जीवन की अभ्यस्त होने के नाते फ़ौरन यह समझ लिया कि अब नारी के रूप में उसे कुछ करना चाहिए और उसने अपने को इसके लिए तैयार कर लिया। उसने अपनी टोपी उतार दी और मन-ही-मन मानो आस्तीने चढ़ाकर मैदान में उतरने को तत्पर हो गई। माँ जब पिता पर बरस रही थीं, तो उसने बेटी के नाते जहाँ तक उचित था, माँ को रोकने की कोशिश की। पिता के फट पड़ने पर वह ख़ामोश रही। उसे माँ के लिए शर्म और पिता के प्रति, उनकी उसी क्षण लौट आनेवाली दयालुता के कारण प्यार की अनुभूति हो रही थी। किन्तु पिता के बाहर चले जाने पर वह सबसे महत्त्वपूर्ण चीज़ यानी कीटी के पास जाकर उसे शान्त करने की सोचने लगी।

"Maman, मैं बहुत दिनों से आपको एक बात कहना चाहती थी-आपको यह मालूम है या नहीं कि लेकिन जब आखिरी बार यहाँ था, तो वह कीटी से विवाह का प्रस्ताव करना चाहता था ? उसने स्तीवा से यह कहा था।"

"तो क्या हुआ ? तुम्हारी बात मेरी समझ में नहीं आ रही..."

"हो सकता है कि कीटी ने उसे इनकार कर दिया हो ? उसने आपसे नहीं कहा ?"

"नहीं, उसने दोनों में से किसी के बारे में भी कुछ नहीं कहा, वह बड़ी गर्वीली है। लेकिन मैं जानती हूँ कि यह सब कुछ इसी बात के कारण है..."

"हाँ, आप कल्पना करें कि अगर उसने लेविन को इनकार कर दिया है, किन्तु वह उसे कभी इनकार न करती अगर वह दूसरा न होता। मैं जानती हूँ...और बाद में इसने उसे कैसे धोखा दिया ?"

प्रिंसेस के लिए यह सोचना बड़ा भयानक था कि कीटी के सामने वे कितनी अधिक दोषी हैं और इसलिए वे झल्ला उठीं।

"ओह, मेरी समझ में अब कुछ नहीं आ रहा ! आजकल सब अपनी ही अक्ल से जीना चाहते हैं और माँ को कुछ भी नहीं बताती। इसलिए बाद में यह..."

"Maman, मैं उसके पास जाती हूँ।"

"जाओ। मैं क्या तुम्हें मना कर रही हूँ ?"माँ ने जवाब दिया।

अन्ना करेनिना : (अध्याय 3-भाग 2)

कीटी के सुन्दर, गुलाबी रंगवाले और सैक्सोनी चीनी मिट्टी की गुड़ियाओं सहित छोटे कमरे में दाख़िल होने पर, जो दो महीने पहले की कीटी के समान की ताज़गी, गुलाबीपन और प्रफुल्लता लिए हुए था, डॉली को यह याद हो आया कि पिछले साल कैसे दोनों बहनों ने मिलकर कितनी खुशी और प्यार से इस कमरे को सजाया-सँवारा था। उसने जब कीटी को दरवाज़े के क़रीब नीची-सी कुर्सी पर बैठे और क़ालीन के एक कोने पर निश्चल दृष्टि जमाए देखा, तो उसका दिल बैठ गया। कीटी ने अपनी बहन की तरफ़ नज़र उठाई और उसके चेहरे पर रुखाई, बल्कि कुछ कठोरता का भाव नहीं बदला।

"मैं अभी चली जाऊँगी, फिर घर से निकल नहीं सकूँगी और तुम मेरे पास आ नहीं सकोगी, "डॉली ने कीटी के निकट बैठते हुए कहा। "मैं तुम्हारे साथ कुछ बातचीत करना चाहती हूँ।"

"किस बारे में ?" घबराकर सिर ऊँचा करते हुए कीटी ने झटपट पूछा।

"अगर तुम्हारे दुःख के बारे में नहीं तो और किस बारे में ?"

"मुझे कोई दुःख नहीं है।"

"हटाओ, कीटी ! क्या तुम यह सोचती हो कि मुझसे यह सब छिपा रह सकता है ? मैं सब कुछ जानती हूँ। और मुझ पर यक़ीन करो कि यह इतनी तुच्छ चीज़ है...हम सभी को इसका अनुभव हुआ है।"

कीटी ख़ामोश रही और उसके चेहरे पर कठोरता का भाव बना रहा था।

"वह इसके लायक़ नहीं है कि तुम उसके लिए अपना मन दुःखाओ,"डॉली ने सीधे-सीधे मतलब की बात कह दी।

"हाँ, क्योंकि उसने मेरी उपेक्षा कर दी है," कीटी काँपती आवाज़ में कह उठी। "कुछ नहीं कहो ! कृपया इस बारे में कुछ नहीं कहो !"

"ऐसा तुमसे किसने कहा है ? किसी ने भी ऐसा नहीं कहा। मुझे विश्वास है, वह तुमसे प्यार करता था और अब भी करता है, किन्तु..."

"आह, ये सहानुभूति के प्रदर्शन ही सबसे ज़्यादा भयानक होते हैं !" कीटी अचानक गुस्से में आकर चिल्ला उठी। उसने कुर्सी पर घूमकर मुँह दूसरी ओर कर लिया, गुस्से से लाल हो गई और उँगलियों को जल्दी-जल्दी हिलाते हुए कभी एक, तो कभी दूसरे हाथ से पेटी के उस बकसुए को दबाने लगी, जो वह हाथ में लिए थी। गुस्से में आने पर हाथों को ऐसे पकड़ने - दबाने की कीटी की आदत से डॉली परिचित थी। उसे यह भी मालूम था कि क्रोध के ऐसे क्षणों में कीटी को भले-बुरे का कुछ भी ध्यान नहीं रहता और वह बहुत-सी अवांछित तथा कड़वी बातें भी कह सकती है। डॉली ने उसे शान्त करना चाहा, किन्तु देर हो चुकी थी।

"क्या, तुम क्या अनुभव करवाना चाहती हो मुझे ?"कीटी जल्दी-जल्दी कह रही थी।

"यही कि मैं ऐसे आदमी को प्यार करती थी, जिसने मेरी रत्ती भर परवाह नहीं की और यह कि मैं उसके प्यार में मरी जा रही हूँ ? और मुझसे ऐसा मेरी बहन कह रही है, जो यह समझती है कि... कि वह मेरे प्रति सहानुभूति प्रकट कर रही है !... मुझे नहीं चाहिए ऐसी सहानुभूति और ऐसा ढोंग !"

"कीटी, यह तुम्हारी ज़्यादती है !"

"किसलिए तुम मुझे यह यातना दे रही हो ?"

"मैं तो उल्टे... मैं देख रही हूँ कि तुम दुःखी हो..."किन्तु कीटी ने अपने गुस्से में उसकी बात नहीं सुनी।

"मेरे लिए दुःखी होने और सान्त्वना पाने का कोई कारण नहीं है। मैं इतनी गर्वीली हूँ कि कभी ऐसे आदमी को प्यार नहीं करूँगी, जो मुझे प्यार नहीं करता।"

"मैं तो यह कह ही नहीं रही हूँ...तुम एक बात मुझे सच सच बताओ," कीटी का हाथ अपने में लेकर डॉली बोली, "मुझे बताओ, क्या लेविन ने तुमसे अपने इरादे का ज़िक्र किया था ?..."

लेविन की याद दिलाने पर तो कीटी मानो बिल्कुल आपे से बाहर हो गई। वह उछलकर कुर्सी से उठ खड़ी हुई, उसने बकसुआ ज़मीन पर दे मारा और हाथों को तेज़ी से हिलाते-डुलाते हुए कह उठी :

"लेविन का यहाँ क्या सवाल पैदा होता है ? समझ में नहीं आता कि तुम किसलिए मुझे सताना चाहती हो ? मैं कह चुकी हूँ और दोहराती हूँ कि मुझमें आत्माभिमान है और कभी, कभी भी वह नहीं करूँगी, जो तुम करती हो - उस आदमी के पास कभी नहीं लौटूंगी, जिसने मेरे साथ बेवफ़ाई की है और किसी दूसरी नारी को प्यार करने लगा है। यह मेरी समझ में नहीं आता, नहीं आता। तुम ऐसा कर सकती हो, मैं नहीं कर सकती !"

ये शब्द कहकर उसने बहन पर नज़र डाली और यह देखकर कि डॉली सिर झुकाए हुए ख़ामोश है, कीटी कमरे में बाहर आने के बजाय, जैसाकि उसका इरादा था, दरवाज़े के पास बैठ गई और मुँह को रूमाल से ढँककर उसने सिर झुका लिया।

कोई दो मिनट तक ख़ामोशी बनी रही। डॉली अपने बारे में सोच रही थी। अपना यही अपमान, जो वह हमेशा अनुभव करती थी, बहन के याद दिलाने पर विशेषतः ज़ोर से टीस उठा। उसने बहन से ऐसी निर्ममता की आशा नहीं की थी और वह उससे नाराज़ हो गई। किन्तु अचानक उसे पोशाक की सरसराहट और साथ ही दबी-घुटी सिसकियों की आवाज़ सुनाई दी और किसी ने नीचे की तरफ़ से उसके गले में बाँहें डाल दीं। कीटी उसके सामने घुटने टेके हुए थी।

"प्यारी डॉली, मैं इतनी दुःखी हूँ, इतनी अधिक दुःखी हूँ !" वह दोषी की तरह फुसफुसाई। कीटी ने आँसुओं से तर अपना प्यारा चेहरा डॉली के स्कर्ट में छिपा लिया।

आँसू तो मानो उस ज़रूरी तेल के समान थे, जिनके बिना दोनों बहनों के आपसी मेल-मिलाप की गाड़ी सफलतापूर्वक नहीं चल सकती थी। आँसुओं के बाद बहनों ने उस बात की चर्चा नहीं की, जिसमें उन दोनों की दिलचस्पी थी। किन्तु दूसरी बातों की चर्चा करते हुए भी वे एक-दूसरी को समझ गईं। कीटी समझ गई कि उसने गुस्से में डॉली के पति की बेवफ़ाई और उसके अपमान के बारे में जो कुछ कहा था, उससे बेचारी बहन के दिल को गहरी ठेस लगी है, मगर उसने उसे क्षमा कर दिया है। दूसरी तरफ़ डॉली वह सब समझ गई, जो जानना चाहती थी। उसे यक़ीन हो गया कि उसके अनुमान बिल्कुल सही थे, कीटी का दुःख, वह दुःख, जिसका कोई इलाज नहीं था, इसी बात में निहित था कि लेविन ने उससे विवाह का प्रस्ताव किया और उसने उसे इनकार कर दिया, किन्तु व्रोन्स्की ने उसे धोखा दिया और वह लेविन को प्यार करने को तैयार थी तथा व्रोन्स्की से घृणा करती थी। कीटी ने इस सम्बन्ध में एक शब्द भी नहीं कहा, उसने तो केवल अपनी मानसिक स्थिति की चर्चा की।

"मुझे किसी तरह कोई दुःख नहीं है," शान्त होने पर उसने कहा, "लेकिन तुम समझ सकती हो कि मुझे कुछ गन्दा, घिनौना और बेहूदा लगता है और सबसे पहले मैं खुद अपनी नज़रों में ही ऐसी हो गई हूँ। तुम कल्पना भी नहीं कर सकतीं कि सभी चीज़ों के बारे में मेरे दिल में कैसे बुरे विचार आते हैं।"

"कैसे बुरे विचार हो सकते हैं तुम्हारे मन में ?"डॉली ने मुस्कुराते हुए पूछा।

"बहुत, बहुत ही बुरे और बेहूदा। मैं तुम्हें बता भी नहीं सकती। यह बेचैनी नहीं, ऊब नहीं, बल्कि इससे कहीं अधिक बुरी चीज़ है। ऐसे लगता है कि मानो मेरे भीतर जो कुछ भी अच्छा था, सब गायब हो गया और सिर्फ़ सबसे बुरा ही बाक़ी रह गया है। कैसे समझाऊँ मैं तुम्हें यह ?" बहन की आँखों में यह भाव देखकर मानो वह उसे समझ न पा रही हो, वह कहती गई। "पापा अभी मुझसे कहने लगे...मुझे लगता है, वे केवल यही समझते हैं कि मुझे शादी करनी चाहिए। अम्मा मुझे बॉल में ले जाती हैं- मुझे लगता है, वे इसीलिए मुझे वहाँ ले जाती हैं कि जल्दी से मेरी शादी करके मुझसे पिंड छुड़ा लें। मैं जानती हूँ कि यह सच नहीं है, किन्तु ऐसे विचारों को दिल से खदेड़ नहीं पाती। तथाकथित वरों को तो मैं फूटी आँखों नहीं देख पाती। ऐसा लगता है कि वे मानो मेरी माप लेते हैं। पहले तो बॉल की पोशाक पहनकर कहीं जाना मेरे लिए बड़ी खुशी की बात होती थी, मैं अपने पर मुग्ध हुआ करती थी, किन्तु अब मुझे शर्म आती है, अटपटापन महसूस होता है। तो क्या करूँ मैं ? और डॉक्टर... हाँ..."

कीटी झिझक गई। वह आगे यह कहना चाहती थी कि जिस समय से उसमें यह परिवर्तन हुआ है, स्तेपान अर्कादियेविच उसकी नज़र में बुरी तरह खटकने लगा है और वह बहुत ही बुरे और घिनौने विचारों के बिना उसकी कल्पना नहीं कर सकती।

"हाँ, सब कुछ बहुत बुरे और घिनौने रूप में मेरे सामने आता है,"वह कहती गई। "यही मेरी बीमारी है। शायद यह दूर हो जाएगी..."

"तुम सोचा न करो...'

"मैं ऐसा नहीं कर पाती। सिर्फ़ बच्चों के साथ, सिर्फ़ तुम्हारे यहाँ ही मैं खुश रहती हूँ।"

"दुःख की बात है कि तुम मेरे यहाँ नहीं आ सकतीं।"

"नहीं, मैं आऊँगी। मुझे लाल बुखार हो चुका है और मैं maman से तुम्हारे यहाँ जाने की अनुमति ले लूँगी।"

कीटी ने अपनी बात मनवा ली, बहन के यहाँ चली गई और लाल बुखार के दौरान, जो सचमुच ही प्रकट हो गया था, बच्चों की देखभाल करती रही। दोनों बहनों ने छः के छः बच्चों को इस रोग के संकट से सही-सलामत उबार लिया, किन्तु कीटी का स्वास्थ्य बेहतर नहीं हुआ। लेन्ट पर्व के अवसर पर श्रेबात्स्की परिवार विदेश चला गया।

अन्ना करेनिना : (अध्याय 4-भाग 2)

पीटर्सबर्ग का ऊँचा सामाजिक हलक़ा वास्तव में एक ही है- सभी एक-दूसरे को जानते हैं, एक-दूसरे के यहाँ आते-जाते भी हैं। किन्तु एक बड़े हलके में अपने छोटे-छोटे दायरे भी हैं। आन्ना अर्काद्येव्ना कारेनिना के तीन विभिन्न दायरों के साथ घनिष्ठ सम्बन्ध थे और वहाँ उसकी सहेलियाँ और मित्र थे। एक दायरा तो उसके पति का सरकारी और औपचारिक दायरा था, जिसमें उसके साथ काम करनेवाले तथा उसके मातहत लोग शामिल थे। ये लोग अत्यधिक विविधतापूर्ण और अजीब ढंग से सामाजिक सम्बन्धों में बँधे या बँटे हुए थे। आन्ना अब मुश्किल से ही उस लगभग पावन सम्मान की भावना को याद कर सकती थी, जो शुरू में वह उन लोगों के प्रति अनुभव करती थी। अब तो वह उन सभी को वैसे ही जानती थी, जैसे छोटे से शहर में एक-दूसरे को जानते हैं। उसे मालूम था कि किसकी कैसी आदतें और कमज़ोरियाँ हैं, किसको किसके कारण परेशानी होती है, एक-दूसरे और मुख्य केन्द्र के प्रति उनके रवैये से परिचित थी। उसे पता था कि कौन किसका, कैसे और किस चीज के बल पर दामन थामे है और कौन किस चीज़ में सहमत और असहमत है। लेकिन काउंटेस लीदिया इवानोव्ना के समझाने-बुझाने के बावजूद इन सरकारी हितों वाले मर्दों का यह दायरा उसे कभी अच्छा नहीं लगता था, और वह उससे कतराती थी।

आन्ना के मेल-जोल का दूसरा दायरा वह था, जिसके ज़रिये उसके पति कोरेनिन ने अपनी नौकरी में तरक़्क़ी की थी। काउंटेस लीदिया इवानोव्ना इस दायरे का केन्द्र-बिन्दु थी। यह बूढ़ी, बदसूरत, सदाचारी और धर्म-कर्म में डूबी हुई औरतों और समझदार, विद्वान तथा महत्त्वाकांक्षी मर्दों का दायरा था। इस दायरे से सम्बन्ध रखनेवाले एक बुद्धिमान व्यक्ति ने इसे 'पीटर्सबर्ग के समाज की आत्मा' की संज्ञा दी थी। कोरेनिन इस दायरे को बहुत महत्त्व देता था और सबके साथ निबाह कर लेनेवाली आन्ना ने पीटर्सबर्ग के अपने प्रारम्भिक जीवन में इस दायरे में भी मित्र बना लिए थे। अब मास्को से लौटने पर यह दायरा उसे बहुत ही बुरी तरह से अखरने लगा। उसे प्रतीत होता कि वह खुद और बाक़ी सभी लोग भी ढोंग करते हैं। इसलिए इस दायरे में वह बड़ी ऊब तथा अटपटापन अनुभव करने और काउंटेस लीदिया इवानोव्ना के यहाँ कम-से-कम जाने लगी।

तीसरा, आखिरी दायरा, जिसके साथ उसके सम्बन्ध थे, बॉलों, दावतों और शानदार पोशाकों का दायरा था। यह वह कुलीन समाज था, जो एक हाथ से दरबार को थामे रहता था, ताकि अपने से नीचे के समाज में न खिसक जाए। इस कुलीन समाज के लोग अपने ख़याल में इस नीचेवाले समाज को तिरस्कार की दृष्टि से देखते थे, किन्तु उसके साथ उनकी रुचियाँ न केवल मिलती-जुलती ही, बल्कि सर्वथा समान थीं। इस दायरे के साथ प्रिंसेस बेत्सी त्वेर्स्काया के ज़रिये उसका सम्बन्ध बना हुआ था। प्रिंसेस बेत्सी उसके चचेरे भाई की पत्नी थी, उसकी एक लाख बीस हज़ार की आमदनी थी, और आन्ना के कुलीन समाज में प्रकट होते ही उसे उससे विशेष अनुराग हो गया था। वह आन्ना की बहुत ख़ातिरदारी करती थी और काउंटेस लीदिया इवानोव्ना के दायरे का मज़ाक़ उड़ाते हुए उसे अपने दायरे में खींच लाई थी।

"बूढ़ी- खूसट और बदसूरत होने पर मैं भी उसके जैसी ही हो जाऊँगी," बेत्सी कहती, "लेकिन आपके जैसी जवान और सुन्दर नारी के लिए अभी उन बूढ़ी औरतों के आश्रम में जाने का वक़्त नहीं आया।"

पहले कुछ समय में तो आन्ना ने प्रिंसेस बेत्सी त्वेर्स्काया के दायरे से यथासम्भव दूर रहने का प्रयास किया, क्योंकि इसके लिए जितने ख़र्च की ज़रूरत थी, वह उसके साधनों से बाहर की बात थी और वैसे दिल से भी वह पहले दायरे को ही तरजीह देती थी। लेकिन मास्को से लौटने के बाद उसका रुख बिल्कुल दूसरा हो गया। वह अपने नैतिक झुकाववाले मित्रों से कन्नी काटती और ऊँचे कुलीन समाज में जाती। वहाँ व्रोन्स्की से उसकी भेंट होती और ऐसी भेंटें उसे उत्तेजनापूर्ण खुशी प्रदान करतीं। बेसी के यहाँ तो विशेषतः उसकी व्रोन्स्की से अक्सर मुलाक़ात होती

। बेत्सी भी व्रोन्स्की परिवार में ही जन्मी थी और उसकी चचेरी बहन थी। व्रोन्स्की हर उस जगह पर पहुँचता, जहाँ उसे आन्ना से मिलने की आशा होती और जब भी सम्भव होता, उससे अपने प्यार की चर्चा करता। वह उसे किसी भी तरह का बढ़ावा न देती, किन्तु उससे होनेवाली हर मुलाक़ात के समय उसे वैसी ही सजीवता की अनुभूति होती, जैसी उसने उस दिन रेलगाड़ी में व्रोन्स्की को पहली बार देखने पर अनुभव की थी। आन्ना ने खुद यह महसूस किया था कि उसे देखते ही उसकी आँखों में खुशी की चमक आ जाती है, होंठों पर मुस्कान खिल उठती है और अपनी खुशी की इस अभिव्यक्ति को वह किसी तरह भी छिपा नहीं पाती है।

शुरू-शुरू में आन्ना सच्चे मन से यह विश्वास करती थी कि व्रोन्स्की का हर जगह उसके पीछे-पीछे पहुँच जाना उसे अच्छा नहीं लगता है। किन्तु मास्को से लौटने के कुछ ही दिन बाद जब वह एक समारोह में गई, जहाँ उसे उससे मिलने की आशा थी, किन्तु वह वहाँ नहीं आया था, तो उस पर हावी हो जानेवाले निराशा भाव से वह स्पष्टतः यह समझ गई कि अपने को धोखा देती रही है, कि व्रोन्स्की द्वारा हर जगह उसके पीछे-पीछे जाना न केवल उसे रुचिकर है, बल्कि उसके जीवन का सबसे बड़ा सुख है।

प्रसिद्ध गायिका दूसरी बार गा रही थी और सारा ऊँचा समाज थिएटर में था। पहली क़तार में बैठे व्रोन्स्की ने चचेरी बहन बेत्सी त्वेरस्काया को बॉक्स में बैठे देख लिया और अन्तराल की प्रतीक्षा किए बिना ही उसके पास चला गया।

"आप दोपहर के खाने पर क्यों नहीं आए ?"बेत्सी ने पूछा । "प्रेमियों के दिलों में एक समान बजनेवाले तारों से हैरानी होती है," उसने मुस्कुराकर ऐसे धीरे से कि केवल व्रोन्स्की को ही सुनाई दे, इतना और जोड़ दिया । "वह भी नहीं आई। लेकिन ऑपेरा के बाद आ जाइए।"

व्रोन्स्की ने प्रश्नसूचक दृष्टि से बेत्सी की ओर देखा । उसने सिर झुकाया । व्रोन्स्की ने मुस्कुराकर आभार प्रकट किया और उसके निकट बैठ गया ।

"मुझे याद आता है कि कैसे आप दूसरों का मज़ाक़ उड़ाया करते थे," प्रिंसेस बेत्सी ने कहा, जिसे इस प्रेम-लीला की प्रगति की चर्चा में विशेष सुख मिलता था। "कहाँ हवा हो गया अब वह सब कुछ ! प्रेम जाल में फँस गए हो।"

"मैं सिर्फ़ यही तो चाहता हूँ कि जाल में फँस जाऊँ," व्रोन्स्की ने अपने शान्त और खुशमिज़ाजी की द्योतक मुस्कान के साथ कहा। अगर सच कहूँ, तो मुझे सिर्फ़ यही शिकायत है कि जाल में बहुत कम फँसा हूँ। मैं तो निराश होने लगा हूँ।"

"आप आशा ही कैसे कर सकते हैं ?" बेत्सी ने अपनी सहेली के लिए बुरा मानते हुए कहा ।

"Entendons nous..."(एक-दूसरे को समझ लें-फ़्रांसीसी) लेकिन उसकी आँखों में ऐसी लौ थी, जो कह रही थी कि वह बहुत अच्छी तरह, ठीक वैसे ही जैसे व्रोन्स्की, यह समझती है कि उसे क्या आशा हो सकती है।

"कुछ भी नहीं," व्रोन्स्की ने हँसते और अपने सुन्दर दाँतों की झलक दिखाते हुए कहा । "माफ़ी चाहता हूँ," बेत्सी के हाथ से दूरबीन लेते और उसके उघाड़े कन्धे के ऊपर से सामनेवाले बॉक्सों पर उसे केन्द्रित करते हुए व्रोन्स्की ने इतना और जोड़ दिया । "मुझे लगता है कि मैं उपहास-पात्र बनता जा रहा हूँ।"

व्रोन्स्की बहुत अच्छी तरह से यह जानता था कि बेत्सी और उसके दायरे के अन्य सभी लोगों की नज़रों में उसके उपहास - पात्र बनने का कोई ख़तरा नहीं था । उसे बहुत अच्छी तरह से यह मालूम था कि इन लोगों की दृष्टि में किसी युवती या किसी आज़ाद नारी के बदक़िस्मत प्रेमी की भूमिका उपहासजनक हो सकती है, किन्तु उस व्यक्ति

की भूमिका, जो किसी विवाहिता पर बुरी तरह लट्टू हो और हर क़ीमत पर उसे अपने प्रेम-पाश में बाँधना चाहता हो, सुन्दर और गरिमापूर्ण भूमिका है और कभी भी उपहासजनक नहीं हो सकती। इसीलिए अपनी मूँछों के नीचे होंठों पर गर्वीली और सुखद मुस्कान के साथ उसने दूरबीन नीचे की और चचेरी बहन की ओर देखा।

"तो आप दोपहर के खाने पर क्यों नहीं आए ?"मुग्ध भाव से उसे देखते हुए उसने फिर पूछा।

"यह तो मुझे आपको बताना ही चाहिए। मैं व्यस्त था। और जानती हैं किस चीज़ में ? आप सौ बार, एक हज़ार बार कोशिश कर लीजिए, फिर भी अनुमान नहीं लगा सकेंगी। मैं एक पत्नी का अपमान करनेवाले के साथ उसके पति की सुलह करवा रहा था। हाँ, बिल्कुल सच कहता हूँ !"

"तो करवा दी सुलह ?"

"लगभग।"

"आपको यह तो सारा क़िस्सा मुझे सुनाना चाहिए," प्रिंसेस बेत्सी ने उठते हुए कहा। "अगले अन्तराल में आ जाइएगा।"

"यह मुमकिन नहीं। मैं फ़्रांसीसी थिएटर में जा रहा हूँ।"

"निल्सोन को छोड़कर ?"बेत्सी ने स्तब्ध होते हुए पूछा, यद्यपि वह निल्सोन और किसी मामूली सहगान-गायिका में किसी तरह भी अन्तर नहीं कर सकती थी।

"लेकिन किया क्या जाए ? मुझे अपने सुलह-सफ़ाई के इसी काम के सिलसिले में वहाँ किसी से मिलना है।"

"खुदा की रहमत हो इन सुलह करवानेवालों पर, उनकी बदौलत वे बच जाएँगे,"बेत्सी ने किसी के मुँह के सुने-सुनाए कुछ इसी तरह के शब्दों को याद करते हुए कहा। "तो बैठिए, सुनाइए कि यह क्या क़िस्सा है ?"

और वह फिर बैठ गई।

अन्ना करेनिना : (अध्याय 5-भाग 2)

"यह किस्सा कुछ बेहूदा, मगर इतना दिलचस्प है कि सुनाने को बहुत ही मन हो रहा है,"हँसती आँखों से बेत्सी की ओर देखते हुए व्रोन्स्की ने कहा। "मैं नाम नहीं बताऊँगा।"

"लेकिन मैं बूझूँगी और यह तो और भी ज्यादा अच्छा रहेगा।"

"तो सुनिए-रंग में आए हुए दो जवान आदमी घोड़ों पर जा रहे थे..."

"ज़ाहिर है, आपकी रेजिमेंट के अफ़सर।"

"मैं अफ़सर नहीं कह रहा हूँ, बस, नाश्ता करने के बाद दो जवान आदमी..."

"कहिए-पिए हुए।"

"मुमकिन है। वे बहुत खुशी के मूड में एक दोस्त के यहाँ दोपहर का खाना खाने जा रहे थे। क्या देखते हैं कि एक बहुत ही प्यारी सी औरत किराए की बग्घी में उनसे आगे निकली जाती है, मुड़कर देखती है और कम-से-कम उन्हें तो ऐसा लगता है कि उनकी ओर सिर हिलाकर इशारा करती और हँसती है। ज़ाहिर है कि वे उसके पीछे हो लिए। ख़ूब जोर से घोड़े दौड़ाने लगे। उन्हें बड़ी हैरानी हुई कि इस सुन्दरी की बग्घी उसी घर के सामने रुकी, जहाँ वे जा रहे थे। सुन्दरी जल्दी से सबसे ऊपरवाली मंजिल पर भाग गई। उन्हें उसके छोटे-से झीने आवरण में से सिर्फ़ लाल होंठों और छोटे-छोटे, सुन्दर पैरों की ही झलकी मिली।"

"आप ऐसे मज़े ले-लेकर यह सुना रहे हैं कि मुझे ऐसे लग रहा है मानो आप इन दोनों में से एक हों।"

"और आपने मुझसे अभी क्या कहा था ? तो ये दोनों जवान आदमी अपने दोस्त के यहाँ पहुँचे और वहाँ विदाई-भोज था। वहाँ उन्होंने निश्चय ही पी और सम्भव है कि कुछ ज़्यादा ही पी हो, जैसा कि विदाई की दावतों में हमेशा होता है। खाना खाते हुए उन्होंने यह पूछताछ की कि इस घर में ऊपर की मंजिल पर कौन रहता है। किसी को भी यह मालूम नहीं था और मेज़बान के नौकर से यह पूछने पर कि ऊपर mademosielles रहती हैं या नहीं, उन्हें जवाब मिला कि यहाँ तो वे बहुत-सी हैं। खाना ख़त्म होने पर ये दोनों जवान आदमी मेज़बान के लिखने-पढ़ने के कमरे में चले गए और वहाँ बैठकर उन्होंने इस अनजानी औरत को ख़त लिखा। उन्होंने प्रेम-मुहब्बत और अपने दिल की हालत की चर्चा की और खुद ही उसे ख़त देने के लिए ऊपर गए, ताकि वह स्पष्ट कर सकें, जो पत्र से पूरी तरह समझ में न आ पाए।"

"आप मुझे ऐसी गन्दी बातें क्यों सुना रहे हैं ? तो आगे क्या हुआ ?"

"उन्होंने दरवाज़े की घंटी बजाई। एक लड़की बाहर निकली, उन्होंने उसे ख़त दिया और यह यक़ीन दिलाने लगे कि दोनों इस बुरी तरह उसके प्रेम में पागल हो रहे हैं कि इसी वक़्त दरवाज़े पर ही जान दे देंगे। हकबकाई-सी लड़की उनसे बातचीत कर रही थी। अचानक सासेजों जैसी क़लमोंवाला तथा केंकड़े की तरह लाल एक हज़रत नमूदार हुआ और यह कहते हुए कि उसकी बीवी के सिवा घर में और कोई नहीं रहता, उसने उन दोनों को बाहर निकाल दिया। "

"आपको यह कैसे मालूम है कि उसकी क़लमें सासेजों जैसी हैं ?"

"खैर, आप सुनिए। तो मैं आज उनकी सुलह करवाने गया।"

"तो क्या नतीजा निकला ?"

"यहीं तो सबसे दिलचस्प बात शुरू होती है। पता चला कि यह खुशक़िस्मत दम्पति उपाधिप्राप्त कौंसिलर और उसकी पत्नी हैं। कौंसिलर ने शिकायत कर दी और मैं सुलह करवानेवाला बन गया। सो भी कैसा ! तैलीराँ भी मेरा क्या मुक़ाबला करेगा !"

"तो मुश्किल क्या सामने आई ?"

'सुनिए, बताता हूँ...हमने, जैसे होना चाहिए था, अच्छी तरह माफ़ी माँगी - 'हमें बहुत ही ज़्यादा अफ़सोस है, हमसे होनेवाली इस गलतफ़हमी के लिए माफ़ी चाहते हैं।' साजेसों जैसी क़लमोंवाला कौंसिलर कुछ नर्म होने लगा, लेकिन वह भी अपनी भावनाएँ व्यक्त करना चाहता था। ज्योंही वह उन्हें व्यक्त करना आरम्भ करता आग-बबूला होने और भला-बुरा कहने लगता, मुझे फिर से अपनी व्यवहार कुशलता दिखानी पड़ती। 'मैं मानता हूँ कि यह बुरी हरकत है, लेकिन आपसे इस बात को ध्यान में रखने का अनुरोध करता हूँ कि ग़लतफ़हमी हो गई, जवानी ठहरी। इसके अलावा जवान लोग नाश्ता करते ही घर से निकले थे। आप समझते हैं न ! बे सच्चे दिल से माफ़ी चाहते हैं, क़सूर माफ़ करने की प्रार्थना करते हैं !' कौंसिलर फिर से नर्म पड़ जाता - 'मैं सहमत हूँ, काउंट, और माफ़ करने को तैयार हूँ। लेकिन आप इस बात को समझिए कि मेरी बीवी, जो शरीफ़ औरत है, मेरी बीवी का पीछा किया जाता है, उसे किन्हीं छोकरों के बुरे बर्ताव और बेहूदा हरकतों का सामना करना पड़ता है, कमीने कहीं के...आप ज़रा ख़याल करें कि एक बेहूदा छोकरा वहीं खड़ा था। और मुझे उनकी सुलह करवानी थी। मैं फिर से अपनी व्यवहार कुशलता दिखाता और जैसे ही मामला ख़त्म होने को आता, कौंसिलर फिर से गर्म हो उठता, लाल हो जाता, उसकी सासेजें ऊपर को उठतीं और मैं फिर से व्यवहार कुशलता की बारीकियों का जाल बुनने लगता ।"

"आह, यह क़िस्सा तो आपको ज़रूर सुनना चाहिए,"बेत्सी ने हँसते हुए अपने बॉक्स में आनेवाली महिला को सम्बोधित करके कहा । "इन्होंने मुझे ऐसे हँसाया है कि कुछ न पूछो।"

'तो bonne chance,' (सफलता की कामना करती हूँ-फ़्रांसीसी) हाथ में थामे हुए पंखे से मुक्त एक उँगली व्रोन्स्की की ओर बढ़ाते हुए उसने कहा और कन्धे को ऐसे हिलाया कि उसके लॉक की ऊपर को उठी हुई चोली नीचे हो जाए, ताकि जब वह स्टेज लाइटों और गैस की रोशनी में आगे जाए और सबकी नज़रों के सामने आए, तो पूरी तरह से नग्न दिखाई दे ।

व्रोन्स्की फ़्रांसीसी थिएटर में चला गया, जहाँ उसे सचमुच ही रेजिमेंट के कमांडर से मिलना था, जो हर फ़्रांसीसी तमाशा ज़रूर देखता था। व्रोन्स्की उससे अपने उस सुलह सम्बन्धी काम की चर्चा करना चाहता था, जिसमें वह पिछले तीन दिनों से व्यस्त रहा था और जिससे उसका काफ़ी मनोरंजन हुआ था । इस क़िस्से में एक तो पेत्रीत्स्की उलझा हुआ था, जिसे वह प्यार करता था और दूसरा अफ़सर था जवान, बड़ा प्यारा तथा बहुत अच्छा साथी प्रिंस केद्रोव, जो कुछ ही समय पहले इनकी रेजिमेंट में आया था। सबसे बड़ी बात तो यह थी कि रेजिमेंट की इज़्ज़त का सवाल था ।

ये दोनों अफ़सर व्रोन्स्की के दस्ते में थे। सरकारी अधिकारी, कौंसिलर वेन्देन रेजिमेंट के कमांडर से इन दोनों की, जिन्होंने उसकी पत्नी का अपमान किया था, शिकायत करने आया था। वेन्देन ने बताया था कि केवल छः महीने पहले ही उसने शादी की है और उसकी जवान बीवी अपनी माँ के साथ गिरजाघर गई थी। वहाँ अचानक उसकी तबीयत ख़राब हो गई, क्योंकि वह गर्भवती है और अधिक देर तक खड़ी रहने में असमर्थ थी। इसलिए किराए की पहली बग्घी सामने आते ही वह उसमें बैठकर घर को चल दी। अफ़सरों ने उसका पीछा किया, वह डर गई और पहले से भी ज़्यादा बुरी तबीयत के साथ भागती हुई सीढ़ियाँ चढ़कर घर पहुँची। खुद वेन्देन दफ़्तर से लौटा और

दरवाज़े पर घंटी तथा कुछ आवाज़ें सुनकर बाहर निकला और पत्र लिए हुए नशे में धुत अफ़सरों को देखकर उसने उन्हें बाहर धकेल दिया। उसने कमांडर से अनुरोध किया कि इन दोनों अफ़सरों को कड़ी सज़ा दी जाए।

"नहीं, आप चाहे कुछ भी क्यों न कहें,"रेजिमेंट ने व्रोन्स्की को अपने पास बुलाकर कहा, "पेत्रीत्स्की तो बर्दाश्त के बाहर होता जा रहा है। हर हफ़्ते ही कोई-न-कोई बखेड़ा खड़ा कर देता है। यह कौंसिलर मामले को यहीं नहीं छोड़ेगा, ऊपर तक ले जाएगा।"

व्रोन्स्की इस क़िस्से के सभी मुमकिन बुरे नतीजों को समझ रहा था कि द्वन्द्व-युद्ध नहीं हो सकता, कि कौंसिलर को ठंडा और मामले को रफ़ा - दफ़ा करने के लिए पूरा ज़ोर लगाना चाहिए। रेजिमेंट के कमांडर ने व्रोन्स्की को इसीलिए बुलाया था कि वह उसे नेक और समझदार आदमी मानता था और मुख्यतः तो इसलिए कि व्रोन्स्की अपनी रेजिमेंट के नाम को बहुत महत्त्व देता था। इन दोनों ने इस मसले पर गौर करके यह फ़ैसला किया कि पेत्रीत्स्की और केद्रोव को व्रोन्स्की के साथ जाकर कौंसिलर से माफ़ी माँगनी चाहिए। रेजिमेंट का कमांडर और व्रोन्स्की दोनों ही यह समझते थे कि व्रोन्स्की के नाम और ज़ार के एड-डी. कैम्प के रूप में उसके पद चिह्न से कौंसिलर को शान्त करने में बड़ी सहायता मिलेगी। वास्तव में ही इन दोनों बातों का प्रभाव पड़ा, लेकिन सुलह करवाने का नतीजा साफ़ नहीं हो पाया था, जैसाकि व्रोन्स्की ने बताया था।

फ्रांसीसी थिएटर में व्रोन्स्की रेजिमेंट कमांडर के साथ लॉबी में चला गया और उसने उसे अपनी सफलता या असफलता के बारे में बताया। मामले पर सभी पहलुओं से विचार करने के बाद रेजिमेंट- कमांडर ने उसे जहाँ का तहाँ छोड़ देने का फ़ैसला किया। लेकिन बाद में महज़ मज़ा लेने के लिए वह व्रोन्स्की से कौंसिलर के साथ हुई बातचीत की तफ़सीलें पूछने लगा और व्रोन्स्की से यह सुनकर देर तक हँसता रहा कि कुछ शान्त होनेवाला कौंसिलर मामले के सभी ब्योरों को याद करके फिर-फिर भड़क उठता था और कैसे व्रोन्स्की ने सुलह के अन्तिम शब्द कहकर अपनी होशियारी दिखाते हुए पेत्रीत्स्की को आगे की तरफ़ धकेला और खुद पीछे हट गया था।

"बड़ा बेहूदा, मगर मज़ेदार क़िस्सा है यह। केद्रोव उस कौंसिलर महोदय से द्वन्द्व-युद्ध तो नहीं कर सकता न, तो इतना अधिक लाल-पीला हो उठा था वह ?" कमांडर ने हँसते हुए पूछा। "और क्लेर आज कैसी लग रही है ? अद्भुत !" उसने नई फ्रांसीसी अभिनेत्री के बारे में कहा। "बेशक कितनी बार ही देखो, हर बार नई दिखाई देती है। सिर्फ़ फ्रांसीसी ही ऐसा कर सकते हैं।"

अन्ना करेनिना : (अध्याय 6-भाग 2)

अन्तिम अंक की समाप्ति की प्रतीक्षा किए बिना ही प्रिंसेस बेत्सी थिएटर से चली गई। शृंगार-कक्ष में जाकर उसने अपने लम्बोतरे तथा पीले चेहरे पर पाउडर लगाया, केश-विन्यास ठीक किया और बड़े मेहमानखाने में चाय का प्रबन्ध करने का आदेश दिया ही था कि बोल्शाया मोर्काया सड़क पर उसके बड़े घर के सामने एक के बाद एक बग्घियाँ आकर रुकने लगीं। मेहमान बड़े-से दरवाजे पर बग्घी से उतरते और भारी-भरकम दरबान, जो सुबह के वक्त शीशे के दरवाज़े के पीछे राहगीरों पर प्रभाव डालने के लिए अख़बार पढ़ता रहता था, किसी तरह की आवाज़ के बिना धीरे से इस बड़े दरवाज़े को खोल देता और मेहमान भीतर चले जाते।

केश-विन्यास को सँवारने और चेहरे पर ताज़गी लाने के बाद गृह-स्वामिनी और मेहमान लगभग एक ही समय अलग-अलग दरवाज़ों से बड़े मेहमानखाने में दाखिल हुए। मेहमानख़ाने की दीवारें गहरे रंग की थीं, उसमें गुदगुदे कालीन बिछे थे और वह मोमबत्तियों की रोशनियों, मेज़ पर बिछे सफ़ेद मेज़पोश, चाँदी के समोवार और चीनी मिट्टी के पारदर्शी बर्तनों की चमक से चमचमा रहा था।

गृह-स्वामिनी समोवार के पास बैठ गई और उसने दस्ताने उतार लिए। अपनी उपस्थिति का भास न देनेवाले नौकरों की मदद से कुर्सियों को खिसकाकर मेहमान दो भागों में बँटकर बैठ गए। कुछ लोग तो गृह-स्वामिनी के साथ समोवार के क़रीब और बाक़ी एक राजदूत की सुन्दर पत्नी के निकट बैठ गए, जो मख़मल की काली पोशाक पहने थी और जिसकी कमान जैसी काली भौंहें थीं। जैसाकि हमेशा होता है, दोनों ही जगहों पर शुरू में बातचीत का रंग नहीं जम सका, क्योंकि और लोगों के आने, दुआ-सलाम तथा चाय के पेश किए जाने आदि से खलल पड़ जाता था, मानो यह खोज हो रही हो कि किस विषय पर रुका जाए।

"वह कमाल की अभिनेत्री है। साफ़ ही पता चलता है कि उसने काउलबाख का अध्ययन किया है," राजदूत की बीवी के मंडल में बैठे एक कूटनीतिज्ञ ने कहा । "आपने ध्यान दिया कि वह कैसे गिरी थी..."

"ओह, कृपया निल्सोन की चर्चा नहीं कीजिए ! उसके बारे में नया कुछ भी नहीं कहा जा सकता !" एक मोटी, लाल चेहरे, बिना भौंहों और बिना नक़ली बालोंवाली स्वर्णकेशी महिला ने कहा, जो पुरानी रेशमी पोशाक पहने थी । यह प्रिंसेस म्याग्काया थी, जो अपनी सादगी तथा बातचीत के फूहड़पन के लिए मशहूर थी और जिसे लोग enfant terrible (हुल्लड़बाज़-फ़्रांसीसी) कहते थे। प्रिंसेस म्याग्काया दोनों दलों के बीच बैठी थी और दोनों तरफ़ कान लगाए हुए कभी इस, तो कभी उस दल की बातों में हिस्सा लेती थी। "काउलबाख़वाला वाक्य मुझसे आज तीन आदमी कह चुके हैं, मानो उन्होंने आपस में यह तय कर रखा हो । समझ में नहीं आता कि उन्हें यह वाक्य किसलिए इतना पसन्द आया है !"

इस टिप्पणी से बातचीत का सार टूट गया और अब फिर से नया विषय ढूँढ़ना ज़रूरी था ।

"हमें कोई दिलचस्प बात सुनाओ, लेकिन वह निन्दा चुगली नहीं होनी चाहिए,"राजदूत की बीवी ने कूटनीतिज्ञ को सम्बोधित करते हुए कहा, जिसे ऐसी सुन्दर बातें करने में, जिन्हें अंग्रेज़ी में small talk कहा जाता है, कमाल हासिल था। कूटनीतिज्ञ की समझ में भी नहीं आ रहा था कि वह क्या बात शुरू करे ।

"कहते हैं कि यह बहुत मुश्किल काम है, कि सिर्फ़ निन्दा-चुगली ही मज़ेदार होती है,"कूटनीतिज्ञ मुस्कुराते हुए कहना शुरू किया। "लेकिन मैं कोशिश करता हूँ। कोई विषय सुझाइए। असली बात तो विषय ही है। विषय बता देने पर उसके इर्द-गिर्द ताना-बाना बुनना आसान हो जाता है। मेरे दिमाग़ में अक्सर ऐसा ख़याल आता है कि पिछली

सदी के जाने-माने बातूनियों के लिए अब कोई अक़्लमन्दी की बात कहना मुश्किल होता। अक़्लमन्दी की सभी बातों से लोग बुरी तरह ऊब चुके हैं..."

"यह तो बहुत पहले कही जा चुकी है,"राजदूत की बीवी ने हँसते हुए उसे टोक दिया।

प्यारी बातचीत शुरू हुई, लेकिन चूँकि वह बहुत ही प्यारी थी, इसलिए फिर से बीच में ही बन्द हो गई। सबसे ज़्यादा भरोसे के साधन का ही, जो कभी धोखा नहीं देता था, उपयोग ज़रूरी था। यह साधन था - निन्दा - चुगली।

"आपको ऐसा नहीं लगता कि तुश्केविच में लुई 15वें जैसा कुछ है ?" उसने मेज़ के क़रीब खड़े सुनहरे बालोंवाले सुन्दर नौजवान की तरफ़ आँखों से इशारा करके कहा।

"अरे हाँ ! उसमें मेहमानख़ाने के साथ जँचनेवाली कोई चीज़ है और इसीलिए वह इतना अक्सर - यहाँ आता है।"

यह बातचीत कुछ देर तक चलती रही, क्योंकि संकेतों से वह चर्चा की जा रही थी, जो इस मेहमानख़ाने में नहीं की जानी चाहिए थी, यानी घर की मालकिन के साथ तुश्केविच के सम्बन्ध की।

इसी बीच संमोवार और गृह स्वामिनी के निकट भी शुरू में बातचीत तीन अनिवार्य विषयों - नवीनतम सामाजिक समाचार, थिएटर और निन्दा - चुगली के बीच डाँवाडोल होती रही और आखिर अन्तिम विषय यानी निन्दा - चुगली से उसका रंग जम गया।

"आप लोगों ने माल्तीश्रेवा- बेटी नहीं, माँ के बारे में सुना है कि वह अपने लिए diable rose (चटख गुलाबी-फ्रांसीसी) फ्रॉक बनवा रही है ?"

"यह असम्भव है ! बहुत खूब !"

"मैं हैरान हूँ कि उसकी अक़्ल को क्या हो गया है, वह बुद्धू तो नहीं है- क्या इतना भी नहीं समझती कि वह कितनी हास्यास्पद लगती है ?"

बदक़िस्मत माल्तीश्रेवा की भर्त्सना और उसका उपहास करने के लिए सभी के पास कुछ-न-कुछ मसाला था और बातचीत दहकते अलाव की तरह बड़े मज़े से चलने लगी।

प्रिंसेस बेत्सी का पति, जो खुशमिज़ाज, मोटा आदमी और रेखाचित्रों के संग्रह का दीवाना था, यह मालूम होने पर कि पत्नी के पास अतिथि आए हैं, क्लब जाने से पहले कुछ देर को मेहमानख़ाने में आया। नर्म क़ालीन पर आहट किए बिना वह प्रिंसेस म्याग्काया के पास पहुँचा।

"निल्सोन कैसी लगी आपको ?" उसने पूछा।

"आह, कोई ऐसे दबे पाँव भी आता है ! कैसे डरा दिया आपने मुझे !" उसने जवाब में कहा। "कृपया मेरे साथ ऑपेरा की चर्चा नहीं करें, आप तो संगीत के बारे में कुछ भी नहीं समझते। यही ज़्यादा अच्छा रहेगा कि मैं आपके स्तर पर उतर आऊँ और आपसे रेखाचित्रों तथा मेजोलिकों के बारे में ही बातचीत करूँ। तो बताइए, हाल में कौन-सी अनूठी चीज़ ख़रीदी है आपने कबाड़ियों के बाज़ार से ?"

"चाहती हैं, तो दिखाऊँ ? लेकिन आप कुछ जानती तो हैं नहीं।"

"दिखाइए। मैंने...उनसे, क्या कहते हैं उन्हें... बैंकरों से कुछ सीख लिया है ... उनके यहाँ रेखाचित्रों के बहुत बढ़िया नमूने हैं। उन्होंने हमें दिखाए थे।"

"तो क्या आप शुत्सबुर्ग के यहाँ गई थीं ?" समोवार के पास बैठी गृह स्वामिनी ने पूछा।

"हाँ, ma chère, उन्होंने हम पति-पत्नी को खाने पर बुलाया था। मुझे बताया गया कि उनके खाने में परोसी गई चटनी पर एक हज़ार रूबल खर्च हुआ है,"म्याग्काया ने यह महसूस करते हुए कि सभी उसकी बात सुन रहे हैं, ऊँचे स्वर में कहा, "और बहुत ही बेहूदा थी वह चटनी, हरी-सी। हमारे लिए भी उन्हें बुलाना ज़रूरी था, मैंने पचासी कोपेक की चटनी बनाई और सबने खुश होकर खाई। मैं तो एक हज़ार रूबलोंवाली चटनियाँ नहीं बना सकती।"

"इसकी कोई मिसाल नहीं !" गृह स्वामिनी ने कहा।

"अद्भुत है !" किसी अन्य ने ज़ाहिर की।

प्रिंसेस म्याग्काया की बातें हमेशा एक जैसा ही प्रभाव पैदा करती थीं और उसके द्वारा पैदा किए जानेवाले असर का राज़ इस बात में छिपा था कि वह बेशक मौत के मुताबिक़ बात नहीं कहती थी, जैसाकि इस वक़्त हुआ था, लेकिन वह समझदारी की और सीधी-सादी होती थी। वह जिस सामाजिक हलके में रहती थी, उसमें ऐसे शब्द सूझ-बूझवाले मज़ाकों का प्रभाव पैदा करते थे। प्रिंसेस म्याग्काया यह समझने में असमर्थ थी कि ऐसा क्यों होता था, लेकिन इतना जानती थी कि ऐसा असर होता है और वह इसका फायदा उठाती थी।

चूँकि प्रिंसेस म्याग्काया के बात करने के वक़्त सभी उसे सुन रहे थे और राजदूत की पत्नी के आस-पास बातचीत बन्द हो गई थी, इसलिए गृह-स्वामिनी ने सभी लोगों को एक ही जगह पर एकत्रित करने की इच्छा से राजदूत की पत्नी को सम्बोधित किया :

"आप सचमुच बिल्कुल चाय नहीं पीना चाहतीं ? आप भी यहाँ, हमारे पास ही आ जाइए।"

"नहीं, हम यहाँ मज़े में हैं,"राजदूत की बीवी ने मुस्कुराकर जवाब दिया और शुरू की हुई बातचीत जारी रखी।

बातचीत बहुत दिलचस्प थी। कोरेनिन दम्पति पर टीका-टिप्पणी हो रही थी।

"अपनी मास्को-यात्रा के बाद आन्ना बहुत बदल गई है। उसमें कुछ अजीब-सा प्रतीत होता है,"उसकी एक सहेली ने कहा।

"सबसे बड़ी तब्दीली यह है कि वह अपने साथ अलेक्सेई व्रोन्स्की की छाया लेकर आई है,"राजदूत की बीवी ने कहा।

"तो क्या हुआ ? ग्रीम का एक क़िस्सा है-छाया के बिना, छाया से वंचित व्यक्ति। और यह उसके लिए किसी चीज़ का दंड होता है। मेरी समझ में कभी नहीं आया कि यह दंड क्या है। लेकिन औरत को तो छाया के बिना बुरा लगना चाहिए।"

"हाँ, लेकिन छायावाली औरतों का अक्सर बुरा अन्त होता है," आन्ना की सहेली ने कहा।

"आपकी ज़बान जल जाए,"इन शब्दों को सुनकर प्रिंसेस म्याग्काया ने अचानक कहा। "आन्ना बहुत ही बढ़िया औरत है। उसका पति मुझे अच्छा नहीं लगता, लेकिन उसे मैं बहुत प्यार करती हूँ।"

"उसका पति क्यों अच्छा नहीं लगता आपको ? बहुत अच्छा आदमी है वह," राजदूत की बीवी ने कहा। "मेरे पति का कहना है कि यूरोप में इस जैसे राजकीय कार्यकर्त्ता बहुत कम हैं।"

"मेरा पति भी मुझसे ऐसा ही कहता है, लेकिन मुझे यक़ीन नहीं होता," प्रिंसेस म्याग्काया ने कहा । "अगर हमारे पति यह सब न कहते, तो हम वह देख लेतीं, जो वास्तव में है। मेरे ख़याल में तो अलेक्सेई अलेक्सान्द्रोविच बुद्धू है। मैं फुसफुसाकर यह कह रही हूँ... सच है न कि ऐसा करने में सब कुछ स्पष्ट हो जाता है ? पहले जब मुझसे उसमें समझदारी देखने को कहा जाता था, तो मैं खोजती रहती और यह महसूस करती कि मैं खुद बुद्धू हूँ, क्योंकि उसकी अक्ल को नहीं देख पाती हूँ। लेकिन ज्यों ही मैंने फुसफुसाकर कहा- वह बुद्धू है - तो सब कुछ बिल्कुल स्पष्ट हो गया । सच है न ?"

"कैसी जली-कटी बातें कर रही हैं आज आप !"

"ज़रा भी नहीं ! मेरे लिए और कोई चारा ही नहीं। हम दोनों में से एक तो बुद्धू है ही । लेकिन आप यह जानती हैं कि अपने बारे में आदमी यह कभी नहीं कह सकता।"

"अपनी दौलत से कोई खुश नहीं, मगर अक्ल से हर कोई खुश है,"कूटनीतिज्ञ ने फ्रांसीसी कविता की पंक्ति सुनाई ।

"बिल्कुल, बिल्कुल यही बात है," प्रिंसेस म्याग्काया जल्दी से अपनी ओर मुड़ी। "लेकिन यह जान लीजिए कि आन्ना पर मैं आपको उँगली नहीं उठाने दूँगी । वह इतनी अच्छी, इतनी प्यारी है। वह कर ही क्या सकती है, अगर सभी उसे प्यार करते हैं और उसके इर्द-गिर्द छायाओं की तरह मँडराते हैं ?"

"मैं उस पर उँगली उठाने की सोच ही कब रही हूँ,"आन्ना की सहेली ने अपनी सफ़ाई पेश की।

"अगर हमारे पीछे-पीछे कोई छाया की तरह नहीं घूमता तो इसका यह मतलब नहीं है कि हमें दूसरों पर छींटे फेंकने का हक़ हासिल है।"

आन्ना की सहेली की अच्छी तरह से तबीयत साफ़ करने के बाद प्रिंसेस म्याग्काया उठी और राजदूत की बीवी के साथ उस मेज़ पर जा बैठी, जहाँ प्रशा के बादशाह के बारे में आम बातचीत हो रही थी।

"वहाँ आप लोगों ने किसकी निन्दा-चुगली की ?"बेत्सी ने पूछा।

"कोरेनिन दम्पति की। प्रिंसेस ने अलेक्सेई अलेक्सान्द्रोविच का बढ़िया खाका खींचा,"राजदूत की बीवी ने मेज़ पर बैठते हुए मुस्कुराकर जवाब दिया।

"अफ़सोस की बात है कि हम नहीं सुन सकीं,"घर की मालकिन ने दरवाज़े की तरफ़ देखते हुए कहा। "आख़िर आप आ ही गए,"उसने भीतर आते व्रोन्स्की को सम्बोधित करते हुए मुस्कुराकर कहा।

व्रोन्स्की यहाँ उपस्थित सभी लोगों को न सिर्फ़ जानता था, बल्कि इनसे हर दिन मिलता था। इसलिए वह ऐसे इत्मीनान से अन्दर आया, जैसे आदमी उन लोगों के पास आता है, जिन्हें छोड़कर अभी बाहर गया हो।

"मैं कहाँ से आया हूँ ?"उसने राजदूत की बीवी के सवाल के जवाब में कहा। "क्या हो सकता है, बताना ही पड़ेगा। बुफ़ थिएटर से। शायद सौवीं बार, फिर भी नई खुशी लेकर। कमाल है ! मैं जानता हूँ कि यह शर्म की बात है, फिर

भी मानना पड़ेगा कि ऑपेरा में मुझे नींद आ जाती है, लेकिन बुफ़ थिएटर में अन्तिम क्षण तक बड़े मज़े से बैठा रहता हूँ। आज..."

उसने फ्रांसीसी अभिनेत्री का नाम लिया और उसके बारे में कुछ कहना चाहा, लेकिन राजदूत की बीवी ने मज़ाकिया ढंग से घबराहट ज़ाहिर करते हुए उसे रोक दिया :

"कृपया, ये भयानक बातें नहीं सुनाइए !"

"अच्छी बात है, नहीं सुनाऊँगा, ख़ासतौर पर जबकि सभी ये भयानक बातें जानते हैं।"

"और अगर उसे भी ऑपेरा की भाँति माना जाता तो सभी वहाँ जाते," प्रिंसेस म्याग्काया ने इतना और जोड़ दिया।

अन्ना करेनिना : (अध्याय 7-भाग 2)

दरवाज़े पर पैरों की आहट सुनाई दी और प्रिंसेस बेत्सी ने यह जानते हुए कि आन्ना आई है, व्रोन्स्की पर नज़र डाली। वह दरवाज़े की तरफ़ देख रहा था और उसके चेहरे पर अजीब, नया-सा भाव था। वह खुशी से, टकटकी बाँधे और साथ ही सहमा हुआ सा भीतर आती आन्ना को देख रहा था और धीरे-धीरे उठकर खड़ा हो गया। आन्ना मेहमानखाने में दाखिल हुई। हमेशा की भाँति बिल्कुल सीधी तनी हुई और अपनी तेज़, दृढ़ और हल्की-फुल्की चाल से, जो उसे ऊँचे समाज की दूसरी महिलाओं से अलग करती थी, और अपनी दृष्टि को एक ही दिशा में रखते हुए वह कुछ क़दम बढ़ाकर गृह-स्वामिनी के पास पहुँची और उससे हाथ मिलाया, मुस्कुराई और इसी मुस्कान के साथ उसने व्रोन्स्की की ओर देखा। व्रोन्स्की ने सिर झुकाया और उसकी तरफ़ कुर्सी बढ़ा दी।

आन्ना ने सिर्फ़ सिर ही झुकाया, लज्जारुण हो गई और भौंहें सिकोड़ लीं। किन्तु इसी समय जल्दी से परिचितों को सिर झुकाकर और अपनी ओर बढ़े हाथों से हाथ मिलाकर उसने गृह स्वामिनी को सम्बोधित किया:

"मैं काउंटेस लीदिया के यहाँ गई थी और जल्दी ही यहाँ आ जाना चाहती थी, मगर ज़्यादा देर तक बैठी रही। उसके यहाँ सर जॉन आया हुआ था। बहुत दिलचस्प आदमी है वह।"

"अरे, वही मिशनरी ?"

"हाँ, वह रेड इंडियनों के जीवन के बारे में बहुत दिलचस्प बातें सुनाता रहा।"

आन्ना के आने से बातचीत का तार टूट गया था, मगर अब उसमें बुझाए जाते लैम्प की फड़फड़ा उठनेवाली लौ की तरह फिर से जान आ गई।

"सर जॉन ! हाँ, सर जॉन। मैंने उसे देखा है। उसका बयान करने का अन्दाज़ बहुत अच्छा है। व्लास्येवा तो उस पर जान छिड़कती है।"

"क्या यह सच है कि छोटी व्लास्येवा तोपोव से शादी कर रही है ?"

"हाँ, कहते हैं कि यह बिल्कुल तय हो चुका है।"

"मुझे तो माँ-बाप पर हैरानी होती है। सुनते हैं कि यह प्रेम-विवाह होगा।"

"प्रेम-विवाह ? कैसे बाबा आदम के ज़माने के ख़याल हैं तुम्हारे ! आजकल कौन प्रेम की चर्चा करता है ?" राजदूत की बीवी ने कहा।

"क्या हो सकता है ? यह बेवकूफ़ी भरा पुराना फ़ैशन अभी तक ख़त्म होने का नाम नहीं लेता," व्रोन्स्की ने कहा।

"यह उनके लिए और भी बुरा है, जो इस फ़ैशन के फेर में पड़े हुए हैं। मैं तो केवल ऐसे सुखी विवाह ही जानती हूँ, जो भौतिक लाभ के लिए किए गए हैं।"

"हाँ, लेकिन दूसरी तरफ़ भौतिक लाभ के लिए किए गए विवाह अक्सर इसीलिए धूल की तरह हवा में उड़ जाते हैं कि वही प्रेम प्रकट हो जाता है जिसकी अवहेलना की गई थी," व्रोन्स्की ने कहा।

"लेकिन हम भौतिक लाभवाले विवाह उन्हें कहते हैं, जब दोनों अपने जनून से निजात पा चुके हैं। यह तो जैसे लाल बुखार है, जिसको भुगतना ही पड़ता है।"

"तब तो प्रेम से बचने के लिए चेचक की तरह कृत्रिम ढंग से टीका लगाना सीखना चाहिए।"

"अपनी जवानी के दिनों में मैं एक डीकन को प्यार करती थी," प्रिंसेस म्याग्काया ने कहा। " मालूम नहीं, मुझे इससे कोई फ़ायदा हुआ या नहीं।"

"मैं मज़ाक़ के बिना ऐसा सोचती हूँ कि प्यार को जानने के लिए भूल करना और फिर उसे सुधारना ज़रूरी है," प्रिंसेस बेत्सी ने कहा।

"शादी के बाद भी ?" राजदूत की पत्नी ने मज़ाक़ किया।

"भूल जब सुधार ली जाए तभी अच्छा है," कूटनीतिज़ ने एक अंग्रेज़ी कहावत का हवाला दिया।

"बिल्कुल सही," बेत्सी ने झटपट पुष्टि की, "भूल करना और फिर उसे सुधारना ज़रूरी है। आपका इस बारे में क्या ख़याल है ?" उसने आन्ना से पूछा, जो तनिक दिखाई देनेवाली विश्वासपूर्ण मुस्कान के साथ इस बातचीत को चुपचाप सुन रही थी।

"मैं सोचती हूँ," आन्ना ने हाथ से उतारे हुए दस्ताने के साथ खिलवाड़ करते-करते कहा, "मैं सोचती हूँ...कि जितने सिर हैं उतनी ही अक्लें, तो जितने दिल हैं, उतनी ही क़िस्म के प्रेम हैं।"

व्रोन्स्की आन्ना को देख रहा था और धड़कते दिल से उसके जवाब का इन्तज़ार कर रहा था। आन्ना के जवाब के बाद उसने ऐसे राहत की साँस ली मानो ख़तरा टल गया हो। आन्ना ने अचानक उसे सम्बोधित किया :

"मेरे पास मास्को से पत्र आया है। उसमें लिखा है कि कीटी श्रेर्बात्स्काया बहुत बीमार है।"

"सच ?" व्रोन्स्की ने माथे पर बल डालकर कहा।

आन्ना ने कड़ी नज़र से उसकी तरफ़ देखा।

"आपको इसमें कोई दिलचस्पी नहीं ?"

"उल्टे, बेहद दिलचस्पी है। अगर मैं पूछ सकता हूँ, तो बताइए कि क्या लिखा है उन्होंने आपको ?" उसने कहा।

आन्ना उठी और बेत्सी के पास चली गई।

"मुझे चाय की प्याली दीजिए," उसकी कुर्सी के पीछे खड़े होकर वह बोली।

प्रिंसेस बेत्सी ने जब तक चाय डाली, इसी बीच व्रोन्स्की आन्ना के पास आ गया। "क्या लिखा है उन्होंने आपको ?" व्रोन्स्की ने दोहराया।

"मैं अक्सर ऐसा सोचती हूँ कि भोंडी हरकत किसे कहते हैं, मर्द लोग यह नहीं समझते, गो वे इसकी बहुत चर्चा करते हैं," आन्ना ने व्रोन्स्की को जवाब दिए बिना कहा। "मैं बहुत दिनों से आपसे यह कहना चाहती थी," उसने इतना और कहा तथा कुछ क़दम चलकर कोनेवाली उस मेज़ के पास जा बैठी, जिस पर एल्बम रखे थे।

"मैं आपके शब्दों का अर्थ पूरी तरह नहीं समझ पा रहा हूँ," चाय की प्याली उसे देते हुए व्रोन्स्की ने कहा।

आन्ना ने अपने पासवाले सोफ़े की तरफ़ देखा और वह फ़ौरन वहाँ बैठ गया।

"हाँ, मैं आपसे यह कहना चाहती थी," व्रोन्स्की की तरफ़ देखे बिना आन्ना ने कहा।

"आपने बुरा व्यवहार किया, बुरा, बहुत बुरा व्यवहार किया।"

"क्या मैं यह नहीं जानता हूँ कि मैंने बुरा व्यवहार किया है ? लेकिन मेरे ऐसा व्यवहार करने का कारण कौन है ?"

"आप मुझसे यह क्यों कह रहे हैं ?" कड़ाई से उसकी ओर देखते हुए आन्ना ने कहा।

"आप जानती हैं कि क्यों कह रहा हूँ," व्रोन्स्की ने आन्ना से नज़रें मिलाते और उन्हें झुकाए बिना दिलेरी तथा खुशी से जवाब दिया।

व्रोन्स्की नहीं, आन्ना परेशान हो उठी।

"इसमें सिर्फ़ इसी बात का सबूत मिलता है कि आपके सीने में दिल नहीं है," आन्ना ने कहा। लेकिन उसकी नज़र कह रही थी कि वह जानती है कि उसके पास दिल है और इसीलिए वह उससे डरती है।

"वह जिसकी आपने अभी चर्चा की है, प्रेम नहीं था, भूल थी।"

"याद है न कि मैंने आपको यह शब्द, यह घिनौना शब्द मुँह से निकालने की मनाही कर दी थी," आन्ना ने सिहरते हुए कहा। किन्तु इसी क्षण उसने यह अनुभव किया कि केवल इस एक 'मनाही' शब्द से उसने यह ज़ाहिर कर दिया है कि उसे उस पर कुछ विशेष अधिकार प्राप्त हैं और इसी से वह उसे प्रेम के बारे में चर्चा करने को प्रोत्साहित करती है। "मैं बहुत पहले ही आपसे यह कहना चाहती थी," वह दृढ़ता से उससे नज़र मिलाते हुए कहती गई और उसका चेहरा तमतमाहट से लाल होता जा रहा था, "और आज तो मैं यह जानते हुए कि आपसे यहाँ भेंट हो सकेगी, जान-बूझकर यहाँ आई हूँ। मैं आपसे यह कहने आई हूँ कि इस क़िस्से को ख़त्म होना चाहिए। कभी और किसी के सामने भी मेरी आँखें शर्म से नहीं झुकीं, लेकिन आप मुझे किसी बात के लिए अपने को अपराधी अनुभव करने को विवश करते हैं।"

व्रोन्स्की ने आन्ना की ओर देखा और उसके चेहरे के नए आत्मिक सौन्दर्य से चकित रह गया। "आप मुझसे क्या चाहती हैं ?" व्रोन्स्की ने सरलता और गम्भीरता से पूछा।

"मैं चाहती हूँ कि आप मास्को जाएँ और कीटी से क्षमा-याचना करें," उसने जवाब दिया।

"आप ऐसा नहीं चाहतीं," व्रोन्स्की ने कहा।

व्रोन्स्की देख रहा था कि आन्ना जो कहना चाहती है, वह नहीं, बल्कि वह कह रही है, जो अपने को कहने के लिए मजबूर कर रही है।

"अगर मुझसे प्रेम करते हैं, जैसा कि आप कहते हैं," आन्ना फुसफुसाई, "तो ऐसा करें, कि मुझे चैन मिल सके।"

व्रोन्स्की का चेहरा खिल उठा।

"क्या आप यह नहीं जानतीं कि मेरे लिए आप मेरी ज़िन्दगी हैं ? लेकिन चैन तो न मैं खुद जानता हूँ और न आपको ही दे सकता हूँ। हाँ...पूरी तरह अपने को और अपना प्रेम दे सकता हूँ। मैं अपने और आपके बारे में अलग-अलग सोच ही नहीं सकता। मेरे लिए मैं और आप एक ही हैं। और मुझे न तो अपने लिए और न आपके लिए ही चैन की सम्भावना दिखाई देती है। मैं हताशा और दुःख की सम्भावना देखता हूँ...या मुझे सुख की सम्भावना नज़र आती

है, कैसे सुख की !...क्या वह सम्भव नहीं ?" उसने केवल होंठ हिलाकर इतना और कह दिया, किन्तु आन्ना ने उसे सुन लिया।

आन्ना अपनी बुद्धि का सारा ज़ोर लगा रही थी ताकि वह कहे, जो उसे कहना चाहिए, किन्तु इसके बजाय उसने अपनी प्रेम-भरी नज़र उसके चेहरे पर टिका दी और कुछ भी जवाब नहीं दिया।

'तो यह बात है !' व्रोन्स्की आह्लादपूर्वक सोच रहा था। 'उस क्षण, जब मैं हताश हो रहा था और जब मुझे ऐसा लग रहा था कि इस क़िस्से का कोई अन्त नहीं होगा-तो यह बात है ! वह मुझसे प्रेम करती है ! वह इसे स्वीकार करती है!'

"तो मेरे लिए इतना कीजिए कि कभी भी मुझसे ये शब्द नहीं कहिए और हम अच्छे मित्र बने रहेंगे," उसने कहा, किन्तु उसकी नज़र कुछ दूसरा ही कह रही थी।

"मित्र हम नहीं बनेंगे, यह तो आप स्वयं जानती हैं। किन्तु हम या तो सबसे सुखी अथवा दुःखी लोग होंगे-यह आपके हाथ में है।"

आन्ना ने कुछ कहना चाहा, मगर व्रोन्स्की ने उसे इसका अवसर नहीं दिया।

"मैं आपको कहीं भी भगाना नहीं चाहती।"

"केवल कुछ भी बदलिए नहीं। जैसा है, सब कुछ वैसा ही रहने दीजिए," उसने काँपती आवाज़ में कहा। "लीजिए, आपके पति आ गए।"

सचमुच इसी समय अलेक्सेई अलेक्सान्द्रोविच अपनी शान्त और अटपटी चाल से मेहमानख़ाने में दाखिल हुआ।

अपनी पत्नी और व्रोन्स्की पर नज़र डालकर वह गृह-स्वामिनी के पास गया और चाय का प्याला लेकर बैठने के बाद उसने अपने धीमे-धीमे, किन्तु सदा सुनाई देनेवाले और किसी को निशाना बनाते हुए मज़ाकिया अन्दाज़ में बोलना शुरू किया।

"आपकी राम्बुल्ये (महफ़िल) तो खूब अच्छी तरह जमी हुई है," उसने लोगों पर दृष्टि दौड़ाते हुए कहा, "रूप का निखार और कला का श्रृंगार भी है।"

किन्तु प्रिंसेस बेत्सी उसके इस sneering (फ़बतियाँ कसने का-अंग्रेज़ी) लहजे को, जैसा वह कहती थी, बर्दाश्त ही नहीं कर सकती थी और एक अच्छी मेज़बान के नाते उसने बातचीत को अनिवार्य सैनिक सेवा के गम्भीर विषय की ओर मोड़ दिया। अलेक्सेई अलेक्सान्द्रोविच फ़ौरन इस चर्चा में उलझ गया और नए आदेश का, जिसकी प्रिंसेस बेत्सी ने आलोचना की थी, गम्भीरता से पक्ष-पोषण करने लगा।

व्रोन्स्की और आन्ना छोटी मेज़ पर ही बैठे रहे।

"यह तो अशिष्ट मामला होता जा रहा है," एक महिला ने व्रोन्स्की, आन्ना और उसके पति की ओर आँखों से संकेत करते हुए फुसफुसाकर कहा।

"मैंने क्या कहा था आप लोगों से ?" आन्ना की सहेली ने जवाब दिया।

लेकिन इन्हीं महिलाओं ने नहीं, बल्कि मेहमानख़ाने में बैठे सभी लोगों, यहाँ तक कि प्रिंसेस म्याग्काया और खुद बेत्सी ने भी अन्य सभी से दूर बैठे हुए इन दोनों व्यक्तियों की ओर कई बार देखा, जो मानो बाक़ी लोगों की उपस्थिति के कारण बाधा अनुभव कर रहे हों। सिर्फ़ कारेनिन ने ही एक बार भी उधर नज़र नहीं डाली और शुरू हुई बातचीत में ही दिलचस्पी लेता रहा।

प्रिंसेस बेत्सी ने सभी पर पड़नेवाले बुरे प्रभाव की ओर ध्यान देते हुए किसी अन्य को कारेनिन की बातें सुनने के लिए अपनी जगह पर बिठा दिया और आन्ना के पास गई।

"आपके पति की अभिव्यक्ति की स्पष्टता और अचूकता से मैं हमेशा दंग रह जाती हूँ," बेत्सी ने कहा। "जब वह बात करते हैं, तो बहुत ही उलझी - उलझाई बातें भी अच्छी तरह से मेरी समझ में आ जाती हैं।"

"अरे, हाँ !" आन्ना ने खुशी से चमकते और बेत्सी ने जो कुछ कहा था, उसका एक भी शब्द समझे बिना कहा। वह बड़ी मेज़ पर आ बैठी और साझी बातचीत में हिस्सा लेने लगी।

आध घंटे तक बैठने के बाद कारेनिन पत्नी के पास गया और उससे अपने साथ घर चलने को कहा। किन्तु आन्ना ने उसकी तरफ़ देखे बिना ही यह जवाब दिया कि वह खाना खाने के लिए रुक रही है। कारेनिन ने सिर झुकाकर विदा ली और चला गया।

चमड़े की चमकती हुई जाकेट पहने आन्ना कारेनिना का बूढ़ा और मोटा तातार कोचवान बाईं ओर से घोड़े को बड़ी मुश्किल से क़ाबू में रख पा रहा था, जो ठिठुर जाने के कारण उछलता और दुलत्ती चलाता था। नौकर बग्घी का दरवाज़ा खोले खड़ा था। दरबान बाहर जाने का दरवाज़ा थामे था। आन्ना अपने छोटे और फुर्तीले हाथ से आस्तीन के लैस को फ़र-कोट की हुक में से छुड़ा रही थी और सिर झुकाए हुए खुशी से व्रोन्स्की की बातें सुन रही थी, जो उसे बाहर पहुँचाने आया था।

"आपने कुछ भी तो नहीं कहा। खैर, मैं ऐसी कोई माँग भी नहीं करता, " व्रोन्स्की कह रहा था, "लेकिन आप जानती हैं कि मुझे दोस्ती की ज़रूरत नहीं है। मेरी ज़िन्दगी में केवल एक ही खुशी मुमकिन है और यह वह शब्द है, जो आपको इतना नापसन्द है...हाँ, प्रेम..."

"प्रेम," उसने अपने लिए ही धीमे-धीमे इसे दोहराया और अचानक उसी समय, जब उसने लैस को हुक से छुड़ा लिया, यह और कह दिया, "मैं इसलिए इस शब्द को नापसन्द करती हूँ कि यह मेरे लिए बहुत ज़्यादा मानी रखता है, उससे कहीं अधिक, जितना कि आप समझ सकते हैं," और उसने बहुत गौर से व्रोन्स्की के चेहरे को देखा। "नमस्ते !"

उसने व्रोन्स्की से हाथ मिलाया और तेज़, लचीला क़दम बढ़ाकर दरबान के पास से गुज़री और बग्घी में जाकर ओझल हो गई।

आन्ना की दृष्टि और उसके हाथ के स्पर्श से व्रोन्स्की मानो झुलस गया। आन्ना ने जिस जगह उसकी हथेली को छुआ था, उसने उस जगह को चूमा और यह सुखद चेतना लिए कि पिछले दो महीनों की तुलना में आज की शाम वह अपनी लक्ष्य-सिद्धि के कहीं निकट पहुँच गया है, घर को चल दिया।

अन्ना करेनिना : (अध्याय 8-भाग 2)

कारेनिन को इस चीज़ में कुछ अजीब और बुरा दिखाई नहीं दिया कि उसकी बीवी एक अलग मेज़ पर बैठकर बड़ी ज़िन्दादिली से व्रोन्स्की के साथ बातें कर रही थी। लेकिन उसने देखा कि मेहमानख़ाने में बैठे दूसरे लोगों को यह कुछ अजीब और बुरा लग रहा था और इसलिए उसे भी भद्दा प्रतीत हुआ। उसने तय किया कि उसके बारे में बीवी से कहना चाहिए।

घर लौटने पर कारेनिना, जैसाकि वह हमेशा करता था, अपने अध्ययन कक्ष में चला गया और पोपवाद के बारे में किताब को उसी जगह पर खोलकर, जहाँ काग़ज़ काटने का चाकू रखा हुआ था, आरामकुर्सी में बैठकर उसे पढ़ने लगा। जैसाकि वह आमतौर पर करता था, रात के एक बजे तक उसका पढ़ना जारी रहा। केवल कभी-कभी वह अपने ऊँचे माथे को हाथ से मसलता और सिर को झटकता मानो किसी चीज़ को दूर भगा रहा हो। हर दिन के नियत समय पर वह उठा और बिस्तर में जाने के लिए तैयार हुआ। आन्ना अभी तक नहीं आई थी। किताब बग़ल में दबाए वह ऊपर गया, लेकिन आज आम विचारों और दफ़्तरी मामलों से सम्बन्धित ख़यालों के बजाय उसके दिमाग में बीवी और उसके बारे में कुछ बुरे विचार भरे हुए थे। आदत के मुताबिक़ बिस्तर में लेटने की जगह वह पीठ पीछे अपने दोनों हाथ बाँधकर एक सिरे से दूसरे सिरे तक कमरों में आने-जाने लगा। यह महसूस करते हुए कि उसे पैदा हो जानेवाली परिस्थितियों पर एक बार फिर से अच्छी तरह सोच-विचार करना चाहिए, वह बिस्तर पर नहीं जा सकता था।

कारेनिन ने जब मन-ही-मन यह तय किया था कि बीवी के साथ बात करनी चाहिए, तो उसे यह बहुत आसान और मामूली बात लगी थी। लेकिन अब, जब उसने पैदा हुई परिस्थिति पर फिर से सोच-विचार करना शुरू किया, तो उसे यह बहुत पेचीदा और मुश्किल प्रतीत हुई।

कारेनिन शक्की तबीयत का आदमी नहीं था। उसके विश्वास के अनुसार शक करने का मतलब बीवी का अपमान करना था और उसे उस पर भरोसा करना चाहिए। उसे क्यों भरोसा करना चाहिए यानी उसे क्यों इस बात का पूरा यक़ीन होना चाहिए कि उसकी जवान बीवी उसे हमेशा प्यार करेगी, यह वह अपने से नहीं पूछता था। लेकिन उसे सन्देह की अनुभूति भी नहीं होती थी, क्योंकि वह यक़ीन करता था और अपने आपसे कहता था कि उसे यक़ीन करना चाहिए। यद्यपि उसकी यह आस्था कि बीवी पर शक करना एक लज्जाजनक भावना है और उसे उस पर यकीन करना चाहिए, अभी तक खंडित नहीं हुई थी, फिर भी अब वह यह अनुभव करता था कि उसे बेतुकी और समझ में न आनेवाली परिस्थिति का सामना करना पड़ रहा है और यह नहीं जानता था कि क्या करे। कारेनिन को जीवन का सामना करना पड़ रहा था, उसे यह सम्भावना दिखाई दे रही थी कि उसकी बीवी उसके सिवा किसी और से भी प्यार कर सकती है, और यह उसे बेहद उलझी तथा समझ में न आनेवाली बात प्रतीत हो रही थी, क्योंकि यह तो ख़ुद ज़िन्दगी थी। कारेनिन ने अपना सारा जीवन सरकारी काम-काज के क्षेत्रों में, जिनका केवल जीवन की परछाइयों से सम्बन्ध था, बिता दिया था। और जब कभी उसे जीवन से दो-चार होना पड़ता था, वह दामन बचाकर निकल जाता था। अब उसे कुछ ऐसा महसूस हो रहा था, जैसाकि वह आदमी अनुभव कर सकता है, जो बड़े चैन से पुल पर चलता हुआ खड्ड पार कर लेता है और फिर अचानक यह देखता है कि वहाँ पुल नहीं रहा और नीचे खड्ड है। स्वयं जीवन ही वह खड्ड था और पुल था वह अवास्तविक जीवन, जो कारेनिन ने बिताया था। उसकी बीवी के किसी दूसरे आदमी को प्यार कर सकने की सम्भावना के सवाल पहली बार उसके सामने आए थे और वह स्तब्ध रह गया था।

कपड़े उतारे बिना वह केवल एक लैम्प से प्रकाशित भोजन कक्ष के आवाज़ पैदा करते तख़्तों से फ़र्श पर, अँधेरे मेहमानख़ाने के क़ालीन पर, जिसमें कुछ ही समय पहले बनाए गए और सोफ़े के ऊपर लटके हुए उसके अपने बड़े चित्र पर रोशनी पड़ रही ही, और फिर आन्ना के कमरे में, जहाँ दो मोमबत्तियाँ आन्ना के रिश्तेदारों और सहेलियों के चित्रों तथा लिखने की मेज़ पर रखी हुई उसकी सुन्दर और चिरपरिचित छोटी-मोटी चीज़ों को रौशन कर रही थीं, सधे हुए क़दमों से जाता। आन्ना के कमरे से वह सोने के कमरे तक जाकर वापस लौट आता।

अपने ऐसे हर चक्कर में और अधिकतर रौशन भोजन कक्ष के तख़्तोंवाले फ़र्श पर वह रुकता और अपने आपसे कहता : 'हाँ, इस मामले को तय और ख़त्म करना ज़रूरी है, मेरे लिए अपनी राय ज़ाहिर करना और अपना फ़ैसला बताना ज़रूरी है। और इसके बाद वह वापस चल देता। 'लेकिन क्या बताऊँ ? कैसा फ़ैसला ?' वह मेहमानख़ाने में अपने से पूछता और उसे कोई जवाब न मिलता। 'आख़िर हुआ ही क्या है ?' आन्ना के कमरे की ओर मुड़ने के पहले वह यह सवाल करता। 'कुछ भी तो नहीं। उसने उससे देर तक बातचीत की। तो क्या हुआ ? लोगों से मिलने-जुलनेवाली औरत किसी से भी बातचीत कर सकती है। और फिर शक करना - यह तो ख़ुद अपना और उसका अपमान करना है,' आन्ना के कमरे में दाख़िल होते हुए वह अपने आपसे कहता। किन्तु वह दलील, जो पहले उसके लिए इतना अथक वज़न रखती थी, अब बेमानी और महत्त्वहीन हो गई थी। और वह सोने के कमरे के दरवाज़े से फिर हॉल की तरफ़ मुड़ जाता। किन्तु जैसे ही वह अँधेरे मेहमानख़ाने में दाख़िल होता, कोई आवाज़ उससे कहती कि वह मामला सीधा-सादा नहीं है और अगर दूसरों का इसकी तरफ़ ध्यान गया है, तो इसका मतलब है - कुछ तो है ही। और भोजन कक्ष में आकर वह फिर अपने से कहता : 'हाँ, इस मामले को तय और ख़त्म करना तथा अपनी राय ज़ाहिर करना ज़रूरी है...' और फिर आन्ना के कमरे की ओर मुड़ने से पहले वह मेहमानख़ाने में अपने से पूछता: 'क्या तय किया जाए ?' इसके बाद अपने से सवाल करता : 'क्या हुआ है ?' और जवाब देता : 'कुछ नहीं,' तथा उसे यह याद आ जाता कि शक की भावना तो पत्नी का अपमान करनेवाली भावना है, किन्तु मेहमानख़ाने में उसे फिर से यक़ीन हो जाता कि कुछ तो हुआ है। उसके शरीर की तरह उसके विचार भी चक्कर पूरा करते और उन्हें कुछ भी नया न सूझता। इस बात की ओर उसका ध्यान गया, उसने अपने माथे को हाथ से रगड़ा और आन्ना के कमरे में बैठ गया।

यहाँ, उसकी मेज़ पर मेलाकाइट की फ़ाइलवाली लेखन सामग्री और अधूरे पत्र को देखते हुए उसके विचारों में अचानक परिवर्तन हो गया। वह आन्ना के बारे में, इस बारे में सोचने लगा कि वह क्या सोचती और अनुभव करती है। उसने पहली बार आन्ना के व्यक्तिगत जीवन, उसके विचारों, उसकी इच्छाओं की मूर्त कल्पना की और यह ख़याल कि उसका कोई अपना अलग जीवन हो सकता है और होना चाहिए, उसे इतना भयानक प्रतीत हुआ कि उसने उसे जल्दी से दूर भगा दिया। यह वही खड्ड था, जिसमें झाँकते हुए उसका दिल डरता था। विचार और भावना से अपने को किसी अन्य व्यक्ति की आत्मा में ले जाना एक ऐसी आत्मिक क्रिया थी, जिससे कारेनिन अनजान था। वह ऐसी आत्मिक क्रिया को हानिकारक और कल्पना की ख़तरनाक उड़ान मानता था।

'और सबसे बुरी बात तो यह है,' वह सोच रहा था, 'कि इस वक़्त, जब मेरा काम ख़त्म होने को आ रहा है (वह उस परियोजना के बारे में सोच रहा था, जिसे इस समय अमली शक्ल दे रहा था), जब मुझे पूरी शान्ति और मानसिक शक्ति की आवश्यकता है, इस बेहूदा परेशानी ने मुझे आ घेरा है। लेकिन क्या हो सकता है ? मैं तो इन लोगों में से नहीं हूँ, जो परेशानी और चिन्ता को बर्दाश्त करते हैं तथा उनका सामना करने की हिम्मत नहीं रखते ?'

"मुझे अच्छी तरह सोच-विचार करना, निर्णय पर पहुँचना और इस चीज़ को दिमाग़ से निकाल फेंकना चाहिए," उसने ऊँचे-ऊँचे कहा।

'उसकी भावनाओं के प्रश्नों और इस बात का मुझसे कोई वास्ता नहीं है कि उसकी आत्मा में क्या हुआ है या हो रहा है। यह उसकी आत्मा का मामला है और धर्म के अन्तर्गत आता है,' उसने इस चेतना से राहत महसूस करते हुए अपने आपसे कहा कि उसे नैतिक नियमावली का वह बिन्दु मिल गया है, जिसके अन्तर्गत इस समय पैदा होनेवाली यह परिस्थिति आती है।

'तो' कारेनिन ने अपने आपसे कहा, 'उसकी भावनाओं आदि के प्रश्न उसकी आत्मा के ही प्रश्न हैं और मुझे उनसे कुछ मतलब नहीं। मेरा उत्तरदायित्व बिल्कुल स्पष्ट है। परिवार के मुखिया के नाते मैं वह व्यक्ति हूँ, जिसे उसका निदेशन करना चाहिए और इसीलिए मैं वह व्यक्ति हूँ, जो कुछ हद तक उसके लिए ज़िम्मेदार हूँ। मुझे उस ख़तरे की तरफ़ इशारा करना चाहिए, जो मुझे नज़र आ रहा है, उसे सावधान और यहाँ तक कि अपने प्रभाव का भी उपयोग करना चाहिए। मुझे उससे साफ़-साफ़ कह देना चाहिए।' और कारेनिन के दिमाग़ में वह सब कुछ स्पष्ट हो गया, जो अब वह अपनी बीवी से कहेगा। यह सोच-विचार करते हुए कि वह क्या कहेगा, उसे इस बात का अफ़सोस हो रहा था कि उसे घरेलू मामले के लिए अपने समय और शक्ति का उपयोग करना पड़ रहा है और जिसका लोगों पर कोई प्रभाव नहीं पड़ेगा, मगर उसके बावजूद उसके मस्तिष्क में उन सभी बातों का, जो वह अपनी बीवी से कहेगा, रूप और क्रम ऐसे स्पष्ट होने लगा मानो वह कोई सरकारी रिपोर्ट पेश करनेवाला हो। 'मुझे यह सब कुछ कहना और पूरी तरह से स्पष्ट कर देना चाहिए एक, जनमत और शिष्टाचार का महत्त्व; दो, विवाह के महत्त्व का धार्मिक पक्ष तीन, आवश्यक होने पर यह भी कि इससे बेटे को कैसे दुर्भाग्य का शिकार होना पड़ सकता है; चार, खुद उसके लिए भी क्या दुर्भाग्य हो सकता है।' और उसने हथेलियों को नीचे की ओर करके उँगलियों को उँगलियों में डालकर दबाया और वे चटक उठीं।

उँगलियों के चटखाने की इस हरकत, इस बुरी आदत से वह हमेशा शान्त हो जाता था और उसे वह मानसिक सन्तुलन प्राप्त होता था, जिसकी उसे इस वक्त बेहद ज़रूरत थी। घर के प्रवेश द्वार के निकट आती बग्घी की आवाज़ सुनाई दी। कारेनिन हॉल के बीचोबीच खड़ा हो गया।

ज़ीने पर औरत के क़दमों की आहट मिल रही थी। अपना भाषण देने के लिए तैयार कारेनिन अपनी गुँथी हुई उँगलियों पर ज़ोर डालते हुए यह प्रतीक्षा कर रहा था कि उनमें से कोई और भी चटकती है या नहीं। आखिर एक उँगली चटकी।

ज़ीने पर हल्के क़दमों की आहट से उसने अनुभव किया कि वह निकट आ रही है और यद्यपि वह अपने सोचे हुए भाषण से सन्तुष्ट था, तथापि कुछ क्षण बाद पत्नी से होनेवाली बातचीत के विचार से उसे दहशत महसूस हुई...।

अन्ना करेनिना : (अध्याय 9-भाग 2)

आन्ना सिर झुकाए और अपने हुड के फुंदनों से खिलवाड़ करती चली आ रही थी। उसका चेहरा तेज़ चमक से दीप्तिमान था, किन्तु यह उल्लासपूर्ण दीप्ति नहीं थी। यह अँधेरी रात में आग की भयानक चमक की याद दिलाती थी। पति को देखकर आन्ना ने सिर ऊपर किया और मानो नींद से जागते हुए मुस्कुराई।

"तुम बिस्तर में नहीं गए ? यह भी कमाल है !" आन्ना ने कहा, हुड उतार फेंका और रुके बिना अपने शृंगार-कक्ष की ओर आगे बढ़ गई। "सोने का वक़्त हो गया, अलेक्सेई अलेक्सान्द्रोविच," उसने दरवाज़े के पीछे से कहा।

"आन्ना, मुझे तुमसे कुछ बात करनी है।"

"मुझसे ?" उसने हैरान होते हुए कहा और दरवाज़े के पीछे से सामने आकर उसकी तरफ़ देखा। "क्या बात है ? किस बारे में ?" आन्ना ने बैठते हुए पूछा। "अगर ज़रूरी है, तो आओ कर लें बात। लेकिन शायद बेहतर होगा कि सोया जाए।" आन्ना के मुँह में जो कुछ आ रहा था, वह वही कहती जा रही थी और अपने को सुनते हुए उसे झूठ बोलने की अपनी क्षमताओं से आश्चर्य हो रहा था। कितने सीधे-सादे और स्वाभाविक थे उसके शब्द तथा कितना अधिक ऐसा प्रतीत हो रहा था कि वह सोना चाह रही है ! वह ऐसा अनुभव कर रही थी मानो झूठ का अभेद्य कवच पहने हो। उसे लग रहा था मानो कोई अदृश्य शक्ति उसकी मदद कर रही है, उसे सहारा दे रही है। I

"आन्ना, मेरे लिए तुम्हें सावधान करना ज़रूरी है," पति ने कहा।

"सावधान करना ?" उसने पूछा। " किस बात के लिए ?"

वह ऐसी मासूमियत, ऐसी खुशमिज़ाजी से उसकी तरफ़ देख रही थी कि जो व्यक्ति उसे उसके पति की भाँति ही अच्छी तरह नहीं जानता पहचानता था, न तो उसके अन्दाज़ और न ही उसके शब्दों के अर्थ में कोई बनावटीपन महसूस कर सकता था। लेकिन उसके लिए, जो उसे अच्छी तरह से जानता था, जो यह जानता था कि अगर वह पाँच मिनट भी देर से बिस्तर पर जाता था, तो आन्ना का इस चीज़ की ओर ध्यान जाता था और वह उसका कारण पूछती थी, उसके लिए, जो यह जानता था कि अपनी सभी खुशियों, सभी मनोरंजनों और दुःख - मुसीबतों की वह फ़ौरन उससे चर्चा करती थी- उसके लिए अब यह देखना कि वह उसकी मानसिक स्थिति को अनदेखा करना चाहती है, अपने बारे में एक शब्द भी नहीं कहना चाहती, बहुत माने रखता था। वह देख रहा था कि उसकी आत्मा की गहराई, जो पहले हमेशा उसके सामने खुली रहती थी, अब उसके लिए पर्दे से ढकी हुई है। इतना ही नहीं, उसके बात करने के अन्दाज़ से वह देख रहा था कि इससे उसे किसी प्रकार की घबराहट भी नहीं महसूस हो रही, बल्कि मानो वह साफ़ कह रही थी 'हाँ, मेरे दिल का दरवाजा बन्द कर दिया गया है और यह ऐसे ही होना चाहिए तथा आगे भी ऐसा ही होगा।' अब उसे उस आदमी जैसी अनुभूति हो रही थी, जो घर लौटने पर वहाँ ताला लटकता देखता है। लेकिन हो सकता है कि अभी भी चाबी मिल जाए,' कोरेनिन सोच रहा था।

"मैं तुम्हें इस बारे में सावधान करना चाहता हूँ," उसने धीमी आवाज़ में कहा, "कि असावधानी और गम्भीरता की कमी के कारण तुम सोसाइटी को अपने सम्बन्ध में चर्चा करने का मौक़ा दे सकती हो। काउंट ब्रोन्स्की (उसने दृढ़ता और शान्ति से इस नाम पर जोर दिया) के साथ आज तुम्हारी बहुत ही सजीव बातचीत ने सभी का ध्यान आकृष्ट किया।"

वह अपनी बात कह तथा आन्ना की हँसती और अभेद्यता के कारण अब भयानक बनी आँखों को देख रहा था और बोलते हुए अपने शब्दों की पूरी व्यर्थता तथा निरर्थकता को अनुभव कर रहा था।

"तुम्हारा हमेशा ऐसा ही हाल रहता है," उसने ऐसे कहा मानो उसकी बात बिल्कुल न समझ रही हो और उसने जो कुछ कहा, उसमें से अन्तिम बात को ही जान-बूझकर समझा हो। "कभी तुम्हें यह अच्छा नहीं लगता कि मैं ऊबी-ऊबी रहूँ, तो कभी यह अखरता है कि मैं खुश हूँ। मैं ऊब महसूस नहीं कर रही थी। तुम्हें यह बुरा लगा ?"

कोरेनिन सिहरा और उसने उँगलियाँ चटकाने के लिए हाथों को नीचे की ओर झुकाया।

"ओह, कृपया उँगलियाँ नहीं चटकाना, मुझे यह बिल्कुल पसन्द नहीं," उसने कहा।

"आन्ना, यह तुम ही हो ?" कोरेनिन ने जैसे-तैसे अपने पर काबू पाते और हाथों की हरकत को रोकते हुए धीमी आवाज़ में कहा।

"पर यह मामला क्या है ?" आन्ना ने बड़े निष्कपट और हास्यपूर्ण आश्चर्य के अन्दाज़ में पूछा। "क्या चाहते हो तुम मुझसे ?"

कोरेनिन ख़ामोश रहा और माथे पर तथा आँखों पर हाथ फेरा। वह स्पष्टतः यह समझ रहा था कि जो कुछ करना चाहता था वह न करते हुए, यानी पत्नी को सोसाइटी की दृष्टि में भूल करने से बचाने के बजाय अनचाहे ही उस चीज़ के लिए परेशान हो रहा है, जिसका आन्ना की आत्मा से सम्बन्ध था और अपने द्वारा कल्पित किसी दीवार के विरुद्ध संघर्ष कर रहा है ।

"मैं यह कहना चाहता हूँ," उसने रुखाई और शान्ति से अपनी बात जारी रखी, "और मैं तुमसे पूरी बात सुन लेने का अनुरोध करता हूँ। जैसाकि तुम जानती हो, मैं शक करने को अपमानजनक और तिरस्कारपूर्ण भावना मानता हूँ तथा कभी भी इसे अपने पर हावी नहीं होने दूँगा। किन्तु शिष्टाचार के कुछ नियम हैं, जिनके उल्लंघन का अनिवार्य रूप से दंड भुगतान पड़ता है। आज मैंने ऐसा कुछ नहीं देखा, किन्तु सोसाइटी पर पड़े प्रभाव के आधार पर ऐसा कहा जा सकता है कि सभी ने इस बात की ओर ध्यान दिया कि तुमने वैसा व्यवहार नहीं किया, जैसाकि करना चाहिए था ।"

"मैं बिल्कुल कुछ भी नहीं समझ पा रही हूँ," आन्ना ने कन्धे झटककर कहा । 'इसके लिए सब बराबर है,' आन्ना ने सोचा । 'लेकिन दूसरे लोगों ने ध्यान दिया और इससे इसे परेशानी हो रही है ।' "तुम स्वस्थ नहीं हो, अलेक्सेई अलेक्सान्द्रोविच," उसने इतना और कहा, उठी और दरवाज़े की तरफ़ जाना चाहा, किन्तु कोरेनिन मानो उसे रोकने के लिए आगे बढ़ा।

उसका चेहरा ऐसा विकृत और उदास था, जैसाकि आन्ना ने पहले कभी नहीं देखा था। आन्ना रुकी और सिर को पीछे की ओर तनिक टेढ़ा झुकाकर फुर्ती से उँगलियाँ चलाती हुई बालों में से सूइयाँ निकालने लगी ।

"तो मैं सुनने को तैयार हूँ, जो कहना है कहो," आन्ना शान्त और उपहासपूर्ण ढंग से बोली । "यहाँ तक कि दिलचस्पी से सुनूँगी, क्योंकि जानना चाहती हूँ कि मामला क्या है ।"